Ausgerechnet Alabama

Buch

Mehr über ihre Wurzeln erfahren, das wünscht sich die 30-jährige Susan Parker von ganzem Herzen! Als sie eines Tages »Grayson House« erbt, ein altes, romantisches Herrenhaus in Taspering, Alabama, ist sie sich sicher: Jetzt wird sie endlich mehr über ihre Familie herausfinden!

Doch wenn sie gewusst hätte, was sie in Alabama erwartet …
Kaum dort eingetroffen, steht plötzlich dieser unverschämt attraktive Typ in ihrer Küche, der sich selbst einfach nur unwiderstehlich findet. Doch Susan hat so gar nicht vor, ihr Herz zu verlieren - erst recht nicht an einen Kerl aus Alabama. Als sie auf der Suche nach Antworten in einem alten Tagebuch ihrer verstorbenen Mutter stöbert, stößt sie auf gut gehütete Familiengeheimnisse.

Und mit einem Mal ändert sich alles …

Autorin

Diana P. Lavender lebt ein bisschen wie ihre Protagonistinnen in ihren Romanen – sie liebt romantische Blumenkleider, backt gerne Torten und Cupcakes und wenn sie nicht gerade am Laptop sitzt und schreibt, findet man sie meist inmitten ihres wunderschönen Rosengartens. Zusammen mit ihrem Mann und zwei tollen Kindern lebt sie in einem bezaubernden Haus in der Nähe von Illingen im Saarland.

Die Autorin pflegt einen engen, liebevollen Kontakt zu ihren Lesern und freut sich über Nachrichten über Instagram oder Facebook:

https://www.instagram.com/diana.p.lavender/
https://www.facebook.com/diana.p.lavender/

DIANA P. LAVENDER

AUSGERECHNET ALABAMA

Liebesroman

Für meinen Großvater,
der mir die Liebe zu Büchern
vermittelte

Originalausgabe

Autor: Diana P. Lavender
Rogue Books Impressum Service
Inh. Carolin Veiland
Franz-Mehring-Str. 70
08058 Zwickau
Umschlagsgestaltung: Alexa Gothe (www.april-wynter.de)
unter Verwendung von Lizenzen für Bilder von Shutterstock.com
Lektorat: Tamara Leonhard (www.tamaraleonhard.de)
Korrektorat: „Das kleine Korrektorat" Ruth Pöß (www.das-kleine-korrektorat.de)
Buchsatz: Bücherschmiede Sarah Schemske (www.buecherschmiede.net)
Druck und Bindung: Bookpress.eu, Polen
Versand durch: Nova MD
ISBN: 978-3-96698-649-6

Die Deutsche Nationalbibliothek verzeichnet diese Publikation in der Deutschen Nationalbibliografie; detaillierte bibliografische Daten sind im Internet unter http://dnb.dnb.de abrufbar.

1

Es gab doch nichts Schlimmeres als Beerdigungen, fand Jeff Summers. Überall, wohin man sah, bekümmerte Gesichter. Es kam ihm vor, als ob der ganze Ort sich hier versammelte, um von der verstorbenen Mae Grayson Abschied zu nehmen. Jeff stand abseits unter einer mit Flechten bewachsenen Eiche. Aufgrund des heutigen Anlasses trug er ausnahmsweise einen dunkelblauen Maßanzug. Die einzige Extravaganz an seinem Outfit bildeten seine verzierten Cowboystiefel. Ohne den Stetson hingegen und die Ray-Ban-Fliegersonnenbrille sah man ihn nie in der Öffentlichkeit. Heute leistete der Hut ihm wieder einmal besonders nützliche Dienste, schützte er doch wenigstens seinen Kopf vor der sengenden Mittagssonne. Mit solch pechschwarzem Haar wie seinem war das nicht zu unterschätzen.

Als die ersten Schweißtropfen kitzelnd seinen Rücken hinabrannen, verfluchte er Alabama zum hundertsten Mal für sein Klima, das es schon im April unmöglich machte, in so einem unsäglichen Anzug draußen herumzustehen, ohne nach kürzester Zeit zu müffeln. Ein Moskito summte an seinem Ohr und er wedelte mit seiner Hand durch die Luft, um das Ungeziefer zu vertreiben. Unwillig rieb er mit der anderen über den Vollbart aus Kunsthaar, der auch heute fürchterlich juckte. Am liebsten hätte er sich das Teil aus dem Gesicht gerissen, doch natürlich war das undenkbar. Das hätte einen schönen Aufstand unter den anderen Bewohnern aus Taspering gegeben, wenn ihr seit Jahren geschätzter *Mister Moley* ohne Vorwarnung seine Tarnung fallengelassen hätte! Seine Anwesenheit an diesem Tag beruhte auf reinem Respekt und gebührender Höflichkeit der Verstorbenen gegenüber. Zu seinem Glück schlurfte der bereits betagte Pfarrer wieder mit den Sargträgern aus der Familiengruft und sprach noch ein letztes Vaterunser, bevor die Beerdigung endete. *Endlich!* Jeff war nicht erpicht auf den anschließenden Leichenschmaus im Gemeindezentrum, das neben der Kirche lag. Höchste Zeit also, zu verschwinden. Er eilte mit langen Schritten Richtung Friedhofstor. Seine Gedanken kreisten um das Mansion der Verstorbenen. Was geschah jetzt mit Grayson House? Er öffnete das zweiflügelige Eisentor, um endlich zu seinem Wagen zu fliehen, als ein schriller Ruf hinter seinem Rücken ihn erreichte.

»Huhu, Mister Moley, bitte warten Sie doch! Mister Moley!«

Diese Stimme hätte er überall erkannt. Wäre er doch nur früher gegangen. Verdammt! Jeff drehte sich langsam um. Trudy Nolan, eine der größten Klatschbasen in Taspering, kam schnaufend auf ihn zu. Auf ihrem Kopf trug sie einen stattlichen Damenhut, der trotz der Trauerfarbe auch hervorragend zu einem Pferderennen gepasst hätte und den sie jetzt beim Heraneilen festhielt. Ihr üppiger Busen wogte in dem schwarzen Zweimannzelt von Kleid auf und ab. Schnaufend blieb sie vor ihm stehen. Ihr schweres Parfüm, von dem sie an diesem Tag unverkennbar zu viel aufgesprüht hatte, ließ ihn einen Schritt zurückweichen.

Die Afroamerikanerin stemmte ihre Hände in die Hüften. »Mister Moley, meine Güte, Sie haben ja ein Tempo drauf! Haben Sie mich denn nicht rufen hören?« Empört sah sie ihn an und tupfte sich mit einem geblümten Stofftaschentuch den Schweiß unter ihrer Nase ab.

»Nein, tut mir leid, Ma'am, das habe ich nicht. Ich war in Gedanken und wollte gerade fahren. So eine Beerdigung macht ja doch sehr nachdenklich. Finden Sie nicht auch?«

Doch offenbar missverstand sie seine Suggestion. »Ja, da ist was Wahres dran, Mister Moley. Sie haben es wohl eilig, nach Hause zu kommen?« Ihr tadelnder Blick streifte ihn. »Ein gutaussehender Mann wie Sie sollte nicht alleine sein. Schon gar nicht an einem Tag wie heute. Wir verlieren mit unserer Mae ein allseits geschätztes Gemeindemitglied. Sie hat übrigens stets nur Gutes über Sie berichtet.«

»Das freut mich zu hören, Ma'am.« Was wollte die alte Nervensäge bloß von ihm?

»Ach Mister Moley, bitte machen Sie mir und meinen beiden Freundinnen vom Kirchenkomitee doch die Freude, uns ins Gemeindezentrum zu begleiten.« Sie zeigte auf zwei ältere Frauen, die einige Meter weiter wegstanden und ihr Gespräch offensichtlich mitverfolgten.

Natürlich. Fast wäre ihm ein entnervtes Stöhnen über die Lippen gekommen. Die anderen beiden Schnattergänse aus Taspering, Linda Hobbs und Edwina Archer, winkten ihm zu, als er in ihre Richtung blickte. Widerwillig grüßte er sie mit seinem gezogenen Stetson zurück.

Trudy Nolan packte ihn am Arm. »Also, haben Sie denn schon zu Mittag gegessen? Edwina Archer hat ihren berühmten Pecan Pie gebacken und von mir gibt es leckeren Gumbo-Eintopf. Und außerdem ...«, sie räusperte sich, »sind junge Damen anwesend. Meine Nichte Rebecca ist auch dabei.« Gewinnheischend blickte sie ihn an.

Ihm musste jetzt etwas einfallen, um sie loszuwerden, und zwar schnell! Auf keinen Fall würde er mit Trudy Nolan mitgehen, um sich von ihr verkuppeln zu lassen. »Das ist wirklich überaus freundlich von Ihnen, Ma'am. Und sicher schmeckt

Ihr Gumbo hervorragend. Aber leider habe ich gleich noch einen wichtigen Termin, der nicht verschoben werden kann.« Er hoffte inständig, dass die Klatschbase ihm seine Notlüge abkaufte.

»Sehr schade.« Sie ließ von ihm ab und verzog die Lippen zu einer Schnute. »Sie verpassen etwas. Dennoch möchte ich Ihnen nicht Ihre wertvolle Zeit rauben, wenn Sie es so eilig haben.«

Erleichtert nickte er ihr zu und tippte zum Abschied höflich an seinen Stetson. »Vielen Dank für Ihr Verständnis. Auf Wiedersehen, Ma'am. Ich wünsche Ihnen und den anderen Ladys einen angenehmen Nachmittag im Gemeindezentrum.«

»Einen schönen Tag noch, Mister Moley.« Damit watschelte sie wieder davon.

Er drehte sich um und ging, so schnell es ihm seine Cowboystiefel erlaubten, zu seinem froschgrünen Ferrari, der auf dem Schotterparkplatz des Friedhofes stand. Als er sein Auto aufschloss, ohne noch einmal aufgehalten worden zu sein, atmete er auf. Sofort schlug ihm der Geruch von erhitztem Leder entgegen. Darauf bedacht, sich nicht am Türrahmen zu stoßen, ließ er erst seine langen Beine und dann den Rest seines ein Meter Neunzig Körpers auf den Fahrersitz gleiten.

Er ließ den Motor aufheulen und die Reifen quietschen - nach all dem stand Jeff der Sinn - nach einer rasanten Spritztour.

Beim Einbiegen auf die County Road, fiel die Anspannung von ihm ab und er drehte das Radio voll auf. Hier im Auto gab es niemanden, der Fragen stellte, nur ihn, die laute Musik von Hank Williams und die Straße vor ihm. Auf dem Highway trat er das Gaspedal durch. Der Motor dröhnte wie der eines Düsenjets! Eine Meile, dann zwei brachte er hinter sich. Der Rausch der Geschwindigkeit, wenn die Landschaft pfeilschnell an ihm vorbeischoss, ließ das Adrenalin durch seine Venen schießen, auch wenn er wusste, dass er sich diesen Ausbruch eigentlich nicht erlauben durfte. Erst vor wenigen Wochen war er wegen mehrfach überhöhter Geschwindigkeit vor einem Richter gelandet. Die Presse war aufgrund dieser unseligen Geschichte natürlich wieder über ihn hergefallen. Noch mehr Eskapaden dieser Art konnte er sich wirklich nicht leisten. *Reiß dich zusammen*, schalt er sich innerlich und drosselte missmutig sein Tempo. Kurzerhand nahm er die nächste Ausfahrt und fuhr zurück nach Taspering.

2

London, Großbritannien

»Guten Tag, Miss Parker, mein Name ist Helen Green. Ich rufe im Namen von Mister Jeremiah Smith an. Mister Smith ist Notar beziehungsweise Nachlassverwalter. Leider konnte ich Sie heute nicht persönlich erreichen. Ich möchte einen Termin mit Ihnen vereinbaren. Es handelt sich um eine Nachlassangelegenheit, die Sie betrifft. Aus Datenschutzgründen kann ich Ihnen an dieser Stelle keine weiteren Details nennen. Daher würde ich Sie bitten, mich am Montag zurückzurufen.« Während sie den letzten Worten lauschte, starrte Susan Parker wie gelähmt auf den Anrufbeantworter. Dadurch verpasste sie die Telefonnummer, die die Sekretärin durchgegeben hatte. Eilig zog sie ihren schwarzen Trenchcoat aus und legte die Laptoptasche auf die antike Flurkommode, die sie sich bei einer der von ihr so heißgeliebten Auktionen erkämpft hatte. Sie betätigte die Starttaste und ließ die Nachricht noch einmal laufen. Diesmal notierte sie sich die Rufnummer.

Sie blickte auf den Zettel in ihren Händen. War dies *der* Anruf, auf den sie schon so lange wartete? Mit zitternden Fingern gab sie die Nummer in ihr Telefon ein. Es klingelte jedoch durch, ohne dass jemand abhob. Enttäuscht legte sie auf und blickte zur Wanduhr: schon nach zwanzig Uhr. Kein Wunder, dass niemand ranging. So ein Mist! Wie sollte sie bloß die Zeit bis Montag mit dem Wissen um diese kryptische Nachricht überbrücken? Hektisch kickte sie ihre Stilettos von den schmerzenden Füßen und löste den Knoten in ihrem Haar. Mit beiden Händen fuhr sie durch die blonde Mähne und massierte ihre Kopfhaut. Erneut fiel ihr Blick auf den Anrufbeantworter und es juckte sie in den Fingern, die Nachricht noch einmal abzuhören. Aber dadurch würde sie auch nicht mehr erfahren! Warum nur hatte ihre letzte Kundenbesprechung wieder so lange gedauert? Susans Arbeitstage begannen stets beim ersten Vogelzwitschern und dauerten, wie an dem heutigen Samstag, häufig bis in die späten Abendstunden. Selbstständigkeit brachte nun mal nicht nur Angenehmes mit sich. Seit drei Monaten führte sie eine kleine Inneneinrichtungsagentur, mit der sie sich ihren größten Traum erfüllt hatte. *Parker Living Dreams*. Damit konnte sie in einer Metropole wie London ein autarkes Leben führen. Dass es ihr durch gute Beziehungen gelungen war in ihrem Lieblingsviertel Notting Hill, mit seinen prachtvollen, viktorianischen Häusern, eine kleine Dachgeschosswohnung zu ergattern, ließ sie auch einige Monate später immer wieder verliebt lächeln, wenn sie ihr Zuhause betrachtete. Doch mit all den Fragen, die nach dieser Nachricht durch ihren Kopf schwirrten, hatte sie keinen Blick mehr für die freundlichen Pastellfarben an den Wänden und den warmen Holzton des Parketts. Mit hängenden Schultern schleppte sie sich Richtung Badezimmer.

Nach dem Frühstück am nächsten Morgen blieb Susan reichlich Zeit, bevor sie in ihr einstiges Zuhause, das Waisenhaus *St. Helen's* fuhr. Die Kinder rechneten nicht vor dreizehn Uhr mit ihr. In aller Ruhe raffte sie die Spielzeuge zusammen und verpackte sie einzeln mit fröhlich bedrucktem Papier. Liebevoll versah sie jedes Geschenkpäckchen mit Schleifen und Zierbändern. Es waren kleine Überraschungen, wie Kinder sie liebten. Wundertüten, Bälle, Rennautos und Puppenkleider.

Doch egal, was sie ihnen an manchen Sonntagen mitbrachte, für die Kinder zählte nur, dass sie zu Besuch kam.

3

Das St. Helen's Kinderheim lag in Kingston, einem Vorort von London. Eingebettet inmitten eines Parks, in dem mächtige Buchen und Ahornbäume ihre Zweige zum Himmel streckten, bot das imposante Gebäude im jakobinischen Architekturstil einen beeindruckenden Anblick. Die liebevoll von den Nonnen angelegten Blumenbeete rings um das Haus leuchteten zu dieser Jahreszeit bereits in voller Blütenpracht. Es summte und brummte von den Bienen darin, die fleißig den ersten Nektar sammelten. Der Anblick ihrer alten Heimat und das Rauschen der Bäume im Wind erfüllte Susan jedes Mal mit tiefem Glück. Sie öffnete das Eingangstor und betrat ihre alte Welt. Kinder jeglichen Alters tollten dahinter über die weitläufige Rasenfläche und spielten ihre Spiele. Von überall drang Lachen und Geschrei zu ihr. Wohlige Wärme durchdrang sie.

Es schien, als sei dies hier eine eigene Welt. Einst ein reines Kloster für Nonnen, beschlossen die Geistlichen im neunzehnten Jahrhundert während einer großen Hungersnot, die Waisenkinder von London aufzunehmen. Im Laufe der vergangenen Jahrzehnte war zu dem ursprünglichen Hauptteil noch ein zusätzliches Gebäude in modernerem Stil hinzugekommen. Dort befanden sich die Schlafräume der Kinder. Dies war durch großzügige Spenden der Londoner High Society ermöglicht worden.

Kaum, dass Susan durch das Tor trat, kamen die fünfjährige Kathleen und ihr Zwillingsbruder Matthew auf sie zugeeilt. Kathleens brauner Lockenkopf wippte beim Laufen lustig hin und her. Sie strahlte, als Susan sie auffing und sich im Kreis mit ihr drehte. »Ah, da ist ja meine kleine Prinzessin! Was hast du doch für ein hübsches, rosa Kleid heute an! Du siehst wunderschön darin aus.«

Kathleen bedankte sich in Gebärdensprache und gab Susan einen Kuss auf die Wange. Matthew, mit seinen bezaubernden wasserblauen Augen, klammerte sich an ihrem Bein fest und zupfte an ihrer Tweed Hose. »Hast du uns was mitgebracht?«

Sie beugte sich zu ihm runter. »Natürlich, wie könnte ich das vergessen?« Susan griff in den mitgebrachten Rucksack. Sie kramte kurz darin herum und drückte ihm ein Päckchen in die Hand. Sanft strich sie ihm über den Kopf. »Hier, aber pass auf, dass es dir keiner wegnimmt.«

Auch Kathleen bekam ihr Geschenk. Statt begeistert davonzulaufen und ihre Schätze zu öffnen, sahen beide Kinder einander verschwörerisch an. Matthew ergriff das Wort. Seine Stimme war mit einem Male so ungewohnt leise, dass sie sich zu ihm herunterbücken musste, um seine Worte zu verstehen. »Ähm ... Susan? Meine Schwester und ich wollten dich fragen, ob du unsere neue Mami werden möchtest?«

Susans Kehle schien wie zugeschnürt. *Wie konntest du nur so naiv sein zu glauben, dass du jahrelang kommst und die beiden dir niemals diese Frage stellen werden?* Ihre Hände zitterten. Sie hockte sich vor beide Kinder, spürte genau, wie viel Überwindung es die beiden gekostet haben musste, ihr diese Frage zu stellen. Die hoffenden Blicke der beiden machten die Antwort nicht leichter.

»Ihr wisst, dass ich euch sehr gerne besuchen komme und ich habe euch beide mittlerweile sehr liebgewonnen. Aber ich kann leider nicht eure Mutter sein. Dafür müsste ich verheiratet sein und das bin ich leider nicht.« Die Geschwister blickten zu Boden. Matthew flüsterte mit brüchiger Stimme: »Niemand will uns, weil Kathleen stumm ist. Aber ist schon ok, wir freuen uns, dass du uns holen würdest, wenn du könntest.«

Susans Herz bekam einen Stich aufgrund der Mutlosigkeit beider Kinder. Sie nahm sie fest in den Arm und drückte ihnen einen Kuss auf den Schopf. »Eines Tages kommt hier ein Paar durch das Tor, das euch adoptiert und dann bekommt ihr ein wunderbares Zuhause. Da bin ich mir ganz sicher.« *Wenn ich es doch nur selbst glauben könnte!* Die Gesichter der beiden hellten sich etwas auf, aber ganz verschwand die Traurigkeit nicht aus ihren Blicken. Sie fasste sie bei den Händen. »Ich bin ja weiterhin für euch da.« *So wie es Schwester Mathilda für mich war.* »Aber jetzt glaube ich, wird es höchste Zeit, dass ihr meine Überraschung auspackt. Na los, ab mit euch.«

Sie liefen mit ihren Geschenken davon, doch schon eilte die restliche Kinderschar in Begleitung von Schwester Maria zu ihr. Susan freute sich sehr, ihre ehemalige Erzieherin zu sehen, die bereits jenseits der siebzig war. Bei ihrem Anblick machte sich das warme Gefühl, nach Hause zu kommen, in ihr breit. Die mandelförmigen, dunklen Augen der Asiatin funkelten immer noch vor Lebensfreude. Seit über achtzehn Jahren begleitete die Nonne bereits die Kinder im St. Helen's.

»Wie ich sehe, bringst du den Kleinen mal wieder Geschenke mit. Du sollst sie doch nicht so verwöhnen!« Sie umarmte Susan fest.

»Aber es macht mir Freude, dass ihre Augen strahlen, wenn sie ihre Überraschung bekommen.«

Die Kinderschar umringte Susan und zog sie auf die Rasenfläche vor dem Haus, um dort in ihrem Beisein die

Geschenke auszupacken. Sie strahlten voller Vorfreude und rissen hektisch das Geschenkpapier ab. Die Jungs und Mädchen fingen natürlich sofort an, mit ihren neuen Errungenschaften zu spielen. Susan fasste Schwester Maria beim Ellbogen. »Kommen Sie, lassen Sie uns ein wenig spazieren gehen, während diese Rasselbande beschäftigt ist. Das Wetter ist heute so schön.«

Der Kiesweg, der um das Gebäude herum verlief, knirschte unter ihren Füssen. Bei einer Sitzbank vor der Eingangstür des Küchentraktes setzten sie sich in den Schatten eines blühenden Forsythienstrauch.

Susan wusste natürlich, worüber sie mit der Nonne sprechen wollte. Ihre Wangen fühlten sich heiß an. »Schwester Maria, es gibt da etwas, was ich Ihnen sagen wollte. Ich habe, wie es aussieht, etwas geerbt. Ich weiß zwar noch nicht, was genau und von wem, aber wenn es Geld ist, dann will ich einen Teil davon dem Kinderheim spenden.«

Die alte Nonne tätschelte ihre Hand. »Gott segne dich, mein Kind. Wenn du Geld geerbt hast, dann darfst du uns gerne etwas davon abgeben.« Sie erhob ihren Zeigefinger. »Aber es muss sich im Rahmen halten! Du denkst viel zu wenig an dich. Trotzdem: Hab vielen Dank für dein liebes Angebot. Du weißt ja, wie dringend wir wegen der kostspieligen Gebäudeunterhaltung auf Spenden angewiesen sind. Die Stadt gewährt uns einen lächerlich geringen Etat, der nicht für die tatsächlichen Kosten ausreicht.«

Susan nickte wissend. »Ja, es ist mir ein Rätsel, wie Ihr es immer wieder schafft, dieses Gebäude zu unterhalten.« Nachdenklich wanderte ihr Blick zu Matthew und Kathleen, die inmitten der anderen Kinderschar spielten. »Schwester Maria, Matthew hat mich vorhin gefragt, ob ich ihn und Kathleen nicht adoptieren möchte. Sie wissen, dass mir das nicht möglich ist. Es könnte also sein, dass es heute noch ein paar Tränen deswegen gibt.«

Die Nonne blickte zum Himmel. »Ja, ich habe schon mitbekommen, dass sie was aushecken. Ich wusste nur nicht was. Nun ist mir manches klarer. Beim Mittagessen waren sie heute so aufgedreht. Sicher haben sie gedacht, du sagst ja.« Die Nonne seufzte tief. »Die beiden tun mir wirklich leid. Sie bekommen immer mit, wenn eines der Kinder adoptiert worden ist. Dabei sind sie so wundervolle Geschöpfe. Aber besser du bist ehrlich zu ihnen, als falsche Hoffnungen zu wecken.«

Susan tat ihr Bestes, um den Kloß in ihrem Hals hinunterzuschlucken, und blickte auf ihre Hände. »Ja, sie sind wunderbare Kinder. Aber sehen wir den Tatsachen mal ins Auge: Leider wollen die meisten Menschen genau wie bei Haustieren etwas Perfektes.« Sie drehte den Ring an ihrem Finger und sah wieder zu Schwester Maria. »Andererseits denke ich, viele trauen es sich vielleicht auch einfach nicht zu, gleich zwei Kinder aufzunehmen. Es ist eben eine große Herausforderung und Verantwortung, was Kathleen betrifft. Deshalb haben die beiden es viel schwerer im Gegensatz zu den anderen, eine Familie zu finden.«

»So wie es damals bei dir war.« Schwester Maria legte ihre Hand auf Susans Unterarm. »Unsere liebe Schwester Mathilda, Gott hab sie selig, hat mir vor einigen Jahren berichtet, dass du ein Schreibaby warst und schwer mit Koliken gekämpft hast. Außerdem hattest du auch später immer über Bauchschmerzen geklagt. Es gab wohl Bewerber für dich, aber niemand traute sich so recht, ein Mädchen aufnehmen, dessen Vorgeschichte als Findelkind unklar war. Die Vermutung lag ja nahe, dass deine Mutter Drogen genommen hat oder psychisch krank war. Das hat die meisten abgeschreckt.

Deine enge Beziehung zu Mathilda und Danny hat die Sache nicht leichter gemacht.«

Susan lachte verhalten. »Stimmt. Irgendwann wollte ich gar nicht mehr von hier weg und habe bei den wenigen adoptionswilligen Paaren, die es gab, die Inneneinrichtung auseinandergenommen.«

Schwester Maria lachte auf. »Und heute bist du Innendesignerin. Was für eine Ironie des Schicksals. Ganz so, als würdest du alles wiedergutmachen wollen, was du damals zerstört hast.« Sie drückte Susan an sich. »Du warst eben schon immer sehr pfiffig. Kein Wunder, dass Mathilda dir deine Dummheiten, die du hier angestellt hast, immer nachsah. Ständig hast du etwas ausgeheckt.«

Auch Susan schmunzelte beim Gedanken daran und schob sich eine karamellfarbene Haarsträhne hinters Ohr. »Ja, die Geschichte mit der Kröte, die Danny und ich Schwester Hermione ins Bett gesteckt haben, war der Brüller.«

»Buchstäblich«, erwiderte die Nonne. »Vor allem bei Schwester Hermione.«

Matthew, der sich ihnen mit Kathleen im Schlepptau näherte, unterbrach sie in ihrem Gespräch. Er hielt Susan ein rotes Märchenbuch unter die Nase und zeigte darauf. »Bitte lies uns eine Geschichte vor!«

Sie wischte sich eine Lachträne weg. »Gerne, dann lasst uns mal lesen!«

Ihre beiden besten Freunde warteten bereits auf Susan, als sie am frühen Abend vor ihrem neuen Lieblingscafé, dem Jellows, auftauchte. Sie hatte es bei einer Shoppingtour mit Bonnie vor wenigen Wochen entdeckt und war von seinem französischen Flair gleich hin und weg gewesen. Es waren nicht nur Blumen außen an den Fenstern angebracht worden. Nein, im Innern hingen dicht an dicht rosa und weiße Seidenpapierpompons in Blütenform hundertfach von der gesamten Decke. Die metallenen Bistrogarnituren waren in freundlichen Pastellfarben gestrichen und mit kleinen Töpfchen voller Kunstblüten geschmückt.

»So wie es aussieht, bekommen wir heute keinen Platz. Lasst uns was anderes suchen.« Achselzuckend wandte Susan sich wieder zur Tür, doch Bonnie packte sie am Arm und spähte durch den Raum.

»Du gibst viel zu schnell auf. Seht mal: Da hinten am Fenster wird gerade ein Tisch frei. Los, den schnappen wir uns!« Sie hechtete mit Danny davon. Susan eilte ihnen mit wehendem Mantel hinterher.

Erleichtert ließen sich alle drei auf die Stühle fallen und befreiten sich von ihren Jacken.

Danny lehnte sich zurück. »Geschafft. Eine Minute später und wir wären leer ausgegangen. Da drüben sind welche, die jetzt keinen Platz mehr bekommen haben.« Er wies mit seinem Kopf zur Eingangstür.

Susans helles Lachen erfüllte den Raum. »Was für ein Glück, dass wir Bonnielein dabeihaben, die sich immer in den richtigen Augenblicken in eine Antilope verwandeln kann.«

Bonnie grinste. »Ja, nicht wahr? Obwohl Sport nicht gerade zu meinen liebsten Freizeitbeschäftigungen zählt.« Sie fuhr sich mit den Fingern durch ihren brünetten Bob.

Versonnen blickte Susan zum Fenster hinaus, vor dem die Menschen in der Großstadthektik vorbeihetzten und sah dann fragend ihre Freunde an. »Nehmt ihr dasselbe wie immer?« Sie schnappte sich die Menükarte und studierte sie.

Danny grinste. »Wir wissen, was wir wollen, aber *du* probierst doch dauernd neue verrückte Teesorten aus. Hatschii!«

Er zog ein Taschentuch aus seiner Jackentasche und schnäuzte sich. »Diese blöde Pollenallergie. Bestell mir bitte das Übliche.«

Bonnie stupste Susan an. »Ich bleibe meiner Teesorte auch lieber treu. Beim letzten Mal, als wir hier waren, musstest du unbedingt *Brokkoli Koriander* ausprobieren. Dein Gesicht beim ersten Schluck, unbezahlbar.« Sie schlug die Hände vor den Mund, um nicht lauthals loszulachen.

Susan zog eine Grimasse bei dieser Erinnerung. »Heute bin ich nicht versessen auf Experimente.« Sie winkte der Bedienung.

Das Mädchen eilte lächelnd herbei und zückte den Notizblock.

Susan blickte noch ein letztes Mal in die Karte und bestellte schließlich für alle. »Wir nehmen einmal den Earl Grey, einmal den Darjeeling und einmal den grünen Tee.« Sie lehnte sich zufrieden in ihren Stuhl zurück.

Die Bedienung kritzelte alles aufs Papier und blickte wieder auf. »Sehr gerne, wollen Sie sonst noch was? Kuchen, Scones?« Sie wies mit dem Kugelschreiber zur Theke, auf der verschiedene Leckereien unter großen Glasglocken bereitstanden.

Alle drei Freunde schüttelten den Kopf.

Das Mädchen eilte mit ihrer Bestellung Richtung Theke.

Bonnie hielt es vor Neugierde kaum noch aus und sie beugte sich über den Tisch zu Susan. »Und was sind das für Neuigkeiten, die du uns so dringend berichten musst?«

Vor Aufregung verhaspelte sich Susan fast und rutschte auf ihrem Stuhl herum. »Mich hat das Büro eines Notars angerufen, angeblich habe ich etwas geerbt. Na ja, eigentlich hat die Sekretärin nur auf den Anrufbeantworter gesprochen.«

Bonnie machte aus ihrer Überraschung keinen Hehl. »Wow! Das sind ja mal Nachrichten. Wer hat dir denn etwas vererbt? Ist jemand von deinen Kunden gestorben und hat sich an deine Wundertaten in ihrem Haus erinnert?«

Die Bedienung unterbrach sie in ihrer Unterhaltung und stellte zierliche Teetassen vor sie, aus denen ein herber Geruch entstieg. Dann verschwand sie wieder.

Susan beugte sich vor und nahm das Gespräch erneut auf. »Ich habe keine Ahnung, was dahintersteckt. Aber ich werde gleich am Montagmorgen dort anrufen und dann klärt sich die ganze Sache.« Sie nahm einen Schluck vom Tee und stellte die Tasse mit zitternden Händen wieder zurück. »Mein größter Wunsch wäre, dass es etwas mit meiner Familie zu tun hat. Vielleicht gab es ja eine entfernte Tante oder so. In all den Jahren hat das Heim nie herausgefunden, woher ich stamme, es hat auch keiner nach mir gefragt und mittlerweile bin ich dreißig.« Sie winkte ab. »Vielleicht ist es ja auch was anderes. Ich sollte aufhören, mich an diese lächerliche Hoffnung zu klammern.« Geknickt blickte Susan in die Gesichter ihrer Freunde.

Danny legte seine Hand auf ihre. »Egal, was du am Montag erfährst, du weißt, dass wir immer für dich da sind.«

»Ja, das weiß ich.« Liebevoll ließ Susan ihre Blicke über die Gesichter ihrer Freunde gleiten. Diese beiden Menschen verband eine Seelenfreundschaft mit ihr. Danny Ward, ihr bester Freund seit Heimtagen, wusste meistens, was in ihr vorging. Er hatte all die enttäuschten Hoffnungen auf eine eigene Familie am eigenen Leib erlebt. Niemand in Susans Leben verstand so gut wie er, was es bedeutete, als Heimkind seinen Platz in der Welt zu suchen, hatte er es doch noch schwerer gehabt als Susan selbst. Während sie in Schwester Mathilda fast so etwas wie einen mütterlichen Ersatz gefunden hatte, hatte Danny sich nie ganz zuhause fühlen können. Zu groß war die Angst vor den Reaktionen der Schwestern, wenn er einfach er selbst war. Susan erinnerte sich an eine Weihnachtsaufführung im St. Helen's. Der achtjährige Danny wollte unbedingt eine der Puppen sein. Doch dieser Wunsch stieß auf taube Ohren bei den Nonnen. Ein Junge in einer Mädchenrolle? Undenkbar zu der damaligen Zeit! Irgendwann als Teenager hatte er ihr gestanden, anders zu sein und sie hatte ihm schwören müssen, es den Schwestern niemals zu verraten. Erst, als er St. Helen's verließ und seine Liebe zum Tanz zum Beruf machte, überwand er auch seine Angst davor, zu sich selbst zu stehen. Als erfolgreicher Balletttänzer auf der großen Bühne störte sich niemand mehr an seiner Homosexualität und Susan war glücklich, zu beobachten, wie er nach und nach aufblühte.

Ihre Freundschaft mit Bonnie basierte auf einem kleinen Zusammenstoß in einer von Londons Bibliotheken. Sie verstanden sich auf Anhieb, denn bei dem Gespräch zwischen vollgestopften Bücherregalen stellten sie die gemeinsame Liebe zu Shakespeares Werken und Theaterbesuchen fest. Das war über zwölf Jahre her und sie waren seither durch alle Höhen und Tiefen des Lebens gemeinsam gegangen.

Vor allem während der schweren Zeit nach Schwester Mathildas Tod waren ihre Freunde Susan nicht von der Seite gewichen. Egal, was dieser ominöse Anruf am Montag mit sich bringen mochte, sie war sich sicher, dass die beiden sie auffangen würden.

Sie warf einen Blick zur Theke, auf der noch immer Scones zum Verkauf standen. »Ich weiß nicht, wie es euch geht, aber ich bestelle mir zur Feier des Tages doch noch was Süßes.« Susan zeigte zu den Backwaren. »Da sind noch einige übrig für uns. Das Leben ist viel zu kurz, um darauf zu verzichten.«

4

Um neunzehn Uhr am Montagabend klingelte Susan auf die Sekunde pünktlich in Chelsea bei Mister Smith. Seit dem frühen Telefonat am Morgen mit ihm, in dem er ihr aber keine Details verraten hatte, fieberte sie diesem Augenblick entgegen.

Höflich bat er sie herein und half ihr aus dem Mantel.

Während er ihren schwarzen Trenchcoat an die Flurgarderobe hängte, begann sie ein unverfängliches Gespräch: »Vielen Dank, dass Sie mich so kurzfristig empfangen konnten.«

Der Nachlassverwalter lächelte sie an. »Nicht der Rede wert. Die Angelegenheit um die es hier geht, ist ja auch sehr dringlich.«

Mister Smith entpuppte sich als völlig anders als in ihren Vorstellungen nach dem Telefonat. Dort hatte er wie ein mürrisch dreinblickender, dicklicher Mann mit Glatze ausgesehen. Doch der Notar, der vor ihr stand, war von hochgewachsener Statur und zeigte aristokratische Gesichtszüge. Susan schätzte, dass er bereits Mitte siebzig sein mochte. Seine Augen, dessen Farbe sie aufgrund des trüben Lichtes im Eingangsbereich hinter seinen Brillengläsern nicht deuten konnte, schienen trotz seines Alters immer noch Funken zu sprühen. Er musste seine Arbeit sehr lieben, wenn er immer noch seine Tätigkeit ausübte. An eine andere Möglichkeit wollte sie nicht denken. Altersarmut war keine Seltenheit in London.

Sie folgte ihm durch den schmalen Flur in sein Büro. So musste sich ein Schaf fühlen, das man zur Schlachtbank führte, kam ihr in den Sinn. In seinem Arbeitszimmer standen schwere, reichlich gefüllte Bücherregale an den Wänden, und in der Mitte des Raumes befand sich ein Schreibtisch mit Klauenfüßen. Zahlreiche Papiere stapelten sich darauf.

Er wies ihr, in einem Armlehnstuhl davor Platz zu nehmen. »Bitte setzen Sie sich doch. Ich suche die Unterlagen heraus.«

Als Mister Smith alles vor sich bereitgelegt hatte, schob er seine Brille auf der Nase zurecht. »So! Dann wollen wir mal loslegen. Als Erstes müsste ich kurz Ihren Ausweis sehen.«

Susan kramte ihn aus ihrer Handtasche hervor und schob ihn dem Nachlassverwalter zu, der die Personalien prüfte und ihr wieder zurückgab. In Erwartung dessen, was nun folgte, faltete Susan die Hände im Schoß.

»Sie heißen also mit vollem Namen Susannah Marie Parker.« Susan nickte. »So stand es zumindest auf dem Zettel, den man damals vor dem Waisenhaus bei mir fand.«

Er sah wieder auf seine Papiere.

Vor Aufregung konnte sie kaum noch stillsitzen. »Was habe ich geerbt?«

Der Nachlassverwalter hob die Augenbrauen. »Wollen Sie denn nicht wissen, *wer* Ihnen etwas vererbt hat?«

Susan schämte sich ihres forschen Vorgehens. »Doch, natürlich!« Er sollte nicht denken, dass sie nur auf Geld aus war. Sie zupfte an ihrer Anzughose herum. Letzten Endes erbte sie doch noch den Jagdhund des verstorbenen Mister Johnson, eines alten Stammkunden von ihr. Der Millionär wollte schon zu Lebzeiten, dass sie das Tier nach seinem Ableben bekam. Seine eigene Tochter mochte den Hund nicht haben. Das fehlte ihr gerade noch. Ein Tier, um das sie sich kümmern musste, verkomplizierte alles unnötig. Doch nichts davon folgte.

Mister Smiths Worte trafen sie vollkommen unerwartet: »Ich verlese nun das Testament Ihrer Großmutter mütterlicherseits Mae Grayson: ›*Hiermit vermache ich, Mae Grayson, gemäß meinem letzten Willen, meiner Enkeltochter Susannah mein Anwesen Grayson House und alles, was sich darin befindet. Des Weiteren vermache ich ihr alle dazugehörigen Grundstücke und eine weitere Immobilie, die auch im Besitz unserer Familie ist. Diese Immobilie ist derzeit vermietet. Meine Enkeltochter soll selber entscheiden, was mit besagtem Mietverhältnis passiert. Außerdem wünsche ich mir, dass der Gärtner Mister Tom Perkins und seine Familie im Angestelltenhaus wohnen bleiben und weiter in den Diensten unserer Familie tätig bleiben. Ich hoffe, meine Enkeltochter respektiert diesen Wunsch. Die Familie Perkins hat immer gute Dienste geleistet. Zu guter Letzt verfüge ich, dass alle Gelder, die auf meinen Konten liegen, meiner Enkeltochter überschrieben werden, damit sie alle Bezahlvorgänge, die mit Grayson House zusammenhängen wie Gehälter, Steuern, zukünftige Arbeiten am Haus etc. ausführen kann. Was das Thema Pflichtteil angeht, habe ich bereits mit meinem Notar Mister Jeremiah Smith eine Vereinbarung getroffen, über die meine Enkeltochter aufgeklärt werden soll. Darüber hinaus habe ich eine weitere Vereinbarung mit Mister Smith schriftlich getroffen, die er meiner Enkeltochter mitzuteilen hat. Taspering, den fünften März zweitausendneunzehn. Mae Grayson.*‹«

Aufgrund dieser Neuigkeit begannen in ihrem Kopf allerhand Gedanken herumzuschwirren. Sie bombardierte Mister Smith mit zahlreichen Fragen. »Ich hatte eine Großmutter? Ich bin im Heim aufgewachsen. Ich dachte all die Jahre, es gäbe keine Familie. Warum sonst wuchs ich im Waisenhaus auf?«

Beschwichtigend hob der Nachlassverwalter die Hand. »Das erkläre ich gleich alles. Aber bevor es weitergeht, muss ich Ihnen noch etwas mitteilen. Die Erbschaft ist mit einer Bedingung verbunden, nämlich der besagten letzten Vereinbarung im Testament. Schließlich wusste Ihre Großmutter nicht, wie Sie sich entwickelt haben.«

Das Misstrauen ihrer unbekannten Enkelin gegenüber brüskierte Susan. Sie und kriminell – was für eine absurde Idee! Doch nach der ersten Entrüstung musste sie zugeben, dass ihr Leben als Heimkind durchaus nach der Entlassung aus dem Waisenhaus anders hätte verlaufen können. Einige ihrer alten Heimfreunde waren als Erwachsene auf die falsche Bahn geraten. Wer wusste schon, was ohne Mathilda aus *ihr* geworden wäre? Eine leise Stimme in Susans Kopf ertönte und befahl ihr, jetzt nicht die Beherrschung zu verlieren. Doch sie hörte nicht darauf. Ihre Worte flogen ihrem Gegenüber wie Kanonenkugeln um die Ohren: »Mein Leben lang höre ich nichts von meinen Verwandten und dann bekomme ich einfach ein Haus vererbt?«

Er unterbrach sie abermals. »Bitte lassen Sie mich ausreden, ich bin ja noch nicht fertig.«

Sie lehnte sich wieder zurück und unterdrückte einen weiteren Wortschwall. »Nun gut, bitte erzählen Sie weiter.«

Mister Smith machte eine kunstvolle Pause und fuhr fort: »Ihr Erbe ist nicht irgendein Haus, es ist ein Mansion, ein altes Herrenhaus im Antebellum-Stil, noch vor dem Bürgerkrieg erbaut und damit denkmalgeschützt. Ihre Großmutter wohnte bis zu ihrem plötzlichen Dahinscheiden vor drei Wochen darin. Es ist ein ansehnliches Anwesen, das können Sie sich sicher vorstellen. Aber als Innenarchitektin sind Sie mit den baulichen Begebenheiten solcher Häuser vertraut, nehme ich an?« Über den Rand seiner Lesebrille hinweg blickte er sie fragend an.

Ihr kam kurz in den Sinn, dass er offensichtlich einiges über sie wusste, was in der Natur der Sache lag. Sonst hätte er sie ja auch nicht ausfindig machen können. »Ich weiß nur aus Lehrbüchern und von Bildern darüber Bescheid.«

»Nun gut, dann haben Sie ja in etwa eine Vorstellung davon, was der *Unterhalt* eines solchen Anwesens bedeutet?«

Susan schüttelte den Kopf und senkte ihre Stimme zu einem Flüstern. »Sehr, sehr teuer?« Im Geiste überlegte sie bereits, was sie an finanziellen Möglichkeiten zum Unterhalt eines solchen Hauses besaß. Die Bilanz war schnell gezogen: *Gar nichts.*

Ihre Worte ließen ihn schmunzeln. »Ja, nun kommt die gute Nachricht: Darüber müssen Sie sich keine Sorgen machen, denn Ihre Großmutter hinterlässt Ihnen ja auch ein Vermögen von einer Million Dollar.« Er zog ein weiteres Papier aus dem Stapel vor sich hervor und blickte darauf. »Auf den Cent genau wären es: eine Million einhunderttausend und fünfundachtzig Cent. Meine Gebühren sind im Übrigen bereits beglichen worden.« Mister Smith blickte wieder auf und zog lächelnd seine Lesebrille aus.

Vor Erstaunen schnappte sie nach Luft. »Das ist viel Geld.«

»Ja, das ist es, aber Sie bekommen das alles nur, wenn Sie die Bedingung erfüllen, von der ich vorhin sprach.« Der Notar lächelte Susan aufmunternd an. »Sie ist im Grunde nicht so schlimm, wie Sie vielleicht glauben.«

Er stand auf und kam um den Schreibtisch zu ihr herum. »Was halten Sie davon, wenn wir uns in mein Wohnzimmer setzen und da unsere Unterhaltung weiterführen? Es brennt ein Feuer dort im Kamin und es ist wohl die bessere Umgebung für dieses Gespräch. Ich sehe ja, wie sehr Sie die Neuigkeit überrascht hat. Sie sind ganz blass im Gesicht.«

Sein Vorschlag gefiel ihr und sie folgte ihm auf wackeligen Beinen. Also gab es doch eine Familie. Vermutlich konnte es nur so sein, dass ihre Großmutter sie jetzt aus schlechtem

Gewissen beerbte. Eine mächtige Welle der Enttäuschung kroch in ihr hoch und sie konnte ihre Tränen nicht zurückhalten. Hoffentlich fiel es dem Notar nicht auf.

Ihre Reaktion blieb trotz ihres Wunsches nicht unbemerkt. »Hier.« Er reichte ihr, ganz Gentleman, ein mit Monogramm besticktes Taschentuch.

Dankbar nahm sie es entgegen und tupfte sich die Tränen ab.

Der ältere Herr drückte ihren Arm in dem Versuch, sie zu trösten. »So weinen Sie doch nicht, es wird alles gut.«

Sie blickte ihn aus tränenverschleierten Augen an. Eine weitere Flut der Empörung kroch in ihr hoch, bahnte sich ihren Weg nach draußen. »Es wird alles gut, sagen Sie? Ich besitze Verwandtschaft. Eine, die mich nicht wollte und einfach ausgesetzt hat wie ein Tier!« Sie versuchte, sich zusammenzureißen, sich nicht anmerken zu lassen, wie sehr sie das verletzte. Es gelang ihr nicht. »Was ist mit meinen Eltern? Und warum vererbt meine Großmutter mir ein Haus und so viel Geld, wenn nicht aus schlechtem Gewissen?«

Sie erreichten das Wohnzimmer. Trotz ihres Kummers löste dieser Raum Entzücken bei ihr aus. Susan überkam das Gefühl, in einem Charles Dickens Roman gelandet zu sein. Auch hier standen die Wände voll mit überquellenden Bücherregalen. Das knisternde Feuer im Kamin, das einen rötlichen Schein in den Raum warf, und der Geruch von verbranntem Holz entspannte Susan augenblicklich.

Mister Smith räumte eine zerknitterte Zeitung von seinem grünen Chesterfieldsofa und wies ihr, dort Platz zu nehmen. »Hier, machen Sie es sich gemütlich!« Er selbst ließ sich in einen karierten Ohrensessel daneben sinken. Der Stoff war schon ganz abgewetzt. Sie nahm an, dass dies sein Lieblingssessel sein musste.

»Ich verstehe durchaus Ihren Ärger. Es ist aber nicht ganz so, wie Sie annehmen«, griff er das Gespräch wieder auf.

»Ist es das?« Sie wollte nicht frech werden, aber es rutschte ihr einfach so heraus.

Der Nachlassverwalter musterte Susan nachdenklich. »Sie erlauben?« Er zeigte auf eine bereits gestopfte Pfeife, die auf einem kleinen Holztischchen lag. »Es entspannt mich.«

Sie zuckte mit den Schultern. »Natürlich, ich habe nichts dagegen. Viele meiner Kunden rauchen Tabak. Es riecht angenehmer als Zigarettenrauch.«

»Das stimmt allerdings.« Er zündete die Pfeife an und nahm genüsslich einen Zug. Ein aromatischer, hölzerner Duft, der sie an einen Professor aus ihrer Studienzeit erinnerte, durchzog sogleich den Raum. »Also: Ihre Großmutter Mae Grayson *hat* Sie gewollt. Sie wusste jedoch bis letztes Jahr nicht, dass es eine Enkelin gibt. Was Ihren Großvater William Grayson betrifft, muss ich Ihnen leider mitteilen, dass auch er bedauerlicherweise bereits vor mehreren Jahren verstorben ist.«

Susans Hoffnung schwand von Minute zu Minute.

Mister Smiths Gesicht nahm einen harten Zug an. »Was Grayson House betrifft sollten Sie Folgendes wissen: Die Vorfahren Ihrer Großmutter bewohnten dieses Haus schon vor dem Bürgerkrieg. Die Graysons handelten immerhin als eine der ersten Familien in Alabama mit Baumwolle. Darauf war Ihre Großmutter stets stolz, aber nicht auf die Umstände, die Ihre Familie reich machten. Es geschah mit dem Leid und der Unterdrückung der Sklaven.« Der Nachlassverwalter zog ein weiteres Mal an seiner Pfeife, bevor er weitersprach. »Ihre Großmutter kannte das alles nur aus Erzählungen. Obwohl die letzten Sklaven, die Ihrer Familie dienten, erst Ende der dreißiger Jahre ihre Freiheit wiedererlangten. Einige Plantagenbesitzer beendeten die Sklaverei nicht sofort. Ihre Urgroßeltern gehörten leider auch zu ihnen. Manche Sklaven hatten Schulden bei ihren Besitzern angehäuft und diese nutzten diesen Umstand schamlos aus.«

Susan schnappte vor Empörung nach Luft. »Das ist unfassbar und dabei endete die Sklaverei doch fast hundert Jahre zuvor.« Mister Smith nickte. »Ich stimme Ihnen zu, das ist in der Tat schrecklich. Ihre Großmutter dachte genau wie Sie darüber. Als erwachsene Frau, die einen äußerst hellen Verstand besaß, schämte sie sich über diesen Teil ihrer Familiengeschichte. In den letzten Jahren hat sie viel getan, um diese abscheulichen Umstände von damals nicht in Vergessenheit geraten zu lassen. Es gab im Gemeindezentrum regelmäßig Ausstellungen über diese menschenverachtenden Zeiten. Ihre Großmutter hat persönliche Unterlagen dafür zur Verfügung gestellt und alles organisiert. Ihr Ziel war es, aufzuklären über das, was Elendiges in Taspering und an vielen anderen Orten in den Südstaaten passierte. Im Freundeskreis Ihrer Großmutter befinden sich übrigens Familien, dessen Vorfahren selber Sklaven waren.«

So sehr Susan die Schilderung dieser Umstände faszinierte und zugleich beschämte, so sehr wollte sie nun auch erfahren, was sie erwartete. »Das ist wirklich entsetzlich, was damals mit diesen Menschen passierte, und ich fühle mich mehr als erleichtert zu hören, dass meine Großmutter darüber aufgeklärt hat. Aber was für eine Bedingung ist denn nun an das Erbe geknüpft?« Sie wippte mit dem Fuß. Jeremiah Smith seufzte. »Die Bedingung ist, dass Sie eine Zeitlang selbst in Grayson House leben.«

Susan überkam Schnappatmung bei dieser Wendung. »Was? Wie lange müsste ich dort wohnen?«

»Ein halbes Jahr.«

Vor Schreck sprang sie auf und ihre Beine begannen erneut zu zittern. »Mein Gott! Wie stellen Sie sich das vor? Ich habe eine Arbeit hier. Ich bin selbstständig, das kann ich nicht einfach ein halbes Jahr lang ruhen lassen! Und ich habe meine Wohnung, Freunde und zwei kleine Waisenkinder, die jeden Sonntag auf meinen Besuch in meinem alten Heim auf mich warten!«

Mister Smith ließ ihr einen Moment Zeit, sich zu beruhigen. »Bitte setzen Sie sich doch wieder. Ich kann Ihre Aufregung durchaus verstehen. Wir finden sicher gemeinsam eine Lösung, wie Sie die Testamentsbedingung erfüllen können. Wir haben außerdem noch nicht über Ihre Eltern gesprochen.«

Susan nahm wieder Platz. Sie spürte, wie ihr Herz wild in ihrer Brust zu pochen begann. Was würde sie gleich über ihre Mutter und ihren Vater erfahren? Hoffentlich lebten sie noch! Das Flattern in ihrer Magengegend verstärkte sich. Sie hatte tausend Fragen an sie.

Der Nachlassverwalter fuhr in seinen Ausführungen fort. »Ihre Mutter hieß Amelia Parker geborene Grayson. Sie starb leider vor einem Jahr im Alter von einundfünfzig Jahren an Bauchspeicheldrüsenkrebs.«

In ihrem Mund bildete sich ein bitterer Geschmack. Sie bemühte sich, ihre Enttäuschung zu verbergen. Also würde sie ihrer Mutter niemals begegnen. Der Traum, ihr eines Tages gegenüberzustehen, platzte in diesem Moment wie eine Seifenblase.

Mister Smith blickte sie einfühlsam an. »Es tut mir wirklich sehr leid, Ihnen das erzählen zu müssen. Aber eines steht fest: Sie hat Sie nie vergessen. Ihre Großmutter fand beim Leerräumen des Kleiderschrankes Ihrer Mutter deren Tagebuch. Darin stand, dass Sie existieren, aber nicht, dass sie ins Ausland verschwunden ist. Mae Grayson beauftragte noch am selben Tag einen Privatdetektiv mit der Suche nach Ihnen. Er hat viele Monate gebraucht, ehe ihn eine Spur nach London führte. Dort übernahm ich auf Wunsch Ihrer Großmutter dann die Suche. Ich habe einige Zeit dafür benötigt. Aber dank der Hilfe von Behörden und einem Netzwerk an guten Kontakten, das ich in den letzten Jahrzehnten aufgebaut habe, hatte ich Erfolg. Leider ist Ihre Großmutter nun auch überraschend vor einigen Wochen nach einem Schlaganfall verstorben. Sie hat wirklich alles daran gesetzt, ihre Enkeltochter zu finden, nachdem sie das Tagebuch entdeckte und mich letztendlich zu ihrem Testamentsvollstrecker bestimmte.«

Susan betupfte ihre Augen. »Was ist mit meinem Vater? Lebt er vielleicht noch?« Sie blickte Mister Smith hoffnungsvoll an.

Bedauernd schüttelte er den Kopf. »Leider nicht. Ihr Vater, er war Engländer, hieß Joel Parker. Ich muss aber gleich dazu sagen, dass Ihre Großmutter ihn nicht sonderlich schätzte.«

»Was missfiel ihr an ihm?«

Er räusperte sich. »Nun, Ihr Vater spekulierte an der Börse. Ihre Großmutter hat sich aus diesem Grund natürlich Sorgen um die Zukunft ihrer Tochter gemacht. Dennoch liebte Ihre Mutter ihn wohl genug, um mit ihm durchzubrennen. Wie ich Ihnen ja bereits erzählte, handelte es sich bei Ihrer Großmutter um eine sehr stolze Frau. Der Ruf und das Ansehen in Taspering und Umgebung, sowie das Auftreten der Familie Grayson bei öffentlichen Veranstaltungen, waren ihr enorm wichtig. Ein Finanzexperte erschien ihr zwar auch nicht als gut genug, aber besser als andere Männer in Amelias Leben. Wenn es nach Ihrer Großmutter gegangen wäre, hätte Ihre Mutter am besten einen reichen Unternehmer oder Anwalt geheiratet. Zum Glück ging es nicht immer nach ihrem Willen, denn sonst würden Sie, Miss Parker, heute ja nicht hier sitzen, nicht wahr?« Er zwinkerte ihr lächelnd zu. »Jedenfalls gab es sehr viele Streitigkeiten mit Ihrem Vater. Eines Abends artete das Ganze so aus, dass Ihre Eltern die Koffer packten und heimlich aus Taspering verschwanden.«

»Haben die beiden denn in Grayson House gewohnt?«

»Nein, sie wohnten ein Stück weiter die Straße runter in einem Haus, das ebenfalls Ihrer Familie gehört. Ihre Großmutter hat es ihnen großzügigerweise zur Verfügung gestellt.«

»Was ist dann passiert?« Susan konnte ihre Neugier nicht mehr zurückhalten.

»Nun, sie musste zu dem Zeitpunkt schon schwanger mit Ihnen gewesen sein, berichtete aber nichts davon. Im Tagebuch war die Rede davon, dass sie nach New York wollten. Das hat die Suche nach Ihnen natürlich massiv erschwert. Der Detektiv suchte Sie in Amerika, Miss Parker. Er nahm an, dass Ihr Familienname Grayson sei. Ihre Großmutter glaubte nicht, dass Amelia im Falle einer womöglichen Heirat ihren Familiennamen aufgegeben hat. Doch sie hat sich getäuscht, wie wir nun wissen.«

Susan knetete ihre Hände. »Das klingt, als wäre meine Mutter sehr verzweifelt gewesen.«

Er nickte. »Ja, das war sie ganz sicher. Sonst hätte sie den Weg nach England nicht auf sich genommen. Bei unseren Recherchen habe ich herausgefunden, dass Ihre Eltern in Brixton lebten.«

Susan warf einen Blick in die lodernden Flammen des Kamins.

»Das ist ein sehr exotischer und unkonventioneller Stadtteil, den die beiden sich da ausgesucht haben.« Sie lächelte Mister Smith an. »Dieser Bereich von London ist doch von jamaikanischer und afrikanischer Kultur geprägt.« Der Nachlassverwalter setzte seine Erzählung fort. »Ja, so ist es, Miss Parker. Ihr Vater besaß jedenfalls kaum noch einen Penny. Die finanzielle Lage verschlechterte sich zusehends und er verbrachte seine Abende, laut den Aufzeichnungen Ihrer Mutter, immer öfter in irgendwelchen Kellerbars. Eines Abends setzte er sich betrunken hinters Lenkrad und verunglückte tödlich.« Mister Smith legte seine ausgerauchte Pfeife zur Seite. Er sah sie mitfühlend an. »Ich kann mir vorstellen, wie schlimm das alles für Sie klingen muss, Miss Parker. Ihre Mutter versuchte wirklich alles, um Sie bei sich zu behalten. Sie hat sich sogar bei dem Besitzer einer Table Dance Bar Geld geliehen, um die Miete weiter bezahlen zu können. Der hat sie natürlich dafür hinter der Theke schuften lassen.« Er beugte sich zu ihr vor. »Soll ich weitererzählen oder möchten Sie eine kurze Pause machen?«

Susan winkte ab. »Nein, keine Sorge, ich schaffe das schon. Ich will jetzt alles wissen.« Sie betupfte wieder ihre Augen mit dem Taschentuch.

Mister Smith lehnte sich zurück. »Irgendwann also konnte Ihre Mutter nicht mehr, trotz der vielen, schlechtbezahlten Jobs, die sie angenommen hatte und setzte Sie kurz darauf in ihrer Verzweiflung aus. Sie hoffte, dass es Ihnen später an nichts mangeln würde. Und so tauchte Ihre Mutter eines Tages wieder vor Grayson House auf. Ihre Großmutter nahm Amelia ohne nachzufragen wieder bei sich auf. Von der Hochzeit und Ihnen erfuhr sie natürlich nichts. Ihre Mutter Miss Parker hat nämlich nach dem Tod ihres Ehemannes direkt wieder ihren Mädchennamen angenommen. Für Mae Grayson jedenfalls bestätigte das Erscheinen ihrer Tochter all ihre Theorien seit deren Verschwinden.«

Susan sprang auf und ging ruhelos im Zimmer hin und her. In den letzten Minuten hatte sie furchtbar beklemmende Dinge erfahren und nun liefen ihr die Tränen die Wange hinunter. Sie konnte einfach nicht still sitzenbleiben. Nach einer Weile beruhigte sich ihr Herzschlag. Susan nahm wieder auf der Couch Platz, um ihm ihre Gedanken preiszugeben. »Das ist so schrecklich, was sie alles erdulden musste. Ich verstehe nur leider immer noch nicht, warum meine Mutter dachte, dass sie mich nicht ernähren könnte. Sie hätte doch nur mit mir nach Amerika zurückkehren müssen und alles wäre gut gewesen. War meine Großmutter denn so eine Patriarchin?« Hektisch wischte sie sich die Tränen fort. »Woher wissen Sie überhaupt so viel von meiner Familie?« Sie griff wieder nach dem Taschentuch und schnäuzte sich.

Der Nachlassverwalter lächelte. »Vielleicht haben Sie an meinem Akzent gehört, dass ich kein Engländer bin?«

Sie blinzelte die letzten Tränen fort. »Ja, das ist mir allerdings aufgefallen.«

»Miss Parker, ich bin ein alter Freund Ihrer Großmutter. Daher hat sie mich beauftragt. Es fiel ihr leichter, mich um Hilfe zu bitten, als einen wildfremden Notar in England. Normalerweise wird das Testament auch von den hiesigen Nachlassgerichten nicht herausgegeben. Mir lag aber eine persönliche Kopie vor, die ich von Ihrer Großmutter per Brief erhalten habe. Wir Südstaatler sind sehr, sehr stolze Menschen. Das erklärt auch, warum Ihre Mutter nicht um Hilfe betteln wollte. Schon gar nicht bei Ihrer Großmutter, nach allem, was geschehen war.«

Falscher Stolz also, dachte Susan. Sie ballte die Fäuste zusammen, bis sie schmerzten. Woher nur kannte sie dieses Gefühl? Ging es ihr nicht selber auch oft so? Zu hochmütig, um Hilfe anzunehmen? Doch das war nun ihr geringstes Problem. Sie stand jetzt vor einer der schwersten Entscheidungen ihres Lebens. Die Chance war gekommen, ihre Herkunft zu erforschen. Sollte sie wirklich England für ein halbes Jahr verlassen und die Bedingungen einer ihr unbekannten Großmutter erfüllen, in einem Land, das sie nicht kannte?

Und dazu noch in den Südstaaten, deren Vergangenheit so wild war? *Ausgerechnet Alabama!* Warum nicht das schillernde, aufregende New York?

Sie ganz alleine in Alabama? »Gibt es noch andere Verwandte, Mister Smith?« Ein kleines Fünkchen Hoffnung keimte in ihr auf.

Bedauernd schüttelte er den Kopf. »Nein, leider nicht. Ihre Mutter hatte keine Geschwister, genau wie Ihr Vater und auch dessen Eltern leben nicht mehr. Es existiert noch ein Bruder Ihrer Großmutter, aber er ist schon weit über achtzig, schwer dement und erkennt niemanden mehr. Ihre Großmutter hat übrigens, das muss ich an dieser Stelle erwähnen, bereits dafür gesorgt, dass er seinen Pflichtanteil bekommt.«

Susan lächelte den Nachlassverwalter an. »Das ist beruhigend zu wissen, dass er finanziell versorgt ist.« Der Kloß in ihrem Hals schien sie dennoch zu ersticken. Sie blickte kurz zu dem Fenster, bevor sie weitersprach. Ihre Stimme klang brüchig: »Ich finde es sehr schade, dass er gesundheitlich so angeschlagen ist. Sie verstehen, dass ich gehofft hatte …« Susan beendete ihren Satz nicht. Im Grunde änderte sich also nichts. Sie hatte nach wie vor keine Familie. Eine Melancholie so tief wie der Ozean breitete sich in ihr aus. »Ich muss jetzt erst einmal in Ruhe über alles nachdenken. Haben Sie vielen Dank, dass Sie mich so herzlich empfangen haben und auch für Ihr Mitgefühl.« Sie rang nach Worten. »Es ist schön zu wissen, dass Sie meine Familie kannten. Sie haben sie mir heute Abend ein Stück nähergebracht. Ich wünschte nur, ich hätte sie auch kennenlernen können.« Bekümmert erhob sie sich und griff nach ihrer Lederhandtasche.

Mister Smith begleitete sie hinaus. »Ich verstehe Ihre Traurigkeit, Miss Parker. Sie werden das Erbe aber doch annehmen, oder?«

Susan bemühte sich, ihm eine halbwegs zufriedenstellende Antwort zu geben. »Ich weiß noch nicht, wie ich mich entscheide. Es ist sehr kompliziert.« In Gedanken war sie bei ihrer Agentur und ihren Freunden.

Der Nachlassverwalter half ihr im Eingangsbereich in den Trenchcoat. »Ist es das nicht immer: kompliziert?«

»Ja, leider.« Susan schnürte ihren Mantel zu. »Wie lange habe ich Bedenkzeit?«

»Leider nicht allzu lange. Es ist derzeit neben den Perkins, dem älteren Angestelltenpaar, das neben Grayson House wohnt, niemand da, der sich um das Anwesen mit all seinen Belangen sorgen könnte. Die beiden ziehen zudem ihre Enkeltochter groß, deren Eltern vor einigen Jahren durch einen Unfall verstorben sind. Damit haben sie schon alle Hände voll zu tun, wie Sie sich sicher vorstellen können. Das Mädchen befindet sich derzeit in der Pubertät. Was *das* bedeutet, muss ich Ihnen bestimmt nicht erklären.«

Susan schüttelte den Kopf. »Nein, ich kann es mir vorstellen. Ich war ja schließlich selber mal eine Teenagerin.«

Mister Smith räusperte sich. »Die Familie Perkins konnte sich ja nicht um alles kümmern. Deswegen hat Ihre Großmutter manchmal Firmen kommen lassen, wenn größere Reparaturen wie zum Beispiel am Dach anstanden. Und dann hilft ab und an noch ein Nachbar mit kleinen Reparaturen aus. Er hat das Haus in der Straße gemietet, in dem Ihre Eltern lebten, bevor sie verschwanden. Sie hätten also Hilfe vor Ort.«

Susan drückte dem Nachlassverwalter die Hand zum Abschied. »Gut. Ich werde eine Entscheidung treffen. Aber jetzt muss ich das Ganze erst noch einmal überdenken.«

»Natürlich, schlafen Sie ein, zwei Nächte darüber und dann kommen Sie vorbei. Meine Tür steht Ihnen jederzeit offen. Nach Möglichkeit natürlich nicht um sieben Uhr morgens!«

Nun mussten sie beide doch noch lachen.

Während Susan die Eingangstreppe hinunterging, rief er ihr noch etwas zu: »Miss Parker, eines möchte ich Ihnen noch sagen: Sie sehen Ihrer Großmutter sehr ähnlich, nur falls es Sie interessieren sollte. Von Ihrer Mutter ganz zu schweigen.«

5

Kaum, dass Susan eine Stunde später wieder zu Hause angekommen war, machte sie es sich auf der Couch bequem und wählte die Nummer von Bonnie. Als ihre Freundin sich meldete, sprudelte es aus Susan heraus und sie berichtete ihr von der Testamentseröffnung.

Bonnie stellte ihr dieselben Fragen, die Susan bereits umtrieben, seit sie das Haus von Mister Smith verlassen hatte. »Was wirst du nun tun? Nimmst du die Herausforderung an oder machst du hier in London weiter wie bisher?«

Susan drückte ein Couchkissen fester an sich. »Ich bin hin und hergerissen! Die Arbeit, die Wohnung, die Kinder am Sonntag. Sie wären sicher todunglücklich, wenn ich solch eine lange Zeit nicht käme. Und du und Danny würdet mir auch sehr fehlen. Ich kenne niemanden dort. Das Ganze macht mir eine Heidenangst!«

»Das kann ich verstehen«, sagte Bonnie einfühlsam. »Aber mach dir um uns keine Gedanken, wozu gibt es Videochat? Und mit den Kindern könntest du es genauso handhaben. Sicher hat im Waisenhaus niemand etwas dagegen, wenn du mit Kathleen und Matthew auf diese Weise in Kontakt bleibst. Außerdem, wenn es um Finanzen geht, kann ich dir jederzeit telefonisch zur Seite stehen. Was Buchhaltung betrifft – und damit wirst du dich früher oder später bei einem Haus dieser Größe auseinandersetzen müssen – solltest du dort jemanden um Rat fragen.«

Susan fingerte an ihrem Blusensaum herum. »Ich weiß nicht, ob ich das kann. Bei dir klingt das alles so einfach.«

»Stell dich nicht so an! Und dein Apartment bekommst du mit Kusshand untervermietet, bis du wieder da bist. Der Wohnungsmarkt bei uns ist katastrophal, wie du weißt. Die Interessenten werden dir sicher sofort die Tür einrennen. Wir reden hier von Notting Hill, Schätzchen! Das dauert höchstens zwei Tage, dann hast du einen Mieter. Du holst einfach deine wichtigsten Sachen heraus und mottest sie bei mir im Keller ein.«

Susan bewunderte ihre Freundin für ihren Pragmatismus in diesem Moment.

Bonnie dachte weiter laut nach. »Und für deine Kunden findet sich auch eine Lösung. Du hast doch sicher noch Kontakt zu dem ein oder anderen Studienkollegen oder Kollegin aus deinen Kursen?« Es trat eine kurze Pause ein, ehe sie weitersprach. »Vielleicht könntest du sie in dieser Angelegenheit ja um Hilfe bitten. Dass du sozusagen eine Vertretung hast, während du in Amerika bist und nicht alle deine Kunden verlierst.«

Nachdenklich beobachtete Susan eine Mücke, die an der Wand saß. Natürlich war es nicht unmöglich, das Testament anzutreten. Hier kam es einfach auf einen Versuch und ihren Willen an, es durchzuziehen. Nur gut, dass ihre Freundin in dieser Situation einen rationalen Kopf behielt.

Bonnies Stimme holte sie wieder aus ihren Gedanken zurück. »Bist du noch da, Suze? Ich höre gar nichts mehr.«

»Ja, ich bin noch da. Ich habe nur intensiv über deine Worte nachgedacht. Dein Ratschlag mit dem Videochat ist klasse. Wieso ist mir das nicht selbst eingefallen?«

»Das liegt daran, dass du nur noch über Raumplänen sitzt und die Welt da draußen selten reinlässt.«

Verlegen zwirbelte Susan an einer Haarsträhne. »Ja, so muss es wohl sein.«

»Kann ich Danny dann also sagen, dass du das Erbe annimmst? Ich sehe ihn nämlich heute Abend. Ein Kollege von mir hat mich ins Ballett eingeladen.«

»Ein Kollege? So, so«, erwiderte Susan und lachte. »Na, dann wünsche ich dir viel Spaß im Theater. Und es wäre wirklich lieb, wenn du unserem Tänzer davon erzählst. Ich melde mich bei euch, sobald ich weiß, wann ich fliege.«

»Tu das! Ruf gleich diesen Nachlassverwalter an, ehe du es dir noch anders überlegst.«

Eine Welle dankbarer Wärme für ihre Freunde breitete sich in ihrer Brust aus. »Hab ich schon gesagt, wie lieb ich dich und Danny habe?« Voller Erleichterung erhob sie sich vom Sofa.

»Das wissen wir. Ruf an, sobald du mehr weißt. Und wenn du deine Sachen vorbeibringen willst, dann organisiere ich dir ein Auto, um alles zu transportieren. Bis die Tage. Ich muss auflegen, es klingelt an meiner Wohnungstür. Das ist der Pizzabote. Tschüss!«

Bevor Susan sich bedanken konnte, klickte es in der Leitung.

Ihr Körper vibrierte vor Aufregung. Diese Entscheidung, nach Amerika zu fliegen, würde ihr Leben gewaltig umkrempeln.

6

Bereits am nächsten Nachmittag stattete Susan dem Nachlassverwalter einen erneuten Besuch ab. Sie saßen in seinem Büro, in dem sie alle notwendigen Papiere unterzeichnete.

Mister Smith legte die Dokumente zur Seite. »So, nachdem wir die wichtigsten Formalitäten erledigt haben, gäbe es da nur noch eine Sache, die ich Ihnen mit auf den Weg geben möchte.«

Sie bekam einen Brief aus feinstem Papier in die Hand gedrückt. Auf der Rückseite prangte ein Wachssiegel, etwas ganz und gar Außergewöhnliches.

»Ich vergaß, Ihnen den hier zu geben. Er ist von Ihrer Großmutter.«

»Für mich?« Ungläubig sah Susan auf den Brief in ihrer Hand.

»Sie schrieb ihn kurz vor ihrem Tod und bat mich, ihn Ihnen zu geben, falls wir Sie finden sollten.«

Liebevoll betrachtete sie das Wachssiegel. Ihre Hände zitterten, als sie über das Papier strich. Noch vor Wochen hatte ihre Großmutter diesen Brief berührt. Was wohl darin stand?

Der Umschlag duftete schwach nach Veilchenparfüm und löste Wehmut in ihr aus.

Dem Nachlassverwalter war ihre Gefühlsregung nicht entgangen, denn er überraschte sie mit einem unerwarteten Angebot. »Ich mache Ihnen einen Vorschlag, Miss Parker.

Möchten Sie vielleicht, dass ich Ihnen die Flüge nach Alabama und die Einreisepapiere organisiere? Ich kenne mich sehr gut mit allen dafür nötigen Formalitäten aus. Schließlich fliege ich selber immer noch regelmäßig in meine alte Heimat.« Er strich sich über seinen Haarschopf. »Ich bin zwar nicht mehr der Jüngste, aber wenn die Familie ruft, muss ich turnusmäßig losziehen. Wenn ich mich darum kümmere, bedeutet das eine Entlastung für Sie. So können Sie in aller Ruhe sämtliche nötigen Vorbereitungen treffen.«

Verblüfft blickte sie ihn an. Bürokratie gehörte nicht zu ihren Stärken. »Das würde mir sehr helfen, vielen Dank.«

Er winkte ab. »Nichts zu danken. Ich werde die Familie Perkins bitten, Sie vom Flughafen in Birmingham abzuholen. Ach, und bevor ich es vergesse: Denken Sie bitte daran, eine Auslandskrankenversicherung abzuschließen. Das Gesundheitssystem in unserem Land ist nicht so gut wie hier. Sicher haben Sie davon schon gehört. Ein Arztbesuch kann sehr teuer werden.«

Susan lächelte. »Davon habe ich allerdings schon gehört. Danke für den Hinweis. Ich kümmere mich darum.« Entschlossenheit machte sich in ihr breit. Sie straffte die Schultern. »Also gut, wenn es geht, reservieren Sie mir doch für nächste Woche Samstag einen Flug! Bis dahin habe ich sicher alles erledigt.«

Der Nachlassverwalter klatschte begeistert in die Hände. »Wunderbar. Das wird sich dank meiner Beziehungen zur Fluggesellschaft machen lassen. Ich rufe gleich Tom Perkins an, damit er alles für Ihren Aufenthalt in Taspering vorbereiten kann. Er und seine Familie werden sich freuen, dass Sie kommen!«

Mit dem Brief ihrer Großmutter in der Tasche verließ Susan sein Haus. Einerseits hätte sie sich am liebsten auf die nächste

Parkbank gesetzt um ihn aufzureißen, aber andererseits war dieser Brief ein Schatz. Sie musste erst zur Ruhe kommen, um ihn zu lesen. Es gab vorher noch einiges zu regeln. Entschlossen zückte sie ihr Handy und begann damit, ihre Wohnung zu inserieren.

Am folgenden Abend kamen Bonnie und Danny zum Essen bei Susan vorbei.

Danny schwenkte das Rotweinglas in seiner Hand hin und her. »Dann fliegst du also nächste Woche schon?«

»Ja. Ich habe vorhin mit Mister Smith telefoniert. Er konnte mir einen Flug besorgen. Ich weiß, es kommt sehr kurzfristig für euch, aber ich bin schon so neugierig. Ihr versteht das doch sicher?« Sie blickte in die bedrückten Gesichter ihrer Freunde. Trotz aller Wehmut freuten sie sich für Susan, dass sie endlich die Geschichte ihrer Familie erfuhr.

Bonnie sah sie ängstlich an. »Und wann kommst du wieder? Ich meine, ich freue mich riesig, dass du endlich etwas über deine Familiengeschichte erfährst! Aber ... du hast doch vor, zurückzukommen, oder?«

»Natürlich! Ich denke nicht, dass ich es ohne euch beiden Nervensägen länger als das halbe Jahr aushalte. Außerdem muss ich doch wieder zu Kathleen und Matthew. Von meiner Agentur ganz zu schweigen.«

Bonnie wirkte erleichtert. »Ach was, das wird das Abenteuer deines Lebens. Ich wollte übrigens schon immer nach Amerika, jetzt habe ich endlich einen Grund, hinzufliegen. Wir kommen dich auf jeden Fall besuchen, nicht wahr, Danny?«

Er legte seine Gabel beiseite. »Natürlich. Sobald es geht, kommen wir dich besuchen. Wir wollen doch sehen, was für einen alten Kasten du da ergattert hast.« Noch ernster als

Bonnie schlang ihre Arme um sie und hüllte Susan in einen exklusiven Chanelduft ein. »So, komm her Süße und lass dich noch einmal drücken.« In ihren Augen schwammen Tränen. »Du meldest dich, sobald du da bist, hast du verstanden? Und jetzt geh zu deinem Flieger, bevor wir dich wieder mitnehmen.«

»Ja, Mary Poppins. Ich geh ja schon.«

Alle drei mussten lachen, obwohl ihnen nicht der Sinn danach stand. Doch nachdem Susan durch die Sicherheitskontrolle gegangen war und sich noch einmal nach den Freunden umdrehte, sah sie, dass beide weinten. Hoffentlich war es Grayson House wert, die beiden wichtigsten Menschen in ihrem Leben für eine so lange Zeit zu verlassen!

Nachdem der Flieger sich eine Stunde später in die Luft erhoben hatte und London unter ihr verschwand, öffnete Susan endlich den Brief ihrer Großmutter. Aus Angst vor dem, was darin stand, hatte sie ihn noch nicht angerührt. Doch jetzt holte sie tief Luft und fing mit bebenden Händen zu lesen an:

Meine liebe Susannah! Wenn Du diesen Brief liest, werde ich nicht mehr da sein. Dann werden sie Dich zu spät gefunden haben und ich kann Dir nicht mehr persönlich sagen, wie sehr ich mich über Deine Existenz freue. Wenn ich früher gewusst hätte, was ich heute weiß, wie viel Leid wäre Dir und unserer Familie erspart geblieben. Ich weiß nicht, wie Du aussiehst und wo Du lebst, aber ich hoffe, dass Du eines Tages nach Hause zurückkehren wirst. Ich vermache Dir Grayson House und die damit verbundenen Grundstücke und Gebäude. Dieses Haus ist mein wertvollster Besitz und es soll Dir gehören, mit all seinen Erinnerungen, die darin wohnen und den sich darin befindlichen Dingen. Ich wünsche mir so sehr, dass Du genug Grayson bist, um meine Bedingung

zu erfüllen. Ich hoffe, Du wirst dort glücklich. Im Haus wirst Du das Tagebuch Deiner Mutter finden. Amelia hat Dich sehr geliebt und niemals vergessen. Lies die Aufzeichnungen und Du wirst verstehen, was ich meine. Es gäbe so vieles, was ich Dir noch gerne gesagt oder gezeigt hätte. Leider hat der Herr in seiner unendlichen Weisheit beschlossen, mich bald zu sich zu rufen. Ich spüre es schon sehr deutlich. Aber all die Worte könnten ohnehin nicht annähernd beschreiben, was ich für Dich fühle. Seit dem Tag, an dem ich von Dir erfuhr, war ich besessen von dem Gedanken, Dich zu finden. Lebe ein gutes, glückliches Leben, an dessen Ende Du mit Stolz und ohne Reue darauf zurückblicken kannst. Ich bin auf vieles, was ich gesagt oder getan habe, nicht stolz, aber man kann Taten nicht ungeschehen machen. Du wirst selber herausfinden müssen, was ich damit meine. Eines Tages werden wir wieder zusammen sein. Daran glaube ich ganz fest.
Bis dahin denke an Deine alte Großmutter.

In tiefer Verbundenheit,
Deine Grandma Mae.

Susan sah mit verschwommenem Blick aus dem Flugzeugfenster. Trotz der Trauer um ihre verlorene Familie machte sich zaghaft Vorfreude in ihr breit. Endlich kam sie an ihren Ursprungsort.

8

Ein Unwetter hatte für Verspätung gesorgt. Sie spurtete, kaum dass sie das Flughafengebäude des Chicago O' Hare erreichte, zum Abflugterminal von Delta. Mit knapper Not erwischte sie den Anschlussflug. Der Blick am frühen Abend über Alabama während des Landeanflugs verzückte und entschädigte sie für die Unannehmlichkeiten der vergangenen Stunden. Der Himmel leuchtete in einem intensiven Pink. Sanfte Hügel, Blütenfelder und Wiesen, prächtige Seenlandschaften und scheinbar endlose Wälder boten sich ihrem Blick. Dieses Land übertrumpfte in Wahrheit sämtliche Beschreibungen in den Reiseführern.

Endlich rollten sie über die Landebahn. Susan bekreuzigte sich vor Erleichterung, wieder festen Boden unter sich zu haben. Seit einem turbulenten Flug mit Bonnie und Danny nach Griechenland vor drei Jahren, litt sie unter Flugangst. Diesmal war ihr keine andere Wahl geblieben.

Ihre Beine zitterten bei der Ankunft in Birmingham vor Erschöpfung und Anspannung noch immer, während sie am Band auf ihr Gepäck wartete.

Gott sei Dank hatte der Sitznachbar im ersten Flieger sehr viel Verständnis für ihre Panik. Selbst als sie »Wir stürzen ab!« geschrien hatte, blieb der alte Herr die Ruhe selbst. Er schenkte ihr ein mitleidiges Lächeln und reichte ihr eine Papiertüte.

»Hier, nehmen Sie, ich möchte meine Familie ungern mit vollgebrochener Hose begrüßen.«

Im Nachhinein musste Susan grinsen bei der Erinnerung an diese Schmach. Sie hatte ihre Angst überwunden und es ganz alleine hierhergeschafft, was sie mit Stolz erfüllte.

Endlich kamen ihre Koffer in Sicht. Hilfesuchend blickte sie sich um. Außer ihr gab es nur noch eine Familie, deren Habseligkeiten noch nicht aufgetaucht waren. Hoffentlich fand sich jemand, der ihr half, den einen Monsterkoffer vom Gepäckband zu hieven. Die anderen fünf waren easy. Das bekäme sie schon irgendwie hin. Zu ihrem Glück erbarmte sich ein Flughafenmitarbeiter ihrer, als sie sich keuchend mit der schweren Last abmühte. Erleichtert tippelte Susan in ihrem dunkelblauen Tweed Kostüm, das sich im Nachhinein betrachtet mehr für eine Konferenz, als für eine so lange Anreise geeignet hätte, mit dem vollbeladenen Gepäckwagen Richtung Ankunftshalle. Dort konnte sie außer einigen Männern in Businessanzügen und jungen Urlaubern nur noch ein älteres Ehepaar in Begleitung einer Teenagerin ausmachen. Der weißhaarige Mann in grüner Arbeitslatzhose mochte wohl Mitte sechzig sein. Seine pummelige Frau, mit graumeliertem Pixiehaarschnitt, führte gerade eine hitzige Diskussion mit dem Mädchen. Die Rothaarige mit der schwarzen Hornbrille ließ geräuschvoll ihren Kaugummi platzen. Die Ältere zupfte am T-Shirt der Kleinen herum, auf dem eine scheußliche Monsterfratze abgebildet war. Das konnten nur die Perkins sein.

Susan blieb stehen und beobachtete das Schauspiel für einen kurzen Augenblick. Wie gerne hätte sie in ihrer Teenagerzeit diese Normalität erlebt.

»Zerr nicht so an mir, Großmutter, ich bin kein kleines Kind mehr!«

Die alte Dame jammerte: »Warum nur in Gottes Namen hast du ausgerechnet dieses fürchterliche Teil angezogen?«

»Weil es mir gefällt. Ich ziehe an, was ich will!«

Verzweifelt blickte die Frau an dem Mädchen herab und zeigte auf deren Outfit. »Ich meine es doch nur gut. Du läufst herum wie ein gerupftes Huhn mit diesem Shirt und dieser Fetzenjeans.«

»Tu ich gar nicht!«

»Tust du wohl.«

»Schluss jetzt!« Die Stimme des älteren Herrn klang wie ein tiefes Donnergrollen. »Hört jetzt endlich auf, ihr beiden. Jeden Moment kann Maes Enkelin hier auftauchen und ich will nicht, dass sie einen schlechten Eindruck von uns bekommt.«

Das war Susans Stichwort. Sie löste die Bremse des Gepäckwagens und schob ihn mit aller Kraft in Richtung der Perkins Familie.

Nun bemerkte man sie. Der Latzhosenmann winkte ihr freudig zu. »Hierher, Miss Parker.« Offensichtlich wussten die Herrschaften Bescheid.

Susan lächelte die Familie an und streckte Glenda Perkins ihre Hand entgegen. »Guten Abend. Ich freue mich sehr, Ihre Bekanntschaft zu machen.« Doch sie unterschätzte die Herzlichkeit dieser Menschen maßlos. Ohne Vorwarnung wurde sie in eine Umarmung gezogen.

»Willkommen im schönen Alabama!«

»Na, nun lass sie schon los, Glenda.« Tom Perkins schob seine Frau beiseite. Er drückte Susan selbst so fest, dass sie fast keine Luft mehr bekam. Für einen alten Mann besaß er erstaunlich viel Muskelkraft. Das musste wohl an der vielen Gartenarbeit liegen.

Glenda Perkins' Augen leuchteten vor Freude. »Wir hoffen, Sie hatten eine angenehme Anreise?«

»Leider nicht, aber ich bin ja hier, das ist die Hauptsache.« Sie war noch immer überrascht von der Herzensgüte des Ehepaares. Und wie lustig das Pärchen doch mit ihrem Südstaatenslang klang!

Ihr Blick richtete sich auf Judy, die kaugummikauend danebenstand. »Hallo! Ich bin Susan.« Sie streckte ihr die Hand entgegen, ließ sie aber sinken, als diese nicht darauf einging, und bemühte sich stattdessen auf andere Weise, das Mädchen zu begrüßen: »Du musst Judy sein, ich hab schon viel von dir gehört.«

Judy unterbrach für einen Augenblick das Kaugummigeknatsche. »Ach ja? Wer hat Ihnen denn von mir erzählt?«

»Mister Smith.«

»Ach der!« Ihre Stimme klang gehässig. »Der quatscht sowieso immer viel zu viel, wenn er hier ist.«

Susan musste an sich halten, um nicht loszulachen. Von dem Nachlassverwalter war sie ja bereits im Vorfeld über die Teenagerin aufgeklärt worden.

Glenda Perkins bekam hektische rote Flecken ins Gesicht. »Judy, sei nicht so vorlaut! Entschuldigen Sie bitte die Manieren unserer Enkeltochter.« Sie bedachte diese mit einem bösen Blick.

Tom Perkins griff eilig nach Susans Gepäckwagen. »So, genug Small Talk! Dann lassen Sie uns mal nach Taspering fahren, damit Sie endlich Ihr neues Zuhause kennenlernen. Ich glaube, der halbe Ort kann es kaum erwarten, einen Blick auf die Erbin von Grayson House zu werfen.« Er schob mit schnellen Schritten den Gepäckwagen Richtung Ausgang.

Susan kam auf ihren Pumps kaum hinterher. Seine letzte Bemerkung hatte sie aufhorchen lassen. »Wird von mir sowas wie ein Empfang im Haus erwartet? Als Begrüßung für die Ortsbewohner, meine ich?«

Tom Perkins blieb stehen und drehte sich zu ihr um. »Wie kommen Sie denn darauf?«

»Na, ich meine, wird das nicht von solchen Hausbesitzern erwartet?«

»Ach so.« Er schüttelte den Kopf. »Nein, nein, keine Sorge. Die Nachbarn und die neugierigsten Ortsbewohner werden noch früh genug an Ihre Türe klopfen. Sie müssen gar nichts machen. Aber es könnte natürlich passieren, dass es Ihnen an manchen Tagen zu viel wird.«

Was er damit meinte, fragte Susan lieber nicht. Wahrscheinlich wollte sie die Antwort auch gar nicht hören.

Sie grübelte noch immer darüber, als Tom Perkins das Gepäck im Kofferraum verstaute und sie ins Auto stiegen. Ein süßlicher Geruch schlug ihr entgegen. Auf dem Fußboden des Rücksitzes, auf dem sie jetzt mit Judy Platz nahm, lagen verstreut scheinbar leere Einwegpappbecher und buntes, zusammengeknülltes Bonbonpapier. Offensichtlich hielt das Mädchen nichts davon, seinen Müll wegzuräumen. Jedenfalls schien ihr der Dreck hier hinten nichts auszumachen, denn sie stellte einfach ihre Turnschuhe auf einen der fast leeren Limobecher. Klebrige Flüssigkeit quoll unter ihren Füßen aus dem Gefäß und benetzte den Fußboden.

Susan drehte angeekelt den Kopf Richtung Fenster und verkniff sich einen Kommentar. Ob das Mädchen wohl immer so respektlos mit dem Eigentum anderer umging?

Als sie den weitläufigen Flughafenbereich hinter sich ließen, machte Susan beim Einbiegen auf die Interstate zwanzig große Augen angesichts der kunstvoll gestalteten Lkw Trucks, die an ihnen vorbeifuhren. »Solche Lastwagen kenne ich nur aus Filmen, die in Amerika spielen. Oder Reportagen über dieses Land. Und die Straßen sind wirklich unglaublich breit hier.«

Glenda Perkins drehte sich zu ihr herum. »Das ist sicher alles sehr aufregend für Sie, nicht wahr?«

»Ja, das ist es allerdings.«

In Glenda Perkins' Stimme schwang sehr viel Stolz mit, während sie sich weiter unterhielten. »Warten Sie nur ab, wenn wir von der Interstate runter sind. Dann lernen Sie das wahre Alabama kennen. Das hier ist nur der Außenbezirk von Birmingham. Etwas trostlos, aber so ist das halt in großen Städten.« Diese Frau liebte ihr Landleben ganz offensichtlich.

Susan blickte weiterhin mit glänzenden Augen aus dem Fenster, auch wenn es außer grünen Wiesen und kleinen Wohngebieten, die dann und wann auftauchten, nicht viel zu sehen gab. Aus dem Autoradio drang leise Countrymusik und machte sie etwas schläfrig. Die Anreise war sehr anstrengend gewesen. Erschöpft lehnte sie ihren Kopf gegen die Fensterscheibe. Für einen kurzen Augenblick döste sie ein. Schreckte aber wieder hoch, als ein Sportwagen sie mit röhrendem Auspuff überholte. Daran, dass man hier auf der rechten Seite fuhr, musste sie sich erst gewöhnen. Mit jeder weiteren Meile wuchs ihre Vorfreude auf Grayson House. War dies nicht immer ihr Traum gewesen, herauszufinden woher sie kam? Ihre tiefsten Sehnsüchte warteten dort auf sie. Gleichzeitig wuchs aber auch die Angst, wie es wohl war, wenn sie in Taspering ankamen. Sie hielt sich nicht für einen ängstlichen Menschen, aber diese Situation war für sie eine große Herausforderung. Hoffentlich kam sie mit der Mentalität der Amerikaner zurecht.

Tom Perkins riss sie aus ihren Gedanken: »Wussten Sie, Miss Parker, dass sich in Tuscaloosa die wichtigste Universität von Alabama befindet? Mister Smith erwähnte, Sie seien Innenarchitektin. Ist das so? Vielleicht möchten Sie sich die Stadt demnächst mal ansehen. Es gibt einige historische Häuser, die Sie sehr interessieren könnten.«

Susan lächelte. »Danke für den Hinweis. Es wäre wirklich freundlich von Ihnen, wenn Sie mir Tuscaloosa irgendwann zeigen könnten. Ich möchte so viel wie möglich über die Heimat meiner Familie erfahren.« Sie machte sich eine mentale Notiz, dass sie Tom Perkins löchern würde, sollte sie noch Fragen über Alabama haben. Er schien sich ja gut auszukennen.

Judy, die seit der Abfahrt vom Flughafen stumm nach draußen geblickt hatte, drehte sich abrupt zu ihr um. »Ich kann Ihnen etwas über unser Land erzählen, spitzen Sie mal Ihre englischen Öhrchen: Alabama trat am 14. Dezember 1819 den Vereinigten Staaten bei und war von 1861 bis 1865 in den Bürgerkrieg verwickelt. Dieser entstand, weil die Nordstaaten darauf bestanden, die Sklaverei hier im Süden abzuschaffen. Doch der Süden weigerte sich, weil er von den billigen Arbeitskräften abhängig war. In diesem Krieg fielen etwa fünfhunderttausend Menschen. Leider haben die Südstaaten den Krieg verloren. Es war ein grausiges Gemetzel. Möchten Sie sonst noch etwas wissen?« Judy leierte das Ganze wie ein Gedicht herunter.

Ach Du liebe Güte, das Mädchen führte sich ja wie ein wandelndes Lexikon auf. Susan bemerkte, dass Tom Perkins' Gesicht einen beschämten Ausdruck annahm. Sein Blick blieb dennoch stur auf die Straße gerichtet. Bevor jetzt eine hitzige Familiendiskussion entstand, musste sie die Frechheit der Teenagerin abschwächen.

Gespielt begeistert strahlte sie das Mädchen an. »Ähm, nein, vielen Dank für deinen Vortrag, er gefiel mir wirklich gut und deine Infos sind äußerst interessant für eine Britin, wie ich es bin.«

Judy wandte sich grinsend wieder dem Fenster zu und auch Susan wandte ihren Blick wieder ab. Allmählich änderte sich die Gegend um sie herum. Die Eintönigkeit wich einem atemberaubenden Landschaftsbild. Diese tiefen Wälder faszinierten sie. Bei einer überdachten Holzbrücke in einem waldigen Gebiet legten sie einen Stopp ein und Susan beeilte sich, ein Foto von der Idylle zu knipsen. Sie machte gleich mehrere Aufnahmen mit ihrem Handy aus verschiedenen Winkeln.

Unter der Brücke rauschte ein Fluss und erfüllte die Luft mit einem Gurgeln und Plätschern. »Das ist so traumhaft«, quiekte sie vor Begeisterung und lehnte sich über die Balustrade, um sich das Naturschauspiel anzusehen. Der Anblick des glasklaren Wassers und die mächtigen grauen Kiesel im Flussbett zogen sie in ihren Bann.

Judy streckte ihren Kopf aus dem Autofenster. »Kommen Sie endlich, oder was? So eine langweilige Scheiße muss man doch nicht fotografieren«, schrie sie.

»Judy, benimm dich!«, tönte es zweistimmig aus dem Inneren des Wagens. Auch Tom und Glenda hatten längst wieder Platz genommen.

Susan trippelte zum Auto zurück und stieg wieder ein. Schweigend betrachtete sie während der nächsten zwanzig Minuten die vorbeifliegende Umgebung, die das Zuhause ihrer Vorfahren war.

Und dann kam endlich Taspering in Sicht! Der Ort lag zwischen zwei Anhöhen, umgeben von vielen Seen und Wäldern. *Willkommen in Taspering, Alabama*, stand auf dem verwitterten Holzschild am Straßenrand. Links von ihnen tauchte eine historisch anmutende Tankstelle auf, eine, bei der Susan sofort an die Route 66 denken musste. Langsam fuhr Tom Perkins durch den Ort, damit sie einen ersten Eindruck gewinnen konnte. Obwohl es jetzt fast dunkel war, konnte sie durch die eingeschalteten Straßenlaternen einige Läden erkennen, darunter auch einen kleinen Lebensmittelmarkt. Rechterhand erschien ein Friseurgeschäft, dessen Angestellte gerade abschloss. Mit einer qualmenden Zigarette im rechten Mundwinkel winkte sie ihnen freundlich zu.

Glenda Perkins drehte sich zu Susan herum. »Das ist Linda Hobbs. Ihr gehört der Friseursalon. Sie ist fast zweiundsechzig und hält sich noch für einen flotter Feger.« Sie lachte schrill auf. »Lassen Sie sich nicht von ihrem Äußeren täuschen. Auch wenn sie mit ihren toupierten Haaren und den Schlaghosen aussieht wie ein siebziger Jahre Girl. Sie macht die besten Frisuren in der ganzen Umgebung. In der Vergangenheit hat sie zahlreiche Wettbewerbe gewonnen mit ihrer Schneidkunst. Aber hüten Sie sich vor ihrer Zunge, die ist so scharf wie eine Rasierklinge!«

Susan kicherte bei Glendas Worten. »Danke, das merke ich mir, falls ich einen Haarschnitt benötige. Ich versuche dann, so wenig wie möglich zu sprechen.«

Tom Perkins mischte sich nun auch in ihr Gespräch ein. »Meine Frau hat recht. Nehmen Sie sich in Acht vor der Dame. Linda Hobbs hat mindestens drei Ehen hier aus dem Ort auf dem Gewissen.«

»Wieso?« Susans Neugierde erwachte. »Besitzt sie so eine Verführungskraft? Sie sieht gar nicht aus wie eine weibliche Sirene.«

Ein schallendes Gelächter kam vom Fahrersitz. »Nein, das nicht, aber sie ist eine Schwätzerin wie sie im Buche steht. Sie plaudert alle Geheimnisse aus. Und damit ist sie nicht alleine. Linda Hobbs, Trudy Nolan und Edwina Archer sind hier im Ort nur als *Plaudertaschentrio* bekannt. Trudy und Edwina sind Witwen und Linda hat es geschafft, vor einigen Jahren auch Ehemann Nummer drei zu vergraulen. Sie sollten sich vor diesen Damen in Acht nehmen. Man weiß nie, wann man ihnen begegnet. Könnte gut sein, dass sie bei Ihnen auftauchen. Alle drei sind im hiesigen Kirchenkomitee und mischen auch sonst überall mit.« Tom Perkins wandte sich an seine Frau. »Vor kurzem musste ich übrigens unseren Nachbarn, Mister Moley, wieder vor Trudys Kuppelversuchen bewahren. Er traf sie im Supermarkt und sie war mit ihrer Nichte dort.«

»Mit Rebecca? *Der Rebecca?* Oh Du meine Güte, der arme Mann.«

Susan wusste nicht, warum Glenda Perkins das so betonte. Dennoch, irgendein Gefühl sagte ihr, dass sie sicher noch herausbekommen würde, was hier im Ort so geschah. Ganz offensichtlich schien Taspering nicht allzu groß zu sein, wenn man sich noch einigermaßen beim Namen kannte. »Mister Perkins, ich möchte die Tage zum Friedhof, um meine Familie zu besuchen. Könnten Sie mich dann vielleicht hinfahren?«

»Natürlich, das versteht sich doch von selbst. Meine Frau kann Ihnen auch ein paar Blumen besorgen, wenn Sie für diesen Zweck welche haben möchten?«

»Ja, das wäre sehr freundlich, Misses Perkins, wenn Sie das für mich tun könnten.«

»Sehr gerne, meine Liebe. Es ist nur schade, dass Sie ihnen die Blumen nicht mehr persönlich geben können.«

Susan fuhr sich fahrig durch die Haare, bemüht, sich die wieder aufkeimende Trauer nicht anmerken zu lassen. »Ja, das ist es. Aber jetzt bin ich hier und kann auf diese Weise meine Zuneigung zeigen.«

Eine Weile fuhren sie noch auf der Hauptstraße, dann bog Tom Perkins in eine langgezogene Allee ein. Majestätisch hohe Eichen bogen ihre langen Äste über die gesamte Länge der Straße.

»Wir befinden uns jetzt in Ihrer zukünftigen Wohngegend, Miss Parker. Dies hier ist der Historic District.« Nachdem er noch zweimal abgebogen war, hielt der Wagen. »So, da wären wir. Das ist Ihr Grayson House«. Tom Perkins zeigte feierlich nach links auf das prächtige, weiße Haus im Antebellum-Stil.

Im fahlen Licht der Straßenlaterne konnte Susan nur schwach die ganzen Ausmaße des Hauses und des dazugehörigen Grundstückes erkennen. Ihr Herz raste vor lauter Aufregung und ihre Hände begannen stark zu kribbeln. Für einen kurzen Augenblick glaubte sie sterben zu müssen vor lauter Glücksgefühlen, die sie jetzt überrollten. Ihre Augen wurden feucht. Aber diesmal handelte es sich um Glückstränen. Susan stieg aus dem Wagen aus und ging näher heran, um es besser betrachten zu können. Grayson House stand einige Meter von der Straße zurückgesetzt, umgeben von hohen Büschen und mächtigen Bäumen, auf einem Ziegelsteinfundament. Einige Stufen führten zur doppeltürigen Eingangstür hinauf. Ein langgezogener, gewundener Backsteinweg, gesäumt von prächtigen Blütensträuchern und niedrigen Zierhecken, zog sich von der Alleestraße zum Haus. Ihr kam in den Sinn, dass dieses Anwesen so viel Geschichte versprühte. Es hatte immerhin bereits Zeiten des Friedens und Zeiten des Krieges erlebt, und vor ihrem inneren Auge sah Susan singende Südstaatensoldaten am Mansion vorbeilaufen. Was für eine Pracht! Das Ganze übertraf ihre Vorstellungen bei Weitem. Am liebsten wäre sie sofort die Treppen hochgestürmt, doch die Uhr an ihrem Handgelenk zeigte bereits weit nach einundzwanzig Uhr an. Sie schloss für einen kurzen Augenblick die Augen und lauschte den Geräuschen um sich herum. Das Knarren der alten Bäume und Rauschen des Windes hüllte sie sanft ein. Der Duft der Azaleenblüten wehte zu ihr herüber. Es fühlte sich fast wie im Garten von St. Helen's an. Sie öffnete wieder die Augen und ließ ihre Blicke zu den Säulen im antiken Stil wandern. Das Herrenhaus schien wirklich den Jahrhunderten zu trotzen. *Vom Winde verweht* kam ihr bei seinem Anblick in den Sinn, nur dass Grayson House nicht ganz so mächtig aussah, wie das der Scarlett O' Hara. Aber immer noch groß genug, um Eindruck zu erwecken. Susan ging zum Auto zurück und setzte sich wieder hinein. Sie begann vor lauter Ehrfurcht zu stottern. »So … so imposant habe ich es mir nicht vorgestellt.«

Tom Perkins stimmte ihr zu. »Ja, es ist sehr beeindruckend, wenn man es das erste Mal sieht. Warten Sie das Tageslicht ab! Mir ging es damals genauso, vor fünfzig Jahren. Dieses Haus hat auch mich stets fasziniert. Aber es gibt in Alabama noch größere solcher Bauten. Drüben in Eutaw finden Sie noch ein paar nette Prachtexemplare und in South Carolina sowieso.« Er wies die Straße runter. »Das Haus, das Sie weiter hinten zwischen den Bäumen sehen, ist unseres. Einst bewohnte es das ehemalige Dienstpersonal des Hauses. Da ich faktisch noch der einzige Angestellte mit Familie bin, ist es mir und Glenda zugewiesen worden. Wir wohnen bereits seit den späten Siebzigern dort. Ich kümmere mich übrigens auch weiterhin um den Garten, wenn es Ihnen recht ist?«

»Ja, natürlich«, erwiderte Susan entschlossen. »Meine Großmutter hat das im Testament ja auch so verfügt, und ich respektiere ihren Wunsch. Außerdem besitze ich sowieso keinen grünen Daumen. Selbst die Kakteen sind in meiner Londoner Wohnung immer eingegangen.«

»Oh weh, dann ist es wohl wirklich besser, wenn ich mich weiter um den Garten und die Anlage kümmere«, witzelte Tom Perkins. Er fuhr wieder an und kurz darauf hielten sie in der Einfahrt ihres Hauses.

Im Vergleich zum Mansion ihrer Familie erschien es Susan winzig. Beim Betrachten bekam sie eine Gänsehaut. Das im Kolonialstil gebaute Haus der Perkins sah wie die überdimensionale Ausgabe eines weißen, hölzernen Puppenhauses aus.

Es besaß zwei putzige Erker im Dachgeschoss und seitlich ein Türmchen, bei dem sie an das Märchen von Rapunzel denken musste. Die Veranda mit den zwei Schaukelstühlen darauf, ließ sie von warmen Tagen mit Eistee träumen. Rechts und links des Hauses blühten Pfingstrosen und Azaleen im Vorgarten. Was hätte sie nicht alles dafür gegeben, hier groß geworden zu sein.

Judy verschwand im Inneren des Hauses und warf krachend die Tür hinter sich ins Schloss. Ob das Mädchen wohl wusste, welches Glück es besaß, hier aufwachsen zu dürfen?

Glenda Perkins hielt ihr die Haustür auf. »Kommen Sie herein!«

Susan folgte ihr in die heimelige Küche, in deren Mitte ein runder Kieferntisch mit vier Windsor Stühlen stand. Zartgrüne Blütentapeten und eine cremefarbene Landhausküche machten das ganze Bild vollkommen.

Glenda Perkins setzte sich an den Tisch. »Sie sehen müde aus. Das ist wohl alles ein bisschen viel auf einmal für Sie, was?«

Susan blieb unschlüssig im Raum stehen. »Nun ja, irgendwie schon.«

Tom Perkins, der mit Susans kleinem Koffer hereingekommen war, lächelte verständnisvoll. »Sie müssen sich nicht entschuldigen. Was halten Sie davon, wenn Sie eine Limonade trinken und ich Ihnen dann das Gästezimmer zeige? Dann können Sie sich frischmachen und ein wenig ausruhen.« Er stellte den Koffer auf dem Boden ab. »Wir bereiten noch einen Imbiss vor. Sicher haben Sie Hunger.« Ganz unerwartet legte er ihr eine Hand auf die Schulter. »Sie sind herzlich eingeladen, die Nacht hier zu verbringen. Außerdem, bei vollem Tageslicht ist das Haus noch viel prachtvoller anzusehen! Morgen früh, nach dem Frühstück, bringe ich Sie dann rüber und zeige Ihnen alles in Ruhe.«

Susan wusste im ersten Moment nicht, was sie von dieser Einladung halten sollte. Im Grunde wollte sie niemandem zur Last fallen. Die Aussicht, an ihrem ersten Abend total erschöpft in Grayson House zu sitzen, erschien ihr aber auch nicht reizvoll. Erst musste sich das Gedanken- und Gefühlschaos in ihrem Inneren beruhigen. »Danke, das ist sehr freundlich. Ich würde natürlich wahnsinnig gerne gleich einziehen, aber ich sehe ein, dass es unter diesen Umständen keinen Sinn macht. Und außerdem bin ich wirklich zu kaputt, um jetzt noch einen Hausrundgang zu machen.«

Glenda Perkins erhob sich und ging zum Kühlschrank. Sie füllte aus einer Karaffe eine grüne Flüssigkeit in ein Glas und reichte es ihr. »Hier, trinken Sie erst einmal etwas Limonade!«

»Danke. Ist die selbstgemacht?« Susan hielt das Glas hoch und betrachtete den Inhalt. »Sieht nicht aus wie gekauft.«

»Ja, das ist eine Spezialmischung. Ein altes Rezept meiner Mutter. Sie enthält Wasser, etwas Zucker, Limette, Ingwerstückchen und Pfefferminze. Sehr erfrischend.« Der Blick der alten Dame verdüsterte sich. »Sie müssen verzeihen wegen vorhin, unsere Enkeltochter …«

Augenblicklich unterbrach Susan sie. »Sie müssen sich nicht entschuldigen oder mir irgendetwas erklären. Ich finde, sie ist ein ganz normales Mädchen. Sie wollen nicht wissen, wie ich in diesem Alter war! So wie ich mich damals aufgeführt habe, dagegen ist Ihre Enkeltochter ein Engel.«

Auf Glenda Perkins Gesicht erschien ein Lächeln. »Wir sind erleichtert, das zu hören. Wir dachten schon, ihr Verhalten vorhin auf dem Flughafen und im Auto hätte Sie beleidigt.«

Susan lachte. »Um mich zu beleidigen, bedarf es mehr als die unbedachten Worte einer Teenagerin.« Sie leerte das Glas in einem Zug. Die kühle Flüssigkeit, die auch etwas scharf schmeckte, tat gut nach der langen Fahrt.

Tom Perkins rieb sich die Hände. »Gut, dass wir die Sache mit Judys ungezogenem Verhalten geklärt haben.« Er griff nach ihrem Köfferchen. »Und nun zeige ich Ihnen, wo Sie schlafen werden. Kommen Sie mit.« Er bedeutete ihr, ihm zu folgen.

Sie gingen eine dunkle Holztreppe hinauf, die bei jeder zweiten Stufe knarzte. Das Gästezimmer stellte sich als nicht allzu groß heraus, war aber mit seinem messingfarbenen Metallbett und der Patchwork-Decke darauf liebevoll gestaltet. Eine Keramiktischleuchte thronte auf dem hölzernen Nachttisch. Auch das winzige Gästebad mit der heimeligen Blümchentapete genügte ihren Ansprüchen voll und ganz.

Tom Perkins ließ Susan alleine und ging pfeifend wieder die Treppe hinunter. Was für ein netter Mann er doch war! Laute, rockige Musik ertönte von nebenan. Das musste dann wohl das Zimmer der Teenagerin sein.

Im Bad spritzte Susan sich erst einmal kaltes Wasser ins Gesicht und sah in den Metallspiegel über dem Waschbecken. »Hier bist du nun, Susan Parker, tausende Kilometer von England entfernt, an der Stätte, die dein Zuhause sein soll.« Wenn doch nur ihre Freunde hier wären!

Etwas weiter die Straße runter saß Jeff Summers in seinem Büro und starrte zum Fenster hinaus. Er knetete seine Hände und ließ die Knöchel knacken. Von seiner Putzfrau wusste er, dass die neue Besitzerin von Grayson House heute anreiste. Wie ein Lauffeuer verbreitete sich die Nachricht im Ort. Nun war die Katze aus dem Sack. Die verstorbene Mae Grayson hatte eine Enkeltochter gehabt, die in England lebte. Von der unseligen Geschichte zwischen der alten Lady und ihrer Tochter wusste jeder hier. Dass Amelia ein Kind bekommen und es verheimlicht hatte, verwunderte die Bewohner von Taspering kein bisschen. Nicht bei diesem Familienstolz.

Bei der Suche nach einem neuen Heim vor fünf Jahren, welches ihm eine gewisse Privatsphäre bot in dieser Gegend, war er auf sein Anwesen im Queen Anne Stil gestoßen. Er mochte die verspielte Art des Hauses mit seinen gelben Schindeln und weiß verzierten Leisten, weil es in seinen Augen eine Aura von Geborgenheit ausstrahlte. Genau das Richtige für ihn, bei seiner Vorgeschichte. Von hohen Hecken umgeben und durch ein breites, metallenes Eingangstor gesichert, bescherte es ihm genau die Art von Intimsphäre, die er benötigte. Sein Immobilienberater hatte ihm erklärt, dass die alte Grayson es unter anderem gegen handwerkliche Hilfe in ihrem Mansion vermieten wollte. Sein versoffener Nichtsnutz von Vater war vor seinem Tod von Beruf Klempner gewesen. Dadurch wusste Jeff das ein oder andere über alte Häuser und ihre Macken. Dass die alte Grayson sich als Fan seiner Baseballmannschaft geoutet hatte, hatte es ihm natürlich noch leichter gemacht, dieses Haus zu mieten. Sein ursprünglicher Plan sah vor, es zu kaufen. Die Patriarchin überließ es ihm, trotz der hohen Summe, die er ihr anbot und die weit über dem lag, was das Haus wert war, dennoch nicht. Eine Grayson verkaufte nur in tiefster Not ihr Eigentum. Natürlich gebot es ihr Anstand, sein Geheimnis zu wahren, dass er einer der besten Baseball Pitcher des Landes war. Auch ihr lag sehr daran, keine Heerscharen von neugierigen Fans oder Reportern in die Nähe ihres Eigentums kommen zu lassen. Dieses Versprechen hielt sie bis zu ihrem Tod. Einzig die Familie Perkins wusste im Ort um seine wahre Identität. Die alte Grayson weihte sie mit seinem Einverständnis ein und er vertraute auf die Verschwiegenheit dieser Familie.

Wenn die Dame aus England nun in dem Anwesen wohnen wollte, brauchte sie jemanden, der die in die Jahre gekommenen Leitungen ab und an reparierte. Das gab ihm einen Vorwand, dort aufzutauchen und seine Neugier zu befriedigen.

Er griff nach der Fernbedienung. Voller Anspannung schaltete er seinen 90-Zoll-Fernseher an, der fast die gesamte Arbeitszimmerwand ausfüllte. Egal ob es ihm behagte oder nicht, er musste sich seine letzten, katastrophalen Baseballspiele ansehen. Seine Mannschaft, die *Birmingham Snakes*, hätte die vergangenen beiden Spiele in der National League fast seinetwegen verloren. Seine lädierte Schulter quälte ihn immer häufiger. Nun stand ihnen im Oktober wieder die World Series bevor. Dieses Spiel war das Spiel aller Spiele in der Laufbahn seines Teams. Was der Super Bowl für einen Footballer darstellte, bedeutete für ihn dieses Megaereignis. Das bedeutete schweißtreibendes Training. Solange er noch irgendwie seinen rechten Arm bewegen konnte, wollte er weiterspielen. Sein achtunddreißigster Geburtstag näherte sich, was ihn zu einem der ältesten Spieler der MLB machte. Jeff konnte die Wahrheit, dass er bald zum alten Eisen gehörte, nur schwer akzeptieren. Während er locker den Baseball von einer Hand zur anderen warf, verfolgte er die Spielzüge auf dem Bildschirm. Zeit, an seiner Taktik zu feilen.

9

Susan wurde unsanft an der Schulter gerüttelt. Sie öffnete die Augen und blinzelte. Für einen kurzen Augenblick war sie irritiert. Die Matratze fühlte sich viel zu weich an und den Geruch der Bettwäsche kannte sie auch nicht. Endlich kam sie im Hier und Jetzt an. Sie war ja in Taspering, im Gästezimmer der Familie Perkins. Erschrocken fuhr sie hoch und erblickte Judy, die grinsend neben ihrem Bett stand. »Was ist los? Gibt es Abendessen?«

Das Mädchen schüttelte den Kopf. »Sie haben so tief geschlafen, da wollten wir Sie nicht wecken. Es ist bereits Morgen.«

»Was? Willst du damit sagen, ich habe durchgeschlafen?« Susan sah erschrocken Richtung Fenster, durch das bereits die Sonne bunte Flecken an die Zimmerwand warf.

»Sieht ganz so aus. Wir haben acht Uhr.« Judy lief Richtung Zimmertür. Im Türrahmen drehte sich die Teenagerin noch einmal um. »Ach, noch was, schnarchen Sie eigentlich immer so laut? Ich konnte heute Nacht ja kein Auge zutun, so viele Wälder haben Sie abgesägt.«

Schamgefühle breiteten sich in Susan aus. Doch Judys Grimasse genügte, um zu erkennen, dass das Gör log. »Oh, du bist eine freche Kröte!« Mit Schwung warf sie der Flüchtenden ein Kissen hinterher.

»Nicht getroffen! Schnaps gesoffen! Es gibt Rühreier mit Speck!«, rief diese lachend und polterte die Treppe runter.

Susan streckte sich ausgiebig und gähnte. Der Jetlag ließ grüßen. Schließlich gab sie sich einen Ruck, schwang die Decke zur Seite und erhob sich. Sie öffnete das Sprossenfenster neben dem Bett und atmete die frische Morgenluft ein, die ihr entgegenwehte. Nach einer schnellen Dusche zog sie sich eine malvenfarbene Seidenbluse an und kombinierte das Ganze mit einer schwarzen Raulederleggins und Ballerinas. Die Pumps schienen ihr an diesem Ort zum jetzigen Zeitpunkt nicht angebracht. Nun konnte der Tag endlich beginnen. In bester Stimmung lief sie die Treppe zur Küche hinunter. Der Duft von Kaffee, gebratenen Eiern und Speck löste ein lautes Knurren in ihrer Magengegend aus.

Glenda Perkins stand in einer fleckigen Schürze am Herd. »Guten Morgen, Miss Parker, haben Sie gut geschlafen?«

»Sehr gut sogar, ich fühle mich glänzend. Nennen Sie mich doch bitte Susan. Miss Parker klingt so förmlich.«

»Gut, ich freue mich, zu hören, dass du erholt bist. Du darfst mich auch Glenda nennen. Jetzt komm her und setz dich. Ich hab Rühreier gemacht. Magst du überhaupt Rühreier mit Speck?«

»Das fragst du? Ich liebe sie!« Susan blickte sich um. »Wo sind eigentlich Judy und dein Mann? Frühstücken die denn nicht mit uns?«

»Judy ist gerade zur Tür hinaus, weil sie zu einer Freundin wollte. Und Tom ist schon vor einer Stunde rüber zum Herrenhaus, um an den Beeten weiterzuarbeiten und seinen obligatorischen Rundgang zu machen. Er wollte noch ein, zwei Dinge für dich vorbereiten.« Glenda häufte ein paar Pfannkuchen auf einen Teller. »Ich habe bereits mit ihm gefrühstückt. Tom arbeitet gerne so früh am Tag. Laut ihm gibt es nichts Besseres, als den Duft von frischer, unverbrauchter Erde am Morgen.«

»Das verstehe ich voll und ganz. Beim Thema Garten verstehen wir Engländer auch keinen Spaß.« Susan setzte sich an den Tisch und machte sich über ihre Eierspeise her.

Glenda beobachtete sie beim Essen. Kaum war der Teller leer, hielt sie Susan einen vollen Teller Pancakes hin. »Bei deiner Figur kannst du ruhig mehr frühstücken.«

Susan schüttelte den Kopf. »Nein Danke, das ist lieb gemeint, aber ich bin wirklich satt.« Sie nahm ihr Geschirr und brachte es zu Glenda, die sich nun daranmachte, stehengebliebene Teller und Tassen in die Geschirrspülmaschine einzuräumen.

Glenda lächelte sie an. »Vielen Dank meine Liebe.« Sie schloss die Klappe des Geschirrspülers. »Tom wird gleich hierherkommen. Er wollte dich rüberbringen.«

»Gut, dann gehe ich und hole meine Sachen.« Susan eilte die knarzende Treppe hinauf.

Kurz darauf betrat sie mit ihrem Köfferchen wieder die Küche. Glenda saß mit ihrem Mann bei einer Tasse Kaffee am Tisch.

Tom Perkins begrüßte sie fröhlich. »Guten Morgen, Miss Parker! Wie ich sehe, haben Sie Ihren Koffer dabei. Dann schlage ich vor, dass wir starten. Sie sind bestimmt schon sehr neugierig, stimmt's?« Er zwinkerte ihr zu und stand auf.

»Das können Sie laut sagen.«

Glenda blickte ihren Ehemann an. »Susan und ich haben uns bereits das Du angeboten, möchtest du vielleicht unserem Beispiel folgen?«

»Nichts lieber als das, Susan. Ich bin Tom.« Sie schüttelten einander die Hände.

Susan ergriff beherzt ihr Köfferchen. »Dann lass uns gehen, ich bin schon so aufgeregt, endlich das Haus zu erkunden!« Sie konnte die Anspannung bis in die Knochen spüren.

Er nahm ihr das Gepäck ab. »Den trage ich. Das übrige Zeug habe ich heute Morgen bereits rübergebracht.«

»Vielen Dank Tom. Das ist wirklich lieb von dir.« Sie ging Tom hinterher und Glenda folgte ihnen.

Vor der Haustür verabschiedete sie sich von Glenda. Im Augenwinkel bemerkte sie, dass sich eine Gardine an dem Haus schräg gegenüber bewegte. Den Leuten in dieser Straße entging wirklich nichts.

»Vielen Dank, dass ich hier schlafen durfte, jetzt fühle ich mich nicht mehr ganz so alleine.«

»Du kannst jederzeit hinten zur Küche hereinschlüpfen, unser Haus wird immer offen für dich sein.« Glenda umarmte Susan.

»Danke, das ist unheimlich nett.« Eilig folgte sie Tom, der bereits mit ihrem Köfferchen vorausging.

10

Susan stand staunend im Duft der pinkfarbenen Azaleenbüsche vor der backsteinernen Treppe, die zu Grayson House hinaufführte. Ihr Herzschlag wollte sich einfach nicht beruhigen. »Es ist so wunderschön«, hauchte sie voller Respekt.

Jetzt, bei immer stärker werdendem Tageslicht, entpuppte sich das Mansion als noch viel beeindruckender. Langsam stieg sie die Stufen hinauf und sah an den weißen, mächtigen Säulen im griechischen Stil empor. Ihre Finger berührten kurz den kalten Stein. Schließlich riss sie sich von dem unglaublichen Anblick los und ging zur ebenfalls schneeweißen, zweiflügeligen Eingangstür, in der sie verzierte Glasscheiben entdeckte. Tom wartete dort bereits auf sie. Mehrere bodentiefe Fenster mit schimmernden, dunkelgrünen Klappläden säumten die Türflügel und ein Schaukelstuhl wippte neben der Haustür sacht im Wind. Susan widerstand dem Drang, sich hineinzusetzen.

Tom reichte ihr einen ledernen Schlüsselbund mit einem einzigen Schlüssel daran. »Ich finde, du solltest selbst aufsperren.«

Mit zitternden Händen drehte Susan den Schlüssel und öffnete die Eingangstür. Niemand hätte sie auf diesen Anblick, der sich ihr nun bot, vorbereiten können. Vor Erstaunen schlug sie die Hände vor den Mund. Fast hätte sie vor Entzücken laut gequietscht, doch sie konnte sich gerade noch beherrschen. Dennoch rutschte ihre Stimme in die Höhe. »Mein Gott, ist das schön.«

Der glänzende, weiße Marmorboden im mehr als großzügigen Eingangsbereich ließ sie erschauern. Ihr Blick wanderte zur hohen Decke, von der ein stattlicher Kronleuchter herabhing. Was für eine Pracht! Der Windzug, der in diesem Moment durch die noch geöffnete Haustür hereindrang, ließ ihn sanft klirren.

Tom schloss die Tür und ließ Susan Zeit, alles zu bewundern. Sie ließ ihre Hände über die polierte Kugel am Anfang der dunklen, geschwungenen Treppe entlanggleiten. Ein schwacher Geruch nach zitroniger Holzpolitur stieg in ihre Nase. Sie lief ein paar Schritte durch den Raum, um ihn näher anzusehen. Ein altmodischer Garderobenständer wartete linkerhand auf seinen Einsatz und auf einer antiken Kommode verströmten frische Rosen in einer Kristallvase ihren Duft. An den himmelblauen Eingangswänden erweckten gerahmte Schwarzweißaufnahmen ihre Aufmerksamkeit und sie trat näher. Einige Bilder zeigten Damen und Herren in eleganter Abendkleidung, mit Sektgläsern in der Hand. Andere waren wohl im Garten aufgenommen worden. Dazwischen hingen verblichene Fotografien, die ihr ein flaues Gefühl in der Magengrube bescherten. Auf einem von ihnen waren mehrere schwarze Arbeiter auf einem Baumwollfeld beim Pflücken zu sehen, ein anderes zeigte elegante Herrschaften, zu deren Füßen ebenfalls Schwarze saßen, die einfache Arbeitskleidung trugen. Susan wusste, dass es sich hier nur um ehemalige Leibeigene handeln konnte. Um Beherrschung ringend blickte sie Tom an. »Sind diese Menschen auf den Fotos Sklaven unserer Familie gewesen?«

Er nickte. »Ja, das waren sie. Die Aufnahmen sind alle hier im Haus, im Garten oder auf den Feldern gemacht worden.

Die Leute, die du da siehst, sind deine Urgroßeltern und Urgroßeltern. Deine Großmutter hat die Bilder ganz bewusst hier aufgehängt, damit diese menschenverachtende Zeit nicht in Vergessenheit gerät.«

Sie musste sich zwingen, ein Lächeln aufzubringen. »Diese Bilder bleiben auf jeden Fall hängen, denn diese schlimme Zeit darf wirklich nicht in Vergessenheit geraten. Was den übrigen Eingangsbereich betrifft, bin ich wirklich begeistert. Nun bin ich auf den Rest des Hauses gespannt.«

Tom lachte. »Ich sagte ja, dass es dich umhauen wird. Dann lass uns mit dem Rundgang loslegen.« Er öffnete eine der dunklen Kassettentüren zu ihrer Rechten. »Hier ist die Bibliothek, in die sich dein Großvater immer zurückzog, wenn er seine Ruhe haben wollte. Falls du so verrückt nach Büchern bist wie er, könnte das ab sofort dein neuer Lieblingsraum werden.«

Der Raum zog Susan sofort in seinen Bann. An den Wänden befanden sich deckenhohe, üppig gefüllte Mahagoni- Bücherregale. Ein durchgesessener, roter Ohrensessel stand am Fenster und lud zum Lesen ein. Davor diente ein grüner Samtschemel zum Ablegen der Füße. Die nostalgische Stehlampe in der Ecke spendete Licht zum Schmökern. Ihre Augen füllten sich mit Tränen und sie wischte sich verlegen darüber. »Ich kann dir gar nicht sagen Tom, wie viel es mir bedeutet, all das hier zu sehen.« Susan setzte sich in den Sessel und strich liebevoll über die Lehne. »Es ist ein unglaubliches Gefühl zu wissen, dass meine Großeltern oder meine Mutter hier saßen. Jetzt weiß ich zumindest, woher meine Liebe zum Lesen kommt.« Sie stand wieder auf und ging zum Bücherregal. Behutsam strich sie über die Buchrücken. Sie lächelte und drehte sich zu Tom um. »Ich glaube, das könnte auch mein Rückzugsort werden. Jetzt möchte ich aber noch den Rest des Hauses erkunden.«

Sie verließen den Raum und Tom ging ihr durch den holzgetäfelten Flur voraus.

»Dann mal los! Es gibt noch viel für dich zu entdecken!« Er öffnete rechts und links Türen, damit sie hineinsehen konnte. »Hier sind noch zwei geschichtlich interessante Zimmer. Eines wurde von den männlichen Besuchern in der damaligen Zeit genutzt. Das sogenannte *Herrenzimmer*. Die Gentlemen sprachen über Politik und diverse andere Themen, bei denen die Ladys nicht anwesend sein sollten. Der zweite Raum hier gegenüber wurde *Damensalon* genannt und von den Frauen genutzt, die ihre Teekränzchen abhielten. Normalerweise sind die Möbel mit den Laken dort hinten abgedeckt, die ich aber extra für dich heute Morgen abgezogen habe. Sei doch bitte so freundlich und leg sie nachher wieder drüber. Glenda kommt sonst nicht hinterher mit Staubwischen.«

»Kein Problem, Tom, das mache ich gerne.« Sie bewunderte die Räume mit den Augen einer Innenarchitektin. Während der moosgrün gestrichene Herrensalon mit altmodischen Ledermöbeln ausgestattet war, mutete der Damensalon mit den rosafarbenen Wänden und dem farblich passenden, feinen Chaiselongue sehr feminin an. Eine Sitzgruppe aus Rosenholzfurnier stand in einer Ecke und schien nur darauf zu warten, dass man wieder dort Platz nahm, um ein Schwätzchen zu halten. Die Räume beschworen ihre Fantasie herauf. Es hätte sie nicht verwundert, wenn plötzlich eine Dame oder ein Herr aus dem vorigen Jahrhundert aufgetaucht wäre.

»Komm, es gibt noch mehr zu sehen«, rief Tom ihr zu. Er ging voran und stieß eine weitere massive Kassettentür auf. »Das ist das private Wohnzimmer. Hier hielt sich deine Familie am meisten auf.«

Nicht der prächtige, weiße Marmorkamin oder das Arrangement aus cremefarbenen Polstermöbeln zog Susans

Aufmerksamkeit beim Hereinkommen als Erstes auf sich. Nein, etwas vollkommen anderes. Der Geruch nach Veilchen erfüllte den Raum. Sie schnupperte. »Riechst du das auch?«

»Was denn?«

Dieser Mann musste zwischen der Eingangshalle und dem Wohnzimmer seinen Geruchssinn verloren haben! Und sowas wollte Gärtner sein. »Es riecht nach Veilchen!«

»Ist mir bis jetzt noch nicht aufgefallen«, erwiderte Tom und verschränkte seine Arme hinter dem Rücken.

Susan sog den Duft tief ein. Der Geruch von Mae Grayson schien noch immer in der Luft zu hängen, so, als käme sie jeden Moment zur Tür herein. Dieses Haus befand sich wirklich voller Erinnerungen. Ganz so, wie es ihre Großmutter im Brief schrieb. Und wenn sie für Susan nur aus Duftnoten bestanden. Sie inspizierte den Raum und schritt zwischen den Möbeln hin und her. Erst jetzt bemerkte sie das stilvolle Gemälde über dem Kamin. Das Porträt einer jungen Lady mit kurzen, blonden Haaren. Die Dame war elegant in ein scharlachrotes Abendkleid gekleidet und machte ein ernstes Gesicht. In ihrer Hand hielt sie einen Baumwollzweig. Im Hintergrund des Gemäldes konnte Susan ein Gebäude erkennen, das wie Grayson House aussah. Fragend blickte sie Tom an und wies auf das Bild. »Ist das meine Großmutter?«

»Ja, das ist Mae Grayson als junges Mädchen. Das Gemälde wurde hier im Garten gezeichnet.« Er zeigte zu den großen Terrassentüren hinaus. »Damals gab es hier mehrere Baumwollfelder, die zum Haus gehörten, und einen Pferdestall. Doch später musste deine Großmutter der Stadt aus finanziellen Gründen einen Teil ihres Grundstückes verkaufen.« Er verzog angewidert das Gesicht. »Man hat eine gehobene Ferienhaussiedlung für reiche Städter dort gebaut, die es schick finden, am Wochenende aufs Land hinauszufahren.«

Susan blickte ihn erstaunt an. »Aber befand sich das Grundstück denn nicht schon ewig in Familienhand? Gab es keine andere Lösung, als zu verkaufen?«

»Grayson House ist denkmalgeschützt, und so langsam fängt das Haus an zu schwächeln, wenn du verstehst, was ich meine. Es gibt viel zu tun. Hier ein Rohr kaputt, dort ein Fensterladen, dessen Farbe abbröckelt. Dann die Steuern, die dafür anfallen und das große Grundstück. Ich bin nicht mehr der Jüngste. Mae hat deswegen öfters Handwerksfirmen von außerhalb kommen lassen. Und ein, zweimal im Jahr kommen ein paar weitere Gärtner, um mir zu helfen. Außerdem hat Mae Familien im Ort das ein oder andere Mal finanziell unterstützt. Sie war kein schlechter Mensch, auch wenn sie ihrer Tochter gegenüber nicht richtig handelte. Aber das ist eine andere Geschichte.« Er wartete ihre Reaktion ab.

»Das hört sich nicht an, als ob sie eine Heilige war, nach allem, was ich bis jetzt von ihr erfahren habe. Auch wenn sie sonst viel Gutes getan hat. Dennoch bin ich ihr natürlich dankbar, dass sie mir Grayson House vermachen möchte und mir damit die Chance gibt, meiner Familie etwas näher zu sein. Egal, was zwischen ihr und meiner Mutter vorgefallen ist.«

Tom steckte beide Hände in die Taschen seiner erdverschmutzten Arbeitshose. »Ja, so kannten wir die alte Mae. Einerseits eine stolze Patriarchin durch und durch und andererseits besaß sie einen Kern, weicher als Marshmallows.«

Susan beschloss, es sich später alleine im Wohnzimmer gemütlich zu machen, um nachzudenken. Vielleicht könnte sie ja abends ein Feuer im Kamin entfachen? Sie stellte sich vor, wie sie in kalten Nächten mit einer Tasse Tee und einem Buch aus der Bibliothek ihrer Familie vor dem flackernden Kaminfeuer saß und augenblicklich überkam sie eine sentimentale Vorfreude.

»Gut, wenn du genug gesehen hast, gehen wir jetzt in das Obergeschoss, dort befinden sich neben weiteren Gästezimmern die Schlafzimmer und das Arbeitszimmer deiner Großmutter.« Ohne ihre Antwort abzuwarten, verließ Tom den Raum.

Er führte sie durch ein geräumiges Bad und drei urgemütliche Gästezimmer, ehe er die Tür zu einem privaten Schlafzimmer aufstieß. »Das war das Zimmer deiner Mutter.«

Mit klopfendem Herzen ließ Susan den Raum auf sich wirken. Hier also hatte ihre Mutter ihre Nächte verbracht! Ihr Blick fiel auf einen Schminktisch, auf dem sie einen Parfümflakon entdeckte. Andächtig näherte sie sich dem eleganten Fläschchen und nahm es behutsam in die Hand. Vorsichtig entfernte sie den gläsernen Verschluss und roch daran. Eine Komposition aus Vanille und Rosenduft stieg in ihre Nase. Vanille, Rosen und Veilchenduft - das waren die Düfte, die sie ab jetzt mit ihrer Großmutter und Mutter verband! Sie stellte das Parfüm wieder zurück und betrachtete weiter den Raum. Susans ganze Aufmerksamkeit legte sich nun auf das massive Himmelbett mit vier gedrechselten Säulen aus Mahagoniholz und einem Stoffbaldachin aus rotem Samt. Ihr gesamtes Gepäck lag aufgestapelt davor.

Tom nickte in Richtung der Koffer. »Ich dachte, du möchtest vielleicht hier schlafen, im ehemaligen Zimmer deiner Mutter.«

Sie legte ihre Hände um einen gedrechselten Pfosten. »Ja, das will ich tatsächlich«, flüsterte sie atemlos. »Es ist sehr gemütlich und hier fühle ich mich ihr wirklich nahe.«

»Gut, dann gehe ich jetzt, damit du auspacken kannst. Schau dir in aller Ruhe noch einmal das Haus und das Grundstück an. Der Garten ist wirklich schön. Und riesig. Mir wird es nie langweilig darin. Ich bin sicher, er wird dir als Engländerin gefallen.« Er wandte sich zur Tür, stoppte aber noch einmal. »Wenn du etwas brauchen solltest, ich hab dir unsere Telefonnummer unten auf den Küchentisch gelegt. Oder komm einfach zu unserer Küchentür herein.«

Susan folgte ihm die Treppe hinunter, um ihn zu verabschieden. Doch kurz vor der Eingangstür hielt sie ihn noch einmal auf. »Moment! Gibt es im Ort eine Autovermietung? Dann könnte ich mir einen Wagen mieten und würde euch nicht zur Last fallen.«

Nachdenklich kratzte Tom sich am Kinn. »Also es gibt eine, aber ich habe da schon eine Idee, wie wir dir einen fahrbaren Untersatz besorgen können. Außerdem traue ich diesem Halsabschneider von der Autovermietung nicht. Am Ende zockt er dich noch ab.« Er schüttelte entschieden den Kopf. »Nee, lass mal lieber bleiben. Ich kümmere mich darum, dass du einen gescheiten Wagen bekommst. Und jetzt entschuldige mich bitte, ich habe Glenda versprochen, ihr in unserem Garten zu helfen. Ach so, bevor ich es vergesse: Den Kühlschrank haben wir dir gestern gefüllt. Die Rechnung dafür findest du auf dem Schreibtisch im Büro. Viel Spaß dann noch beim Erkunden.«

»Vielen, vielen Dank!«

»Susan?«

»Ja?«

»Willkommen daheim.«

Nachdem er fort war, schritt sie noch einmal durch alle Räume des Hauses. Toms *Willkommen daheim* ging ihr zu Herzen. Aber ihr Zuhause lag in England, dort, wo ihre Lieben warteten. Hier befanden sich lediglich ihre Wurzeln.

Vor dem Kaminsims im Wohnzimmer blieb Susan stehen und griff nun, da sie alleine war, nach den drei silbernen Bilderrahmen darauf. Sie betrachtete wehmütig die Bilder und strich liebevoll über das Portrait ihrer Mutter. Die Ähnlichkeit zwischen ihnen beiden war wirklich verblüffend! Sie sah fast aus wie ein Zwilling von ihr. Nur älter. Auf dem Bild mochte sie vielleicht vierzig Jahre alt sein. Eine blonde, ernstblickende Frau mit denselben tiefblauen Augen, die auch sie selbst besaß und mit mittellangen Haaren. Susan konnte die Traurigkeit in ihrem Gesicht erkennen. Was für eine starke Persönlichkeit sie doch besessen haben musste, um jahrelang solch ein belastendes Geheimnis zu wahren.

Ihre Beine gaben nach und sie musste sich auf die Couch setzen. Nur drei Fotos. Seltsam. Warum nur gab es hier kein Bild von ihrem Vater? Ob es wohl daran lag, dass er nie wirklich dazugehört hatte? Auch ihre Großmutter, mit schmalem Gesicht, hellgrauen Augen und silbrigen Löckchen, die ihr Gesicht umrahmten, machte ein ernstes Gesicht. Einzig ihr Großvater lächelte in die Kamera. Er sah mit seinem dicken Bauch nicht aus, als ob er ein Kostverächter gewesen wäre. Susan blickte zur Standuhr in der Ecke, deren Pendel gemächlich hin und her schwang. Sie musste dringend mit ihren Freunden reden und rief spontan bei Bonnie an. Die wartete doch sicher ungeduldig auf ihren Anruf.

Ihre Freundin freute sich, ihre Stimme zu hören. »Hey Südstaaten-Lady. Wie liefen deine Flüge?«

»Frag besser nicht. Erinnerst du dich an den Griechenland- Flug?«

»Echt, so schlimm? Ich glaube, den werden Danny und ich im Leben nicht mehr vergessen«, prustete Bonnie.

»Wie schön, dass ich dich zum Lachen bringe.« Susan wechselte schnell das Thema. »Ich wünschte, ihr wärt hier und könntet all das sehen.«

»Ach du schnöder Mammon! Wie gerne hätte ich dich«, sinnierte Bonnie nun.

Susan stellte sich mit ihrem Handy an das Terrassenfenster und blickte hinaus. »Das Haus hat wohl um die fünfhundert Quadratmeter Wohnfläche, das ist doch viel zu groß für mich, von dem Grundstück mal ganz zu schweigen. Der Gärtner meinte, es sei eher ein Park.«

»Ach herrje, dann hoffe ich für dich, dass du eine gute Putzfrau findest, die das Haus für dich putzt und aufräumt. Denn sonst sehe ich schwarz für dich bei deinem Ordnungssinn!«

Bonnie übertrieb kein bisschen. Es fiel Susan ja schon schwer, ihren Haushalt in London zu erledigen. Es gab nun einmal Dinge, die sie lieber tat. »Spar dir deine Scherze, herzallerliebste Freundin. Es gibt eine Putzfrau, sie heißt Glenda und ist die Frau des Gärtners. Aber ich fürchte, auch die ist heillos überfordert mit diesem Prachtbau. Außerdem ist sie schätzungsweise schon über sechzig. Ich muss mir also wirklich überlegen, was ich damit anstelle. Vielleicht verkaufe ich oder ich mache ein Museum daraus. Die Touristen, die herkommen, sind ganz versessen darauf, sich die Antebellum-Häuser von innen anzusehen.«

»Ich glaube, das ist eine gute Idee, Suze. Aber die andere Möglichkeit wäre in deinem Fall, dass du dir in Taspcring einen potenten, stinkreichen Mann suchst und mindestens fünf Kinder in die Welt setzt. Dann wäre das Haus nicht mehr zu groß für dich.«

»Netter Vorschlag, aber nein danke!« Sie kicherte amüsiert. Es tat gut, mit einer vertrauten Person zwanglos herumzualbern. »Ich schicke dir und Danny die Tage mal ein paar Bilder vom Haus. Ihr werdet staunen. Es ist alles so surreal.«

Bonnie lachte. »Wäre ich bei dir, könnte ich dich zwicken, denn du träumst nicht.«

»Nein, das ist wohl wahr. Aber so gerne ich auch mit dir plaudere. Ich glaube, ich lege besser auf und fange an auszupacken.

Es gibt hier so vieles, was ich erledigen und klären muss. Stell dir vor: Es gibt im Haus nicht mal einen Internetanschluss.« Wieder musste sie über Toms entgeisterten Blick schmunzeln, als sie ihn bei der Besichtigung des Büros danach gefragt hatte. »Wenn du einen Computer suchst, dann muss ich dich leider enttäuschen«, hatte er ihr mitgeteilt, als sie sich verwundert in dem altmodisch anmutenden Raum umgeblickt hatte. »Mae hat das Ding vor einiger Zeit auf den Müll geschmissen! Sie ist nicht wirklich damit zurechtgekommen.«

»Aber wieso denn?«, hatte Susan überrascht gefragt. Hier gab es doch so viel zu organisieren!

»Weil sie so ein Teufelsding, wie sie es nannte, nicht hier haben wollte. Es brachte ihr auch nur Ärger ein.« Sie hatte nachgehakt, was er damit meinte, doch Tom blieb ihr die Antwort schuldig. Stattdessen ging er zum Schreibtisch und hielt einen Stapel Papiere hoch, die fein säuberlich aufgestapelt darauf lagen. »Sie hat ihre ganze Konversation auf die alte Methode betrieben, was, wenn du mich fragst, wesentlich stilvoller ist, als dieses ganze Dimail Zeugs.«

Susan korrigierte ihn grinsend. »Es heißt E-Mail, nicht Dimail.«

»Ist mir egal wie es heißt, ich weiß nur, dass Judy jetzt auch so ein Ding haben will und glaub mir, so ein Gerät kommt uns nicht ins Haus! Verdirbt die Kinder nur.« Sie hatte darauf verzichtet, deswegen eine Diskussion anzufangen. Schließlich hatte sie ihren Laptop und ihr Handy dabei. Das schwarze Telefon mit Wählscheibe auf dem Schreibtisch sah zwar hübsch aus, doch auf Dauer wäre sie allein mit diesem historischen Kitsch verloren, selbst wenn er immer noch funktionierte.

»Du willst mich auf den Arm nehmen, Süße«, holte Bonnie sie ins Hier und Jetzt zurück. »Dann hat deine Großmutter also wie vor hundert Jahren gelebt?«

»Nicht ganz, die Privaträume wurden alle modernisiert. Aber durch den latenten Technikmangel im Büro könnte man das fast glauben.«

»Na, die muss ja wohl was Besonderes gewesen sein, deine Omi.«

»Ich glaube, die Bezeichnung Omi trifft nicht ganz auf sie zu, Bonnie. Für die Leute hier bedeutete sie wohl sowas wie ein General und Mutter Theresa zugleich.«

Bonnie lachte. »Dann viel Spaß mit deinem Haus, und hoffentlich findest du jemanden, der alles wieder auf Vordermann bringt. Pass auf dich auf, Süße.«

»Danke, das werde ich tun. Bitte grüß Danny ganz herzlich. Bis bald.«

Nach dem Telefonat fühlte Susan sich etwas besser. Wenigstens konnte sie auf diese Weise ein Stück Zuhause hierherholen.

Sie beschloss, erst einmal auszupacken. Danach würde sie sich eine Tasse Tee kochen und in Ruhe einen Schlachtplan entwerfen. Sie legte ihre Finger an die Schläfen, die seit einigen Minuten heftig pochten. Hoffentlich verging dieser Jetlag bald.

11

Wie Jeff von der Familie Perkins erfuhr, wohnte die Enkelin der alten Mae bereits seit dem Morgen in Grayson House. Also lief er mit seinem Werkzeugkasten zum Mansion rüber und betätigte den schweren Türklopfer mehrfach. Doch die Engländerin öffnete nicht auf sein wiederholtes Klopfen. Kurzerhand ging er um das Haus herum. Die Küchentür war nicht verriegelt. »Hallo?«, fragte er in die Küche hinein, doch auch hier bekam er keine Antwort. Mit einem Schulterzucken trat er ein, breitete sein Werkzeug aus und machte sich an die Arbeit. Irgendwann würde sie schon auftauchen bei dem Lärm, den er machte. Sie musste da sein, denn ihre Handtasche lag auf einem Stuhl neben der Tür. Jeff fand es äußerst leichtsinnig, die Sachen hier so herumliegen zu lassen. Doch nichts geschah. Wo steckte diese Frau bloß? Seine Arbeit war jedenfalls erledigt.

Laut rufend suchte er im Haus nach ihr. »Hallo? Miss Parker? Ich habe Ihren Wasserhahn in der Küche repariert!« Er öffnete jede Zimmertür und ging schließlich die Treppe hinauf, um auch im oberen Stockwerk nachzusehen. Dort könnte er bei dieser Gelegenheit gerade noch die Hähne im Bad überprüfen. Die Holzstufen knarrten unter seinen Füssen.

Jeff hatte in den anderen Räumen nachgesehen, blieb also nur noch dieser. Was schaffte diese Frau bloß? Man hätte ihr die Bude leerräumen können, es wäre ihr wohl nicht aufgefallen. Besonders aufmerksam schien sie wirklich nicht zu sein.

Er drehte den Türknauf und betrat das Zimmer. Im selben Augenblick nahm er nur noch einen Aufschrei wahr, dann schoss ihm ein heftiger, stechender Schmerz durch den Kopf, der ihn zu Boden gehen ließ. Für einen kurzen Augenblick konnte er sich nicht rühren. Jemand näherte sich ihm. Ein heftiger Schwindel wie nach einem Saufgelage machte es ihm schwer, auf die Beine zu kommen. Was war bloß passiert? Irritiert fasste er sich an den Kopf und zog sich eine Keramikscherbe aus dem Haar. Die Reste einer kleinen Vase lagen um ihn herum verstreut. Als er endlich wieder aufrecht stand, bemerkte er die wütend aussehende Blondine mit seiner Zange vor sich, die sie drohend auf ihn richtete.

»Bleiben Sie bloß da, wo Sie sind. Ich meine es ernst, oder ich brate Ihnen noch eins über!«, schrie sie.

Das war ja lächerlich! Jeff schnaubte vor Empörung. »Hey, Sie Amazone, jetzt legen Sie mal das Ding weg und hören mit diesem Scheiß auf. Sie machen da einen großen Fehler. Ich bin Ihr Nachbar und habe nur den Wasserhahn Ihrer Küchenspüle repariert.«

Seine Aussage ließ sie kurz zögern, denn für einen kurzen Augenblick entspannten sich ihre Gesichtszüge. Doch im nächsten Augenblick umschloss sie den Griff wieder fester.

»Warum sollte ich Ihnen das glauben? Immerhin haben Sie dieses Tool dabei. Sicher ist nun meine Telefonleitung dank Ihnen tot.«

»Lady, ich bin Handwerker, ich laufe öfters mit einer Rohrzange in der Gegend herum. Und legen Sie endlich dieses Ding weg.« Er nutzte den kurzen Moment ihrer Verunsicherung. Mit einer blitzschnellen Bewegung riss er ihr sein Eigentum aus den Händen. »So ist es besser.« Jeff betrachtete das zitternde Häufchen Elend, das nun vor ihm stand und ihn aus tiefblauen Augen bestürzt anblickte.

»Es tut mir leid, ich dachte wirklich, Sie wären ein Einbrecher. Kann ich es irgendwie wiedergutmachen?«

»Ja, Sie können mir einen Eisbeutel zum Kühlen für meine Beule geben, die ich Ihretwegen habe!«, blaffte er. Was dachte sich diese Dame bloß, ihn anzugreifen?

»Natürlich, kommen Sie.« Vorsichtig stieg sie über die Scherben hinweg und machte sich mit ihm auf den Weg in die Küche.

Jeff folgte ihr die Treppe hinunter und musterte sie. Die Lady besaß ihre Kurven an genau den richtigen Stellen. So furchtbar dünn wie die Topmodels, mit denen er sich sonst abgab, war sie nicht, sondern besaß trotz ihrer zierlichen Figur ein paar nette Rundungen. Der schwache Duft eines blumigen Parfüms stieg ihm in die Nase. Er traf oft genug Frauen, die geradezu in Duftwasser zu baden schienen. Sie gehörte nicht zu denen.

In der Küche füllte sie ein Geschirrhandtuch mit Eiswürfeln und reichte es ihm. Er lehnte sich lässig gegen den Kühlschrank und hielt sich den Beutel gegen den Hinterkopf. Jeff registrierte mit tiefer Befriedigung, dass sie ihn musterte. Die Frauen schwärmten ihm gegenüber immer von seinen grünen Augen. Es sah ganz so aus, als ob selbst mit falschem Bart sein Aussehen ihn auch heute nicht im Stich ließ. Immerhin steckte hartes Training hinter seinem durchtrainierten Körper. Sollte sie ihn also ruhig bewundern. »Was starren Sie mich so an? Solche Prachtexemplare wie mich haben Sie wohl noch nie zu Gesicht bekommen?«

»Ich starre Sie ganz und gar nicht an! Ich habe nur Ihre Beule betrachtet«, keifte sie.

Jeff musste sich jetzt doch ein Grinsen verkneifen. »Lady, lassen Sie bloß die Finger von meiner Beule. Es reicht, dass ich Ihretwegen eine am Kopf habe!«

»Oh Sie selbstverliebtes ...« Sie stockte kurz in ihrer Beschimpfung. Doch sie schwang um und zankte weiter. »Und nur zu Ihrer Information, in London gibt es haufenweise Männer, die tausendmal besser aussehen und mehr in ihrer Hose haben als Sie!«

Ihre Gesichtsfarbe glich jetzt einer rosigen Himbeere, stellte er fest. Und erst ihr großer Schmollmund. Der sah aus, als ob sie damit eine Menge Dinge anstellen könnte, die sicherlich Spaß machten. Schade, dass sie nur dummes Zeug redete.

»Wie sind Sie hier überhaupt hineingekommen?«

Ihr eisiger Tonfall wunderte ihn. Wenn jemand wütend sein sollte, dann doch er. »Ich habe geklopft und weil mir niemand aufmachte, bin ich hinein. Die Küchentür stand schließlich offen.« Sie schien nichts von den hiesigen Gepflogenheiten zu kennen, denn sonst wäre sie vielleicht versöhnlicher gewesen.

»Machen Sie das öfters, einfach in anderer Leute Häuser spazieren und sie zu Tode zu erschrecken?« Ihre Finger trommelten auf der marmornen Arbeitsplatte der Kücheninsel.

»Ja Ma'am.« Er zog die Worte in seinem breiten Südstaatenakzent in die Länge. »Ist ein Hobby von mir, ich kann halt nicht aus meiner Haut!«

»Das finden Sie wohl sehr komisch, was?«

»Ja Ma'am, das finde ich.«

Sie warf ihm einen kühlen Blick zu. »Dann sagen Sie mir, ob Sie das Folgende auch noch witzig finden: Ich zeige Sie wegen Hausfriedensbruchs an!« Mit erhobenem Finger näherte sie sich ihm.

Oh! Sie wollte ihn also herausfordern? Na bitte, das konnte sie haben.

»Dann bekommen Sie eine Anzeige wegen Körperverletzung an den Hals.« Peng! Das saß.

Die Wirkung seiner Worte war unübersehbar. Alle Farbe wich aus ihrem Gesicht. »Also gut, ich gebe mich geschlagen. Was ist, wollen Sie eine Entschädigung?« Sie griff nach der Geldbörse in ihrer Handtasche.

Die Lady saß in der Falle. Eins zu null für ihn. Das Ganze fing an, ihm Spaß zu machen. »Ist nicht gerade sicher, die Tasche hier rumliegen zu lassen. Sie machen es einem wirklich leicht, an Ihre Scheine zu kommen«, sagte er in dem Versuch, sie aufzuziehen. Augenblicklich kontrollierte die Engländerin den Inhalt des Geldbeutels.

Er schnaubte. Das konnte ja wohl nicht wahr sein! So eine steife Frau war ihm ja noch nie begegnet. Wie sie dastand und ihr Geld zählte, weil sie ihn insgeheim für einen Dieb hielt. Einfach erbärmlich. Abgesehen davon, dass seine Dienste bis jetzt immer kostenlos gewesen waren. Aber bei ihr brauchte man ja eine Gefahrenzulage. Jetzt reichte es ihm! »Hören Sie, Lady: Ich habe es sicher nicht nötig, Ihre paar Kröten zu klauen. Und nun entschuldigen Sie mich, ich habe noch was Besseres zu tun, als mich von Ihnen beleidigen zu lassen!«

Ertappt zuckte sie bei seinen Worten zusammen.

Jeff pfefferte den Eisbeutel in die Küchenspüle und griff nach seinem Werkzeugkasten auf der Arbeitsfläche. In seiner Ehre gekränkt, stiefelte er an der staunenden Susan vorbei zur Küchentür hinaus.

Judy bückte sich tiefer hinter den weißen, üppig blühenden Spierstrauch unter Susans Küchenfenster. Mister Summers kam aus der Hintertür und ging mit schnellen Schritten davon. Zum Glück bemerkte er sie nicht. Er hatte einmal zu ihr gesagt, sie gehöre zu der Sorte *Viel zu neugierig für diesen Ort.* Es bereitete ihr Vergnügen, die Nachbarschaft auszuspionieren. Die Erwachsenen fanden, das gehöre sich ganz und gar nicht, doch das scherte Judy nicht sonderlich. Schließlich musste sie doch auf dem Laufenden bleiben, was so in ihrem Viertel passierte. Dabei hatte sie schon allerhand Überraschendes erlebt. Mister Jenkins zum Beispiel, der am Ende der Straße wohnte, hatte sie einmal beobachtet, wie er nach seinem Feierabend bei der Bank in Taspering nach Hause gegangen war, seinen Anzug ausgezogen hatte und in feinste Damenunterwäsche geschlüpft war. Mit offenstehendem Mund sah sie zu, wie er in der Spitzenunterwäsche durch seine Küche tanzte und dabei Lieder von Barbra Streisand trällerte. Vor lauter Neugierde verließ sie ihre sichere Deckung hinter dem Rhododendron, um noch näher an das Fenster an der Rückseite des Hauses heranzuschleichen. Zu dumm, dass sie dabei über ihre offenen Schnürsenkel fiel und unter ohrenbetäubendem Gepolter in seine Gartenmöbel stolperte. Nur Sekunden später stand er mit hochrotem Kopf vor ihr und zerrte sie kurzerhand ins Haus, wo er sie zur Rede stellte. Doch sie beteuerte, sein Geheimnis für sich zu behalten. Es war eine absurde Situation, wie er da vor ihr stand, nur in Höschen und BH. Letzten Endes aber lachten sie gemeinsam über den peinlichen Moment und er holte aus seinem Schlafzimmer stolz seine Sammlung von Frauenkleidung, die er ihr Stück für Stück vorführte. Judy machte ihm Komplimente für seinen erlesenen Geschmack und sie aßen zusammen in seiner Küche Schokoladenkekse. Dabei berichtete sie ihm auch von ihren Matheproblemen. Seitdem übte er regelmäßig mit ihr vor jeder Prüfung. Mister Jenkins, fand sie, war ein wirklich cooler Mann und in ihren Augen normaler als der Rest von Taspering. Die Teenagerin schockten ihre Entdeckungen der letzten Jahre über ihre Nachbarn keineswegs. Ganz im Gegenteil, ohne diese Erlebnisse sah ihr Leben trostlos aus in Taspering. Hier passierte viel zu selten etwas Aufregendes.

Doch vielleicht brachte diese Engländerin jetzt wieder einmal frischen Wind in den Ort?

Neugierig streckte sie sich und lugte zum Fenster hinein. Doch Susan stand urplötzlich vor ihr. »Komm sofort raus! Was tust du da?«

Judy kam aus ihrem Versteck gekrochen. »Ich, äh, ich dachte, du brauchst Hilfe wegen dieses Handwerkers. Das hörte sich an, als ob ihr gestritten hättet.« Sie ging stillschweigend einfach zum Du über.

»Ach, gelauscht hast du auch? Danke, aber ich kann sehr gut auf mich selber aufpassen.« Susan hatte schon bemerkt, was da vor ihrem Küchenfenster vor sich ging. Das Rascheln des Busches kam ihr merkwürdig vor. Zum Glück handelte es sich nur um das Kind und nicht um eine Ratte. Nun bedeutete sie Judy, einzutreten. Dem Mädchen musste es ja furchtbar langweilig sein. »Na los, steh nicht rum wie ein Ölgötze, komm rein.«

Die Teenagerin setzte sich wie selbstverständlich auf die marmorne Arbeitsplatte der Kücheninsel. »Grandpa hat ihm erzählt, dass der Wasserhahn in deiner Küche tropft.«

»Ihr habt ihn also geschickt? Ist er etwa der Nachbar, der hier ab und an aushalf?« Diese plötzliche Erkenntnis verursachte ein blamables Gefühl in Susan.

Das Mädchen nickte und wechselte dann schnell das Thema. »Hast du schon Großmutters Cookies entdeckt? Sie hat extra welche für dich gebacken.« Judy hopste von der Kücheninsel, öffnete eine der Schranktüren und zog eine bläuliche Keramikdose hervor. Sie nahm sich einen schokoladenen Keks hinaus. »Möchtest du auch einen? Es gibt die Sorte Schokolade und Frucht. Die mit Blaubeeren sind auch lecker.«

Susan musste schmunzeln, als sie in die hingehaltene Dose griff. Die Kleine hatte es faustdick hinter den Ohren. »Du kennst dich ja gut in meiner Küche aus, du warst wohl schon sehr oft hier?«

»Ich begleite Grandma manchmal, wenn sie hier putzt. Und außerdem haben sie und Mae hier regelmäßig freitagabends mit anderen Frauen aus dem Ort Bridge im Wohnzimmer gespielt.«

»So, so. Haben sie auch um Geld gespielt?«

»Oh nein! Mae sagte, man dürfe nicht um Dollars spielen, das würde den Herrn beleidigen.«

»Den Herrn?«

»Na, Gott.«

»Sie gehörte also zu den gläubigen Menschen, meine Großmutter?« Dieser Aspekt gefiel Susan ausgesprochen gut. Judy verfiel in einen schwärmerischen Ton. »Ja und sie hat der Kirche auch regelmäßig was gespendet für die Armen und so. Das war wirklich klasse von ihr.« Judy rückte ihre Brille zurecht, die auf ihre Nasenspitze heruntergerutscht war.

»Spielst du auch Bridge?«

Jetzt bedauerte Susan es, mit ihren Freunden in London keine Spieleabende veranstaltet zu haben. Eigentlich konnte so etwas doch eine lustige Angelegenheit sein. »Nein, aber vielleicht kann deine Grandma es mir ja bei Gelegenheit einmal beibringen.« Sie zwinkerte Judy zu, griff erneut in die Keksdose und biss in einen Blaubeercookie. Glenda konnte wirklich gut backen. Die Kekse zergingen sofort auf der Zunge.

Die Teenagerin wischte ihre Hände an ihrer Jeans ab. »Wenn du eine Zeitlang hier wohnst, dann wirst du auch bald wissen, was das Haus alles an Geheimnissen zu bieten hat.«

Susan war erstaunt. »Hat es denn so viele? Allerdings glaube ich kaum, dass ich lange genug hier sein werde, um alles rauszufinden.«

Judy riss die Augen auf. »Aber wieso denn nicht, willst du denn nicht hier wohnen bleiben?«, erkundigte sie sich.

Diese Frage stellte sich Susan schon seit Tagen. Aber es erschien ihr nicht realisierbar, dauerhaft hier zu leben. »Ich glaube nicht, dass ich das Haus bewohnen kann. Es ist einfach zu groß für mich alleine. Außerdem habe ich alle meine Freunde in London und meine Arbeit natürlich auch.« Ob sie überhaupt noch Kunden besaß, wenn sie wieder zurückkam? Die Vorstellung, ihre mühevoll aufgebaute Agentur zu verlieren, behagte ihr ganz und gar nicht.

»Was arbeitest du denn?«

»Ich bin Innenarchitektin. Aber das wusstest du doch sicher schon?«

»Könnte sein, dass mein Grandpa es auf der Heimfahrt kurz erwähnt hat.« Judy legte den Kopf schief. »Wenn ich erwachsen bin, will ich Journalistin werden.«

Dieser Plan entlockte Susan ein Lachen. »Bei deiner Neugierde würde das sogar passen!«

Das Mädchen sah beschämt unter sich.

Susan fand, dass die Plauderei nun lange genug dauerte. »So, vielen Dank für deinen Besuch. Ich habe noch einiges zu erledigen und brauche dafür meine Ruhe. Außerdem warten sicher noch Hausaufgaben auf dich oder sowas.« Sie schob Judy energisch Richtung Küchentür.

»Immer wollen alle ihre Ruhe haben!«, maulte das Mädchen und lief zu ihrem Haus hinüber.

12

Jeff Summers saß in seinem Ledersessel, die Füße auf seinen Schreibtisch gelegt, und grübelte über die vorherige Begegnung mit Susan Parker nach. Solche Frauen sollte man von Rechts wegen an die Leine nehmen, damit sie einen nicht umbrachten! Schmeicheleien, Beschimpfungen, wütendes Gezeter, all das kannte er von seinen Frauenbegegnungen. Doch zu Boden hatte ihn noch nie eine gebracht. Jedenfalls nicht so. Er kam sich vor wie ein rohes Schnitzel, das sie mit dem Fleischklopfer bearbeitet hatte. Sein Schädel brummte noch immer. Diese Lady besaß Klasse, so viel stand fest. Aber das zählte nur für die Äußerlichkeiten. Sie glich wirklich sehr ihrer Mutter. Ganz ansehnlich. Kein Modeltyp aber durchaus interessante Gesichtszüge. Doch Amelia Grayson hatte eher zu den stillen Menschen gehört. Das Temperamt ihrer Tochter hingegen ließe sich sicherlich zügeln, nein noch besser: nicht bändigen, sondern an der richtigen Stelle entfalten, wenn er sie in sein Bett bekam. Eine Britin stellte genau die Herausforderung dar, die ihm noch fehlte. Es hieß, sie seien alle sehr steif. Was in gewisser Weise auch auf diese Miss Parker zutraf. So wie sie ihr Geld gezählt hatte. Diese Erinnerung hinterließ immer noch einen schlechten Nachgeschmack bei ihm. Mal sehen, ob er aus der fauchenden Wildkatze nicht ein schnurrendes Kätzchen machen konnte. Er beschloss kurzerhand, ihr am Abend noch einen höflichen Besuch abzustatten. Die Frau, die er nicht knackte, gab es nicht! Es wäre ein nettes Experiment. Für mehr hatte er sowieso keine Zeit. Seiner Mannschaft standen mehrere Auswärtsspiele bevor. Was ihn daran erinnerte, dass er seinen Coach anrufen musste. Er griff nach dem Telefon.

»Hallo Cody altes Haus. Was gibt's für Neuigkeiten?«

Nach Judys Besuch begann Susan endlich ihren Gartenrundgang. Eines musste man Tom lassen, er verstand sein Handwerk. Sie bezweifelte stark, dass ein normaler Rasenmäher ausreichte bei der Größe des Grundstückes. Mächtige, mit grüngrauen Flechten bewachsene Eichen und Kiefern wuchsen überall und ließen den Garten verwunschen erscheinen. Ihre gewaltigen Baumkronen spendeten an heißen Tagen sicher ausreichend Schatten. Kleine Wege führten in geschwungenen Linien überall durch das Grundstück. Blumeninseln, gefüllt mit prächtigen Hortensien, Azaleen, Kamelien und verschiedenen Frühlingsblühern, rechts und links der Wege leuchteten in der Sonne, während sie nun daran vorbei spazierte. Susan bückte sich und roch an einer gelben Pfingstrose. Ein Hauch von Moschusaromen stieg ihr in die Nase und löste einen Niesanfall aus.

»Autsch!« Sie schlug auf ihren Arm. Hier in Alabama streckten die Moskitos bereits Anfang Mai ihre Saugrüssel nach dem Blut ihrer Opfer aus. Das gehörte auf jeden Fall als fetter Minuspunkt auf ihre Nein-Liste. Susan schirmte ihre Augen mit den Händen gegen die Sonne ab und blickte sich um. Das Grundstück musste laut ihren Schätzungen um die achttausend Quadratmeter groß sein. Vielleicht auch größer. Dieser Garten kam ihr seltsam vertraut vor, was sie sich nicht erklären konnte. Sie war doch noch nie in diesem kleinen Stückchen Paradies gewesen. Hier und da pflückte sie ein paar Tulpen aus den Beeten, dabei kam sie sich fast wie eine Diebin vor. Susan fand es sehr entspannend, im Garten herumzuschlendern, und genoss die warmen Sonnenstrahlen. Im Gegensatz zu London konnte man hier bereits mit kurzen Ärmeln herumlaufen. Sie beschloss, dass dies definitiv ein Pluspunkt auf ihrer *Behalten- oder Verkaufen*-Liste bildete. Bei einer großen Eiche nahe des Mansion ließ sie sich auf einer hölzernen, flechtenbewachsenen Sitzgruppe nieder. Egal wie schön dieser Garten und das Haus sein mochten, sie fragte sich, ob sich je das Gefühl von Heimat einstellen würde.

An diesem Abend lag Susan in der großen, freistehenden Badewanne, ließ wohlig den glitzernden Schaum zwischen ihren Fingern hindurchgleiten und sog den herrlichen Rosenduft ein. Ihre Gedanken schweiften, sehr zu ihrem Unmut, immer wieder zu dem unverschämt gutaussehenden Kerl vom Vormittag, dessen Besuch so unselig geendet hatte. Beim Gedanken an ihn lief ihr ein Kribbeln über die Haut. Sein von der Sonne gebräuntes Gesicht wies ausgeprägte Wangenknochen auf und seine Lippen schienen von Gott selbst modelliert worden zu sein. Aber seine Augen, die sie an einen Sommertag im Lake District denken ließen, waren das Sahnehäubchen. Der Mann schien allerdings mehr äußere, als innere Qualitäten zu besitzen. In jungen Jahren wäre es ihr egal gewesen, ob ein Mann hinreichende Manieren besaß, aber jetzt war sie anspruchsvoller. Dabei zeugte es sicher nicht von ihren besten Manieren, anderen Menschen wehzutun. Sie führte ihre unbedachte Aktion auf zu viel gelesene Agatha Christie Krimis zurück. Susan liebte die alte, lustige Möchtegerndetektivin Miss Marple in ihren Verfilmungen. Dem Eindringling in bester Krimi-Manier eins überzubraten war sicher ein wenig zu viel des Guten gewesen. Aber was musste er auch durch ihr Haus streifen? Aufgrund ihrer Kopfschmerzen hatte sie sich gerade ein wenig schlafen gelegt und nicht damit gerechnet, dass einfach jemand durch die Hintertür kam. Er konnte von Glück reden, dass sie ihm nur eine kleine Vase übergezogen hatte. Schade um das schöne Stück. Sie schamponierte ihre Haare ein. Pah, Männer! Dieser Handwerkersnachbar hielt sich wohl für was ganz Besonderes. Da fiel ihr ein, dass sie gar nicht wusste, wie er hieß. Aber das bekam sie noch heraus. Sicher konnte Judy ihr da weiterhelfen. Die Familie Perkins kannte hier doch bestimmt fast jeden Anwohner. Sie fragte sich, wann die ersten Ortsbewohner wohl bei ihr auftauchten. Hoffentlich kamen die durch die Vordertür. Aber wer konnte schon vorhersagen, wann die Menschen von Taspering es nicht mehr vor Neugier aushielten und ihr ihre Aufwartung machten?

»Ah, da stecken Sie!«

Entsetzt schrie sie auf und versuchte, so viel von ihrem Körper wie möglich mit Schaum zu bedecken. »Sie schon wieder!« Mister *Ich bin was ganz Besonderes* stand doch tatsächlich in ihrer Badezimmertür und lächelte sie ungeniert an.

Der Hüne hob tadelnd den Zeigefinger. »Sie haben Ihre Hintertür ja immer noch nicht abgeschlossen.«

Susan senkte ihren Körper, so tief es ging, in das Wasser hinein. Am liebsten wäre sie mitsamt ihrem Kopf untergetaucht. »Verschwinden Sie, sofort!«

Höflich drehte er ihr den Rücken zu. »Lady, es war nicht meine Absicht, Sie zu stören. Wir hatten heute einen schlechten Start und da dachte ich mir, ich komme vorbei, wir reden ein wenig und begraben das Kriegsbeil. Na, was sagen Sie?«

Was bildete dieser arrogante Schnösel sich eigentlich ein? Seine Dreistigkeit schien Teil seiner Persönlichkeit zu sein. »Ich meine, Sie besitzen keine Manieren! Schon wieder betreten Sie einfach mein Haus und besitzen noch die Frechheit, mich im Badezimmer zu stören. Sehen Sie zu, dass Sie hier rauskommen! Meinetwegen warten Sie im Wohnzimmer, wenn Sie sonst keine Ruhe geben. Sobald ich etwas angezogen habe, komme ich nach. Sie wissen doch sicher, wo das ist?«

»Ja Ma'am, dieses Zimmer finde ich in jedem Haus, das ich vorhabe auszurauben. Ein bisschen was Wertvolles habe ich schon immer mitgehen lassen, wenn Ihre Großmutter mal nicht aufpasste. Hier ein bisschen Tafelsilber, da eine antike Figur …«

Ruckartig hob sie den Kopf. »Sie elender Mistkerl! War ja klar, dass Sie die Sache von heute Vormittag wieder aufwärmen müssen. Hören Sie auf, sich über mich lustig zu machen. Ich habe verstanden, was Sie mir sagen wollen.«

Er lachte. »Ich habe einen Witz gemacht, meine Güte. Verstehen Sie keinen Spaß? Ziehen Sie sich mal den Stock aus Ihrem Kreuz. Sind in England alle so steif?«

»Das sollte ein Witz sein, Mister? Ha, Ha. So, jetzt habe ich gelacht, zufrieden? Und jetzt raus mit Ihnen!«

Blitzschnell drehte er sich um und verbeugte sich übertrieben vor ihr.

»Ja Ma'am, sofort Ma'am.«

»Elender Rüpel!« Sie warf ein Seifenstück nach ihm, aber es zerschellte am Türrahmen und zerbrach in zwei Teile. Sollte er doch darauf ausrutschen und sich das Genick brechen. Doch sofort bereute sie ihre Tat. Eigentlich schade, die Seife roch so exzellent nach Maiglöckchen.

»Sagen Sie mal, besitzen Sie dieses Muttermal eigentlich schon immer über Ihrem Busen?«

Susan griff nach dem nassen Schwamm und schleuderte auch diesen in seine Richtung. Dieser Mann war offenbar ein richtiger Lustmolch! Lachend lief ihr Besucher die Treppe hinunter.

Jeff schlenderte ins Wohnzimmer und ging zum hölzernen Globus in der Fensterecke. Er öffnete den geheimen Verschluss, schenkte sich einen Whiskey ein und überlegte, ob er der Badewannen-Lady nicht auch einen anbieten sollte. Der Alkohol konnte diese Dame nur lockerer machen. Also füllte er noch ein Kristallglas mit der bernsteinfarbenen Flüssigkeit. Er prostete dem Gemälde über dem Kamin zu und nahm einen tiefen Schluck. Wie viel die alte Grayson ihrer Enkelin wohl vermachte? Jeff selbst besaß mehrere Millionen Dollar, was nicht bedeutete, dass er die Bodenhaftung verloren hatte. Er stammte aus Kentucky, wo sein Vater ihn alleine in einem Trailerpark großgezogen hatte. Ab und an, wenn sein alter Herr ihm halbwegs nüchtern erschien, begleitete er ihn zu seinen Kunden. Über seine Mutter wusste er nur, dass sie abhaute und ihn mit seinen sechs Jahren zurückließ. Im Nachhinein betrachtet, musste er seinem Erzeuger wohl dankbar sein, dass er ihn trotz aller Widrigkeiten nicht der Wohlfahrt übergeben hatte. Durch die Trinksucht seines Vaters besaßen sie nie viel Geld. Wenn Jeff nicht gerade durch die Gegend streifte, um Essen aufzutreiben, weil sein Vater vergessen hatte einzukaufen, spielte er als kleiner Junge täglich Baseball. Seinen ersten Ball und Schläger besaß er heute noch. Beides erinnerte ihn stets daran, wo er herkam. Er war die meiste Zeit auf sich allein gestellt gewesen und darum stolz darauf, niemanden zu brauchen. Ein Talentscout in der High School war schließlich seine Chance gewesen, wegzukommen aus dem Trailer Park. Raus aus der Armut und dem ganzen Elend dort mit den Junkies, Hehlern und Alkoholkranken. Er konnte noch heute das Geschrei der ehemaligen Nachbarin hören, wenn ihr Mann sie im Drogenrausch verprügelt hatte. Dann hatte er sich jedes Mal das Kopfkissen über die Ohren gezogen, um es auszublenden. Beim Gedanken daran kroch

Abscheu in ihm hoch. Noch immer sah er die Frauen vor sich, die grün und blau geschwollene Gesichter hatten und trotzdem niemals Anzeige gegen ihre Männer erstatteten, weil sie durch das Raster des Gesetzes fielen. Ja, er war ein ehemals armer Junge mit einer großen Portion Glück in seinem Leben. Nicht mehr und nicht weniger. Umso größeres Vergnügen bereitete es ihm, seiner neuen Nachbarin jetzt den einfachen Nachbarsmann mit Handwerkerfähigkeiten vorzuspielen. Ob sie wohl jemals seine wahre Identität herausbekam? Die Lady schien zu seinem Glück noch nie etwas von ihm gehört zu haben. Sonst hätte sie ihn vielleicht trotz des falschen Bartes erkannt. Andererseits ... Selbst die Einwohner von Taspering ahnten nichts und die zählten zu den Baseballfans. Das Ding klebte aber auch echt gut. Maßanfertigung eben. So wie fast alles, womit er sich umgab. Jeff setzte sich auf die Couch, schlug das Bein über und legte die Hand auf seine weißen Schlangenleder-Cowboystiefel. Sie waren feinste Handarbeit mit aufwendigen Stickereien eines Freundes aus Kindheitstagen. Nun galt dieser als einer der gefragtesten Schuhstylisten in Amerika. Natürlich verarbeitete sein Kumpel kein echtes Schlangenleder, denn er zählte zu den größten Tierfreunden, die Jeff kannte. Umso mehr rissen die Käufer ihm seine Kreationen aus der Hand. Alle Leute in L.A., die Mode liebten, wollten solche Dinger in ihrem Schrank stehen haben. Design ohne Tierleid. So konnte es gehen im Leben.

Er öffnete den seitlich stehenden antiken Schrank, in dem sich der Fernseher befand. Mal sehen, was so lief. *Ah, ein Boxkampf, nicht schlecht.* Doch Jeff konnte sich nicht auf das Geschehen vor sich konzentrieren. Stattdessen wanderten seine Gedanken zu seiner neuen Nachbarin, die im Obergeschoss wahrscheinlich gerade dabei war, in ihre Wäsche zu schlüpfen. Die Engländerin hatte zum Reinbeißen süß ausgesehen wie sie versuchte, krampfhaft in der Badewanne ihren Körper zu bedecken. Grundsätzlich respektierte er die Intimsphäre anderer Menschen. Doch die Planschgeräusche hatten ihn einfach dazu verlockt, nachzusehen. Angesichts des vielen Schaums war ihm nur ein kurzer Anblick ihres nackten, wohlgeformten Busens vergönnt gewesen. Aber das genügte, um ihn auf sündige Gedanken zu bringen. Je schneller er sie in die Finger bekam, umso besser. Er musste nachher dringend eine Runde Holz hacken, um sich abzukühlen. *Meine arme Schulter.* Diese Frau erweckte tiefere Regionen an ihm zum Leben. Höchstwahrscheinlich hatte die Dame auch noch nie einen Baseballschläger in der Hand gehabt. Die Briten spielten laut seinem Wissen am liebsten solche Sachen wie Cricket oder gingen zu Pferderennen. Es würde ihm also höllischen Spaß bereiten, ihr beizubringen, was sie mit *seinem* Baseballschläger so alles anstellen konnte. Vor allem, weil er dann ihren knackigen, süßen Busen berühren konnte. Ja zum Teufel, er musste später wirklich eine Menge Holz hacken.

Susan föhnte sich in Windeseile die Haare und flitzte dann, lediglich mit ihrem Badetuch bekleidet, über den Flur ins Schlafzimmer. Was sollte sie bloß anziehen? Nachdenklich betrachtete sie ihre Garderobe im Kleiderschrank. Sie griff nach dem tief ausgeschnittenen Sommerkleid. Doch sie zog ihre Hand wieder zurück. Besser nicht, das könnte ihn auf falsche Gedanken bringen. Schließlich entschied sie sich für ihre weiße Caprihose und eine korallenfarbige Bluse. Ein Outfit, das nicht nach *Ich will eventuell Sex mit dir* aussah. Genau das Richtige für den heutigen Abend und Mister Macho. Angespannt wie ein Drahtseil stieg sie die Treppe hinunter und ging ins Wohnzimmer. Er saß ganz gemütlich auf der Couch und sah sich einen Boxkampf im Fernsehen an. Susan zeigte auf die Sportler: »Ich glaube, die haben mehr Manieren als Sie, Mister? Sie haben sich noch nicht einmal vorgestellt, sitzen aber in meinem Haus und benehmen sich, als würden Sie hier wohnen!«

Ihr Besucher schaltete den Fernseher aus, richtete sich gerade auf und fasste sich theatralisch an die Brust. »Oh, entschuldigen Sie, Miss Parker, Sie haben natürlich recht! Wie ich bereits heute Mittag erzählte, wohne ich in Ihrer Nachbarschaft. Mein Name ist Jeff Moley.«

Sie mimte einen auf hochnäsig und nahm im Sessel gegenüber Platz. Der Kerl sah in seinen weißen Cowboystiefeln aus wie ein Lackaffe. Auch, wenn er wirklich gut aussah, bevorzugte Susan einfach einen anderen Kleidungsstil bei Männern. »Wie gerne würde ich sagen, dass ich mich freue, Ihre Bekanntschaft zu machen, Mister Moley. Aber bedauerlicherweise ist mir das im Moment nicht möglich. Was nicht zuletzt an Ihrem schlechten Benehmen liegt.« Sie betrachtete ihn mit eiskaltem Blick. So leicht ging sie ihm nicht mit seinem Äußeren auf den Leim.

Er bedachte sie mit einem Dackelblick und stieß einen tiefen Seufzer aus. »Wie schade, Miss. Dabei habe ich wirklich gehofft, wir könnten uns heute Abend etwas besser kennenlernen.«

War das etwa sein Ernst? Der Kerl war ja noch dreister als erwartet. »Dann haben Sie falsch gedacht. Wie wäre es, wenn Sie jetzt das Glas austrinken, das Sie sich offensichtlich aus *meinem Besitz* genommen haben, und dann mein Haus verlassen?«

Er reichte ihr als Antwort den zweiten Whiskey Tumbler. »Warum so vorschnell, Lady? Sie dürfen nicht denken, ich hätte gar keine Manieren. Hier, trinken Sie etwas mit mir! Auf gute Nachbarschaft und neue Freunde.«

Susan verzog angewidert das Gesicht. Der Typ ging ihr mächtig auf die Nerven mit seinem Gehabe. »Ist das Whiskey? Igitt!« Sie sah sich um. Wo zum Teufel hatte er das Zeug bloß her? Erst jetzt entdeckte sie den halboffenen Globus, der jede Menge hochprozentiger Spirituosen offenbarte. »Ach, da ist die Bar. Ich habe mich schon gefragt, wo sie ist. Natürlich musste einer wie *Sie* die ja finden.«

Seine Augen verengten sich und sie glaubte, für einen Augenblick Verärgerung darin zu erkennen. »Sind Sie sich da auch ganz sicher Lady, dass *Sie* nicht doch in Ihrem schönen England durch Kneipen gezogen sind und gerne einen trinken? Wenn Sie schon am ersten Tag die Hausbar suchen?« Sie warf ihm einen mordlüsternen Blick zu, der ihm aber nur ein unverschämtes Grinsen entlockte. »Wenn ich Ihnen anderweitig irgendwie behilflich sein kann, sagen Sie es nur. Ich habe viele Fähigkeiten.« Er lehnte sich wieder entspannt zurück.

Ihr neuer Nachbar wollte also spielen? Gut, das konnte er haben! Susan setzte eine, wie sie hoffte, blasierte Miene auf und erhöhte ihre Stimmlage genauso, wie es dumme Blondinen in Comedy Shows taten: »Oh, Mister Moley.« Sie blickte ihm direkt in seine wunderbaren, grünen Augen. Einen Moment zögerte sie bei diesem überwältigenden Anblick. Fast versank sie darin. Doch sie fing sich schnell wieder. »Jetzt, wo Sie es sagen, es gibt da tatsächlich etwas, was Sie für mich tun könnten.«

Er blickte sie misstrauisch an. »Ach ja? Und das wäre?«

»Ein weltgewandter Mann wie Sie ist doch wie geschaffen dafür, eine kleine, unerfahrene Engländerin wie mich ein wenig herumzuführen. Bei Ihnen wäre ich doch in sicheren Händen, wenn Sie den Fremdenführer spielen und mich durch die Gegend fahren, oder nicht?« Sie klimperte unschuldig mit ihren Wimpern. »Ich besitze nämlich noch kein

Auto. Oh, und wenn es Ihnen nichts ausmacht, könnten Sie ein wenig putzen, hin und wieder? Das Haus ist wirklich sehr, sehr groß.« Susan machte eine übertriebene Geste mit ihren Händen. »Ich brauche wirklich dringend noch jemanden, der es regelmäßig reinigt. Die arme Misses Perkins schafft das alles nicht alleine. Für einen so tollen Hecht wie Sie ist das doch sicher kein Problem.« Sie setzte sich zu ihm auf die Couch und betastete seinen Oberarm. Was Marylin Monroe damals fertig brachte, konnte sie sicher auch. Männer, die sich für unwiderstehlich hielten, in den Wahnsinn treiben und mit ihnen spielen. Sie seufzte ergeben. »Und mit all diesen Muskeln, die Sie mit sich rumtragen, können Sie ganz sicher auch etwas Sinnvolleres machen, als ein Whiskeyglas zu halten.«

Er sah sie an, als hätte sie ihm ein unmoralisches Angebot gemacht.

Darauf kannst Du lange warten, Süßer. Susan übertrieb es noch ein wenig mehr: »Ach, Mister Moley, das wäre ja sooo nett von Ihnen, wenn Sie mir helfen würden«, säuselte sie in zuckrigem Ton. Abrupt ließ sie seinen Arm los, stand wieder auf und ging zum Sessel zurück. Nun betrachtete sie eingehend ihre lackierten Fingernägel und wartete lauernd ab. Diese Erniedrigung würde er doch unmöglich mitmachen. Sie konnte förmlich sehen, wie es in seinem Hirn rotierte.

Er blickte in sein Whiskeyglas und schüttete den Restinhalt nach kurzem Überlegen hinunter. »Okay! Aber die Putzfrau spiele ich nicht!«

Ihr Kopf ruckte hoch. War das etwa ein Okay gewesen, das da aus seinem Mund kam? Susan blieb kurz die Luft weg aufgrund dieser Wendung. Andererseits, allein sein Anblick schien es wert, ihn sich näher anzusehen. Und diese Augen erst. Dumm nur, dass er keine Manieren besaß. Dennoch trieb er ihren Puls in die Höhe. Mit ihm gemeinsam einen

Tag in einem Auto durch die Gegend zu fahren, das könnte sicher äußerst interessant sein. Hitzige Wortgefechte waren schon immer ihr Ding gewesen. Davon wussten die Nonnen in St. Helen's ein Lied zu singen.

Er stand auf und blickte sie herausfordernd an. »Was sehen Sie mich so mit Ihren blauen Äugelein an, Lady? Sie wollten doch einen Chauffeur. Jetzt haben Sie einen.« Die Daumen in die Jeanstaschen gesteckt, lehnte er sich gegen den Kamin. »Erzählen Sie mir mal, an was für ein Gehalt Sie gedacht haben, wenn ich für Sie arbeiten soll. Meine Vorstellungen liegen jedenfalls bei zweihundert Mäusen pro Tag.«

»Sind Sie wahnsinnig?«, rief sie. »Wenn wir auf fünfzig Dollar runtergehen, sind wir im Geschäft. Keinen Penny mehr bezahle ich!«

Er grinste amüsiert. »Na gut, Lady ich will mal nicht so sein. Einverstanden. Schlagen Sie ein!«

Sie schlug ein und für einen Moment hielt er ihre Hand fest. »Bevor ich es vergesse, bei den zweihundert Dollar hätte ich Ihnen auch jeden Tag mein nacktes Sixpack gezeigt, Lady.«

Sie überhörte seinen frechen Spruch einfach und entzog sich ihm. »Wann können Sie anfangen?«

»Mit oder ohne Striptease?«

»Sie halten sich wohl für ein wirklich unwiderstehliches Mannsbild?«

»Nur an ungeraden Tagen.«

Susan musste trotz seines vorlauten Mundwerks innerlich grinsen. Dieser Clown war wirklich eine harte Nuss. Was kam da bloß noch auf sie zu? »Wie wäre es, wenn Sie Ihren schrägen Humor ab morgen zu Hause lassen und sich wie ein erwachsener Mann benehmen?«

Er seufzte theatralisch. »Schade, Lady, dabei fing es gerade an, Spaß zu machen. Nur ein einziges Mal hätte ich es gerne erlebt, dass die Südstaaten den Norden übertrumpfen. Aber meinetwegen.« Gespielt öffnete er einen imaginären Spalt zwischen seinen Lippen und warf seinen *Humor* mit einer schnellen Handbewegung weg.

Bei seiner Darbietung lachte Susan und erntete prompt einen verwunderten Blick von ihm.

»Wie schön, Sie haben ja doch Humor, Lady. Also was halten Sie davon, wenn ich morgen Vormittag anfange? Dann zeige ich Ihnen die Gegend. Als Erstes fahren wir zu einem unserer bekanntesten Museen.«

»Ich sehe schon, Sie wissen, was ich will!«

Seine anzügliche Antwort kam umgehend: »Natürlich Ma'am, ich weiß immer, was Ladys wollen. Bis jetzt hat sich noch nie eine über meine Leistungen beschwert.«

Mister Moley zählte also wirklich zu den Typen, die gerne flotte Sprüche klopften. »Das ist wirklich toll, dass Sie so ein reges Liebesleben haben, aber ich benötige Ihre Dienste dahingehend wirklich nicht.«

Er zwinkerte ihr zu. »Wie Sie meinen. Und jetzt wird es Zeit für mich zu gehen.«

»Das ist das Beste, was Sie seit Minuten von sich gegeben haben, Mister Moley«, konterte sie. »Ich bringe Sie noch zur Haustür.«

Er lief in ihrer Begleitung Richtung Ausgang. Auf der Treppe gab er ihr noch eine Warnung mit auf den Weg: »Der Tag morgen wird anstrengend werden. Außerdem sind Sie unser Wetter hier nicht gewohnt. Es ist bei uns viel wärmer als in Ihrem verregneten London. Sie sollten Sonnencreme auftragen, damit Sie sich Ihren blassen Teint nicht ruinieren. Also dann, ich bin um neun Uhr bei Ihnen.«

Susan stützte die Hände in die Hüften. »Anstrengend? Mister, ich glaube, Sie wären überrascht, wie hartgesotten ich im Laufen bin. Da wird mich eine kleine Museumstour nicht ermüden.«

Er nickte ihr zu. »Na dann, umso besser. Ihnen auch eine gute Nacht, Lady.«

Seufzend schloss sie die Haustür. In was für einen Schlamassel hatte sie ihr Plappermaul nun wieder gebracht?

Punkt neun Uhr am nächsten Morgen fuhr Jeff mit seinem anderen Wagen, einem schwarzen Porsche, vor. Die Engländerin stand vor ihrem Haus auf dem Bürgersteig und erwartete ihn bereits. Sie trug rosafarbene Wildlederturnschuhe, eine züchtige weiße Baumwollbluse und einfache Bluejeans. Die Dame besaß einen wirklich angenehmen Modegeschmack. Zumindest schien sie kein Faible für nuttige Kleidung zu haben, wie manche seiner ehemaligen Begleiterinnen. Er ließ die Scheibe der Beifahrerseite langsam hinuntergleiten.

Verwundert betrachtete sie seinen Sportschlitten. »Wow! Ihre Geschäfte müssen echt gut laufen, wenn Sie sich so ein Auto leisten können. Oder ist es doch das Nebenbusiness mit Ihren kleinen Diebstählen?«

Er sah sie über seine Ray-Ban-Sonnenbrille noch etwas verschlafen an. »Wer von uns beiden ist jetzt kindisch, Lady? Ihnen auch einen Guten Morgen. Na los, steigen Sie endlich ein! Ich habe mir ein nettes Programm für Sie ausgedacht.«

Sie glitt auf den Beifahrersitz und ein blumiger Parfümgeruch erfüllte das Auto. »Na gut, Mister Moley, dann tun Sie mal was für Ihr Geld.«

Jeff trat voll aufs Gas. »Sehr gerne, Ma'am.«

Grinsend registrierte er, dass sie sich augenblicklich am Türgriff festklammerte.

»Können Sie auch etwas langsamer fahren? Ich wollte mein Frühstück noch etwas bei mir behalten.«

Angesichts der Aussicht, dass seine guten Ledersitze ruiniert werden könnten, verlangsamte er das Tempo.

»Wohin fahren wir überhaupt?«

Er nahm den Blick von der Straße und schenkte ihr ein strahlendes Lächeln. »Was halten Sie davon, wenn ich Ihnen ein wenig die Gegend zeige und dann fahren wir ins *Birmingham Civil Rights Institute*? Dort können Sie sich über die Geschichte Martin Luther Kings informieren und die damalige Bürgerbewegung gegen die Apartheit. Das wäre doch ein guter Anfang für einen Frischling.«

Sie kräuselte die Nase. »Sie halten mich also für ungebildet?«

Jeff umklammerte sein Lenkrad fester. War die Dame jetzt ernsthaft eingeschnappt? Das konnte ja heiter werden. »Ich habe lediglich den Versuch unternommen, Ihnen etwas unserer hiesigen Kultur nahezubringen. Schließlich kommen Sie aus Großbritannien. Also, soll ich jetzt Richtung Museum fahren oder nicht?«

Das brachte ihm einen eisigen Blick ein. »Mir ist durchaus bewusst, dass Ihr Südstaatler nicht viel mit einer Engländerin wie mir anfangen könnt, aufgrund der historischen Ereignisse in der Vergangenheit. Das heißt aber noch lange nicht, dass ich Ihrem Vorschlag abgeneigt bin.« Sie zog einen Schmollmund. »Ich interessiere mich sehr für die Umgebung von Taspering und die Geschichte dieses Landes. Wie lange werden wir also unterwegs sein, bis wir zu diesem Museum kommen?«

Jeff beantwortete ihre Frage mit einer Gegenfrage. »Das kommt darauf an. Sind Sie schon einmal auf einer Rennbahn gewesen?« Scheiß drauf, heute wollte er einfach nur Spaß haben. Zur Not gab es ja einen guten Sattler in Birmingham.

Er beschleunigte erneut sein Tempo und fuhr mit überhöhter Geschwindigkeit durch den Ort. Zwischendurch ließ er immer wieder Bemerkungen über die Besonderheiten von

Taspering fallen. »Rechterhand sehen Sie nun unsere wunderschöne Kirche, linkerhand das Gefallenendenkmal zu Ehren der tapferen Bürgerkriegssoldaten.«

Sofort sah sie nach rechts. »Wo denn? Ich sehe sie gar nicht.« Die Art wie sie ihren Kopf reckte und verzweifelt versuchte, all die Sehenswürdigkeiten beim schnellen Vorbeibrausen zu Gesicht zu bekommen, amüsierte ihn. »Verzeihung, ich muss mich korrigieren: sahen Sie unsere Kirche?« Er rieb liebevoll sein Lenkrad. »Ach, ich liebe diesen Wagen einfach. So, da vorne ist der Ortsausgang. Dann lassen wir mein Baby mal laufen. Halten Sie sich gut fest!«

Seine Beifahrerin presste ihren Körper in den Sitz und ergriff den Haltegriff oberhalb ihres Kopfes. Kaum, dass Taspering hinter ihnen lag, erhöhte er merklich das Tempo. Sie rauschten die County Roads entlang und Jeff wies sie immer wieder auf interessante Sehenswürdigkeiten hin. Mal auf einen Badesee, mal auf einen Naturschutzpark. Jetzt zeigte er wieder nach draußen. »Da drüben ist eine alte Eisenbahnstation.«

»Wirklich? Wo denn?« Sie reckte den Kopf.

»Na, da hinten.« Er wies mit dem Daumen hinter sich und musste grinsen. Bei dem Tempo waren sie in Windeseile in Birmingham.

Sie sah ihn entnervt an. »Würden Sie vielleicht bitte etwas langsamer fahren? Ich kann ja gar nichts richtig erkennen bei diesem Affenzahn den Sie draufhaben.«

Er nahm eine Hand vom Lenkrad und rieb sich gespielt nachdenklich am Kinn herum. »Wissen Sie ...«, sagte er gedehnt, »das könnte ich machen. Ich meine langsamer fahren. Aber diesen Motor muss man einfach ordentlich schnurren lassen.« Sichtlich amüsiert nahm er zur Kenntnis, dass sie die Hände sogleich in den Sitz krallte.

Das Hinweisschild für den Highway kam in Sicht. Sein Puls stieg in die Höhe. Es war an der Zeit, der Dame zu zeigen was wirklich unter der Motorhaube steckte. Kaum, dass sie auf den Highway auffuhren, packte er sein Lenkrad fester und vollführte einige gewagte Überholmanöver. Wenn das nicht mal ihren Puls in die Höhe trieb!

Susan war leichenblass um die Nase bei ihrer Ankunft vor den Eingangstreppen des imposanten, steinernen Museumsgebäudes in Birmingham. »Das war äußerst interessant, mitzuerleben, wie viel PS Ihr Wagen besitzt. Aber sooo eilig habe ich es gar nicht gehabt, hierherzukommen.«

Er konnte sich sein Grinsen nicht verkneifen. Die Fahrt war ein himmlischer Spaß gewesen. »Hey, Sie haben sich wunderbar gehalten. Mein Sitz ist noch tipptopp. Auf der Rückfahrt können wir das Ganze gerne wiederholen. Ich liebe es, wenn Frauen vor Glück in meiner Gegenwart schreien.«

Sie packte ihn erbost am Kragen seines Poloshirts. »Das war kein Glück, Sie Idiot, das war blanke Angst!«

Er versuchte, schuldbewusst dreinzublicken. »Oh, dann hab ich das wohl verwechselt.« *So ein Spaß aber auch!*

Sie stieg aus und stapfte, ohne sich noch einmal nach ihm umzusehen, die vielen Treppen Richtung Museum hinauf. Von hinten sah es wirklich gut aus, wenn ihr Po wackelte. Er ließ das Beifahrerfenster hinunter. »Ich bin in drei Stunden wieder hier. Viel Spaß und lassen Sie sich nicht von den Einheimischen auffressen. Das sind alles Kannibalen«, schrie er ihr hinterher.

Der Porsche heulte hinter Susan auf. So ein Kindskopf! Warum nur musste ein dermaßen gutaussehender Kerl so ein Blödian sein? Langsam stieg sie die Stufen zum Museum hinauf, auf denen vereinzelt Menschen saßen. Was für ein beeindruckendes Gebäude. Für einen Moment hielt sie inne, um es zu bewundern, und schoss noch Fotos für Bonnie und Danny. Susan schickte diese augenblicklich per WhatsApp auf die Reise. So nahmen die beiden aus der Ferne wenigstens etwas an ihrem Leben teil. Sie betrat das Gebäude, zahlte den Eintritt und begann ihren Rundgang durch die riesige Ausstellungsfläche. Anschaulich konnte sie sich darüber informieren, was Rassentrennung in der damaligen Zeit wirklich bedeutet hatte. Sie erfuhr, dass die staatlichen und lokalen Jim-Crow-Gesetze, die ab 1880 bis in die 1960er Jahre galten, die schwarze und weiße Bevölkerung in fast allen Bereichen trennten. Von separaten Toiletten bis hin zu Stadtvierteln, Hotels, Restaurants, ja sogar Bestattungsinstituten. Was war das nur für eine menschenunwürdige Zeit gewesen.

Immer beklommener spazierte sie durch die Ausstellung und studierte zutiefst berührt die Informationstafeln und Fotos. Eine Schulklasse bekam gerade neben Susan von der Lehrerin einen Vortrag gehalten. Die ältere Dame musste ihrer Stimme Gehör verschaffen, um gegen das Schwatzen der Kinder anzukommen. »Ruhe bitte! Jeremy etwas mehr Respekt bitte! Also wie ihr seht, gab es damals einige Lynchmorde. Aber diese Menschen haben auch nicht davor zurückgeschreckt Kinder in eurem Alter zu töten. Ein vierzehnjähriger aus Mississippi, sein Name war Emmet Till, ist im August 1955 beschuldigt worden, sich einer Frau im Supermarkt respektlos gegenüber verhalten zu haben. Das erzürnte viele Bewohner, woraufhin ihn zwei weiße Männer entführten und brutal lynchten. Die Details, wie der arme Junge aussah, als ein Angler drei Tage später seine Leiche fand, erspare ich euch lieber.« Die Lehrerin schien mit sich selbst zu ringen, bevor sie weitersprach. »Aber es war absolut barbarisch, was seine Mörder mit ihm anstellten.«

Manche der Schüler bekamen große Augen bei diesen Worten. Zwei der Mädchen wurden blass um die Nase. Susan überkam auch Übelkeit und noch mehr Bestürzung bei den Worten der älteren Dame. Sie spazierte in den nächsten Raum. Der typische Umhang eines Ku-Klux-Klan Mitgliedes in einer Glasvitrine verursachte beklemmende Enge in ihrem Brustkorb. Was ging bloß in solchen Menschen vor, so hasserfüllt zu sein, um Angst und Schrecken zu verbreiten? Ja, sogar vor Mord nicht zurückzuschrecken? Die Nachstellung einer Busfahrtsszene gefiel ihr ganz besonders. Der dargestellte Fahrgast, eine plastisch modellierte Frau, erweckte ihre Neugierde. Auf einem Informationsschild las sie, dass es sich bei dieser Figur um Rosa Parks handelte. Die Schwarze weigerte sich am ersten Dezember 1955, ihren Sitzplatz für einen Weißen herzugeben. Susan betrachtete ehrfürchtig die Szene. Was für einen Mut diese Frau doch damals besaß. Sie nahm sogar damit ihre Verhaftung in Kauf. Wenn Susan eines von ihrem Leben bei den Nonnen wusste, dann, dass alle Lebewesen Kinder Gottes waren. Die Welt gehörte nicht nur Menschen mit heller Hautfarbe. Rosa Parks gehörte ab sofort zu ihren weiteren Heldinnen.

Der Film über den Protestmarsch von Martin Luther King und seinen zahlreichen Anhangern bestätigte ihr erneut, wie hart diese Menschen um die Gleichberechtigung gekämpft hatten. Ihr war bewusst, dass es auch in der heutigen Zeit Rassenspannung gab. Tödliche Polizeieinsätze gegen Schwarze sorgten immer noch für wütende Proteste. Susan ballte die Fäuste. Die Tatsache, dass in einer vermeintlich modernen Welt Menschen wegen ihrer Hautfarbe anders behandelt wurden, erzürnte sie zutiefst.

Als sie das Gebäude wieder verließ, besaß Susan interessante, tiefgreifende, historische Kenntnisse. Dieses Museum war jeden Cent seines Eintrittsgeldes wert gewesen.

Mental ergriffen schlenderte sie die Stufen zur Straße hinunter, wo Mister Moley im gleißenden Sonnenlicht am Porsche lümmelte. Hoffentlich reichten ihre fünfzig Dollar überhaupt, wenn er sie in so einem Auto herumfuhr. Er blätterte in einer Sportzeitschrift. Eigentlich stand er im absoluten Halteverbot. Aber offensichtlich galten für ihn diese Regeln nicht. Zumindest schien er das zu glauben. In ihrem Kopf verfestigte sich immer mehr ein Bild von ihm. Kein gutes. Susan trat näher an ihn heran, um über seine Schulter zu spähen. »Na, interessante Berichte darin?«

Erst jetzt bemerkte er sie und richtete sich auf. »Nö!« Er klappte schnell das Heft zu, sprintete ums Auto herum und hielt ihr galant die Beifahrertür auf. Sie stieg ein und er lief auf die andere Seite. Doch ihr Begleiter fuhr noch nicht los. »Wie wäre es jetzt mit Essen? Von der ganzen Rennerei im Museum müssen Sie doch hungrig sein?«

»Nicht wirklich, ich habe eher das Bedürfnis, mich zu übergeben.«

»Ach, wirklich so schlimm?« Er blickte sie prüfend an. »Ich kenne da jedenfalls ein ganz ordentliches Restaurant in der Nähe von Taspering. Da gibt es auch Kamillentee. Es wird Ihnen gefallen. Ich lasse das Beifahrerfenster vorsichtshalber für Sie etwas runter.«

Susan stellte ihre Handtasche in den Fußraum. »Wie Sie meinen, ich muss das ja glauben, dass das ein nettes Speiselokal ist, schließlich sind Sie hier der Experte.« Sie warf ihm einen spöttischen Blick zu. »Und was steht dort außer billigem Tee noch auf der Karte? Menschenfleisch?«, fragte sie höhnisch. »Sagten Sie nicht, dass alle hier Kannibalen sind?«

Er pfiff durch die Zähne. »Respekt, gut gekontert, Lady. Ich mag Frauen mit Humor.«

»Und ich mag Männer, die genug Grips besitzen zu erkennen, dass ich welchen besitze.«

»Dann fasse ich das jetzt mal als Kompliment auf, Lady. Also, können wir dann losfahren? Mein Magen knurrt nämlich und dort, wo wir hinfahren, warten die besten Steaks der Gegend.«

Sie schnallte sich an. »Wie schade, ich bin Vegetarierin.«

Er grinste hämisch. »Sie sind also so eine Ökotante?«, zog er sie auf. »Na dann, sicher hat die Küche noch irgendwo Gemüse im Kühlschrank.«

Wenn er glaubte, sie damit aus der Reserve locken zu können, hatte der gute Mann sich geschnitten. Besser, sie ging gar nicht erst auf seine Anspielungen ein. »Gut, worauf warten wir dann noch? Das Grünzeug ruft.«

Susan beobachtete ihn dabei, wie er den Wagen durch den mittäglichen Stadtverkehr von Birmingham steuerte. Diese Kombination aus schwarzem Haar und grünen Augen, die jetzt im Sonnenlicht wie Jadesteine funkelten, faszinierte sie. Solche Männer wie ihn traf man nicht jeden Tag. Die Wortgeplänkel vorhin zwischen ihnen fand sie im Grunde amüsant. Wie es wohl wäre, mit ihm ein richtiges Date zu haben? Mist! Sie stoppte ihre Gedankengänge. Was dachte sie da eigentlich? Ablenkung musste her. Sie bemühte sich, ein unverfängliches Gespräch mit ihm zu beginnen: »Es war ein guter Ratschlag von Ihnen, mir das Museum anzusehen. Auch wenn ich sagen muss, dass ich vieles, was ich dort gesehen und erfahren habe, als sehr beklemmend empfinde.«

Er warf ihr einen kurzen, ernsten Blick zu, bevor er wieder auf die Straße sah. »Es ist eben nun einmal die Geschichte der Südstaaten, Miss Parker. Wenn Sie hier leben wollen, müssen Sie damit klarkommen. Jedes Land hat doch seine

Leichen im Keller. Bei uns in den Südstaaten war es die Sklaverei und die Rassentrennung.«

Susan seufzte. »Ja, da haben Sie Recht, Mister Moley. Ich hätte nur nicht gedacht, dass es mich so aufwühlt.«

Seine Stimme, als er ihr antwortete, klang ungewohnt sanft. »Das ist eben eine ganze Menge, was Sie da jetzt verdauen müssen. Von solchen Dingen aus dem Geschichtsunterricht zu hören, ist eine Sache. Sie im Museum bildhaft vor sich zu sehen, eine ganz andere.«

Ihre Achtung ihm gegenüber stieg von Minute zu Minute. Sie betrachtete nachdenklich die Häuser, die an ihnen vorbeiglitten. Für einen Moment schloss sie müde die Augen, riss sie aber sofort wieder auf. Seine Warnung vom Vortag, dass der Museumsbesuch anstrengend sein würde, war nicht unbegründet gewesen. Doch das wollte sie ihm gegenüber auf keinen Fall zugeben. Wenn ihr Gespräch jetzt zum Stillstand käme, würde sie einschlafen. Sie hielt Ausschau nach interessanten Fotomotiven. Plötzlich packte sie ihn am Arm. »Bitte halten Sie an!« *Davon* musste sie ein Bild haben.

Er drosselte das Tempo und die Bremskraft drückte ihren Körper in den Sitz. Kaum dass der Porsche stand, öffnete sie die Wagentür und sprang auf die andere Straßenseite, um den gelben Schulbus zu fotografieren, der dort stand. Voller Euphorie stieg sie wieder zu ihm ins Auto.

»Meinen Sie nicht, jetzt übertreiben Sie es ein wenig, Lady?«

Sie kicherte. »Nicht im geringsten, Mister Moley. Außerdem bin ich doch ein Frischling, wie Sie sagten. Die verhalten sich nun mal so.«

Einen Arm aus dem Fenster gelehnt und einen am Steuer fuhr er mit mürrischer Miene weiter. In den nächsten zehn Minuten ließ sie ihn noch dreimal anhalten. Jedes Mal fotografierte sie Dinge, die ihm ein entnervtes Kopfschütteln entlockten. Es machte solchen Spaß, diesen Kerl zu ärgern.

Das Restaurant, zu dem sie fuhren, stellte sich als wirklich einladend heraus. Er hatte nicht übertrieben. Es lag drei Meilen vor Taspering an einem See und schmiegte sich an den dahinterliegenden Waldrand. Mit seiner massiven Blockbohlenoptik kam sofort Lagerfeuerromantik in Susan hoch. Sie hielten auf dem gekiesten Parkplatz und stiegen aus. Susan bewunderte den Anblick der ganzen Szenerie. Eine weitläufige Terrasse mit Bestuhlung befand sich vor dem Eingang des Restaurants. Sicher saß man abends sehr nett hier, wenn die Lichterketten leuchteten und man auf den schillernden See blicken konnte. Ein Glas Wein trinken und dem Quaken der Enten lauschen, die jetzt ihre Runden über den See zogen … Perfekt!

Sie hockte sich in den Kies vor dem See und gab Schnalzgeräusche von sich, um die Enten anzulocken.

Jeff trat neben sie. »Sollen wir reingehen oder wollen Sie noch die Enten weiter bewundern? Wenn Sie mögen, dürfen Sie drinnen gerne eine Gebratene probieren. Ich steh zwar nicht so auf dieses Fleisch, aber es war ein milder Winter. Sicher haben die ordentlich was auf den Rippen«, zog er sie auf.

Susan stand auf und haute ihm ihre Handtasche gegen die Brust. »Idiot.«

»Immer gerne, Ma'am.«

Sie gingen zum Eingang und er hielt ihr die schwere, hölzerne Tür auf. Innen schlug ihnen ein Geruch nach Bratenduft, Alkohol und Gewürzen entgegen. Aus den kleinen Lautsprecherboxen in den Ecken des behaglichen Gastraumes drang dezente Country Musik. Die massiven Holzdielen und die Blockbohlenwände strahlten eine rustikale Gemütlichkeit aus. Im mächtigen, steinernen Kamin an der Rückwand loderte ein Feuer und entlockte Susans Körper ein wohliges Schauern.

Eine stämmige Frau mit grauem Dutt kam hinter dem Bartresen hervor und eilte zu ihnen. »Wie schön, dass du uns mal wieder beehrst Jeff. Wie war dein letztes …«

Sie unterbrach ihren Satz und begann von neuem. »Ich wollte sagen, wie verlief dein letztes Aufeinandertreffen mit dem schwierigen Kunden?«

»Ach, ganz ok, so schwierig ist er gar nicht.«

Er stellte sie einander vor. »Miss Parker, darf ich vorstellen, das ist Olivia. Ihr und ihrem Mann gehört das Restaurant.«

Olivia wischte sich ihre Spülhände an der Schürze ab und sie begrüßten einander. »Früher haben wir ein Lokal in Birmingham betrieben, daher kennen wir Jeff. Aber als uns das hier angeboten wurde, konnten wir einfach nicht nein sagen.«

Susan sah sich im Raum um. »Das kann ich gut verstehen. Es ist wirklich gemütlich hier.«

Die Restaurantbesitzerin bedeutete ihnen, zu folgen. »Kommt, ich bringe euch zu einem sonnigen Platz. Jeff sitzt immer dort, wenn er bei uns isst. Man hat einen traumhaften Blick auf den See. Normalerweise kommt er allerdings ohne eine Frau.« Sie warf ihrem Stammgast einen fragenden Seitenblick zu, der aber unbeantwortet blieb.

Susan lächelte unschuldig bei seinem missmutigen Blick. »Vielleicht sind Männer ja eher sein Ding?«

Olivia lachte schallend. »Also, junge Frau, eines weiß ich ganz sicher: Männer sind nicht sein Ding.«

Susans Begleitung beendete genervt das Gespräch. »So gerne ich mit dir plaudere, Olivia, ich habe einen unglaublichen Hunger und freue mich auf eure appetitliche Küche.«

Er nahm Platz, ohne sich die Mühe zu machen, Susan einen Stuhl heranzuziehen. Dann strahlte er die Restaurantbesitzerin mit seinem fettesten Lächeln an. »Was gibt es Feines aus eurer Küche? Ich nehme auf jeden Fall euer Steak nach Art des Hauses, aber bitte noch schön blutig. Und ein Wasser. Ich muss ja diese Lady noch sicher nach Hause bringen. Miss Parker ist übrigens Vegetarierin. Vielleicht habt ihr ja noch etwas Hasenfutter hinten von eurer Enkelin?«

Olivia schlug ihm scherzhaft die Karte auf den Kopf.

»Au!«

Entschuldigend lächelte Olivia sie an. »Nehmen Sie es dem Jungen nicht übel. Wir kennen ihn nicht anders. Er muss immer Scherze machen. Also, wir haben einen ganz fantastischen, vegetarischen Gumbo auf unserer Speisekarte. Sie werden ihn mögen.«

»Was ist ein Gumbo?«

»Das ist ein kreolischer Eintopf, nur ohne Fleisch für Sie.«

»Gut, dann probiere ich den und dazu nehme ich einen Eistee.«

Nachdem die Restaurantbesitzerin in die Küche verschwand, lehnte er sich in seinem Stuhl zurück. »Musste das eben wirklich sein mit Ihren zweideutigen Andeutungen?«

Sie blickte ihn amüsiert an und legte, anstatt sofort zu antworten, erstmal die rote Serviette in den Schoß. Herausfordernd blickte sie ihn an. »Ich wollte doch nur ein Späßchen machen, Mister. Dafür sind Sie doch hier der Fachmann.«

Er betrachtete sie und sein Gesichtsausdruck verwandelte sich in ein Grinsen. »Sie sind immer für eine Überraschung gut, Lady. Aber ab sofort keine Scherze mehr über Schwule. Wenn wir gerade davon reden: zufälligerweise ist einer meiner besten Freunde schwul und ich kann es nicht ab, wenn man blöde Witze darüber reißt!«

Sie überspielte ihre Verblüffung, indem sie kurz ihre Blicke durch den Raum schweifen ließ. Das hätte sie nicht von dem ungehobelten Klotz gedacht. »Dann haben wir ja doch was gemeinsam. Mein bester Freund ist auch schwul. Wir kennen uns seit Kindertagen. Er ist mit mir im Heim gewesen.«

Olivia unterbrach ihr Gespräch, indem sie die Getränke vor sie stellte. Sie verschwand genauso schnell, wie sie gekommen war.

Susan sah Jeff auffordernd an. »Nun sind Sie an der Reihe von sich zu berichten, Mister Moley. Was macht Ihr Freund so? Und woher kennen Sie sich?« Sie fummelte an ihrem Glas herum. »Er ist Schuhdesigner und entwirft Cowboystiefel.«

»Ah, lassen Sie mich raten, diese Pornostiefel von gestern Abend sind von ihm?«

Seine Augenbrauen hoben sich. »Lady, diese Pornostiefel, wie Sie sie nennen, sind derzeit das Begehrteste, was Hollywood Stars auf dem roten Teppich tragen wollen. Soweit ich mich erinnere, trägt Billy Ray Cyrus auch ab und an Cowboy Stiefel bei seinen Auftritten. Zwar nicht die von meinem Freund, aber ich glaube, Sie wissen, was ich meine. Coole Kerle tragen Cowboystiefel, egal welche Farbe sie haben.«

Verlegen griff sie nach ihrem Eistee und nahm einen tiefen Schluck. Ihr fiel nichts ein, was sie darauf erwidern könnte. Da nahm Mister Arroganz ihr doch glatt den Wind aus den Segeln.

Er beugte sich über den Tisch zu ihr. »Nun haben wir von unseren Freunden gesprochen. Reden wir doch mal von Ihnen. Ihre Ankunft hat ganz schön Wellen geschlagen in unserem Ort. Sie sind also im Heim großgeworden?«, fragte er.

»Ja, meine Mutter hat mich unterschlagen, wenn man es so ausdrücken kann.«

»Muss sicher hart gewesen sein, das zu erfahren, nehme ich an?« In seinem Blick lag Mitleid.

Doch das wollte sie nicht. Noch nie. Also schwächte sie ihre Antwort ab. »Es hat mich nicht verwundert. Nach allem, was ich bis jetzt weiß, ist meine Großmutter eine absolute Patriarchin gewesen. Meine Mutter hat sicher Angst vor ihrer Reaktion gehabt. Wenn es stimmt, was ich gehört habe, stand sie immer unter Beobachtung. Das muss schrecklich gewesen sein. Und ein uneheliches Kind …« Sie sprach nicht weiter. Sie wollte nicht wie eine Heulsuse erscheinen. Seine Reaktion traf sie vollkommen unerwartet.

Er legte seine Hand auf ihre. »Ich verstehe durchaus, was in Ihrer Mutter vorging. Die Menschen in Taspering sind eine eingeschworene Gemeinschaft. Über eine uneheliche Schwangerschaft hätten sie sich damals sicher ihre Mäuler zerrissen.«

Seine Hand lag immer noch auf ihrer. Hastig zog sie sie zurück.

In diesem Moment erschien Olivia erneut auf der Bildfläche und brachte ihnen ihr Essen. Blitzschnell verschwand sie wieder.

Susan räusperte sich. »Wir sollten essen, was meinen Sie? Ich glaube, Ihr Steak wird sonst kalt.«

Er griff zu seinem Besteck und schnitt sein Fleisch an. »Das ist eine gute Idee. Wäre eine Schande, so ein gutes Stück kalt zu essen.«

Sie sah angewidert, wie er sich sein erstes Fleischstück in den Mund schob und genussvoll kaute. Rote, wässrige Soße bildete sich auf seinem Teller. Halbrohes Steak, igitt. Um sich nicht weiter wie eine Voyeurin aufzuführen, die den Mann gegenüber anstarrte, wie er lustvoll aß, probierte sie von ihrem Gumbo. Das musste sie auch ausprobieren in ihrer Küche. Es schmeckte würzig und sie meinte Aromen von Piment darin ausmachen zu können.

»Was machen Sie eigentlich beruflich, wenn Sie nicht gerade unschuldige Handwerker überfallen?«

Bei seiner neugierigen Frage verschluckte sie sich fast. »Ich lehre kleine Kinder das Fürchten.«

Er sah sie belustigt an. »Das kann ich mir jetzt wirklich nicht vorstellen, Sie als Lehrerin.«

»Na gut, Sie haben mich erwischt.« Susan legte ihre Gabel auf den Tellerrand. »In Wahrheit bin ich Innenarchitektin. Und ja, doch, einmal habe ich den Fehler gemacht, einer Teenagerin einen Pooh Bär an die Wand zu malen. Sie bekam Heulkrämpfe. Dabei sah das Bild wirklich prima aus. Ich muss dazu sagen, ich fertigte es auf Wunsch der Mutter an. Sie hat mir einfach verheimlicht, dass die Tochter längst Fan von Justin Bieber war. Noch nie in meiner gesamten Karriere lag ich so daneben.«

Sein schallendes Gelächter durchdrang den ganzen Raum. Da an diesem Tag nur wenige Besucher im Restaurant saßen, störte es niemanden. Er nahm einen weiteren Schluck Wasser. »Gibt es eigentlich einen Mann in Ihrem Leben?«

Der Kerl ließ wohl gar nichts anbrennen. Statt ihm seine Frage zu beantworten, lächelte sie ihn freundlich an und entschied sich dann, den Spieß umzudrehen. »Wie nett, dass Sie Interesse an meinem Privatleben zeigen. Aber Sie müssen ja nicht alles wissen. Ein paar Geheimnisse muss ich für mich behalten.« Sie nahm einen weiteren Bissen und kaute langsam darauf herum. »Kommen wir doch zu Ihnen, Mister Moley. Sie wissen offensichtlich durch den Flurfunk bereits einiges über mich. Ich weiß nur, dass Sie Handwerker sind und unschuldige Frauen erschrecken.« Er sah nicht wie ein Kostverächter aus. »Falls es nicht zu indiskret ist: Wie viele Frauenherzen haben *Sie* denn schon gebrochen?«

»Ach, das ein oder andere«, sagte er mit gedehnter Stimme. »Aber ich habe mich immer ehrenhaft verhalten, wenn's rum war«, fügte er beiläufig hinzu.

Das hatte sie sich fast gedacht. Was auch immer er unter *ehrenhaft* verstand. »Und woher kommen Sie? Aus Taspering jedenfalls nicht. Ihr Akzent ist ein anderer.«

»Erwischt, Lady. Ursprünglich komme ich aus Kentucky.«

Sie wischte sich den Mund mit der Serviette ab. »Ist das nicht dort, wo die Einwohner überfahrene Stinktiere oder Waschbären mit der Schippe von der Straße auflesen und zum Mittagessen mit Whiskey verspeisen?«

Er gluckste. »Nur wenn man seine Ortskenntnisse aus irgendwelchen neunziger Jahre Hollywood-Filmen bezieht, so wie Sie offensichtlich.«

Sie zwinkerte ihm zu. »Na gut. Sie haben mich ertappt. Ich fand diesen Film *Die Beverly Hillbillies sind los* mit der Familie aus der tiefsten Provinz schon immer klasse.«

Mit einem überraschten Gesichtsausdruck lehnte er sich in seinem Stuhl zurück und widmete sich wieder seinem Steak.

Hatte der Kerl wirklich geglaubt, sie besäße keinen Humor? Die nächsten Minuten aßen sie schweigend weiter. Hin und wieder blickte sie hoch und schenkte ihm ein zaghaftes Lächeln, das er zu ihrem Erstaunen erwiderte.

Olivia kam an ihren Tisch, um die leeren Teller abzuräumen. »Kann ich euch beiden Süßen noch was bringen? Espresso, Nachtisch?«

Er sah Susan fragend an, aber sie schüttelte den Kopf und rieb sich satt und zufrieden den Bauch. »Wenn ich noch einen Löffel esse, muss mein Fahrer mich auf seinem Dach als Schwergut festschnallen.«

Die Restaurantbesitzerin lachte. »Es freut mich, dass es Ihnen geschmeckt hat.«

»Dann die Rechnung bitte«, forderte ihr Begleiter.

Susan fischte ihr Portemonnaie aus der Handtasche.

Doch er zog bereits seinen Geldbeutel hervor und reichte Olivia eine Kreditkarte. »Lassen Sie mal gut sein, Lady. Hier in unserem Land bezahlen anständige Männer.«

Einige Minuten später stiegen sie wieder in seinen Porsche. Susan ließ ihr Essen in Gedanken noch einmal Revue passieren. Mister Moley konnte also doch ein ganz normales Gespräch führen. Sie betrachtete ihn verstohlen dabei, wie er sich ein Bonbon in den Mund schob. Augenblicklich zog sich ihr Magen wie ein Knoten zusammen. Irgendetwas an ihm gefiel ihr trotz allem, was sie nicht verband, ausgesprochen gut. Lag es vielleicht an seiner tiefen Stimme? Sie verbot sich, weiter darüber nachzudenken.

Kurze Zeit darauf hielt er vor Grayson House. »Wir sind da.«

Susan lächelte ihn dankbar an. »Das war ein wirklich interessanter Ausflug, haben Sie vielen Dank.« Sie zückte ihre Geldbörse, um ihm das vereinbarte Geld zu geben.

Doch er bremste sie. »Ich nehme nichts von Ihnen.«

»Aber Sie sagten doch …«

»Vergessen Sie, was ich mit Ihnen vereinbart habe, sehen Sie es als Nachbarschaftsdienst.« Er hielt ihr seine Hand hin. »Ich bin Jeff.«

Susan war kurz verunsichert, was sie nun tun sollte.

»Das wäre jetzt der Part, in dem du sagen solltest: Ich bin Susan.«

»Ach so, ja. Verzeihung, Jeff, ich bin Susan.« Sie ergriff seine warmen Hände und versank für einen Augenblick in seinen grünen Augen.

Jeff wusste später nicht, was ihn dazu bewog, es zu tun, aber er zog sie spontan zu sich, griff in ihren Nacken und küsste

nur spielen. So war es schon immer gewesen und daran würde sich so schnell nichts ändern. Nicht, solange er noch ein Wörtchen mitzureden hatte.

Jeff ging zum Empfangstresen. »Der Boss erwartet mich.«

Die Empfangsdame, eine rassige Rothaarige im knappen, weißen Business Kostüm, aus der ihr üppiger Busen fast herausquoll, sah ihn hinter dem Tresen mit verkniffenen Lippen an. »Ich weiß. Seien Sie bloß vorsichtig. Heute hat er besonders schlechte Laune.« Sie griff nach dem Hörer. »Er ist jetzt da, kann ich ihn reinschicken?« Es dauerte einen Augenblick, dann gab sie Jeff das Okay-Zeichen.

Er ging langsam durch den langen Flur auf die silberne Tür zu und öffnete sie. Der Geruch von frischgestrichener Farbe empfing ihn. Das Büro des Generalmanagers war erst vor kurzem in einem hellgrauen Ton gestrichen worden. Ein luxuriöser, dunkelblauer Teppich bedeckte den größten Teil des Parkettbodens. Die Wände zierten zahllose gerahmte Aufnahmen ihrer Mannschaft. Dies war das Reich von Jonathan Moore.

»Hallo Jonathan.«

Die *Dogge* saß an seinem gläsernen Schreibtisch. Bei Jeffs Erscheinen blickte er auf. Jonathan Moore war ein gefürchteter Manager der Baseball-Welt. Seine Erfolge jedoch schienen ihm Recht zu geben. Ein Sportmagazin lag auf seinem Schreibtisch und Jeff wusste genau, was darin stand. In dem Bericht über ihn erwähnte man, dass er angeblich mehr den Weibern hinterherjage, als zu trainieren.

Sein Manager ging ohne langen Smalltalk zum Geschäftlichen über. Zwischenmenschliche Plaudereien hatten noch nie zu seinen Stärken gezählt. »Wir halten uns besser gar nicht erst mit Geplänkel auf. Die Saison hat gerade erst angefangen. Wie du weißt, stehen unserer Mannschaft noch ein paar wichtige Spiele bevor, damit wir in die World Series kommen und ich werde nicht zulassen, dass du unseren guten Ruf mit deiner negativen Publicity versaust!«

Eins musste man Jonathan lassen. Er redete wirklich nie um den heißen Brei herum. Jeff ging in die Offensive: »Diese negative Publicity, wie du sie nennst, verdanke ich einzig und allein der Sorte Presseheinis, die nur scharf auf jede noch so dämliche Schlagzeile sind und sich einen Dreck um den Ruf unserer Mannschaft kümmern!«

Jonathan lehnte sich in seinem kalbsledernen Chefsessel zurück. Die tiefstehende Nachmittagssonne warf leuchtende Lichtreflexe in sein graumeliertes Haar. »Jetzt hör mir mal genau zu, Summers. Was deine Weibergeschichten angeht, ich denke du weißt wie wichtig es ist, da nicht zu sehr in der Öffentlichkeit aufzufallen. Also halt dich bedeckt und reiß dich zusammen!«

Jeff nickte stumm. Konnte das etwa schon alles gewesen sein? Dafür war er sicher nicht so eilig herbeordert worden. Ein mulmiges Gefühl machte sich in ihm breit. Der Generalmanager war offenbar wirklich noch nicht fertig mit ihm, denn nun sprach er einen weiteren, wunden Punkt von Jeff an. »Du bist einer der besten Pitcher, den es in den Südstaaten gibt, und seit fast zweiundzwanzig Jahren in diesem Sport dabei. Du könntest sicher locker noch drei Jahre spielen, aber deine Schulterverletzung ... willst du nicht so langsam ans Aufhören denken?«

An diesem Punkt unterbrach Jeff ihn. Seine Stimme klang brüchig. »Dann stimmt es also doch. Ihr glaubt, ich schaffe es nicht mehr, unserem Team zu einem Sieg zu verhelfen!« Er sah den Generalmanager anklagend an.

Jonathan Moore zeigte auf Jeffs Schulter. »Die letzten beiden Spiele waren eine Katastrophe. Es ist einzig und allein unserem *Tommy Boy* zu verdanken, dass wir nicht verloren haben. Du könntest doch die Jungs weiter trainieren. Ich kann mir keinen Besseren für diesen Job vorstellen. Sie bewundern dich und haben Respekt vor dir, das weißt du genau.«

Jeff fläzte sich in einen der beiden Schwingsessel, die vor dem Schreibtisch standen. »Ach was, die wollen doch nur nicht mehr so einen alten Hasen wie mich im Team haben. Ich weiß auch selber, dass ich mittlerweile bald zu alt zum Spielen bin.« Er griff sich einen Kugelschreiber aus der Keramikschale die vor ihm stand und drehte ihn zwischen seinen Fingern hin und her. Entnervt knallte er ihn auf den Tisch. »Und du hättest mich nur zu gerne schon letztes Jahr durch einen jüngeren Spieler ersetzt. Doch das hast du nicht getan, weil du genau weißt, wie gut ich bin!« Sein Puls schoss in die Höhe.

Der Generalmanager stieß ein verächtliches Schnauben aus. »Es stimmt, du bist fantastisch mein Freund. Aber deine Schulterverletzung wird so, wie es bis jetzt lief, nicht mehr besser. Wir können uns keine Fehler mehr erlauben.« Um seine Mundwinkel bildeten sich harte Linien. »Ich gebe dir noch eine Chance: Wenn wir das nächste Spiel gewinnen, bleibst du drin. Verlieren wir, wirst du Co-Trainer und greifst unserem Coach unter die Arme. Und in der nächsten Saison trägst du dann die Hauptverantwortung. Du weißt, Cody will kürzertreten. Ich bin mir sicher, unter deiner Leitung wird unser Team es schaffen, die World Series zu gewinnen.«

Jonathan drückte auf einen Knopf seiner Telefonanlage. »Schicken Sie ihn rein, Daisy.«

»Wen soll sie reinlassen?« Jeff blickte zur Tür und versteifte sich augenblicklich bei Cody Telleroys Anblick. »Was soll das Jonathan? Warum ist er hier?« Er sah den Generalmanager und seinen Coach verwirrt an.

Cody Telleroy setze sich neben ihn in den freien Sessel. »Ganz ruhig, mein Freund. Wir haben einen Plan, Jonathan und ich. Du trainierst jetzt noch ein paar Wochen mit den Jungs, wir gewinnen ein paar Spiele und nebenbei bekommst du für deine Schulter Physiotherapie. Wir wissen ja, dass Baseball dein Leben ist. Aber wenn du keine Therapie machst, werden wir verlieren. Du bist wichtig für unser Team.«

Jonathan Moore ergriff wieder das Wort. »Außerdem wirst du *Tommy Boy* die nächsten Wochen unter deine Fittiche nehmen und ihm alles beibringen, was du kannst.«

Die Erkenntnis traf Jeff wie ein Schlag in die Magengrube. »Verstehe, ihr wollt den Jungen zu meinem Nachfolger machen.« Er sah seinen Trainer trotzig an. Der Blick des Coachs wurde jetzt doch tatsächlich sentimental. Misstrauisch blickte Jeff ihn an. Passte gar nicht zu ihm. Was kam denn jetzt noch?

»Wir hatten eine tolle Zeit zusammen, Champ. Aber es wird Zeit, irgendwann loszulassen.«

Jeff schnauzte ihn an: »Aber jetzt ist dieser Zeitpunkt noch nicht gekommen. Ich werde diese Saison noch zu Ende spielen. Schließlich bin ich einer der wenigen Werfer in den letzten Jahren, der als Ace *und* Closing Pitcher fungiert hat.« Er marschierte wie ein Tiger im Käfig hin und her und blieb schließlich mit entschlossenem Blick vor dem Trainer und Generalmanager stehen. »Meinetwegen soll der Therapeut meine Schulter bearbeiten. Hauptsache, ich kann noch einmal am Endspiel teilnehmen. Was Tommy betrifft, er hat enormes Potenzial. Aber er ist noch nicht soweit.«

Jonathan bedachte ihn nun ebenfalls mit einem scharfen Blick. Sein eisiger Tonfall ließ keinen Widerspruch zu. »Und genau aus dem Grund sollst du ihn ab sofort trainieren. Ich weiß, dass unsere Fans dich lieben. Aber was, wenn im entscheidenden Moment dein Wurfarm schlappmacht? Das wäre nicht fair den anderen gegenüber. Das weißt du genau«! Seine Unterlippe begann zu zittern. »Herrgott, Jeff, nimm Vernunft an!«, schrie er und fuhr sich nervös durch sein volles Haar.

Cody Telleroy stellte sich vor Jeff. »Niemand will dich aus deiner Position verdrängen. Wir sind dir alle unendlich dankbar für deine enormen Leistungen, die du in den letzten Jahren auf dem Spielfeld erbracht hast. Das wird auch keiner von uns je vergessen.« Er setzte sich auf die Schreibtischkante. »Ich will endlich den Trainerpart an dich abgeben. Nächstes Jahr werde ich immerhin fünfundsechzig.«

»Glaubst du etwa, das ist mir nicht bewusst?«, blaffte Jeff zurück. »Könnt ihr oder wollt ihr mich nicht verstehen? Ich werde den Jungen ausbilden, aber meinen Posten kriegt er erst, wenn ich der Ansicht bin, dass er die nötige Technik beherrscht, um die gegnerische Mannschaft platt zu machen. Haben wir uns verstanden?«

Cody klopfte ihm auf die linke Schulter und blickte bittend zum Generalmanager. »Verstanden, nicht wahr Boss?«

»Natürlich Jeff, wir vertrauen auf dein Urteil. Du bist schließlich einer unserer besten Spieler.« Der Generalmanager hob drohend seinen Finger. »Aber versau es nicht. Du weißt, wir verlassen uns auf dich.«

Jeff bleckte höhnisch seine Zähne. »Dann mach mal einen Termin mit meinem Sportagenten aus, wenn ich den Trainerpart übernehmen soll. Und sag unserem verehrten Mannschaftseigentümer Bescheid. Das wird den Verein ein Sümmchen kosten. Ich werde es genießen, wenn mein Agent euch wie eine reife Tomate ausquetscht!«

In diesem Moment klopfte es an der Tür.

»Herein«, rief Jonathan Moore. Drei Köpfe blickten erwartungsvoll zur Tür, durch die Tommy Boy trat.

Das selbstgefällige Auftreten, das in der Öffentlichkeit die Frauen verzückte, verfehlte auch diesmal seine Wirkung nicht. Der junge Starting Pitcher wusste genau, wie er aussah. Erst vor kurzem war es ihm gelungen, einen Wahnsinnsdeal für eine Parfümkampagne zu ergattern. Seitdem fuhren einige Busse in Birmingham mit seinem Gesicht darauf herum. Angeblich machten Frauen Selfies von sich davor. Jeffs Gesicht verdüsterte sich bei diesen Gedanken, denn seine letzte Werbekampagne lag Jahre zurück.

Der Generalmanager schüttelte Tommy die Hand. »Hey mein Junge, wir haben gerade von dir gesprochen.«

»Ist alles klar, Coach? Warum sollte ich herkommen?« Tommy Boy ließ sich wie selbstverständlich auf die Sitzgruppe die vor der großen Fensterfront stand sinken, und sah alle erwartungsvoll an.

Jeff musste gar nicht erst seinen Trainer anblicken, um zu begreifen, dass es sich hier um eine Falle handelte. Jonathan wäre nicht der beste seiner Branche, wenn er die Situation nicht mit Leichtigkeit absolvierte. Er trat zu Cody und Jeff und legte ihnen die Arme um die Schultern. »Die Jungs und ich haben beschlossen, dass unser Jeff hier dich in nächster Zeit unter seine Fittiche nehmen wird. Nicht wahr?«

»Klar, Boss.« Voller Unbehagen schüttelte Jeff seinen Arm ab.

Tommy Boy sprang mit strahlendem Gesicht vom Sofa auf. »Echt jetzt? Ohne Scheiß? Ey, Mann, ich weiß gar nicht, was ich sagen soll.« Tommys markantes Gesicht leuchtete jetzt heller wie ein Weihnachtsbaum.

Am liebsten hätte Jeff ihm eine verpasst. Glühende Eifersucht machte sich in ihm breit. Der junge Mann stand schließlich ab sofort in direkter Konkurrenz zu ihm. Aber statt ihm eine reinzuhauen, rüffelte Jeff den Heißsporn übertriebener an, als es hätte sein müssen. Besser, er machte ihm gleich klar, wer beim Training das Sagen hatte. So leicht würde er es ihrem Manager nicht machen. »Echt jetzt, aber du machst genau das, was ich dir sage. Du hinterfragst mich nicht. Hast du verstanden?«

Tommy Boy nickte eifrig wie ein kleiner Schuljunge. »Natürlich, ich mache alles. Boah, das ist soo cool! Danke, Champ.«

Er zeigte mit dem Daumen auf Jonathan Moore und Cody Telleroy hinter sich. »Bedank dich nicht bei mir, sondern bei ihnen.« Jeff konnte es einfach nicht glauben, dass er ihnen so auf den Leim gegangen war. Es war von A bis Z ein abgekartetes Spiel gewesen.

Ihr Manager zog schwungvoll eine Flasche Champagner und vier Sektgläser hinter dem Schreibtisch hervor, die dort sicher schon die ganze Zeit auf ihren Einsatz gewartet hatten. »Männer, das muss gefeiert werden, findet ihr nicht auch?« Er hielt sie in die Höhe und sah sie alle mit dem Blick eines Mannes an, der wusste, dass er wieder einmal gewonnen hatte.

Jeff schnaubte nur verächtlich. Er ging zur Tür und warf noch einen Blick zurück. »Tut mir leid, aber ihr müsst ohne mich feiern. Ich fahre noch ins Stadion und trainiere etwas, wenn ich schon einmal hier bin.«

»Ach, mein Goldjunge, bleib doch hier. Du verpasst ja sonst den ganzen Spaß!« Der Generalmanager öffnete die Flasche, deren Korken sich mit einem lauten Knall löste, doch das hörte Jeff schon nicht mehr. Er war bereits gegangen.

In seinem Ferrari haute Jeff mehrfach kraftvoll auf das Lederlenkrad. Noch vor einigen Jahren, wäre er jetzt in eine Bar gefahren und hätte sich dort volllaufen lassen. Ein wenig Randale noch dazu, perfekt. Hauptsache Stunk machen und sich abreagieren. Aber das war Vergangenheitsmusik. Heute powerte er sich beim Sport aus, um die Wut in seinem Innersten zu löschen. Genau dieses Gefühl hatte ihn damals zu der Idee mit dem Baseball Projekt für schwer erziehbare Kinder und Jugendliche gebracht. Das war bei Weitem besser und effektiver, als diese knallharten Bootcamps, in denen die Kinder gedrillt wurden, bis sie weinten. Jeff fand, dass man Kinderseelen nicht brechen durfte. All diese Wut, die sie mit sich herumtrugen, wurde durch das Spiel viel besser kompensiert. Da konnten sie Dampf ablassen. Er war Schirmherr der Organisation und es machte ihn glücklich, den Kids für einige Stunden Baseball beizubringen, wann immer es zeitlich ging. Außerdem konnten sie dank seiner finanziellen Unterstützung im Sommer in Feriencamps fahren und dort Spaß haben. Auf dem Baseballfeld waren alle gleich. Arm oder reich spielte dort keine Rolle. Genau aus diesem Grund liebte Jeff diesen Sport so sehr. Er drehte den Schlüssel im Zündschloss und ließ den Motor aufheulen. Zeit, ins Stadion zu kommen und sich dort auszutoben. Irgendjemand aus seinem Team war immer auf dem Platz, mit dem er trainieren konnte. Er legte den Rückwärtsgang ein und fuhr mit quietschenden Reifen davon.

Zwei Stunden später ließ Jeff sich in seinem *Snakes*-grünen Trainingsoutfit nassgeschwitzt auf den Rasen fallen. Einige seiner Kollegen absolvierten weiter ihre Laufübungen. Sein Teamkollege Andrew Brown, mit dem er schon seit vielen Jahren auch privat befreundet war, trat zu ihm und zog seinen Catcher Handschuh und den Schutzhelm aus. Sein kahlrasierter Schädel kam darunter zum Vorschein. Auf seinen Armen prangten fette Tattoos. Es gab Leute, die Brown doch tatsächlich eine Ähnlichkeit mit einem Hollywood Action Star nachsagten.

Der Catcher, der auf dem Spielfeld als knallharter Mann galt, war in Wahrheit ein sensibler Kerl. »Verdammt Jeff, was ist heute los mit dir?« Er ließ seinen bulligen Körper im Gras neben ihm nieder. »So aggressiv hab ich dich selten erlebt.«

»Du willst wissen, was los ist? Das kann ich dir sagen: Ich glaube Jonathan möchte, dass Tommy zu meinem Nachfolger ernannt wird. Aber behalt das für dich.«

»Scheiße, ausgerechnet *Mister-Zahnpasta-Lächeln*. Warum nicht Willy? Der macht doch einen Spitzeneindruck.«

»Du sagst es«, stellte Jeff fest und setzte sich auf.

»Mhh, aber du musst zugeben, unser Jungspund hat schon ein paar verdammt gute Würfe geliefert.«

Jeffs Gesichtszüge nahmen einen grimmigen Ausdruck an. »Mag sein. Aber in Zukunft kommt es auf seine *verbesserte* Wurftechnik an. Wenn er dafür kein Händchen hat, gewinnen wir die World Series nicht. Die Frage ist derzeit, ob wir uns überhaupt qualifizieren.«

»Ja, da hast du leider Recht. Der Junge ist dennoch talentiert.« Andrew strich nachdenklich über seinen Handschuh, der in seinem Schoß lag. »Was gedenkst du, mit *Mister-Zahnpasta-Lächeln* zu tun? Wie ist dein Plan, bezüglich der Ausbildung unseres jungen Freundes?« Er reichte Jeff eine Wasserflasche und dieser nahm einen großen Schluck.

»Danke.« Jeff legte die Flasche neben sich ins Gras. »Ich werde langsam vorgehen, damit er ein Gefühl für die richtige Wurfkraft bekommt. Du weißt, was ich meine. Ihm fehlt noch das nötige Feingefühl.«

»Das klingt schon fast, als hättest du einen Plan.«

Sie standen auf und Jeff schenkte seinem langjährigen Freund ein wölfisches Grinsen. »Den hab ich, mein Freund. Ob er unserem jungen Heißsporn schmecken wird, weiß ich nur noch nicht. Aber eines weiß ich: Wenn er macht, was ich ihm beibringe, kann nichts schiefgehen. Auch wenn das bedeutet, dass er wimmernd wie ein kleines Baby nach jedem Training in die Kabine zurückrobbt.«

»Das klingt nach einer Menge Spaß für dich.«

Jeff strahlte ihn voller Schadensfreude an. »Oh ja, mein Freund, darauf kannst du dich verlassen. Den werde ich haben. Und jetzt lass uns ein Bier trinken gehen. Ich muss dir von der Engländerin erzählen, die meine Neugier geweckt hat.«

»Ich wusste doch, dass da noch mehr hinter deinem Frust steckt. Na, dann erzähl dem alten Andrew mal von der Lady.«

Es verwunderte Jeff kein bisschen, wie gut der Catcher die Situation einschätzte. Bei seinem Freund handelte es sich um ein wandelndes Gefühlsradar. Susan erweckte sein ehrliches Interesse und das frustrierte ihn, musste er jetzt feststellen.

14

Der Sherry verfehlte seine Wirkung nicht. Susan vertrug Alkohol nicht besonders gut. Nun rächte es sich, am helllichten Tag Likör zu trinken. Die Farben um sie herum schienen zu verschwimmen. Sie öffnete die Terrassentür, klammerte sich kurz an den hölzernen Türrahmen und trat dann wankend ins Freie. Dort atmete sie erst einmal tief ein. Die frische Luft, die in ihre Lungen strömte, weckte ihre Lebensgeister und schwächte die Wirkung des Alkohols ab.

»Susan! Hallo Susan!«

Sie blinzelte in die Richtung, aus der die Rufe kamen. Glenda eilte ihr winkend entgegen. Was sollte ihre Nachbarin bloß von ihr denken? Dieser Mann trug die Schuld an ihrem Dilemma. Ohne seinen Kuss wäre sie nie auf die Idee gekommen, alles vergessen zu wollen.

Die alte Dame kam bei ihr an und musterte sie besorgt. »Hallo meine Liebe. Du siehst etwas mitgenommen aus.«

Susan versuchte, sich nichts anmerken zu lassen. »Ich war mit Mister Moley im Restaurant und dachte, mir würde ein Sherry nicht schaden nach dem schweren Essen. Ich bin eure Küche hier noch nicht gewohnt.« Sie lächelte entschuldigend.

Glenda packte sie energisch am Arm. »Nicht nur die bereitet dir Probleme, sondern auch der Sherry, wie mir scheint. Komm, wir kochen einen Kaffee, dann geht es dir gleich viel besser.« Sie verfrachtete Susan in der Küche auf einen Stuhl und bereitete ihr einen starken Kaffee zu. »Hier, gleich geht's besser.«

Susan ergriff dankbar die Tasse.

Für einen Moment nahm Glenda ebenfalls Platz. »Der Sherry ist selbstgemacht, musst du wissen. Mae hat ihn letztes Jahr von einem Anwohner aus Taspering bekommen. Der stellt ihn in einer Scheune hinter seinem Haus her.« Sie legte verschwörerisch den Finger an die Lippen und bedeutete ihr, darüber in der Öffentlichkeit kein Wort zu verlieren. »Das Zeug ist stärker als normaler Likör. Ein Schnapsglas reicht da schon.«

»Dann ist ja alles klar. Ich dachte schon, ich vertrage gar nichts mehr.« Susan nippte kurz am Kaffee. »Gibt es einen Grund für deinen Besuch?«

»Ja. Trink aus, und dann gebe ich dir das Tagebuch deiner Mutter. Oder hast du es schon entdeckt?«

»Nein, ich war wie bereits erwähnt unterwegs und habe noch nicht nachgesehen.«

»Ja, das hast du erzählt. War es ein schöner Vormittag mit ihm? Er ist wirklich außergewöhnlich, unser Mister Moley, findest du nicht auch? Das ist doch sehr höflich von ihm, dir die Gegend zu zeigen.«

Susan schnappte nach Luft. »Außergewöhnlich, sagst du? Wenn du findest, dass Dreistigkeit mit Arroganz gepaart außergewöhnlich ist, dann müsste ich mich doch sehr wundern.«

Glenda sah sie verblüfft an. »Wirklich? Unser Mister Moley? Er ist doch sonst so vernünftig. Das kenne ich gar nicht von ihm.« Sie nahm Susans mittlerweile geleerte Kaffeetasse und trug sie zur Spüle. Kopfschüttelnd wandte sie sich wieder um. »Hier im Ort ist er zu jedem sehr freundlich. Er ist normalerweise die Art von Mann, die alten Damen über die Straße helfen.«

»Also, das muss ein anderer Mister Moley sein. Der Mann, von dem wir hier sprechen, kam ungebeten in mein Haus, ja sogar abends in mein Badezimmer, während ich in der Wanne lag! Ich kann dir sagen, dieser Kerl ist wirklich unverschämt.«

Glenda räusperte sich mehrmals. »Eine Frau beim Baden zu stören, ist natürlich nicht die feine Art von ihm. Aber was die andere Sache betrifft: Bei uns ist es üblich in der Nachbarschaft, dass stets die Küchentür füreinander offen steht. Dahingehend hat er nichts Verwerfliches getan. Er handelte nicht in böser Absicht.«

Hitze breitete sich in Susans Wangen aus. »Das ist mir jetzt wirklich unangenehm, ich bin sehr froh, dass du mich darüber aufgeklärt hast. Ach, all diese neuen Gepflogenheiten eures Landes; ob ich sie je verstehen werde?« Sie schlug peinlich berührt die Hände vors Gesicht. So hatte sie sich schon lange nicht mehr geschämt.

»Die Hauptsache ist doch, dass du Bescheid weißt für die Zukunft, falls mal wieder ein freundlicher Nachbar an deine Küchentür klopft.« Glenda schmunzelte. »Du wirst dich schon noch mit den hiesigen Sitten anfreunden. Lass uns hoch ins Büro gehen. Dort gebe ich dir das Tagebuch deiner Mutter. Judy kommt gleich aus der Schule heim und ich muss ein Auge auf ihre Hausaufgaben haben.«

Sie gingen ins obere Stockwerk hinauf.

Glenda sah Susan nochmals fragend an. »Eins verstehe ich immer noch nicht. Ich meine, wir haben Mister Moley wegen des Wasserhahns zu dir geschickt. Aber dass er diese andere Seite hat, wussten wir nicht. Das musst du mir glauben.«

Susan spürte, wie sie rot anlief. Sie folgte ihr ins Büro und druckste herum: »Könnte sein, dass ich teilweise Schuld bin, aber ich konnte ja wirklich nicht ahnen, dass er kein Einbrecher ist.«

Die Stimme ihrer Nachbarin klang ungläubig. »Wie bitte? Mister Moley ein Einbrecher? Was hast du getan?« Im Büro angekommen setzte sie sich auf den Schreibtischstuhl.

»Ich hatte geschlafen und wurde von einem Geräusch geweckt. Da habe ich vorsichtig nachgesehen und er kam die Treppe hoch. Sein Outfit sah irgendwie verdächtig aus. Also habe ich mich hinter der Tür postiert und als er reinkam, habe ich ihm Mutters Chinavase über den Kopf gezogen. Ich konnte doch nicht ahnen, dass, dass …« Sie suchte nach den passenden Worten.

»Ach herrjemine!« Glenda fasste sich an ihr Herz. »Und er ist trotz allem mit dir herumgefahren?«

»Ja, nachdem er dann abends noch einmal bei mir aufgetaucht ist, bot er sich an, mir die Gegend zu zeigen.« Unter welchen Umständen ihr Handel zustande gekommen war, musste sie ihrer Nachbarin ja nicht auf die Nase binden.

»Dann hast du wirklich Glück gehabt. Ein Mann wie er verfügt über Mittel …« Doch Glenda unterbrach ihren Satz noch während sie sprach.

»Über welche Mittel verfügt er?« Susan hielt den Atem an.

»Ach …« Glenda machte eine wegwerfende Geste. »Er kennt halt viele Leute durch seine Arbeit. Darunter auch Anwälte. Es ist ja nochmal gutgegangen, Kindchen. Du hast Glück, dass er dich offensichtlich leiden kann, sonst wäre die Sache wohl anders ausgegangen.« Sie zog eine Schreibtischschublade auf und reichte Susan ein dickes, in rotes Leder eingefasstes, Tagebuch.

Sie nahm es entgegen und strich liebevoll über den weichen Einband. Die Gedanken ihrer Mutter und zugleich das Vermächtnis an ihre Tochter.

Glenda bedachte sie mit einem mitfühlenden Blick. »Hier drin findest du sicher eine Menge Antworten auf deine Fragen. Lies es dir in Ruhe durch. Ich verschwinde dann mal.«

»Danke, dieses Tagebuch bedeutet mir sehr viel«, schniefte sie. Es bedeutete Susan wirklich alles, denn sonst blieb ihr nichts als persönliche Verbindung. Andere Menschen besaßen Haarsträhnen von ihren verstorbenen Müttern, so wie Bonnie, die sie wie einen Schatz aufbewahrten oder Schmuckstücke. Doch die intimsten Gedanken ihrer Mutter zu besitzen, war wie ein Diamant von unermesslichem Wert.

»Gern geschehen. Ich wünsche dir noch einen schönen Tag.« Glenda verließ den Raum und schloss leise die Tür hinter sich.

Susan schlug das Tagebuch auf und blickte auf die Seiten, die ihre Mutter vor langer Zeit beschrieben hatte. Am Anfang fehlten einige Blätter. Doch sie freute sich, dass noch genügend Aufzeichnungen übrig blieben, um in das geheime Seelenleben ihrer verstorbenen Mutter blicken zu können. Das Tagebuch war Zeuge vieler Momente in Amelias Leben gewesen. Ob es wohl stimmte, was ihre Großmutter in ihrem Abschiedsbrief an sie schrieb, dass auf fast jeder Seite etwas über Susan stand? Für einen kurzen Moment schloss sie die brennenden Augen und versuchte, ihren Herzschlag zu beruhigen. Sie begann zu lesen. Der erste Eintrag war auf den 12. Januar 1989 datiert.

Liebes Tagebuch,

Mum hat schon wieder mit mir herumgeschrien. Nie kann ich es ihr Recht machen. Es gibt keinen Mann, der ihr gut genug wäre. Joel findet, dass sie ein alter Drachen ist und wir von hier verschwinden sollten. Aber so einfach ist das nicht. All diese Verpflichtungen wegen unseres Familiennamens. An manchen Tagen würde ich Grayson House am liebsten bis auf die Grundmauern niederbrennen. Aber es ist mein Zuhause und tief im Herzen liebe ich es. All meine Freunde sind hier. Ich wundere mich, dass Mutter Joel und mich im alten Verwalterhaus wohnen lässt. Vielleicht hat er ihr ja doch imponiert. Immerhin hat sie ihn beim gemeinsamen Abendessen vorgestern nach Börsentipps gefragt. Ich glaube, dass Joel und ich glücklich werden können, aber ich ertappe mich immer wieder bei den Gedanken an einen anderen. Diese arrogante Zicke von Josie Miller gab mir letzte Woche den Ratschlag, den tollsten Mann unter dieser Sonne zu vergessen. Es wäre sowieso nie was Gescheites daraus entstanden. Nicht bei meiner Mutter. Ich könnte Josie erwürgen. Diese Schlange war doch selber hinter ihm her und ist nur deswegen sauer, weil er mir damals den Vorzug gegeben hat. Gestern habe ich bei ihm angerufen. Sein Vater sagte mir, er wolle nicht mit mir sprechen. Ist es vielleicht, weil ich ihn beschimpft habe, als er sich an Silvester mit Joel prügelte?

Susan blickte auf. Wer war dieser ominöse Andere? Sie horchte auf, als ein Klopfen an ihr Ohr drang. Von unten erklang erneut ein schweres, donnerndes Geräusch. Bedauernd klappte sie das Tagebuch zu und lief, ohne die geringste Spur von Eile, die Treppe hinunter. Ein weiteres *Bumm* erklang und durchdrang unüberhörbar alle Räume im Haus. Es grenzte an ein Wunder, dass sie Jeff am ersten Tag nicht hatte klopfen hören. Aber sie führte es auf ihre lange Anreise zurück. Da musste unbedingt eine vernünftige Türklingel her. Der Türklopfer sah zwar sehr dekorativ aus, aber dieser Krach ging ja durch Mark und Bein.

Sie öffnete die Haustür und zuckte zusammen beim Anblick, der sich ihr bot. »Seht ihr, ich habe doch gesagt, sie ist nicht da. Lasst uns wieder nach Hause gehen.« Die Besucherinnen wandten sich zum Gehen. Susan bemühte sich, ihrer Stimme Gehör zu verschaffen. »Guten Tag.« Die Frauen drehten sich wieder zu ihr herum. Sie bildeten ein lustiges Trio. Eine von ihnen trug eine Auflaufform in den Händen, und die zweite eine Schachtel Pralinen von solch einem

Ausmaß, dass sie sicher für mehrere Wochen reichten, wenn nicht noch länger.

Von der dritten Besucherin bekam Susan einen Strauß hingehalten, der aus Schleierkraut und Freesien bestand. »Für Sie. Herzlich willkommen in Taspering.«

Susan nahm die Blumen an sich. Der süßliche Geruch der Freesien stieg in ihre Nase. »Vielen Dank, wie freundlich von Ihnen.«

Die wie ein Papagei buntgekleidete Schwarze in der Mitte ergriff das Wort. »Guten Tag, mein Name ist Trudy Nolan und Sie sind Miss Parker, nehme ich an?« Sie strich sich über ihr ergrautes Haar.

Die dürre Frau in einem rot geblümten Kleid rechts von ihr, die ihr die Blumen geschenkt hatte, stieß der wuchtigen Papageiendame den Ellenbogen in die Seite und fing zu keifen an. »Wer sollte es denn sonst sein, Trudy? Etwa der Heilige Geist?«

»Sei nicht so unhoflich zu unserer Trudy, Edwina. Außerdem siehst du denn nicht, wie ähnlich sie Amelia sieht?«, zischte nun die Zweite.

Susan erkannte sie. Das Outfit dieser Frau schrie geradezu nach Hippie. Das war doch die Frisörin, die ihnen bei ihrer Ankunft im Ort zugewunken hatte! Und wenn dies Linda Hobbs war, dann musste es sich bei der anderen Dame um Edwina Archer handeln. Das Plaudertaschentrio stand also vor ihr. Am liebsten hätte sie sich aufgrund dieser Erkenntnis auf dem Absatz umgedreht und wäre hineingegangen. Aber das gehörte sich eben nicht und außerdem waren sie sehr freundlich zu ihr gewesen. Also lächelte sie die Frauen höflich an. »Was kann ich für Sie tun?«

Trudy Nolan strahlte sie an. »Fragen Sie lieber, was wir für Sie tun können. Bitte schön, das ist ein Willkommensgruß aus meiner Küche.« Sie hielt ihr die Auflaufform entgegen, aus der ein würziger Geruch entstieg. Susan klemmte sich den Blumenstrauß unter den Arm und nahm ihr Geschenk entgegen. Linda Hobbs legte die Pralinenschachtel auf die Auflaufform und grinste sie an. »Und das ist noch was zum Naschen, Schokolade kann man nie genug haben. Ist wie mit den Kerlen.« Sie zwinkerte ihr zu.

Susans Unbehagen wuchs. »Äh ja, vielen lieben Dank meine Damen, aber das wäre doch nicht nötig gewesen.« Was sollte sie jetzt bloß tun? Die drei blickten sie wortlos an und es entstand eine unangenehme Stille. Das einzige Geräusch stammte von einem Geländewagen, der unten auf der Straße vorbeifuhr. Ihr Besuch schien auf etwas zu warten. Sie ahnte, was das sein könnte. »Möchten Sie vielleicht für einen Moment hereinkommen und mir Gesellschaft leisten?«

Trudy Nolan klatschte verzückt in die spitzenbehandschuhten Hände. »Das ist wirklich reizend von Ihnen, Kindchen. Natürlich kommen wir gerne auf einen Kaffee herein. Ich dachte schon, Sie fragen nie.« Ohne weiter auf Susans verdattertes Gesicht zu achten, quetschte Trudy Nolan sich an ihr vorbei und betrat mit den beiden anderen Damen Grayson House.

Eine orientalische Parfümwolke aus Patschuli, rosa Pfeffer und Orangenblüte folgte ihnen. Unwillkürlich musste Susan niesen. Blieb ihr denn heute gar nichts erspart? Schwer beladen folgte sie den Klatschbasen, die bereits Richtung Wohnzimmer vorangingen und ungezwungen plauderten. So wie es aussah, besuchten diese Frauen Grayson House nicht das erste Mal.

Trudy Nolan baute sich indes triumphierend vor ihren beiden Freundinnen auf. »Seht ihr, ich habe doch gesagt, dass sie Manieren hat. Schließlich kommt sie aus England.«

Linda Hobbs winkte unwirsch ab. »Pah, das heißt gar nichts, Trudy. Du denkst doch, dass alle Engländer Manieren haben. Hör endlich auf, diese blöden Klatschblätter zu lesen.«

Edwina Archer senkte ihre Stimme. »Wärt ihr bitte etwas leiser? Ich will nicht, dass die junge Frau uns hört.«

Doch die junge Frau stand längst hinter ihnen im Wohnzimmer und hatte natürlich ihr gesamtes Gespräch mitbekommen. Sie räusperte sich laut. »Wie ich sehe, kennen Sie sich ja bereits hier aus. Ich bringe dann mal das Essen in die Küche und koche uns einen Kaffee.«

»Tun Sie das, Kindchen«, zirpte Trudy Nolan fröhlich. »Wir unterhalten uns derweil. Ach, und Miss Parker, wenn Sie vielleicht ein Paar Kekse für uns hätten? Mae hat uns immer diese köstlichen Schokoladenkekse angeboten.«

So langsam kam Susan sich wie eine Dienstmagd vor. »Ich schaue mal nach, was ich so auftreiben kann.« Sie trottete in die Küche und überließ die Damen ihrem Geschnatter. Endlich verstand sie Toms Aussage: *An manchen Tagen könnte es Ihnen auch zu viel sein.* Diese drei Damen gehörten definitiv zu der aufdringlichen Sorte.

Sie legte die Pralinenschachtel und die Blumen auf den Küchentisch und schob die Auflaufform in den Kühlschrank. Was das wohl für eine Speise von Trudy Nolan war? Hoffentlich schmeckte es. Die Südstaaten Küche war laut Reiseführern für ihre Deftigkeit bekannt. Die Pralinen deponierte sie auf einem Holzregal in der Vorratskammer, wo auch die Vasen untergebracht waren. Susan schnappte sich eine Kristallvase, befüllte sie mit Wasser und stellte den Blumenstrauß hinein. Schließlich setzte sie Kaffee auf, lehnte sich gegen die Arbeitsplatte und verlor sich in ihren Gedanken, während sie verfolgte, wie er gluckernd in die Glaskanne lief. Eines stand fest: Diese Damen kannten sich aus in ihrem Haus. Also gehörten sie wohl zu dem Bekannten- oder sogar Freundeskreis ihrer Großmutter. Sicher konnte sie von ihnen mehr über ihre Familie erfahren.

Eine Hand legte sich auf ihre Schulter und sie wirbelte erschrocken herum. Judy stand grinsend vor ihr. »Meine Güte, musst du dich so anschleichen?«, stieß Susan hervor. »Was tust du hier?«

»Psst, nicht so laut, sie können uns doch sonst hören«, flüsterte die Teenagerin. »Grandma schickt mich. Sie hat gesehen, dass du Besuch von den drei Hexen bekommen hast und wollte, dass ich dich unterstütze.«

Susan senkte ihre Stimme ebenfalls zu einem Raunen: »Danke, das ist wirklich lieb von dir, Judy. Wie mir scheint, sind die Damen nicht das erste Mal hier. Was weißt du über sie?«

»Sie haben mit Mae und Großmutter immer Bridge gespielt. Und sie sind noch neugieriger als ich.« Die Teenagerin gickelte leise.

»Das will was heißen. Schließlich bist du eine wirklich neugierige, kleine Kröte.« Sie grinste Judy an und streckte ihr die Zunge hinaus, was diese sofort parierte. »Ich verstehe mittlerweile jedenfalls, warum sie sich so gut hier auskennen. Was haben sie und meine Großmutter sonst noch so getrieben?« Susan kramte die Keksdose aus dem Küchenschrank hervor und füllte ein paar Schokoladenkekse in eine Silberschale.

»Manchmal haben sie hier in der Küche zusammen gekocht oder gebacken.«

»Aha. Und jetzt sind sie hier, um mich auszufragen.«

Judy holte Kaffeelöffel aus einer Schublade und reichte sie ihr. »Sieht ganz so aus, aber das war ja zu erwarten, meinte Grandpa.«

»Ja, das war es wohl.« Susan hielt dem Mädchen die Keksdose hin. »Hier, bediene dich, ich weiß nicht, ob du heute sonst noch welche abbekommst. Diese Misses Nolan sieht aus, als könne sie ruhig die eine oder andere Mahlzeit auslassen. Aber sie hat auf den Keksen bestanden.« Nun kicherten sie beide. Als der Kaffee durchgelaufen war, bestückte Susan ein hölzernes Tablett mit Geschirr und Thermoskanne und drückte Judy die Keksschale in die Hand, bevor sie wieder in das Wohnzimmer gingen.

»Und dann habe ich Gertrud gesagt: Weißt du, ich -« Trudy Nolan unterbrach ihren Redefluss beim Auftauchen der neuen Hausherrin.

Susan lächelte die Damen an. »So, da wäre ich wieder, sehen Sie mal, wer mich noch mit seinem Besuch beehrt.«

Edwina Archer lugte über den Rand ihrer roten Hornbrille. »Guten Tag, junge Dame, wir haben uns ja schon einige Tage nicht mehr gesehen.«

Judy, die immer noch auf einem Keks herumkaute, antwortete ihr mit vollem Mund. »Ja, Ma'am, scheit der Beerdischung.« Sie ließ sich neben sie auf das Sofa plumpsen.

Die Stimme von Trudy Nolan nahm einen weinerlichen Klang an: »Ja, richtig, ach ist es nicht furchtbar? Arme Mae, jetzt lernt sie ihre Enkeltochter nicht mehr kennen. Aber die Wege des Herrn sind eben unergründlich. Keiner weiß den Tag noch die Stunde.« Sie zog ein Taschentuch aus ihrer Handtasche und schnäuzte sich vernehmlich.

Derartige Sprüche waren Susan bei den Nonnen im Heim schon öfters begegnet. »Ja, der Herr ist allwissend, meine Damen, dessen können wir uns ganz sicher sein.« Sie fand, dass dies genügend Beweise lieferte, dass man es hier nicht mit einer Ungläubigen zu tun hatte, und schenkte den Damen nun höflich Kaffee aus.

Judy ergriff die Keksschale und reichte sie Trudy, aber nicht, ohne sich vorher drei weitere Kekse daraus zu grapschen.

Susan beschloss, in die Offensive zu gehen. Man musste den Stier bei den Hörnern packen, wenn sich eine Gelegenheit bot. »Judy hat mir erzählt, dass Sie Freundinnen meiner Großmutter waren. Sie hätten mit ihr regelmäßig Karten gespielt.«

»Nun ja, …« Edwina Archer schien dieses Thema, genau wie den anderen Damen, äußerst peinlich zu sein: Trudy Nolan schaute aus dem Fenster, als hätte sie dort mit einem Mal etwas Interessantes erblickt, und Linda Hobbs fing an, in ihrer riesigen Handtasche herumzugraben.

Edwina Archer räusperte sich. »Dann und wann vielleicht, aber nie um Geld.«

Trudys schrille Stimme schallte nun durch den Raum. »Herrje, Edwina, wir sollten das achte Gebot nicht vergessen.«

Schuldbewusst ließ Edwina Archer ihren Kopf hängen und sah mit rot gefärbten Wangen in ihre Kaffeetasse.

Beherzt blickte Trudy Nolan Susan an. »Ja, zugegeben, ein paar Mal haben wir um Geld gespielt. Aber nie in Anwesenheit des Mädchens.« Ihr Kopf wies auf Judy. »Wir wollten das Kind nicht verderben. Und Ihre Mutter, Miss Parker, hielt nichts vom Glückspiel.«

»Das habe ich auch gar nicht angenommen, dass sie sich etwas daraus machte. Ich glaube, sie zählte zu den anständigen Bürgern von Taspering.« Amüsiert beobachtete sie, wie die drei Ladys aufgrund ihrer scherzhaften Aussage zusammenzuckten. Offensichtlich gingen die Damen gerne mal ein Risiko ein. Ihre Neugierde wuchs. »Haben Sie um große Summen gespielt?«, fragte sie fast beiläufig.

Linda Hobbs zog einen Lippenstift aus ihrer Handtasche und malte ihre Lippen nach. Sie lächelte Susan mit rotverschmierten Vorderzähnen an und machte eine abwertende Geste. »Ach, die paar Kröten. Manchmal handelte es sich um fünfzig Dollar und manchmal um zweihundert.«

Just in diesem Augenblick ertönte wieder der Türklopfer. Erleichtert blickte Susan zu Judy. Vielleicht kam Tom, um sie beide zu erlösen? So gern sie noch mehr von ihrer Großmutter oder gar ihrer Mutter erfahren hätte, so schnell wollte sie den Besuch auch aus dem Haus haben. »Bitte entschuldigen Sie mich, ich bin gleich wieder da.«

Sie eilte zur Haustür und riss sie schwungvoll auf in Erwartung, dass Tom oder Glenda draußen warteten.

Auf sein Klopfen hin machte ihm eine junge, blonde Frau die Haustür auf. Er ballte die Faust in der Tasche. Die Ähnlichkeit mit ihrer Mutter war unverkennbar, stellte er mit Verbitterung fest.

Susan blickte dem Mann, der da vor ihr stand, freundlich entgegen. Er sah aus wie eine Mischung aus Richard Gere und diesem anderen Schauspieler, dessen Name ihr gerade nicht in den Sinn kam. Schon der dritte unerwartete Besuch für heute. Der hochgewachsene Mann mit dem schwarzen Stetson auf dem leicht ergrauten Haar sah aber nicht aus, als wolle er ihr Essen vorbeibringen. Seine ganze Erscheinung vom Cowboyhut bis zum dunkelblauen Maßanzug ließ sie eher an einen Vertreter denken. Was also wollte er von ihr? »Ja, bitte, Mister? Was kann ich für Sie tun?«

Er setzte seinen Hut ab und reichte ihr die Hand, die sie höflich schüttelte.

»Ich habe gehört, dass Sie angekommen sind, Miss Parker, und wollte mich kurz vorstellen. Mein Name ist Powers. Ich gehörte zu den Geschäftspartnern Ihrer Großmutter.«

»Ach, wie nett von Ihnen, sich vorzustellen. Möchten Sie vielleicht hereinkommen? Ich habe sowieso gerade Besuch und eine Kanne Kaffee ist bereits fertig.« Um welche Geschäfte es sich wohl zwischen den beiden gehandelt hatte?

»Nur, wenn es keine Umstände macht, Miss.«

»Gar keine, bitte folgen Sie mir.« Sie schloss die Haustür hinter ihm und ging ins Wohnzimmer voraus. Ihr entging nicht, wie er sich umsah. »Waren Sie schon einmal hier?«

»Hin und wieder, wenn Ihre Großmutter nicht das Haus verlassen wollte, haben wir unsere Besprechungen hier im Speisezimmer getätigt.«

Da er nicht näher darauf einging, worum es bei diesen Angelegenheiten gegangen war, wollte sie ihn auch nicht drängen. Er würde ihr sicher noch früh genug davon berichten.

Bei ihrem Erscheinen im Wohnzimmer verstummte das Gespräch. »Meine Damen, ist Ihnen Mister Powers bekannt? Er war ein Geschäftspartner meiner Großmutter.«

Das Trio begrüßte ihn mit einem merklich kühlen Unterton. Irgendetwas lag in der Luft. Doch Susan ließ sich nichts anmerken, ergriff eine Tasse vom Tablett, füllte sie mit dampfendem Kaffee und reichte diese ihrem neuen Gast. Noch während sie sich Gedanken über das Verhalten der Frauen machte, kam Bewegung in die Damenrunde. Edwina Archer stellte ihre leere Kaffeetasse auf das Tablett und auch die anderen beiden Damen erhoben sich. Sie ergriffen ihre Jacken und Handtaschen.

Trudy Nolan verabschiedete sich höflich: »Wir müssen leider gehen, Miss Parker. Haben Sie vielen Dank für Ihre Gastfreundschaft. Vielleicht sehen wir uns ja demnächst beim Gottesdienst? Sie können die Kirche gar nicht verfehlen. Einfach die Straße runter Richtung Ortsmitte und dann rechts.«

Susans Verwunderung wuchs. Edwina Archers Lippen sahen auf einmal ganz schmal aus. Selbst die großmäulige Linda Hobbs blickte gar nicht mehr so fröhlich drein. Was ging hier vor sich?

Mister Powers schien nichts von der angespannten Situation mitzubekommen. Er trat ans Fenster und bewunderte die Aussicht.

Susan setzte die neutralste Miene auf, die sie in dieser grotesken Situation aufbringen konnte. »Ich besuche ganz sicher einmal den Gottesdienst, meine Damen. Es hat mich sehr gefreut, Ihre Bekanntschaft zu machen.«

Trudy Nolan sprach wieder für alle: »Ganz unsererseits, Miss Parker.«

Edwina Archer ergriff Judys Arm. »Und für dich, junge Dame, wird es auch Zeit, nach Hause zu gehen. Wir finden alleine raus.«

Die drei Frauen verließen mit der auf einmal lammfrommen Teenagerin den Raum. Es musste mit ihrem Neuankömmling zu tun haben. Sie runzelte die Stirn und trat zu Mister Powers ans Fenster. »Da waren es auf einmal nur noch zwei. Nun ja. Genießen Sie die Aussicht?«

»Ja, wirklich fabelhaft.« Ihr Gast trank einen Schluck Kaffee. »Wie bedauerlich, dass Ihre Großmutter nicht mehr hier ist. Sie hat diesen Garten sehr geliebt. Aber eines Tages müssen wir alle einmal von hier fort.«

Er bedachte sie mit einem Blick, den sie so gar nicht einordnen konnte. »Ja, das ist wohl wahr. Mister Powers, darf ich Ihnen eine Frage stellen? Wie gut kannten Sie meine Großmutter? Und kannten Sie auch meine Mutter Amelia Grayson?«

»Nein, tut mir leid. Wie ich bereits berichtete, bin ich rein geschäftlich in Kontakt mit Ihrer Familie gewesen. Und an Amelia Grayson kann ich mich kaum erinnern.«

Sie hob bedauernd die Hände. »Schade, ich hatte gehofft, sie könnten mir etwas mehr über sie erzählen.«

Er drückte ihr seine noch fast volle Kaffeetasse in die Hand. »Da haben Sie den Falschen erwischt. Und nun habe ich Ihre Zeit schon viel zu lange in Anspruch genommen. Es wird Zeit, dass ich gehe.«

»Aber Sie sind doch erst gekommen«, entfuhr es ihr. Geschah das gerade wirklich oder träumte sie?

Mister Powers setzte seinen Cowboyhut wieder auf. »Sie kennen doch den Spruch: Wenn es am schönsten ist, sollte man gehen.« Er deutete eine kurze Verbeugung an und marschierte mit strammen Schritten Richtung Ausgang.

In diesem Haus schienen alle immer nur auf der Flucht zu sein. Sie setzte rasch die Kaffeetasse ab und folgte ihm. »Mister Powers, verraten Sie mir bitte noch, welcher Art Ihre Geschäftsbeziehung zu meiner Großmutter war?«

Er war bereits auf der Eingangstreppe und drehte sich noch einmal zu ihr um. Seine Miene verhärtete sich für einen kurzen Moment. »Das berichte ich Ihnen ein anderes Mal. Wir werden ganz sicher wieder voneinander hören. Leben Sie sich erst einmal ein. Guten Tag, Miss Parker.«

»Sind Sie von der Bank?«, schrie sie ihm noch hinterher. Aber er gab ihr keine Antwort mehr. Stattdessen stieg er in seinen protzigen Geländewagen und fuhr mit quietschenden Reifen davon.

Nachdenklich schloss Susan die Haustür. Zeit, über den eigenartigen Besuch nachzudenken, blieb ihr jedoch nicht. Das altmodische Telefon im Büro klingelte bereits schrill. Sie hastete die Treppe hinauf und ergriff den Hörer. »Parker?«

»Ist er weg?«

»Glenda?«

»Ja, meine Liebe. Und, ist er weg?«

»Wenn du Mister Powers meinst, der ist gerade gefahren.« Susan hörte Tom im Hintergrund poltern.

»Hoffentlich hat er sich freundlich gegenüber dem Mädel benommen.«

»Der und nett?«, höhnte Judy nun auch aus dem Hintergrund.

Susan fand es rührend, wie sich die drei um sie sorgten. »Glenda, wer war dieser Mann? Er sagte, er gehörte zu den Geschäftspartnern meiner Großmutter. Ich habe ihn gefragt, aber er hat mir nichts Genaues berichtet. Ist er von der Bank?«

»Beruhige dich, meine Liebe. Tom und ich kommen die Tage zu dir und dann reden wir in Ruhe. Hat er sonst noch etwas gesagt?«

»Nein, nur dass er meine Mutter flüchtig kannte und dann hat er sich verabschiedet. Du hast mir keine Antwort auf meine Frage gegeben Glenda. Ist er von der Bank? Oder ein Anwalt?«

»Er ist nichts von beidem. Eine alte Geschichte. Mehr nicht.« Ihre Stimme klang fahrig.

Susans Anspannung ließ nach. »Na, dann ist es ja gut. Ich habe übrigens angefangen, Mutters Tagebuch zu lesen. Aber ich bin nicht weit gekommen, denn dann standen schon die drei Grazien vor meiner Tür.«

Glenda lachte schallend. »Wir sagten ja bereits, dass du sehnsüchtig erwartet wirst. Wie du siehst, haben wir nicht übertrieben.«

»Nein, habt ihr nicht. Aber ich wollte dich noch etwas anderes fragen. Ich würde gerne auf dem Friedhof meine Familie besuchen. Hättet ihr vielleicht morgen Zeit, um mich hinzufahren? Falls nicht, könnte ich ja auch den Bus nehmen. Am Ende der Straße ist doch eine Haltestelle. Oder notfalls könnte ich auch Mister Moley fragen, ob er mich hinbringt.«

Wenn sie es recht bedachte, warum auch nicht? So ergäbe sich vielleicht eine Gelegenheit, noch mehr über ihn zu erfahren. »Ach weißt du was, Glenda, ich glaube, das mache ich sogar.«

»Er scheint dich ja zu mögen, also frag ihn. Wir wünschen dir einen ruhigen Abend. Tom wollte für dich bis spätestens übermorgen ein Auto organisieren. Dann kannst du nach Lust und Laune herumfahren.«

»Das klingt gut. Ich bin euch wirklich sehr dankbar für eure Unterstützung. Nach all dem Trubel mache ich es mir noch etwas gemütlich und lese im Tagebuch weiter. Habt einen schönen Abend.«

»Den werden wir haben. Wir fahren gleich noch zu einer Geburtstagsfeier. Dann viel Vergnügen mit deiner Lektüre. Bis morgen.«

Susan legte auf und sah nach draußen, wo bereits die Abenddämmerung heraufzog. Das Tagebuch ihrer Mutter lag noch immer auf dem Schreibtisch. Sie wollte gerade danach greifen, da läutete das schwarze Telefon erneut. In diesem Haus schien sie ja nie Ruhe zu bekommen! »Parker?«

»Na, hast du dich schon von meinem sensationellen Kuss erholt?«

»Jeff, bist du das?«

»Gibt es sonst noch jemanden, von dem du heute geküsst worden bist?«

Seine bloße Stimme bescherte ihr eine Gänsehaut. »Arrogant wie immer. Aber ich bin ja nichts anderes von dir gewohnt.« Sie hörte zwei Männerstimmen lachen. Offensichtlich befand er sich in der Gesellschaft eines Freundes. Sie wickelte sich das Telefonkabel um den Zeigefinger. Was er darauf wohl erwiderte? Es machte Spaß, mit ihm zu zanken.

»Das Kompliment kann ich nur zurückgeben. Aber Spaß beiseite, hast du morgen schon was vor?«

Konnte dieser Mann etwa aus der Ferne ihre Gedanken lesen? »Jetzt wo du fragst, ja habe ich. Ich wollte auf den Friedhof, zum Grab meiner Familie. Du könntest mich vielleicht hinbringen.«

»Was krieg ich dafür?«

»Ein freundliches Dankeschön.«

»Also wenn du mich so nett bittest, kann ich ja unmöglich nein sagen. Was hältst du von zehn Uhr morgen früh?«

»Prima. Und ich würde gerne noch bei einem Blumenladen Halt machen.«

»Klar, kein Problem. Dann bis morgen.«

Lächelnd strich sie über die Tischplatte. »Vielen Dank für deine Hilfe. Dann sehen wir uns also morgen früh. Bis dann.« Susan legte nachdenklich den Hörer auf. Heute war so viel passiert. Sie streckte sich ausgiebig und massierte ihre Schulterblätter. Hoffentlich konnte sie nun endlich ungestört im Tagebuch weiterlesen. Aber vorher wollte sie noch das Kaffeegeschirr im Wohnzimmer wegräumen. Sie schnappte sich das Tagebuch und lief ins Schlafzimmer, wo sie rasch ihre Kleidung gegen eine auberginefarbene Jogginghose und ein weißes Sweatshirt tauschte. Dann lief sie die Treppe hinunter. Susan ließ ihre Hand über das polierte Holzgeländer gleiten. Ob darauf wohl schon Kinder heruntergerutscht waren?

In der Küche knipste sie die Deckenlampe an und räumte das Kaffeegeschirr in die Spülmaschine. Das Auftauchen dieses Mister Powers drängte sich erneut in ihre Gedanken. Er schien ganz freundlich zu sein. Etwas reserviert vielleicht, aber schließlich fiel sie auch nicht jedem bei der ersten Begegnung um den Hals. Und doch hatten es die Plaudertaschen offenbar nicht schnell genug erwarten können, das Haus bei seiner Ankunft zu verlassen. Energisch schloss sie die Tür der Geschirrspülmaschine und ging zurück ins Wohnzimmer. Mit verschränkten Armen betrachtete sie das Ölgemälde über dem Kamin. »Was verschweigt ihr mir hier alle? Ich finde es heraus, da kannst du sicher sein.« Ihr war durchaus bewusst, dass sie mit einem Gemälde sprach, aber es tat dennoch gut, mit der alten Dame zu plaudern. Auch wenn die Unterhaltung immer einseitig blieb. Sie strich sich über die Arme. Was hatte Tom über die Heizung gesagt? Susan blickte kurz zu dem Anzündholz neben dem Kamin und beschloss, am heutigen Abend ein Feuer zu entfachen. So schwer konnte es doch nicht sein! Doch das gestaltete sich kniffliger als gedacht. In London hatte sie nur Heizkörper in ihrer Wohnung. Ihre Erfahrung mit echten Kaminen hielt sich daher in Grenzen. Sie mühte sich ziemlich ab, das Feuer in Gang zu bekommen. Als das Holz schließlich nach mehreren Versuchen zu knistern anfing und die ersten Flammen hochloderten, stellte sie zufrieden den antiken Feuerschutz vor den Kamin. Der Geruch von verbranntem Buchenholz zog durch den Raum. Sie wickelte sich in eine karierte Wolldecke, nahm das Tagebuch und begann, weiter darin zu lesen.

15

9. Februar 1989

Liebes Tagebuch,
Mutter wird immer unfreundlicher Joel gegenüber. Wir müssen nun jeden Mittag und Abend in Grayson House essen. Das gehörte zu ihren Bedingungen, damit wir im Verwalterhaus leben dürfen. Fast jede Woche kommen ihre Freundinnen zum Bridgespielen vorbei. Trudy Nolan hat Mutter dazu überredet, um Geld zu spielen. Das würde das Spiel viel interessanter machen, war ihre Begründung. Vater hat nur darüber geschimpft. Mutter liebt das Risiko und das Gefühl von Macht. Für Vater gibt es nur seine Bücher. Er verbringt Stunden in seiner Bibliothek. Er meinte, dass er dort Ruhe vor der alten Hexe hätte. Solche Worte aus dem Mund meines herzensguten Vaters zu vernehmen, tut mir in der Seele weh. Das klingt nicht, als wäre er glücklich. Aber da ist er im Haus ja nicht der Einzige. Nicht nur das macht mir Kummer. In den letzten Tagen ist mir ständig übel. Nächste Woche werde ich zu Doktor Jackson fahren und mich untersuchen lassen. Zum Glück gibt es eine ärztliche Schweigepflicht. Und noch etwas Trauriges habe ich gestern erfahren. Mein bester Freund und Vertrauter ist weg. Er hat einfach seine Koffer gepackt und ist, ohne sich von mir zu verabschieden, nach Frankreich geflogen. Das war immer sein Traum, dort Karriere zu machen. Ich vermisse ihn schon jetzt so sehr. Mit ihm konnte ich stets über alles reden. Aber das ist vorbei. Ich musste mich für Joel entscheiden. Wir werden heiraten. Er hat mir auf Knien inmitten verstreuter Rosenblüten

einen Antrag im Stadtpark gemacht! Wie hätte ich da in meiner Situation Nein sagen können? Mir blieb keine andere Wahl und daran ist nur Mutter schuld mit ihren verknöcherten Traditionen. Joel kann wirklich zärtlich sein. Letzte Woche war er etwas grob zu mir, als wir uns stritten. Aber ich habe den blauen Fleck am Arm einfach unter langen Blusenärmeln versteckt. Ich mag trotzdem manches an ihm. Sein Lachen, das mir in vielen traurigen Momenten Ablenkung beschert, ist eine Sache. Vielleicht kommt meine erste Liebe irgendwann zurück, dann werde ich ihm alles erklären. Vielleicht gehen Joel und ich ja auch fort von hier. Es wird mir sehr schwerfallen, Vater allein zu lassen, aber ich möchte nicht den Rest meines Lebens als Gefangene der Grayson-Dynastie verbringen. Ich fühle mich wie ein Vogel im goldenen Käfig. Doch ich möchte frei sein. Frei wie die Vögel am Himmel. Joel meinte, wir könnten nach New York fliegen. Er hat mir vorgeschwärmt, wie toll diese Stadt ist. Dort würde er so viel Geld verdienen können. Hier in Taspering werde ich versauern, wenn sich nichts ändert.

Susan schloss erschrocken das Tagebuch und legte es zur Seite. Ein Gefühl von Übelkeit überkam sie. *Aber ich habe den blauen Fleck am Arm einfach unter langen Blusenärmeln versteckt.* Sie massierte sich ihre Nasenwurzel. Was würde sie als Nächstes von der Vergangenheit freilegen? Wollte sie überhaupt noch weiterlesen? Doch es nutzte nichts, sie musste wissen, was damals geschehen war. Sie nahm das Tagebuch wieder zur Hand und blätterte zum nächsten Eintrag.

2. März 1989

Liebes Tagebuch,
alles ist nun anders. Als ich bei Doktor Jackson war, stellte sich meine Übelkeit wirklich als Schwangerschaft heraus. Meine Hoffnung, dass es nicht so wäre, hat sich nicht erfüllt. Ich habe

Angst, es Mutter zu sagen. Joel hat beschlossen, dass wir fortgehen müssen. Dem Baby zuliebe. Ich liebe dieses Kind jetzt schon so sehr. Es würde genau wie ich nur dem Grayson Familienzwang unterliegen. Joel möchte, dass das Kind seinen Namen bekommt, obwohl ich ungern meinen Namen aufgeben möchte. Darüber ist noch nicht das letzte Wort gesprochen. Er ärgert sich dennoch über die Neuigkeiten. Sicher hat er sich seine Zukunft anders vorgestellt. Ich habe ihm gesagt, dass ein geplatztes Kondom nun mal vorkommt. Wenn das Baby ein Mädchen wird, will ich sie Susannah Marie nennen, so wie Mutters verstorbene Freundin. Sie war so eine herzliche alte Lady. Und wenn es ein Junge wird, werden wir ihn James Archibald nennen, nach einem guten Freund von Joel. Wir haben schon alle Papiere zusammengetragen für eine eventuelle Hochzeit. Bald werden wir nach New York fahren. Ich bin schon so aufgeregt.

Susan sah auf. Sie musste trotz aller Traurigkeit kichern. Was für ein Glück, dass sie ein Mädchen geworden war. Die nächsten Einträge handelten von der Flucht und Amelias immer größer werdenden Bauch. Sie schmunzelte bei den nächsten Zeilen. Ihre Mutter hatte ihr, als sie noch im Bauch war, Musik vorgespielt, damit sie später schlau würde. Dann kamen Einträge, die alles, was sie von ihrem Vater erhofft hatte, auf den Kopf stellten:

27. September 1989

Sie ist da! Meine süße, kleine Tochter ist da. Ich bin so überglücklich. Der Doktor meinte, das hätte auch schiefgehen können. Es sei ungewöhnlich, beim ersten Kind eine Sturzgeburt zu haben. Aber die kleine Susannah hatte es sehr eilig, zur Welt zu kommen. Ob es wohl an dem Streit mit Joel an dem Tag lag? Wir haben es fast nicht ins Krankenhaus geschafft. Als ich aus dem

Wagen gehoben wurde, schaute schon ihr Köpfchen heraus. Die Mitarbeiter im Krankenhaus meinten, diese Geburt würden sie ihr Leben lang nicht mehr vergessen. Ich will nicht klagen. Susannah ist gesund und wir haben ein Dach über dem Kopf. Gut, es tropft etwas durch die Decke, aber wir haben ja genug Schüsseln. Ich habe eine Anstellung als Putzfrau bei einer reichen Familie bekommen. Meine Nachbarin passt, während ich arbeite, auf die Kleine auf. Sie war es auch, die mir so eine Milchpumpe gab. Ich kann Susannah zwar nicht stillen, wenn ich arbeite, aber sie bekommt ja meine Milch. Eines Tages werden wir beide von hier verschwinden.

Susan musste ihre Bestürzung herunterschlucken. Ihre Mutter hatte in Grayson House wie in einem Märchenschloss gelebt und es um ihretwillen für eine Bruchbude eingetauscht. Wie viele Opfer war man als Mutter bereit, für sein Kind zu bringen? Sie holte tief Luft, blätterte um und wollte weiterlesen, als sie bemerkte, dass an dieser Stelle, genau wie am Anfang, einige Seiten herausgerissen waren. Da sie nicht mehr herausbekommen würde, was der Grund für die fehlenden Seiten war, ging sie zum nächsten Eintrag über.

14. Dezember 1989

Joel sieht Susannah fast nie an. Er trinkt in letzter Zeit sehr viel und brüllt dann herum. Seine Börsengeschäfte laufen nicht mehr gut. Er hat fast unser ganzes Erspartes verloren. Aber ich will nicht undankbar sein. Dank ihm konnte ich Taspering entfliehen. Ich vermisse Vater so sehr. Gerade jetzt vor Weihnachten. Er hatte stets ein offenes Ohr für mich. Immer wenn Joel mir eine Ohrfeige gibt oder sich von mir nimmt was er will, weil er der Meinung ist, es stünde ihm als mein Ehemann zu, versuche ich an die schöne Zeit mit meinem besten Freund zu denken. Ich sage mir, dass es diese Stadt sein muss, die ihn so egoistisch und aggressiv macht. Seine Eltern wollen leider nichts mit uns zu tun haben. Susannah weint nachts sehr viel. Dann nehme ich sie zu mir ins Bett. Mein Mann ist ja sowieso fast nie da. Ihr kleiner, warmer Körper ist mir Trost und pures Glück zugleich. Meine Chefin meinte, ich sähe sehr müde aus. Sie ahnt ja zum Glück nicht, wie erschöpft ich wirklich bin. Aber für meine Tochter muss ich stark sein.

Susans Körper bebte. Die Tränen ließen sich wie bei einer Sintflut nicht mehr zurückhalten. Ihr Herz raste in ihrer Brust und sie fragte sich, wieviel sie noch von solchen Einträgen schaffen würde, ohne vollends zusammenzubrechen. Voller Erschütterung legte sie das Tagebuch zur Seite und stand auf, um für einen Moment Abstand zu dem Gelesenen zu bekommen. Sie nahm ein weiteres Stück Holz vom Stapel und warf es ins Feuer. Die Flammen begannen gierig ihre Beute zu verschlingen. Fröstelnd rieb sie sich die Arme. Ihre Mutter war auch verschlungen worden – von ihrer eigenen Naivität. Sie ging zurück zur Couch und tauchte erneut in die Gedanken von Amelia ein.

5. Januar 1990

Joel ist tot. Ich kann es immer noch nicht glauben. Letzte Woche kamen zwei Polizisten abends zu mir. Er sei betrunken mit dem Wagen von der Straße abgekommen. Außerdem haben sie mir mitgeteilt, dass es besser sei, ihn nicht mehr zu sehen. Der Einschlag muss sehr heftig gewesen sein. Ich weiß nicht, was nun aus Susannah und mir werden soll. Mittlerweile besitze ich kaum noch Geld, um die Miete zu bezahlen. Doch bevor ich auf Knien zu Mutter zurückkrieche, suche ich mir lieber noch mehr Jobs. Von einer Putzstelle können wir auf Dauer nicht leben. Wenn ich keine weitere Arbeit auftreiben kann, finde ich mit viel Glück vielleicht jemanden, der mir etwas Geld leiht. Aber wer würde schon einer Frau, die nicht mehr viel besitzt außer ihrem Körper und einem Baby, Geld leihen ohne größere Gegenleistung? Irgendwie muss ich es schaffen uns durchzubringen. Ich bin schließlich eine Grayson und wir sind Kämpfernaturen.

Susan ahnte, dass jetzt die Passage mit dem Barbesitzer folgen musste, von der ihr Mister Smith berichtet hatte. Sie krallte ihre Hände in ein Couchkissen, um ihre innere Anspannung zu lösen. Ihre Augen flogen weiter über die Zeilen, und der Schmerz über den verzweifelten Kampf ihrer Mutter, nicht ihre, wie sie es nannte: Freiheit aufgeben zu müssen, zerrte an ihren Nerven. Letztlich war es dann zum Unvermeidlichen gekommen.

22. Februar 1990

Ich habe alles in meiner Macht Stehende getan, um Susannah und mir ein halbwegs gutes Leben zu ermöglichen. Nun stehe ich vor den Trümmern all meiner Träume. Meine Naivität hat einen hohen Preis. Ich wünsche mir für meine Tochter ein besseres Leben. Hoffentlich wird sie mir eines Tages verzeihen, aber ich habe beschlossen, sie in die Obhut guter Menschen zu geben. Sie soll frei sein. Frei von allen Konventionen und Falschheiten. Das ist das Einzige, was ich noch für sie tun kann.

Susan schnäuzte sich und betrachtete die Tagebuchseiten. Diese waren verdächtig fleckig und die Schrift nur schwer zu entziffern. An einigen Stellen waren die Worte verschmiert, insbesondere bei dem Eintrag, in dem ihre Mutter davon schrieb, wie sie ihr Baby ausgesetzt hatte. Keine Erwähnung davon, an welchem Ort. Kein Wunder also, dass Mister Smith sie erst so spät gefunden hatte. Wie schwer musste ihrer Mutter diese Entscheidung gefallen sein. Der offene Fleck in ihrer Seele, der jahrelang darauf gewartet hatte ausgefüllt zu werden, schloss sich. Das war der Moment, in dem sie ihr alles verzieh.

Vollkommen aufgewühlt klappte sie das Tagebuch zu und weinte hemmungslos. Das Erfahrene schockierte sie zutiefst. Sie brauchte dringend eine Pause, bevor sie weiterlesen konnte. Ihr gesamter Körper schmerzte, so sehr verkrampfte sie sich beim Weinen. Susan wickelte sich noch fester in die Wolldecke und schloss die Augen. In Gedanken schickte sie Amelia all ihre Liebe in den Himmel.

Nach einer gefühlten Unendlichkeit versiegten ihre Tränen. In London hätte sie sich jetzt irgendeine schnulzige Soap zur Ablenkung angesehen oder wäre mit Danny und Bonnie bei einer Flasche Rotwein versackt. Doch London befand sich fast siebentausend Kilometer von ihr entfernt. Sie brauchte einen realen Menschen bei sich. Einen, dem sie in die Augen blicken konnte, wenn die Hilflosigkeit über das Gelesene sie übermannte. Glenda und Tom schieden aus, denn die befanden sich gerade auf einer Geburtstagsfeier. Im Moment blieb da eigentlich nur ein Mensch. Jeff schien trotz allem kein allzu ungehobelter Klotz zu sein. Susan ging in den Flur, in dem in einer kleinen Schale auf der Kommode noch immer der Zettel mit seiner Nummer lag. Mehr als Nein sagen konnte er ja nicht.

Das schummrige Licht der immer schwächer werdenden Sonne erleuchtete die Sports Bar außerhalb von Birmingham, in der Jeff und Andrew am Tresen saßen. Die Ankunft der Profibaseballer hatte jeder im Raum registriert. Die beiden Freunde kannten diesen Rummel um sie herum, wenn sie irgendwo auftauchten. Doch bis auf ein, zwei Selfies mit Fans, um die man sie bat, ließ man die Sportler heute unbehelligt.

Es war, als spürten die Menschen, dass sie ihre Privatsphäre genießen wollten. Jeff umklammerte die Bierflasche mit seiner Hand und hing seinen Gedanken nach. Andrew tippte ihn an. »Sind dir die jungen Frauen hinten am Fenster aufgefallen, die ständig in unsere Richtung sehen?«

Jeff warf einen Blick über seine Schulter zu den genannten Damen. Er wusste worauf sein Freund anspielte, doch darauf konnte er getrost verzichten.

»Knappe Röcke, blondiert und XL-Brüste. Genau dein Ding.« Andrew ließ die Eiswürfel in seinem Scotch klingen. »Die Engländerin muss echt was Besonderes sein, wenn du andere Weiber links liegen lässt.« Er lachte heiser.

Jeff wunderte sich selber über sein Verhalten. »Ja, kann sein. Entweder das oder ich werde einfach alt. Wohl eher Letzteres. Du kennst mich ja, Kumpel. Eben sitzt du noch mit ihnen in einer Bar, flirtest auf Teufel komm raus, und im nächsten Moment versuchen sie, dir ein Kind unterzujubeln. Schätze, ich habe einfach keine Lust mehr auf diesen Mist.«

Andrew bestellte sich noch einen Scotch. »Hey Mann, darauf trinke ich. Mein Freund wird solide.« Er prostete ihm zu.

Das Handy in Jeffs Hosentasche vibrierte. Er stellte seine Bierflasche auf den polierten Tresen und sah nach, wer ihn da anrief. Eine unbekannte Handynummer. Zögerlich nahm er den Anruf entgegen. Seine Erfahrung hatte ihn in den letzten Jahren gelehrt, misstrauisch zu sein. »Ja?«

»Jeff? Hier ist Susan.«

Er erkannte ihre Stimme sofort, ließ sie aber einen Moment zappeln. »Welche Susan?«

»Susan Parker.«

»Warte mal einen Moment. Hier drin ist es zu laut. Ich gehe raus, dann verstehe ich dich besser.« Er legte eine Hand über das Handy und wandte sich Andrew zu, der abwartend neben ihm saß. »Ich mach mich auf den Weg, Kumpel. Die Engländerin ist dran.«

Sein Freund sah ihn belustigt an. »Schon wieder? Du hast sie doch erst vorhin aus dem Auto angerufen.«

»Tja, da siehst du mal, was für eine Anziehungskraft ich habe. Grüß deine Frau von mir, wenn sie dich nachher abholt.« Er klopfte Andrew auf die Schulter, griff noch einmal in die Schale mit den Erdnüssen vor sich auf dem Tresen und glitt vom Barhocker. Mit schnellen Schritten bemühte er sich, dem Lärm der Bar zu entkommen. Im Hintergrund krachte ein Glas zu Boden und eine weibliche Bedienung fluchte laut vernehmlich. Er drückte die Tür auf und trat in die Abenddämmerung. »Hi, sorry, ich musste mich nur kurz verabschieden.«

»War das etwa eine Frau im Hintergrund?«, fragte sie.

»Nur eine Bedienung.«

»Ich wollte dich nicht stören.«

Ihr Anruf kam ihm kein bisschen störend vor. »Keine Sorge Lady, ich melde mich schon, wenn ich das Gefühl habe, dass du mir zu sehr auf die Pelle rückst.« Er trieb weiter seine Scherze mit ihr. »Aber wenn es nach mir geht, habe ich nichts gegen einen netten Flirt mit dir.« Jeff klemmte sein Handy zwischen Ohr und Schultern und stieg vorsichtig in seinen Ferrari. Dort steckte er das Telefon in die dafür vorgesehene Arretierung und schaltete auf Lautsprecher. Der Motor erwachte dröhnend zum Leben. »Also, Engländerin, womit verdiene ich die Ehre deines Anrufes? Hast du dir überlegt, mein erweitertes Angebot in Anspruch zu nehmen?«, frotzelte er und lenkte den Wagen aus der Stadt hinaus.

»Natürlich nicht«, schallte es ihm entgegen. Für zwei Sekunden herrschte Stille, ehe sie weitersprach: »Ich habe das

Tagebuch meiner Mutter gelesen und dachte, etwas Ablenkung könne nicht schaden.« Ihre Stimme war kaum zu hören.

»Aha«, brummte er und fuhr auf den vielbefahrenen Highway auf. Feierabendverkehr war nicht ungewöhnlich für diese Uhrzeit. »Soll ich vorbeikommen und dir Gesellschaft leisten?« Mehr Ritterlichkeit ging nun wirklich nicht.

»Das wäre sehr nett«, flüsterte sie.

Jeff fragte sich, ob er wirklich der richtige Gesprächspartner in so einer Situation war. Sicher handelte es sich bei den Tagebucheinträgen um emotionale Angelegenheiten. Doch Susan schien nicht wählerisch zu sein. Sonst hätte sie ihn ganz sicher nicht angerufen. Traurige Frauen trösten war noch nie seine Stärke gewesen. Aber sie brauchte wohl einfach jemanden zum Reden. Er rauschte an einem BMW SUV vorbei. »Wenn ich mich beeile, bin ich in einer Stunde da.« Ungeduldig blickte er auf den mit Flammen bemalten Truck, der einfach, ohne einen Blinker zu setzen, vor ihm ausscherte.

»Gut, ich warte. Komm einfach zur Küchentür hinein.«

»Ich hoffe, du verwechselst mich dann nicht wieder mit einem Einbrecher. Ich trage schwarze Jeans.« Endlich fuhr der Truck zur Seite und er zischte an ihm vorbei.

»Ha ha, Mister Moley. Ich leg jetzt auf. Versuch, dich nicht mit deinem Flitzer umzubringen. Ich kann das Röhren deines Sportwagens hören. Es wäre schade um das schöne Auto.«

»Es freut mich, dass du offensichtlich so besorgt um mein Wohlergehen bist«, erwiderte Jeff.

Sie lachte und legte auf.

Er trat das Gaspedal fest durch. Der falsche Bart wartete schließlich zuhause auf seinen Einsatz.

Eine Stunde später betrat er ihre Küche. »Susan?«

»Ich bin hier«, tönte es aus dem Wohnzimmer. Sie saß in verbeulter Jogginghose, dicken Wollsocken und schlabbrigem Sweatshirt auf der Couch und zappte durch die Fernsehprogramme.

Die Sache schien wirklich ernst zu sein. Ihr Anblick machte ihn nachdenklich. Dieser gläserne Blick und die schwarz verschmierte Mascara unter den Augen erinnerten ihn so gar nicht mehr an die hochnäsige Erscheinung vom ersten Tag. Die lockere Kleidung verlieh ihr etwas Nahbares. Ihre Steifheit schien verflogen und machte etwas Neuem Platz. Er stellte den mitgebrachten Rucksack auf den Fußboden und sah sich gespielt um. »Wo ist diese verdammt schicke Lady geblieben? Vor meinen Augen sitzt nur eine normale Frau, die aussieht, als könnte sie ein paar Gummibärchen und etwas Alkohol vertragen.« Jeff zog die Süßigkeiten sowie zwei Bierflaschen hervor, öffnete sie und reichte ihr eine davon.

Susan steckte sich eine Haarsträhne, die sich aus ihrem Pferdeschwanz gelöst hatte, hinters Ohr und blickte ihn dankbar an. »Du bist ein feiner Kerl. Weißt du das?«

Er tat schwerhörig und wölbte die Hand hinter seinem Ohr. »Kannst du das bitte wiederholen? Ich habe verstanden, dass ich ein netter Mann bin. Ich muss mich verhört haben.«

Beschämt sah Susan unter sich. »Du bist ganz okay.«

Jeff nahm im Sessel neben dem Kamin Platz. »Ganz okay klingt gut. Damit kann ich leben.« Er erhob sein Getränk und blickte in ihre tiefblauen Augen. Sie sah wirklich traurig aus. Das musste er ändern. »Worauf stoßen wir an?«

Sie erhob ihre Bierflasche. »Auf meine Mutter Amelia. Die tapferste Frau in der Familie der Graysons.«

Einträchtig verfielen sie in Schweigen. Jeff blickte ins Kaminfeuer, während die Gummibärchentüte raschelte.

»Danke, dass du hergekommen bist. Ich glaube fast, dass ich den Abend dank dir irgendwie überstehen werde.«

Er stellte sein Getränk auf die Truhe die als Couchtischersatz diente und musterte sie. »Es muss schwer sein, in ein fremdes Land zu kommen und solche Dinge zu erfahren, die wehtun.«

Erneut griff Susan nach den Süßigkeiten. »Weh tun ist gar kein Ausdruck«, antwortete sie. »Eher desillusionierend. Mein Vater hat meine Mutter geschlagen. Er zählte letzten Endes doch nicht zu den Traummännern.«

Noch mehr Gemeinsamkeiten mit ihm. Nur, dass Jeff der Prügelknabe gewesen war. Er griff nach den Gummibärchen und steckte sich eine Handvoll davon in den Mund. Langsam kaute er darauf herum, um sich etwas Zeit für seine Antwort zu verschaffen. »Das tut mir sehr leid. Aber wenn es dich beruhigt. Mein Dad war auch kein angenehmer Zeitgenosse.« Jeff schluckte die süße Masse hinunter und ging zu ihr. Er ließ sich neben ihr auf die Couch fallen und blickte tief in diese wunderschönen Augen, die ihn so faszinierten. »Hör zu, ich weiß, wir kennen uns kaum und ich bin nur irgendein Kerl aus Kentucky. Aber eines weiß ich: Irgendwann kommst du darüber hinweg. Versuch nicht, deine Wut zu bekämpfen. Das funktioniert nicht. Hab ich jahrelang vergeblich getan. Du änderst die Vergangenheit nicht. Aber deine Einstellung dazu.«

Susan ließ den Kopf hängen. »Ich bin nicht unzerbrechlich. Ich habe Gefühle. Im Moment ist das der Hass auf meinen Vater.«

Er drückte kurz ihre Hand in dem Versuch, sie zu trösten. »Das ist vollkommen okay, erst mal so zu empfinden. Du musst dir keine Vorwürfe deswegen machen. Aber deine Mutter wird von deiner Wut auch nicht mehr lebendig. Das solltest du nicht vergessen.« Er warf einen Blick zu den silbernen Fotorahmen auf dem Kamin und zeigte auf Amelias Bild.

»Vermutlich habt ihr mehr Gemeinsamkeiten, als du weißt. Ich durfte sie kennenlernen. Deine Mum war ein sehr herzlicher und tiefsinniger Mensch. Die Art, wie dein Vater mit ihr umgesprungen ist, hatte sie sicher nicht verdient. Das hat niemand!« Er verzog wütend das Gesicht. »Aber sie tat offensichtlich alles dafür, dass es dir gutgeht. Das Letzte was sie wollte, ist ganz sicher, dass du jetzt verzweifelst.«

Susan schüttelte den Kopf. »Nein, du hast Recht. Das hat sie sicher nicht im Sinn gehabt. Aber ich kann meine Gefühle nicht wie einen Schalter umlegen.«

Jeff spürte, dass er sie so auf gar keinen Fall alleine lassen konnte. Ihre Körpersprache hatte sich seit seinem Eintreffen noch nicht merklich verändert. Sie knetete nach wie vor nervös ihre Hände und blickte immer wieder zu den Bildern auf dem Kamin. »Bei unserem Gespräch heute Nachmittag im Restaurant habe ich dir doch berichtet, dass ich aus Kentucky komme. Du weißt schon, da wo wir Hinterwäldler überfahrene Tiere von der Straße abkratzen und sie dann kochen.« Er grinste sie an in der Hoffnung, dass sie in Lachen ausbrach, was aber nicht geschah. »Na jedenfalls, immer wenn mein alter Herr mir eine verpasste, weil ich Mist gebaut hatte, schleuderte er mir so einen gut gemeinten väterlichen Ratschlag um die Ohren.«

»Und wie lautete der?« Susan schob sich ein Gummibärchen in den Mund.

Jeff grinste. »Vielleicht ist er dir in deinem Leben ja schon einmal begegnet: Junge, was dich nicht umbringt, macht dich härter. Sei nicht so eine Memme.« Jeff blickte kurz zur Wand, bevor er ihr wieder in die Augen sah. *Danke Dad.* »Dieser Spruch war das Beste, was er mir in all den Jahren mit auf den Weg gab. Es ist dann die nächsten Jahre mein Motto geworden. Das Leben ist nämlich wirklich hart. Und man sollte sich ein dickes Fell zulegen, um nicht an all den schlimmen Dingen, die in unserer Welt passieren, zu zerbrechen. Oder an den Herausforderungen, die sich uns in den Weg stellen.« Er lehnte sich wieder zu ihr vor. »Ich weiß nicht, was im Tagebuch deiner Mutter steht. Bestimmt hat sie nicht von Bienchen und Blümchen geschrieben, sondern harte Fakten, die ihr Leben betreffen. Sonst würdest du jetzt sicher nicht wie ein Schluck Wasser auf der Couch herumhängen.« Jeff griff erneut nach der Bierflasche und leerte sie. »Ich kann dir nur einen Ratschlag geben: Vielleicht versuchst du einfach, dir das Beste daraus für dich zu holen. Und den Rest erledigt die Zeit.« Er tippte auf sein Herz. »Irgendwann wird der Schmerz hier drinnen weniger.«

»Danke, dass du für mich da bist, obwohl wir uns kaum kennen.« Sie beugte sich vor und überrumpelte Jeff, indem sie ihn vollkommen unerwartet auf die Wange küsste. Der Pfirsichduft ihres Haares stieg ihm in seine Nase. Da der Kuss am Nachmittag im Auto so abrupt endete aufgrund ihrer Abwehr, wollte er sein Glück heute lieber nicht mehr auf die Probe stellen. Nicht in solch einer Situation. Der Wangenkuss war ein klarer Vertrauensvorschuss ihrerseits und das wollte er nicht aufs Spiel setzten, indem er seinen Wünschen nachgab, die ihn in diesem Augenblick überkamen. Er erhob sich und deutete ein Gähnen an. »Es war ein langer Tag und ich habe noch ein dringendes Telefonat zu führen. Kann ich dich alleine lassen? Wäre das ok für dich? Wir sehen uns dann morgen früh wieder.«

Sie nickte. »Ja, du kannst ruhig gehen. Ich fühle mich schon viel besser.«

Er hob den Rucksack auf und ging Richtung Wohnzimmertür. Unsicher stand sie auf. »Soll ich dich zur Tür begleiten?«

»Nicht nötig.« Er machte eine abwehrende Geste und klopfte auf den leeren Rucksack. »Ich kenne den Weg. Du weißt doch: Einbrecher finden immer einen Weg ins Haus, und erst recht wieder mit der Beute heraus«, witzelte er in dem Versuch, sie aufzumuntern. Sein Plan ging auf. Sie lachte herzlich.

Die Stille, die Susan umfing, nachdem er gegangen war, fühlte sich befremdlich an. Jeff steckte voller Widersprüche. Erst ein absoluter Flegel und im nächsten Moment Psychologe. Ein äußerst sexy Psychologe. In diesem Augenblick begriff sie, dass Jeff keineswegs zu der ungehobelten Sorte Männer gehörte. Dieser Mann wusste, wie es in der Welt zuging und besaß Lebenserfahrung. Er konnte sie offenbar doch leiden und nun schämte sie sich noch mehr für ihre dämliche Aktion vom Vortag.

Susan trabte Richtung Küche. Mal sehen, was sich an weiteren Süßigkeiten in der Vorratskammer auftreiben ließ. Dort lag neben einer Packung Butterkekse noch die Pralinenschachtel von Linda Hobbs. Sie hob den Deckel ab und blickte auf eine überwältigende Mischung aus heller und dunkler Schokolade. Auf manchen davon waren Mandelsplitter oder winzige Fruchtstückchen. Da sie sich nicht entscheiden konnte, griff sie sich gleich mehrere und legte sie auf einen Unterteller. Genießerisch ließ sie eine in ihrem Mund verschwinden. Sofort bildeten sich Aromen von Kakao und Maracuja auf ihrer Zunge. Diese Köstlichkeiten waren genau das Richtige für ihren emotionalen Zustand. Wenn schon Süßigkeiten, dann doch bitte heute Abend die volle Dröhnung. Auch wenn das bedeute, mindestens eine Stunde um Taspering herumjoggen zu müssen. Bei dieser Natur keine Strafe. Sie setzte sich an den Küchentisch und schob sich nachdenklich eine weitere Praline in den Mund. Eine Geschmacksexplosion von Zitrone und Joghurt breitete sich an ihrem Gaumen aus. Die Schokolade verhinderte allerdings nicht, dass ihre Gedanken wieder zum Tagebuch schweiften. Die ganzen Enthüllungen katapultierten sie wie in einer Achterbahn von purer Begeisterung über die liebevollen Gedanken ihrer Mutter in ein Tal der Tränen, aufgrund der schlimmen Vorkommnisse darin. Doch wenn sie schon einmal dabei war, Dinge herauszufinden, konnte sie sich auch anderen Entdeckungen widmen. Vielleicht ließ sich ja zur Abwechslung mal etwas Erheiterndes in diesem Haus auftreiben. Der Sekretär im Schlafzimmer ihrer Großmutter schien äußerst verlockend. Der Tag konnte schließlich kaum schlimmer werden. Sie krallte sich den Pralinenteller und begab sich nach oben.

Für einen Moment blieb sie unschlüssig vor dem antiken Schränkchen stehen. Doch niemand würde kommen, um sie bei ihrer Entdeckungstour zu stören. Susan stellte die Pralinen auf den Sekretär und öffnete die Lade. Eine Duftwolke aus Holzpolitur und Staub strömte ihr entgegen. Alles war fein säuberlich geordnet: Mehrere Bündel vergilbter Briefe, ein Kästchen mit Büroklammern, Schreibpapier, einige Stifte und eine kleine Schatulle mit Perlmuttdeckel. Die Briefe wollte sie nicht lesen. Vielleicht handelte es sich um Liebesbotschaften. Manches sollte einfach ruhen. Sie öffnete die Dose, doch außer einer getrockneten Rosenblüte lag nichts darin und sie klappte sie wieder zu. In einem Fach stand ein ledernes Büchlein, dessen Deckel schon recht abgewetzt aussah. Susan zog es heraus. *Stammbuch* stand darauf. Ihr Herz jubilierte vor Freude. Genau diese Art von Entdeckung hatte sie sich erhofft. Voller Neugierde blätterte sie durch die Einträge, die mit der Hochzeit ihrer Großeltern in den späten

60er Jahren begannen. Nebenbei steckte sie sich Schokolade in den Mund. Dann folgten die Geburten. Ihre Augen stockten beim Eintrag ihrer Mutter und die Praline, die sie gerade aß, verlor ihren Zauber. Das konnte doch nicht wahr sein! Neben dem Eintrag von Amelia Grayson gab es einen weiteren: Sophia Grayson. Das Geburtsdatum war exakt derselbe Tag wie bei ihrer Mutter. Ein kleiner Vermerk darunter zeigte ein Sterbedatum. Die Zwillingsschwester ihrer Mutter war nur zwei Jahre alt geworden. Susan überkam Betroffenheit. Sie klappte das Büchlein schnell wieder zu. Mit zitternden Händen stellte sie es wieder an seinen Platz zurück und schloss die Lade. Noch mehr ernüchternde Offenbarungen. Das eigene Kind zu verlieren, zählte mit Sicherheit zu den schlimmsten Dingen, die es auf diesem Planeten gab. Bestimmt war dieser Vorfall mit ein Grund, warum ihre Großmutter ihre Tochter so eingeengt hatte. *Die erdrückende Liebe einer verzweifelten Mutter, die nicht verstand, dass erst, wenn man seinen Kindern Freiheit gewährte, sie immer wieder zu einem zurückkamen. Arme Grandma.* Susan ließ sich, aller Illusionen beraubt, auf das Bett neben sich sinken. Eine Fliege krabbelte an der Zimmerdecke und sie beobachtete sie eine Weile. Dieses ganze Pech der Familie kam ihr vor, als ob jemand die Graysons mit einem Fluch belegt hätte. Doch Susan glaubte nicht an Flüche. Vielleicht war es einfach nur Schicksal. Manche Familien waren gesegnet und andere nicht. Allein eine göttliche Macht wusste, was das Leben einem brachte. Sie blieb noch eine ganze Weile liegen und erhob sich schließlich wieder. Es nutzte nichts. Sie brauchte nicht nur weitere ungesunde Kalorien, sondern auch einen Schluck Wein. Der ließ sich sicher irgendwo in der Küche auftreiben. Außerdem gab es weitere Einträge im Tagebuch, die sie noch lesen wollte.

Jeff haute am nächsten Morgen schon zum vierten Mal mit dem Türklopfer gegen die Haustür. Wo steckte sie bloß? Er blickte durch das Fenster neben der Eingangstür. Nichts zu sehen. Sie waren doch verabredet gewesen! Er ging um das Haus zur Küchentür, doch diese ließ sich nicht öffnen. Dieses Frauenzimmer lernte schnell. Irgendwo im Innern erklang ein lautes Stöhnen. Er schlenderte zur Terrassentür und blickte neugierig ins Wohnzimmer. Ein Arm, der ihm sehr bekannt vorkam, hing über die Couchkante. Laut rufend wummerte er gegen die Glastür. »Susan, wach auf! Hast du etwa unsere Verabredung vergessen?« Von innen vernahm er statt einer Antwort ein weiteres Stöhnen. »Ja, ja ich komm ja schon! Nur eine Minute noch.« War sie etwa versackt? Die feine Dame? Eine Weinflasche lag neben der Couch. Sein Bier schien also nicht gereicht zu haben. Grinsend setzte er sich auf die Terrassenstufen. Die Lady verstand es also doch, zu feiern.

Sie musste eingeschlafen sein. Ihr Kopf dröhnte wie die hämmernden Bässe in ihrem Londoner Stammclub. Stöhnend richtete Susan sich auf und schob die Wolldecke von ihren Beinen. Sie blinzelte ins helle Tageslicht. Die halbleere Weinflasche schien sie strafend anzublicken. Traurigkeit gepaart mit Alkohol taten ihr definitiv nicht gut. Dabei enthielt der Rebensaft doch so viele Kalorien. Aber Pfefferminztee war ihr einfach zu unpassend vorgekommen. Stand es ihr nicht zu, ihre Trauer zu zelebrieren? Sie hatte die Tagebucheinträge ihrer Mutter am gestrigen Abend noch zu Ende gelesen. In jedem Monat war sie tatsächlich in Gedanken bei Susan gewesen. Sie schrieb darüber, was ihre Tochter wohl gerade machte. An den Geburtstagen ihres kleinen Mädchens, wie Amelia sie nannte, konnte sie die Einträge kaum entziffern. Am Ende der Aufzeichnungen bestand die Schrift nur noch aus Krakeleien. Susan schob es auf den starken Einfluss des Morphiums. Beim Gedanken an die letzten eingetragenen Zeilen ging ein Schauer durch ihren Körper. Amelia musste ihn unter großen Schmerzen eingetragen haben.

15. Juni 2018

Ich spüre, dass ich bereits im Sterben liege. Wenn ich nur ein einziges Mal noch mein Mädchen umarmen könnte. Sie fehlt mir so schrecklich. Ich bereue zutiefst, was ich getan habe. Es war meine Dummheit, zu glauben, dass es woanders besser wäre, und mein Stolz, nicht um Hilfe zu bitten. Mutter geht jeden Tag zur Kirche und betet für mich. Aber all ihre Kerzen haben nicht geholfen. Sie haben auch damals bei Vater nichts genützt. Doch schon bald werde ich bei ihm sein. Und eines Tages, so Gott will, bin ich auch wieder mit meiner Susannah zusammen. Ich habe keine Angst vor dem Tod. Er kann nicht so schlimm sein wie meine Vergangenheit. Falls meine Kleine jemals das hier lesen wird: Ich bitte dich, liebste Tochter, verzeih mir, dass ich dich weggegeben habe. Ich wollte nur dein Bestes. Ich hoffe, du hast ein schönes Leben frei von Zwängen. Ich liebe dich so sehr und werde dich immer in meiner Seele tragen. Deine dich liebende Mum Amelia.

Bei der Erinnerung an die geschriebenen Worte überkam Susan Brechreiz. Aber nach dem Genuss von einer halben Flasche Wein war das bei ihr kein Wunder. Dabei hatte sie doch nur einen kleinen Schluck als Einschlafhilfe zu sich nehmen wollen. Sie sah zur Terrassentür. Draußen saß Jeff auf den Steinstufen und wartete. Schwankend ging sie zur Tür und öffnete.

Er klopfte sich den Staub von der Rückseite seiner Jeans, was ihre Aufmerksamkeit erregte, da sein Hintern wirklich verlockend aussah. Jeff stellte sich mit verschränkten Armen vor sie. »Guten Morgen, hast du mich etwa vergessen? Offensichtlich hat dein Bett dich heute Nacht nicht zu Gesicht bekommen.«

Sie fasste sich an die pochenden Schläfen. »Oh, nicht so laut, mein Kopf.«

Er griff nach der Weinflasche und sah auf das Etikett. »Mhh, von dem Fusel bekäme ich auch Kopfschmerzen. Und ich dachte immer, deine Großmutter besaß Geschmack.«

»Den besaß sie auch, nur kein Händchen für Wein. Ich glaube, die harten Sachen trank sie lieber.«

Jeff grinste. »Ja, da hast du wohl eine schwache Seite von ihr entdeckt. Sie konnte Männer unter den Tisch trinken, munkelt man hier im Ort. Aber was dich betrifft: Wenn ich dich so ansehe, Engländerin, denke ich, ein starker Kaffee und eine heiße Dusche werden dir guttun. Kümmere du dich um Letzteres, ich setze uns derweil den Kaffee auf.« Er schob sie Richtung Zimmertür.

»Aber …«

»Keine Widerrede, du siehst total zerfleddert und zerknautscht aus. Willst du etwa so den unbescholtenen Bürgern von Taspering begegnen?«

»Mag sein, Cowboy, dass die Bezeichnung *unbescholten* für die meisten Einwohner hier gelten mag. Das kann ich noch nicht beurteilen. Aber gestern Nachmittag waren Trudy Nolan und ihre Freundinnen hier. Das habe ich vergessen, dir zu berichten. Sind die auch so tugendhaft in deinen Augen?«

»Nur, wenn du maßlose Neugierde und Spielsucht als ehrenhaft betrachtest, aber ich habe da so meine Zweifel.«

Sein Sinn für Humor gefiel ihr von Tag zu Tag besser. »Nun, dann gehe ich mal duschen. Schließlich steht hier der Ruf der Graysons auf dem Spiel. Eine jogginghosentragende Engländerin würde sicher die feine Gemeinde erschüttern.«

Ihre gespielte Entrüstung entlockte ihm ein weiteres lautes Lachen.

»Im Küchenschrank über der Spüle findest du alles, was du brauchst«, rief sie ihm im Hinausgehen zu.

Seine drollige Antwort war Bestätigung genug, ihn immer sympathischer zu finden: »Mach dir bloß keine Sorgen, dass ich mich nicht zurechtfinden werde. Du musst nämlich zwei Dinge über mich wissen, Engländerin: Ich finde in jedem Haus die Bar und ich verfüge über einen eingebauten Kaffeeradar.«

Lachend sauste sie die Treppe ins Bad hinauf. Während das heiße Wasser in der Dusche über ihren verspannten Nacken und die Schultern rann, dachte sie über die Erwartungshaltung der hiesigen Anwohner nach. Allmählich verstand sie ihre Mutter. Für einen kurzen Augenblick kam ihr in den Sinn, die Jogginghosen anzubehalten, um für einen kleinen Affront im Ort zu sorgen. Aber da sie auf den Friedhof fahren wollten, kam das nicht infrage. Vielleicht morgen.

Der Geruch nach frischgebrühtem Kaffee begegnete ihr bereits auf der Treppe. Mit klickenden Absätzen lief sie Richtung Küche. Im Flur richtete sie im Vorbeigehen ein Bild mit einem Stillleben gerade, das schief hing.

Jeff saß am Tisch und rührte mit einem Silberlöffel in seiner Kaffeetasse. Sein Stetson und die Fliegersonnenbrille warteten neben ihm. Bei Susans Anblick ließ er seine Blicke über ihre Aufmachung gleiten. »Schwarz steht dir ausgezeichnet. Das Kleid ... äh«, er räusperte sich mehrmals. »Das sitzt wirklich perfekt.« Er schenkte ihr Kaffee ein und lehnte sich dann wieder ungezwungen im Küchenstuhl zurück.

»Danke für das Kompliment. Auch wenn ich nicht scharf darauf bin, Mitglied im Club der Waisen zu sein.«

»Wenn es dir hilft, Engländerin, du bist eine rattenscharfe Waise.«

Susan verschluckte sich und begann zu husten.

Er sprang auf und klopfte ihr fürsorglich auf den Rücken. »Geht es wieder?«

»Alles okay. Ich glaube, wir sollten fahren, damit ich es hinter mich bringe.« Sie stand überhastet auf und floh aus der Küche.

Jeff nahm seinen Stetson, setzte seine Sonnenbrille auf und folgte ihr im Expresstempo. Mit Komplimenten schien sie auf Kriegsfuß zu stehen. Sie wartete schon im Eingangsbereich auf ihn und war gerade dabei, eines der Porträts ihrer Vorfahren zu betrachten. »Ich wollte dir nur ein Kompliment machen.«

»Danke, schon gut. Können wir dann endlich fahren?«

»Natürlich.« Er hielt ihr die Haustür auf.

Gemeinsam gingen sie die Treppe hinunter. Auf dem Bürgersteig angekommen, musterte sie ihn skeptisch und zeigte auf seinen Wagen, der dort stand. »Was ist das?«

»Das ist ein Ferrari.«

»Das sehe ich, aber gestern bist du mit einem Porsche gekommen und heute fährst du mit einem Auto vor, das vermutlich neunzigtausend Dollar oder mehr kostet.« Sie klimperte mit ihren Wimpern. »Kann es sein, dass ich doch recht hatte und du nebenberuflich alleinstehende Damen ausraubst?«

Jeff hielt ihr lachend den Wagenschlag auf. Er überlegte krampfhaft, wie er den Hals aus der Schlinge ziehen konnte. »Es ist nicht so wie es aussieht. Ein guter Bekannter von mir ist Autohändler und ich darf damit die nächsten Wochen rumfahren. Der Pechvogel hat sich das Bein gebrochen und weiß, dass die Sportwagen bei mir in den besten Händen sind.« Etwas Besseres fiel ihm auf die Schnelle nicht ein. Natürlich musste sie misstrauisch werden. Er hätte sich ohrfeigen können.

Sie stiegen ein und er demonstrierte ihr mit einer plötzlichen Beschleunigung, wie viel PS dieses Auto besaß. Vielleicht brachte sie das ja auf andere Gedanken. Doch leider half dieser Trick diesmal nicht. Noch immer betrachtete sie ihn argwöhnisch. Jeff wusste genau, wie er diesen Blick ändern konnte. »Meinst du, wir brechen heute den Geschwindigkeitsrekord? Beim letzten Mal hatten wir zwei doch so viel Spaß!«

Erbost sah sie ihn an. »Ich dachte, das hätten wir hinter uns.«

»Es macht aber Spaß, dich damit aufzuziehen.«

Susan haute ihm auf den rechten Arm, woraufhin er kurz vor Schmerz zusammenzuckte. »Oh, tut mir leid, ich vergesse immer, wie viel Kraft ich habe.«

»Ja, für ein Frauenzimmer hast du einen ordentlichen Schlag drauf.«

»Das fanden die anderen Kinder im Heim auch.« Sie wandte den Blick zum Fenster.

Jeff musterte sie für einen Moment forschend. Wow! Diese Frau hielt immer neue Überraschungen für ihn parat. Was kam wohl als Nächstes? Dass die Lady in ihrer Freizeit Wrestling machte?

16

In der Avery Road bog Jeff links ab und sie näherten sich dem Ortskern. Susan sah neugierig aus dem Fenster. Dieser Ort stellte sich als gar nicht so verschlafen heraus wie sie vor einigen Tagen noch geglaubt hatte. Viele Wohnhäuser glichen dem Heim der Perkins. Gelbe und blaue Anstriche, verschnörkelte Dachrinnen sowie hübsche Veranden zierten die Behausungen der Einwohner. Bei einigen saßen ältere Menschen auf ihrer Terrasse und hielten ein Schwätzchen miteinander. Sie kamen an einem heruntergekommenen Wohngebäude vorbei, dessen Fensterscheiben kaputt und die Eingangstür mit Brettern verriegelt war. Dort plauderte keiner mehr miteinander. Beim Durchfahren des Ortskerns, in dessen Mitte ein kleiner Park mit einem grünen Holzpavillon stand, musterten die Anwohner sie neugierig. Obwohl alle sehr geschäftig taten, spürte Susan, dass man ihnen hinterherstarrte. Was die Leute wohl von ihr dachten? Es handelte sich immerhin um einen Ferrari, in dem sie saß. Und den Mann an ihrer Seite schien auch jeder im Ort zu kennen. Die Einwohner winkten ihnen freundlich zu. Sie ahnte, dass spätestens morgen die Klatschbasen ihr eine Beziehung zu Mister Moley andichteten. Genau das fehlte ihr gerade noch bei all dem Gefühlschaos, das derzeit in ihrem Inneren herrschte. Konnte ihr Leben noch komplizierter werden?

Jeff war dazu übergegangen, bei dem Country Song aus dem Radio hin und wieder mitzusummen.

»Wer ist der Sänger?«

Ertappt erwiderte er ihren Blick. War es ihm etwa peinlich, dass er sie so vollkommen vergessen hatte? »Das ist Hank Williams, er ist eine Musiklegende in den Südstaaten.«

»Klingt wirklich angenehm.«

»Jep, er verstand es, die Massen zum Tanzen zu bringen.«

»Tanzt du auch gerne?«

»Das kommt ganz auf meine Begleitung an. Mit dir könnte es wirklich Spaß machen. Vielleicht ergibt sich ja bald eine Gelegenheit dazu, es auszuprobieren.« Er blickte wieder auf die Straße vor sich.

Sie sah verlegen auf ihre Handtasche. Wieso bloß verunsicherte er sie so? Ihr Blick huschte zu ihm. Er lenkte den Wagen mit der Selbstsicherheit eines Mannes, der wusste, wie er nach außen wirkte. Seine ganze Erscheinung vom Cowboyhut über das graue Polo Shirt, unter dem sich seine sicher stahlharten Brustmuskeln abzeichneten, bis hin zur schwarzen Jeans, die sich perfekt an seine muskulösen Oberschenkel schmiegte, zog sie magisch an. Aber nein, sie wollte ganz gewiss nicht auf sein Äußeres hereinfallen. An dem Punkt war sie bereits in ihrem Leben gewesen.

In der Hickory Street ließ er Susan vor einem Backsteinbau heraus, in dem ein Blumenladen war, der sie an eine Boutique in Paris erinnerte. Das Floristikgeschäft von Taspering wirkte zauberhaft mit seiner rosafarbenen Markise über dem Eingang. Eine Auswahl von fertig gebundenen Blumensträußen und bunten Kränzen lag auf einem Regal vor dem Eingang zur Ansicht. Sie betrachtete sie kurz, doch weder der Strauß mit weißen Lilien noch die pinkfarbenen Rosen erwärmten ihr Herz, und sie ging hinein. Ein kleines Glöckchen bimmelte lustig beim Betreten des Geschäftes. Während Jeff im Wagen auf sie wartete, kaufte sie im Innern zwei Buketts mit gelben Margeriten und roten Rosen.

Die Besitzerin des Ladens, eine junge, kräftige Frau mit pink gefärbten Haaren und grüner Floristenschürze über ihrem Kleid, wickelte die Sträuße vorsichtig in zartes Papier ein. Sie lächelte sie über die Ladentheke an. »Sie sind die Enkeltochter von Mae Grayson, stimmt's?«

»Ja, es sei denn, ich bin bei der Geburt vertauscht worden.« Es kam ihr einfach so über die Lippen. Sie wollte sich der jungen Floristin gegenüber nicht unmanierlich verhalten. Die schien es aber gelassen zu nehmen und sah sie weiter mit prüfendem Blick an. Jener Wahrnehmung, mit der man in einem kleinen Marktflecken immer Fremde musterte.

»Nein, vertauscht worden sind Sie ganz sicher nicht. Dafür ähneln sie der alten Grayson viel zu sehr.«

Susan nickte höflich. »Ja, das habe ich die Tage schon öfters gehört. Was bin ich Ihnen schuldig?« Sie angelte ihr Portemonnaie hervor.

»Zehn Dollar.« Die junge Frau nahm das Geld und lugte nach dem Ferrari, der draußen vor ihrem Laden parkte. »Nehmen Sie sich vor ihm in Acht, er sieht besser aus, als ihm guttut.«

»Meinen Sie Mister Moley?«

»Genau den. Es gibt Gerüchte im Ort, dass er in jeder Stadt eine Frau hat. Aber sie wissen ja, wie das mit der Gerüchteküche ist: Es ist nicht alles wahr. Passen Sie trotzdem auf Ihr Herz auf.«

Susan warf einen knappen Blick über ihre Schulter. Jeff saß wartend im Auto. In seinem Schoss lag eine Zeitschrift, in die er mit einem Kugelschreiber hineinkritzelte. Vermutlich löste er gerade ein Kreuzworträtsel. Sie wusste nicht so recht, was sie von dem Geplapper der Blumenverkäuferin halten sollte, aber es schadete sicher nichts, auf der Hut zu sein. Sein gestriger Kuss im Auto konnte alles bedeuten. Vorsichtig griff sie nach den Blumensträußen, um ihre wertvolle Fracht nicht zu zerdrücken, und verabschiedete sich.

Bald darauf fuhren sie Richtung Ortsausgang. Dabei kamen sie am Lebensmittelladen vorbei, vor dessen Eingangstür einige ältere Damen standen und denen Susan kurzerhand freundlich winkte.

Jeff blickte sie von der Seite an. »Du schlägst dich ganz tapfer. Höflichkeit wird hier wirklich gern gesehen.«

»Ja, nicht nur in Taspering. Leider verkommt in der heutigen Zeit Freundlichkeit und Respekt anderen Menschen gegenüber immer mehr.«

»Da sprichst du ein wahres Wort. Man spürt überall, wie die Gesellschaft sich verändert.«

Susan lächelte ihn herzlich an. »Das macht sie, aber solange es Geschöpfe wie uns beide gibt, ist noch nicht alles verloren.« Mittlerweile wusste sie ja, dass er ein freundlicher Zeitgenosse war.

Jeff bog in einen kleinen Weg ein, der unmittelbar hinter dem Ortsausgang lag. Rechts und links davon wuchsen hohe Bäume und Hecken und bildeten ein kleines Wäldchen. Kurze Zeit darauf stellte er den Wagen auf dem Friedhofsparkplatz ab. »Da wären wir also. Los geht's.« Sie stiegen aus und er schloss sich ihr wie selbstverständlich an. Doch beim Friedhofstor angekommen, hielt sie ihn zurück.

»Was ist los, hast du Angst?«

»Nein, ich denke, ich gehe lieber alleine. Wo finde ich unser Familiengrab?«

Er warf einen prüfenden Blick auf sie. »Du kannst es gar nicht verfehlen. Geh einfach den Hauptweg entlang. Vorbei an der kleinen Leichenhalle und dann links. Bei den großen Eichen. Es ist die einzige große Familiengruft, die es gibt.« Jeff drehte wieder ab und begab sich zum Auto.

Susans Hände zitterten. Voller Überzeugung betrat sie das Gräberfeld. Sie wollte die Blumen ablegen, ein kurzes Gebet sprechen und dann wieder gehen. So schwer konnte es doch nicht sein. Für einen Moment stolperte sie, fing sich aber wieder. Warum bloß trug sie Stilettos? Jeder Mensch wusste doch, dass sich steinige Friedhofswege für spitze Absätze nicht eigneten. Sie stakste weiter an den Gräberreihen entlang und blieb dann stehen. Hier befand sich die Friedhofshalle, dann musste sie nun in den Weg links von ihr. Ihr Herz hämmerte wie ein Presslufthammer in ihrer Brust. Im Schatten mächtiger Eichen erkannte sie die Familiengruft. Ein riesiger Engel aus feinstem, weißem Marmor auf dem Dach streckte behütend seine Flügel darüber aus. Er befand sich in tadellosem Zustand. So wie es aussah, kümmerte sich regelmäßig jemand um den Zustand des Grabes. Sie presste die Blumen noch fester an sich. Wie ein Schutzschild kamen sie ihr nun vor. Susan griff nach der beschlagenen Eisentür und zog daran. Mit einem Quietschen öffnete diese sich. Sie schloss die Augen und atmete tief ein und aus. Nun war also der Moment gekommen, vor dem sie sich schon so lange fürchtete. Drinnen wartete ihre Familie. Nur nicht so wie in ihren Kindheitsträumen.

Innen empfing sie Kälte und eine Geruchsmischung aus Wachs und modrigem Gemäuer. Sie ging vorwärts zu den rechts und links eingelassenen Nischen. Dort befanden sich mehrere Marmorgrabtafeln mit goldener Inschrift. Einige davon schienen älter zu sein. Vermutlich ihre Urgroßeltern und ihre Tante. Ihr Blick blieb an den drei Inschriften hängen, die ihr so viel Kummer bereiteten. Eine mächtige Welle von Traurigkeit überflutete sie und ließ ihren ganzen Körper erzittern. So sollte ihr Kennenlernen nicht sein. Alles hätte sie erduldet bei der Wiedervereinigung: Ablehnung,

Furcht, Scham. Alles, wenn sie ihre Mutter nur einmal hätte sprechen können. Ihr in die Augen sehen, ja, sie vielleicht sogar berühren. Susan lehnte sich gegen die Wand und legte ihre Wange auf die kalte Grabplatte der Frau, die sie geboren hatte. Sie wollte sich nicht gehen lassen. Doch ihre Stimme erhob sich und verwandelte sich in ein Schluchzen. »Ich bin hier, Mum. Es tut mir so wahnsinnig leid, dass ich erst jetzt kommen konnte. Ich hätte dich so gerne kennengelernt. Ich habe so unendlich viele Fragen und nun weiß ich so gut wie gar nichts von dir. Trotzdem danke für deine Liebe. Danke für alles, was du für mich getan hast. Ich liebe dich auch.« Bebend legte sie den Strauß mit Rosen vor der Grabplatte auf den Boden.

Mit verschwommenem Blick sah sie auf die Grabplatten ihrer Großeltern. Auch dort platzierte sie ihre Hände darauf und das zweite Bukett auf den kalten Steinboden. »Es tut mir so leid, dass wir uns nun nicht mehr kennenlernen konnten, Grandma. Aber du hast mich gefunden. Danke, dass du nicht aufgegeben hast, nach mir zu suchen.« Susan schloss ihre Augen und ließ zu, dass eine weitere Woge der Trauer und Tränen über sie hereinbrach. Sie zerknüllte das Papier in ihren Händen. All diese Erwartungen an die Grayson Familie, dieser verkehrte falsche Stolz! Ihr Puls beschleunigte sich noch mehr und sie bekam kaum noch Luft. Schluchzend hämmerte sie mit beiden Fäusten gegen die dicken Wände der Gruft und ließ ihren Verzweiflungsgefühlen ungehemmt freien Lauf. Mathilda hatte ihr stets geraten, ihre Emotionen zuzulassen. Wenn man alles in sich hineinfraß, verkümmerte man. Nun befolgte sie den Ratschlag ihrer Ziehmutter. Hier befand sich schließlich niemand außer ihr und den Toten. Mit ihren Fäusten traktierte sie die Wände. Sie begann lauthals zu schreien. »Warum bloß? Wieso nur wart ihr so verdammt stolz? Es ist doch nur ein verdammtes Haus und ein Familienname! War es das wert?!«

Mit einem Mal spürte Susan starke Arme, die sie umfingen und hinauszogen.

Jeff dirigierte sie zu einer Holzbank nahe der Gruft. Er strich Susan liebevoll über den Kopf, um sie so gut es ihm in dieser Situation möglich war, zu beruhigen. »Schon gut, lass es raus, ist ja gut. Ich verstehe deinen Kummer.« Die Art, wie sie ihren Schmerz hinausschrie, hatte etwas Reinigendes an sich. Er wiegte sie wie ein Baby in seinen Armen hin und her. »Es tut mir leid. Ich hätte dich nicht alleine gehen lassen dürfen. Das ist sicher sehr belastend für dich.« *Verfluchte Graysons.*

Erschöpft lehnte Susan ihren Kopf an seine Brust. Ein Schluckauf begleitete ihre Worte. »Ich bin so wü- ... wütend und traurig zu- ... zugleich. Dieses verdammte Ha- ... Haus ist an allem schuld. Sie wa- ... ren so eine stolze Familie. Am lie- ... liebsten würde ich das Haus verkaufen! Es hat allen nur Unglück gebracht.« Sie richtete sich auf und sah mit verschwommenem Blick in seine grünen Augen, die sie beunruhigt studierten. »Du hast es gut. Du bist nur ein Handwerker, du musst keine Erwartungen erfüllen. Aber ich komme mir hier vor wie ein Museumsstück. Alle sehen mich an. Alle warten scheinbar nur darauf, dass ich einen Fehler mache. Ich sollte die Koffer packen und heimfliegen.« Sie öffnete ihre Second Hand Chanel Clutch, kramte ein Päckchen Taschentücher hervor und tupfte ihre Augen trocken.

Wie falsch sie doch mit ihren Aussagen lag. Jeff wusste nur allzu gut, wovon sie sprach. Er tätschelte ihre Hand. »Du bist nicht du selbst. Der Besuch hier hat dich erschüttert. Das verstehe ich. Aber gib nicht auf. Mister Perkins hat mir von der Testamentsklausel erzählt. Deine Großmutter hat an dich geglaubt. Auch wenn du momentan denkst, dass Grayson House nur eine Belastung ist, bleib bitte. Außerdem, wenn du verkaufst, wo soll ich dann in Zukunft leben?« Zum ersten Mal sprach er das Thema Vermietung an. Er hoffte, dass sich dies zum jetzigen Zeitpunkt nicht als Fehler herausstellte.

»Darüber habe ich mir noch keine Gedanken gemacht, aber ich schätze, du fändest schon etwas Adäquates.« Sie strich sich eine Haarsträhne aus der Stirn. »Außerdem könnte der neue Besitzer dir das Haus ja weitervermieten oder verkaufen, wenn du unbedingt dort wohnen bleiben möchtest.«

Eindringlich starrte er sie an. »Das mag sein, aber einer so hübschen und schlagkräftigen Vermieterin wie du es bist, würde ich sicher mein Leben lang nicht mehr begegnen. Außerdem wohne ich sehr gerne in Taspering. Ich mag es nun mal, in Gegenwart von charmanten jungen Damen meine Arbeit zu verrichten. Auch wenn ich als Lohn dafür eine Vase übergebraten bekomme. Du bist schon etwas ganz besonderes, Engländerin.« Er zog sie noch dichter an sich. So nah, dass er die kleinen Sprenkel in ihren Augen und feine Fältchen in ihrem Mundwinkel erkennen konnte. Um sie herum zwitscherten Vögel, der Wind pfiff durch die knorrigen Äste der alten Bäume und ein hauchzarter Nieselregen setzte ein. Doch nichts davon bekam er in diesem Moment mit. Der Kuss schmeckte nach einer Mischung aus Kaffee und Pfefferminzbonbon. Doch der Augenblick verflüchtigte sich wie eine Sternschnuppe.

»Verflucht!« Jeff sprang auf und ließ Susan allein auf der Bank sitzen. Er hob entschuldigend beide Hände. »Es tut mir leid, ich weiß nicht, was in mich gefahren ist. Du bist durcheinander und das habe ich schamlos ausgenutzt. Verzeihung.

Verdammt! Ich gehe schon mal zum Wagen. Lass dir Zeit.« Mit schnellen Schritten entfernte er sich von ihr, als verfolgte ihn ein Leopard. Er musste hier weg.

Frustriert ließ er sich in den roten Ledersitz des Ferraris fallen. Wäre er ihr bloß nicht gefolgt. Aber das Zittern ihrer Hände war Beweis genug für ihn gewesen, dass sie der Situation alleine nicht standhielt.

Er zupfte im Schritt seiner Jeans herum. Sie fühlte sich zu eng an. Es war einige Monate her, dass eine Frau ihm durch einen bloßen Kuss solche körperlichen Reaktionen beschert hatte. Und nun kam diese Engländerin daher und wirbelte seine Gefühle durcheinander. Das gefiel ihm nicht. Jeff war nicht klar gewesen, was für eine tatsächliche Wirkung sie auf ihn ausübte. Bis jetzt. Nein, sie brachte seinen gut ausgedachten Plan womöglich zum Scheitern. Dennoch, er fing an, sie zu mögen. Selbstverständlich tat sie ihm auch leid. Aber es war definitiv nicht die richtige Zeit, um mit einer Frau etwas Ernsthaftes anzufangen. Er nahm in Kauf, dass sie ihn verfluchte – und dessen konnte er sich sicher sein – aber jetzt musste er erst einmal ins Training fahren und den Kopf frei von ihr bekommen. Sie beherrschte seine Gedanken bereits zu sehr. Er wählte Tommy Boys Nummer im Autotelefon. Heute würde der Junge sein blaues Wunder erleben. Sein Plan stand fest. Jeff startete den Motor, drehte das Radio lautstark auf und fuhr mit röhrendem Auspuff davon.

17

Susan stöckelte laut fluchend den schmalen Waldweg entlang. Einfach davonzufahren! Was fiel diesem Mistkerl eigentlich ein? Erst küsste er sie und ließ sie dann wie eine heiße Kartoffel fallen. Wahrscheinlich passte eine ständig verheulte Frau einfach nicht in sein angenehmes Leben. Was auch immer seine Beweggründe dafür gewesen waren, das würde sie ihm so schnell nicht verzeihen. Ganz abgesehen davon tat der Mann ihr nicht gut. Sie brauchte in ihrer Situation einen Freund. Einen, mit dem man reden konnte. Zwar hatte das am gestrigen Abend ganz gut geklappt mit Jeff, aber seine magnetische Anziehungskraft auf sie verkomplizierte die Sache doch gewaltig.

Ihre Beine waren bleischwer. Der Weg zur County Road war ihr auf der Herfahrt nicht so lang vorgekommen. Sie spürte jedes Steinchen unter ihren Pumps. Ein leises Winseln links von ihr ließ sie schlagartig stehenbleiben. Susan drehte den Kopf in die Richtung, aus der das Geräusch kam. Ob es hier wohl wilde Tiere gab? Vielleicht kam das Jaulen von jungen Füchsen? Immerhin kamen diese Tiere im Frühjahr zur Welt. Von ihrer Neugier angestachelt, tippelte sie Richtung Gebüsch und erstarrte beim Anblick, der sich ihr bot. Oh nein, unter gar keinen Umständen. Sie sollte einfach weitergehen. Damit wollte sie nichts zu tun haben. Sie steckte so schon genug in der Klemme. Doch ihr Helfersyndrom behielt die Oberhand. Susan hockte sich vor das schwarzweiße Wollknäuel von der

Größe eines Labradors, das da winselnd im Gestrüpp lag. Vorsichtig berührte ihre Hand die Stelle neben der blutenden Wunde im Fell des Hundes. Hoffentlich schnappte er nicht zu! Der Hundebiss in ihrer Kindheit haftete ihr noch immer gut im Gedächtnis. Doch das Tier leckte ihr nur dankbar über die Hand und so flüsterte sie beruhigend auf es ein: »Hey, was ist dir denn widerfahren?« Am Hals des Hundes suchte sie nach einem Halsband mit einer Marke, fand aber keine. »Tja, Struppi, dann wollen wir dich mal von hier wegbringen. So wie es aussieht, sind wir wohl beide im Stich gelassen worden.«

Widerstandslos ließ das Tier sich von ihr hochheben. Der intensive Geruch nach nassem Fell und altem Blut stieg in ihre Nase, jetzt da sie das zitternde Tier so eng an ihren Körper drückte. Seufzend ging sie mit dem schweren Gewicht auf ihren Armen weiter. Die County Road kam in Sicht und sie blieb für einen kurzen Moment stehen, um zu verschnaufen.

Ein schwarzer Geländewagen, der ihr verdächtig bekannt vorkam, fuhr so schnell an ihnen vorbei, dass der Fahrtwind sie erfasste und ins Straucheln brachte. Urplötzlich bremste der Fahrer. Für einen kurzen Moment blieb der Wagen stehen und sie hoffte, er würde zurücksetzen. Susan beschleunigte ihre Schritte. Doch unmittelbar, bevor sie das Auto erreichte, gab er Gas und raste davon.

»Verdammtes Arschloch!«, schrie sie ihm hinterher. Dieser Powers schien doch nicht so nett zu sein, wie sie zunächst geglaubt hatte. Wahrscheinlich wollte er sich seine Ledersitze nicht ruinieren. »Bei so einem Idioten, Struppi, wollten wir sowieso nicht mitfahren. Komm, die paar Meter schaffen wir auch ohne diesen Rüpel.« Sie ging mit strammen Schritten so gut es ihre Stilettos erlaubten und immer schwerer werdenden Armen an der Tankstelle vorbei. Die Leute, die gerade ihre Autos befüllten, warfen ihr erstaunte

Blicke hinterher. Sie konnte ihr Getuschel hören. So etwas sah man sicher nicht oft in Taspering. Eine schwarzgekleidete Blondine, deren Haar nass verschwitzt am Kopf klebte, auf hohen Absätzen und mit einem verdreckten Hund auf den Armen. Na und? Das Geschwätz dieser Menschen juckte sie nicht. Susan nahm sich vor, ab dem nächsten Tag ihre feinen Kleider einzumotten und nur noch mit legerer Garderobe hier durch die Gegend zu spazieren. Doch im nächsten Moment relativierte sie ihren Vorsatz wieder ein klein wenig. Vielleicht konnte sie ja ab und an noch hübsche Kleider und Absätze tragen.

Endlich erreichte sie den Supermarkt. Innen erwies er sich noch winziger als von außen. Zu einer Discountkette gehörte der sicher nicht, dafür sah er nicht durchgestylt genug aus. In England ging sie am liebsten in den kleinen Lebensmittelmarkt, der bei ihr um die Ecke lag. Das war immer persönlicher als in diesen riesigen Einkaufshallen. Man konnte ein Schwatzchen mit der Verkäuferin halten und kannte sich beim Namen. Sicher verhielt es sich hier genauso. Sie sah sich um. An der Decke flackerten zwei Neonröhren und tauchten den Verkaufsraum mit seinen weißen Metallregalen in kaltes Licht. Braune, abgetretene Steinfliesen bildeten den Boden.

Eine rotgesichtige, wuchtige Verkäuferin mit einer kastanienbraunen Hochsteckfrisur kam bei ihrem Eintreten aus dem Kassenbereich zu ihr. Der Geruch von Schweiß schlug Susan entgegen. »Miss Parker, wie sehen Sie denn aus und was ist mit dem armen Tier?«

Wussten denn hier wirklich alle, mit wem sie da sprachen? Es störte Susan nicht mehr. Hauptsache, sie bekämen Hilfe. »Ich habe den Hund im Gehölz beim Friedhof gefunden. Er ist verletzt und scheint auch niemandem zu gehören.«

»Das haben wir gleich. Warten Sie einen Moment. Ich rufe Doktor Peters an.« Die Angestellte eilte mit wehender Kittelschürze davon.

Ein paar Supermarktbesucher kamen zu ihnen und umringten sie. Sie kraulten und bemitleideten den Hund, der es zu genießen schien, im Mittelpunkt zu stehen. Eine Kundin in einem orangefarbenen Leinenkleid streichelte ihm immer wieder über das Fell und sprach leise auf ihn ein. Es kam Susan wie eine Ewigkeit vor, bis die Verkäuferin mit einem molligen Mann zurückkam. Sein blaukariertes Hemd spannte sehr über seinem Bauch.

Er reichte ihr zur Begrüßung die Hand. »Mein Name ist Peters, Miss Parker. Ich bin der hiesige Tierarzt. Es freut mich sehr, Sie kennenzulernen. Noch einmal mein aufrichtigstes Beileid zum Tod Ihrer Großmutter.«

Selbst wenn er nicht erwähnt hätte, dass es sich bei ihm um den Veterinär handelte, so sprach der Geruch seiner Kleidung eine deutliche Sprache. Seine mitfühlenden Worte waren Balsam für ihre geschundene Seele an diesem Tag. Susan verlagerte das Gewicht des Tieres auf ihren Armen und schüttelte seine warme Hand. »Danke. Ich schätze Ihr Mitgefühl sehr.«

Er nahm ihr den Hund ab und legte ihn auf einen hohen Metalltisch neben der Eingangstür. »So, wen haben wir denn da?« Der Tierarzt packte sein Stethoskop aus der ledernen Arzttasche und begann, die Hündin zu untersuchen. Die neugierigen Anwohner von Taspering scharten sich wieder um sie. Nach eingehender Analyse stand fest, dass es sich bei dem Tier um eine recht junge Hündin handelte. Außer einer offenen Wunde, die der Arzt desinfizierte und mit einem Verband versorgte, schien zusätzlich die Pfote stark verstaucht zu sein. »Da hat sie aber Glück gehabt. Vermutlich ist sie angefahren worden, wenn Sie sie in der Nähe der Straße gefunden haben.«

Sein Gesicht verfinsterte sich für einen Augenblick. »Manche Fahrer haben es sehr eilig und vergessen ihre guten Manieren hinterm Steuer. Lassen Sie uns doch mal sehen, ob wir herausfinden, wo sie hingehört.« Er zog einen runden Mikrochip Scanner aus der Arzttasche und fuhr damit ein paarmal über den Nacken des Tieres. Bedauernd schüttelte der Veterinär den Kopf. »Kein Signal zu finden.« Er warf Susan einen fragenden Blick zu. »Was gedenken Sie nun zu tun? Soll ich sie mitnehmen in meine Praxis oder wollen Sie sie versorgen?« Doktor Peters strich der Hündin beruhigend über das Fell, da sie wieder zu winseln begann. »Wie Sie sehen, hat die kleine Lady keine Marke und keinen Chip. Scheint sich um eine Streunerin zu handeln.«

Susan rang mit sich selbst. Das Universum schickte ihr schon auf eine komische Art Freunde. Die Hündin blickte sie aus ihren bernsteinbraunen Augen flehend an, ganz so als ob sie verstand, dass es hier um ihr Schicksal ging. »Wenn Sie mich nach Hause fahren, kümmere ich mich um sie.«

Der Tierarzt hob das Tier für sie hoch. »Natürlich, kommen Sie mit, mein Auto steht hinter dem Haus. Nehmen Sie doch bitte meine Tasche, Miss Parker.« Er lachte auf. »Wie Sie ja sehen können, habe ich keine Hand mehr frei.«

»Selbstverständlich, Doktor Peters. Gehen Sie vor, ich trage Ihre Tasche zum Wagen.« Zu diesem Zeitpunkt stand Susans Entschluss fest. Sie musste die Hündin einfach behalten, egal, welche Konsequenzen das haben mochte. Es gab etwas, das sie tief im Herzen mit diesem Tier verband. Sie gehörten beide zur Sorte einsamer Geschöpfe und brauchten eine Familie, die ihnen Halt gab. Die Menge teilte sich, als sie Doktor Peters Richtung Personalausgang folgte.

Die ältere Dame, die die Hündin ausgiebig gestreichelt und tröstend auf sie eingeredet hatte, rief Susan hinterher:

»Gute Besserung für das Tierchen. Ach, und Miss Parker, wir freuen uns alle schon sehr auf das kommende große Fest im Garten von Grayson House.«

Susan blieb jählings stehen und drehte sich auf dem Absatz um. »Was für ein Fest, Misses …?«

Die alte Dame eilte zu ihr, ergriff ihre Hand und schüttelte sie. »Misses Bolt ist mein Name und das sind Misses Dempsey, Mister Cooper, Miss Belray und Misses Clearmont.« Die genannten hoben freundlich die Hand zur Begrüßung. Misses Bolt sah Susan verwundert an. »Haben Sie denn noch nicht davon gehört? Das Gründungsfest von Taspering, meine ich. Es findet jedes Jahr statt. Ihre Großmutter hat das immer so fabelhaft organisiert. Es wird ein großes Picknick im Garten von Grayson House ausgerichtet. Letztes Jahr hat eine Countryband gespielt, die anwesenden Kinder wurden von einem Animateur unterhalten und wir Erwachsenen haben getanzt.« Sie fasste sich an die Seite und jammerte. »Wobei meine Hüfte …Es ist nicht mehr dasselbe wie noch vor ein paar Jahren, wissen Sie? Damals in Woodstock, was habe ich da getanzt. Ach fünfundzwanzig müsste man nochmal sein.« Misses Bolt klatschte begeistert in die Hände. »Aber Sie machen das sicher ganz wunderbar. Schließlich sind Sie eine Grayson. Wir sind schon alle gespannt, was Sie uns dieses Jahr bescheren. Nicht wahr, meine Lieben?«

Die Anwesenden nickten.

»Haben Sie sich schon ein Kostüm ausgesucht?«

Susan blickte nun mehr als verwirrt drein. »Was für ein Kostüm?«

»Also weiß sie es nicht«, raunte eine der Anwesenden.

Eine Stimme ertönte hinter ihnen. Der Veterinär kam wieder zurück. »Bekleidung im Antebellum-Stil, Miss Parker. Das ist so Tradition bei uns. Wir Männer verkleiden uns wie

Südstaatensoldaten oder Generäle und die Damen ziehen sich hübsche Ballkleider an. Ich freue mich übrigens schon sehr auf Ihr Kostüm dieses Jahr, Misses Clearmont.« Er zwinkerte einer Frau in einem quietschgelben Kleid zu, die sich sicher schon weit jenseits der Siebzig befand. Diese kicherte nun wie ein junges Mädchen. »Sie alter Charmeur.«

Susan fasste sich nachdenklich an die Stirn. »Wann genau ist dieses Fest, Doktor Peters? Und wie viele Leute kommen da so im Schnitt?«

»Das findet jedes Jahr am zweiten Maiwochenende statt. Letztes Jahr kamen etwa dreihundert Leute, glaube ich. Könnten aber auch mehr gewesen sein. Die Tagestouristen schauen ja ebenfalls vorbei. Ist das etwa ein Problem für Sie? Sicher haben Tom und Glenda bereits mit den Vorbereitungen begonnen. Es sind ja nur noch wenige Tage bis dahin.«

Die Menschen im Raum blickten Susan erwartungsvoll an. Eine innere Unruhe ergriff von ihr Besitz. Das Ganze kam ihr wie ein schlechter Scherz vor. Wieso war sie nicht darüber bei ihrer Ankunft informiert worden? Wie sollte sie das bloß schaffen innerhalb solch kurzer Zeit? Mit so etwas besaß sie keinerlei Erfahrung. Das konnte ja nur ein Fiasko werden.

Die Verkäuferin drückte ihr unterdessen einen gefüllten Plastikbeutel mit dem sternförmigen Logo des Supermarktes in die Hand. »Unser bestes Hundefutter und noch ein paar andere Kleinigkeiten für den Anfang. Das arme Tier muss wieder auf die Beine kommen. Sie ist so ein hübsches Ding. Sehen sie es als Willkommensgruß.«

Susan nahm die Tragetasche dankbar entgegen. »Vielen Dank! Und was das Fest betrifft: Ich kann Ihnen nichts versprechen. Seien Sie also bitte nicht traurig, wenn es dieses Jahr ausfällt. Aber ich lasse mir etwas einfallen.« Sie blickte die Leute aufmunternd an. »Vielleicht schaffe ich es ja das Fest auszurichten, damit es für Sie alle auch dieses Jahr unvergesslich wird. Ich gebe mein Bestes. Auf Wiedersehen.« Sie heuchelte Begeisterung und Stärke, doch in Wahrheit packte sie nackte Angst. Die Last der Verantwortung wog wie Backsteine auf ihren Schultern. Sie folgte dem Tierarzt zu seinem in die Jahre gekommenen weinroten Nissan Geländewagen, wo die Hündin in einer festgezurrten Box auf der Pritsche bereits auf sie wartete.

Zeit, mit der Familie Perkins ein Wörtchen zu reden! Wie sollte sie denn ohne Unterstützung so ein Event aus dem Hut zaubern? Und warum verschwiegen die Perkins ihr so etwas Wichtiges? Nein, dieses Mal brauchte sie wirklich Hilfe.

Glenda wartete bei ihrem Auftauchen bereits mit Tom vor Grayson House. Tom öffnete die Laderampe des Nissan und holte die Hündin aus der Box. Die Buschtrommeln in diesem Ort schienen ja ausgezeichnet zu funktionieren.

Der Tierarzt kramte kurz in seiner Arzttasche und drückte Susan noch ein kleines Plastikbeutelchen mit zwei Tabletten in die Hand. »Geben Sie ihr hiervon heute eine. Die Nächste ist dann in drei Monaten wieder fällig. Die sind zum Entwurmen, einfach unter das Futter mischen.«

Verunsichert blickte sie ihn an. »Und wenn es nicht klappt und sie die Medizin nicht nimmt?«

Doktor Peters lachte. »Keine Sorge, Sie kriegen das schon hin.« Der Veterinär startete den Motor wieder. »Willkommen in der Welt der Haustierbesitzer.« Noch immer lachend fuhr er davon.

Tom half ihr, die Hündin ins Haus zu tragen.

Glenda griff im Eingangsbereich nach der Supermarkttasche und der Medizin. »Geh du erstmal duschen und dich umziehen. Du riechst wirklich nicht gut. Wir kümmern uns um das Tier.«

Susan zögerte für einen Moment. Eine heiße Dusche klang sehr verlockend, aber wenn sie in die Augen der Hündin sah, wusste sie was zu tun war. »Danke. Das ist lieb gemeint von euch. Aber ich habe ab sofort die Verantwortung für dieses Tier. Wir versorgen sie erstmal. Duschen kann ich auch später noch.« Sie strich ihrer neuen Gefährtin durchs Fell. »Lasst uns in die Küche gehen. Dann geben wir ihr was zu Fressen und Wasser. Sie sieht aus, als hätte sie seit Tagen nichts mehr bekommen.« In der Küche ließ Tom die Hündin vorsichtig auf dem Boden nieder. Interessiert beobachtete das Tier Susan dabei, wie sie eine Dose Hundefutter öffnete. Der Schwanz der Hündin wedelte wild hin und her. Bei diesem Anblick musste Susan lächeln. Endlich passierte mal etwas Schönes in Grayson House. Sie gab das Hundefutter auf einen Teller und mischte die Wurmkur darunter. Dann füllte sie Wasser in ein Plastikschüsselchen und stellte beides auf den Boden. Die Hündin begann sofort gierig zu trinken. Genau wie der Tierarzt es prophezeit hatte, verschlang sie anschließend das Fleisch, ohne dass es Probleme mit der Tablette gab. Zufrieden beobachtete Susan das Schauspiel. Tom war unterdessen weggegangen, um eine Unterlage für das Tier zu holen, mit der er nun zurückkam. Sie breiteten die karierte Wolldecke neben dem Küchentisch aus und die Hündin ließ sich darauf nieder. Susan ging in die Hocke und kraulte sie hinter den Ohren. »Du bleibst schön hier liegen, ich bin gleich wieder da.« Sie erhob sich und wandte sich Tom und Glenda zu. »Ich gehe mich schnell duschen. Es wäre wahnsinnig lieb von euch, wenn ihr währenddessen auf sie aufpassen könntet.«

Tom ließ sich auf einen weißlackierten Küchenstuhl fallen. »Geh du dich frisch machen. Glenda und ich haben ein Auge auf die junge Dame.«

»Wie lieb von euch. Danke.« Erleichtert lief Susan ins Badezimmer. Sie duschte sich eilig.

Als sie im Schlafzimmer nach frischen Kleidern suchte, rätselte sie noch immer, was Tom und Glenda wohl bewogen haben mochte, ihr nichts von diesem Fest zu berichten. Sie griff nach Blue Jeans und einem simplen Shirt und schlüpfte hinein. Dann machte sie sich auf den Weg in die Küche.

Die Hündin winselte leise bei ihrem Anblick. Susan setzte sich neben sie auf den Boden und gab ihr ein paar Streicheleinheiten. »Morgen fühlst du dich sicher schon besser.« Nachdem sie ihre neue Freundin hinter den Ohren gekrault hatte, erhob sie sich und gesellte sich zu Glenda und Tom, die beide bereits Tassen in den Händen hielten, aus denen es verdächtig gut roch. Hier in Amerika trank Susan kaum noch Tee. Irgendwie änderte sich gerade alles. Dieser Umstand ließ sie grübeln.

Doch sie hatte noch ein Hühnchen mit dem Paar zu rupfen: »Ich glaube, es gibt da etwas, was ihr mir verschwiegen habt. Und schaut mich bloß nicht so ahnungslos an. Ich rede vom Gründungsfest. Ihr habt genau gewusst, dass es die Tage stattfinden soll.«

Glenda räusperte sich. »Du musst wissen, dass das Gründungsfest hier im Ort eine wirklich große Sache ist. Außer kleinen Festen wie dem vom Kirchenkomitee, Thanksgiving und Weihnachten gibt es hier im Ort nicht viel. Ab und an noch ein Kinofilm im Gemeindezentrum, aber mehr auch nicht. Genau genommen ist es für die Anwohner das Fest des Jahres. Wir wussten nicht, ob es dir auch wichtig erscheint. Außerdem glaubten wir, du hättest dich im Vorfeld über unsere Stadt informiert. Oder dass Mister Smith dir davon berichtet hat.«

Susans Augen sprühten vor Empörung. »Spart euch eure Ausflüchte. Dann hätte ich schon längst mit der Festplanung begonnen«, zischte sie das Ehepaar verstimmt an. »Was hat es also mit diesem Fest auf sich? Warum ist es so wichtig für euch?«

Glenda strich ein paar kleine Krümel vom Tisch und blickte ihr couragiert in die Augen. »Grayson House wurde noch vor dem Bürgerkrieg errichtet, wie du weißt. Der Ort lag damals ziemlich in Trümmern, nachdem die Yankees abzogen. Es ist deiner Familie unter anderem zu verdanken, dass Taspering wieder aufgebaut wurde. Das Geld der Graysons steckt in fast jedem alten Haus unseres Ortskerns. Dieses Fest liegt den Einwohnern deswegen so am Herzen, weil es uns daran erinnert, wie wichtig der Zusammenhalt zwischen uns ist. Wir sind wie eine große Familie. Auch wenn das ein oder andere Familienmitglied nervig ist.«

»Du redest nicht zufälligerweise von meinen drei liebreizenden Besucherinnen?«

Glenda schmunzelte. »Doch, aber es sind die drei, die am meisten helfen beim Gründungsfest. Sie mögen Waschweiber sein, aber wenn es um dieses Event geht, wirst du niemanden in Taspering finden, der emsiger ist als sie.« Sie zwinkerte ihr zu. »Abgesehen natürlich von meinem Mann und mir. Wir helfen dir selbstverständlich.«

Susan zwinkerte zurück. »Ich würde mich sehr über eure Unterstützung freuen. Vielen Dank. Alleine kann ich das Ganze wirklich unmöglich schaffen.« Sie erhob sich und schlenderte zur Kücheninsel. »Gut, wenn dem so ist wie ihr sagt, dann ladet die fleißigen Bienchen und wer uns sonst noch alles unterstützen kann, hierher ein. Wir können jede helfende Hand gebrauchen. Eigentlich brauchen wir ein Wunder, denn es sind nur noch vier Tage bis zum Fest.« Sie griff in die Obstschüssel die vor ihr stand und fischte sich einen roten Apfel heraus. Beim Reinbeißen breitete sich ein süßlicher Geschmack an ihrem Gaumen aus.

Tom haute schwungvoll auf den Tisch und ging zur Küchentür. »Das ist doch mal ein Wort. In unserem Ort passieren ständig Wunder.« Er zeigte mit dem Finger auf Susan. »Du bist schließlich auch hier aufgetaucht. Los Glenda, beweg deine müden Knochen, wir müssen rüber und telefonieren!«

»Tom?« Susan ließ den Apfel sinken.

Er drehte sich abrupt wieder zu ihr um. »Ja?«

»Ich gebe das Fest aber nur unter einer Bedingung.«

»Und welche?«, fragte Glenda erschrocken.

»Ihr sorgt dafür, dass ich hier im Haus Internet bekomme.«

Toms Mienenspiel glich dem einer Katze, die gebadet werden sollte. »Wenn es unbedingt sein muss. Ich rufe gleich jemanden von der Telefongesellschaft an.«

Die Tür flog krachend hinter den beiden ins Schloss. Susan blickte zu ihrer Hündin. »Es wird höchste Zeit, mit den Traditionen zu brechen.«

18

»Verdammt Junge, lauf mal schneller. Da ist mein Großvater ja flinker.« Jeff griente und steckte die Hände in die Taschen seiner schwarzen Sporthose. Um seinen Hals hing eine Trillerpfeife. Sicher konnte der blasierte Schönling heute Abend gut schlafen, nach diesem Training. Er ließ Tommy Boy schon die zehnte Runde im Stadion laufen. »Stell dir vor, ein Tiger wäre dir auf den Fersen. Dann wirst du auch fit sein im Endspiel«, schrie er ihm hinterher.

Tommy Boy lief nun rückwärts und nickte ihm mit knallrotem Kopf zu. Der Schweiß rann ihm in Strömen über sein attraktives Gesicht. »Ist in Ordnung, Boss.«

Cody Telleroy trat neben Jeff. »Wie mir scheint, hast du ihn voll im Griff.«

»Hast du etwa etwas anderes erwartet?«

»Nicht von dir.« Er klopfte Jeff anerkennend auf die Schulter und ging zu den anderen Spielern, um sie beim Training zu unterstützen.

Jeffs Gedanken wanderten zum Vormittag. Susan war seiner Seele bei diesem Kuss einen Tick zu nahe gewesen. Vor seinem inneren Auge sah er ihr verweintes Gesicht auf dem Friedhof. Er war geflohen wie ein Angsthase. Dieser Moment der Trauer bei ihr erinnerte ihn daran, wie sehr er trotz allem seine Mutter vermisste. Das war etwas, was er seit Jahren gekonnt verdrängte. Und dieser aufkeimende Wunsch, die englische Lady in seiner Nähe haben zu wollen, das heftige Verlangen nach ihr, machte ihn nachdenklich. Ihm war schleierhaft, wie er Susan am geschicktesten beibringen konnte, wer er in Wahrheit war. Und erst recht, wie ihre Reaktion darauf ausfallen würde. Das zarte Pflänzchen ihrer Freundschaft basierte auf einer Lüge. Und das allein durch seine Schuld. Doch erst einmal hoffte Jeff, dass sie nach der Eskapade von heute Morgen überhaupt noch mit ihm reden wollte. Ein plötzlicher Wasserrohrbruch wäre seine Ausrede. Zeit, das Training zu beenden. Er blies in seine Pfeife. Ein Geistesblitz durchzuckte ihn. Das musste ihr einfach gefallen. Natürlich machte er sich total zum Narren damit. Aber es ging nicht anders, wenn er sie besänftigen wollte.

Zwei Stunden später kam Jeff zu Hause erfrischt und nach Moschus und Bergpfefferminze riechend aus seiner mit allen Schikanen ausgestatteten Dusche. Der Massagestrahl und der aromatische Dampf belebten seinen Geist. Er schlang sich ein Handtuch um die Hüfte und trottete zu seinem Ankleidezimmer. Dort griff er in die unterste Schublade der weißen Hochglanzkommode. Er betrachtete die Kleidung in seinen Händen. Hoffentlich konnte Susan ihm vergeben. Wenn sie das nicht zum Lachen brachte, was dann? Jeff ging an einen anderen Schrank im Raum, hob einen weiteren Karton heraus und blickte hinein. Ein feines Lächeln machte sich auf seinem Gesicht breit. Hoffentlich wusste er noch, wie es ging.

Susan saß im Arbeitszimmer mit Ohrstöpseln und hörte klassische Musik auf ihrem Handy. Sie studierte bereits seit über einer Stunde die Papiere auf dem Schreibtisch vor sich. Es handelte sich um offene Rechnungen von Handwerksbetrieben. Sogar zwei Mahnungen befanden sich darunter. So ein Mist! Blieb ihr denn gar nichts erspart? Sie massierte ihre

Schulterblätter und blickte aus dem Fenster. Der Abendhimmel färbte sich rosarot am Horizont. Das beruhigende Zwitschern der Vögel in den Bäumen vor dem Fenster schenkte ihr einen Augenblick Frieden. Ihr Blick fiel auf die Hundedame, die friedlich auf einer Decke lag und schlief. Gelegentlich zuckte eine Pfote und Susan fragte sich, was das Tier in seinen Träumen gerade erleben mochte.

Sie lehnte sich zurück und ließ die Rechnungen Rechnungen sein. Das Telefonat mit Bonnie vorhin hatte mehr als gutgetan. Selbst aus der Ferne konnte sie sich auf ihre Freunde verlassen. Der Bericht über ihr neues Haustier und die Friedhofsszene lösten ungläubiges Staunen bei Bonnie aus. Susan musste ihr immer wieder versichern, dass sie keine Scherze mit ihr trieb. Wie sie die Hündin allerdings in London versorgen wollte, blieb ihr ein Rätsel. Sie hatte ihr Haustier Violet getauft. So wie der Veilchenduft ihrer Großmutter.

Susan blickte wieder auf die Papiere. Eines wusste sie ganz sicher. Sie musste einen Gang zur hiesigen Bank machen. Je schneller, desto besser. Ein ohrenbetäubender Krach jenseits der Tür, der sogar die Musik in ihren Ohren übertönte, ließ sie aufschrecken. Susan stöpselte ihre Kopfhörer aus und lauschte. Es klang wie schiefe Musik. Lief etwa noch der Fernseher im Wohnzimmer? Sie stand auf und öffnete die Bürotür. Nun ertönte eine raue Männerstimme, die ihr sehr bekannt vorkam.

»Susan? Lass uns bitte reden.«

Wie kam der denn hier herein? Ihr schwante, dass ihr wieder einmal entgangen war, die Küchentür zu verriegeln. Wutschäumend rannte sie zur Treppe und blieb am oberen Ende wie angewurzelt stehen. Diesen Anblick würde sie ihr Leben lang sicher nicht mehr vergessen. Die grauenhafte

Musik setzte wieder ein. Jeff lief unten im Eingangsbereich auf dem Marmorboden vor ihrer Treppe auf und ab und spielte auf einem Dudelsack die amerikanische Nationalhymne. Er war in eine dunkelgrünkarierte schottische Tracht gekleidet, inklusive Kilt und Kniestrümpfen. Die braunen Cowboystiefel darunter verliehen seinem Aussehen etwas absolut Absurdes und zugleich Exotisches. Sein Kopf lief bereits rot an, so beschwerlich fiel ihm das Spiel.

Susan verschränkte die Arme vor der Brust.

Er hörte auf mit dem Dudelsackgepfeife. »Ich … ich …« Jeffs Stimme existierte offensichtlich nicht mehr. Mehr als ein Keuchen brachte er nicht zustande. »Puh, das ist echt anstrengend.« Auf seiner Stirn glitzerten Schweißtropfen und er wischte sie mit dem Handrücken fort.

Sie tippte mit dem Fuß immer wieder erzürnt auf den Boden. »Nicht so anstrengend wie mein Heimweg, du Idiot!«, schrie sie ihm entgegen. »Geh nach Hause! Ich hab die Nase gestrichen voll von Männern wie dir. Du weißt ja, wo der Ausgang ist.« Sie drehte sich um und wollte ihn einfach stehenlassen, da hörte sie das klappernde Geräusch seiner Cowboystiefel auf der Treppe. Ein Möchtegernschotte mit Cowboystiefeln. Dieser Kerl kam sich wirklich unwiderstehlich vor.

Jeff stoppte sie kurz vor der Bürotür. »Es tut mir wirklich leid.«

»Mir tut es leid, dass ich geglaubt habe, du seist ein feiner Kerl.«

Er strahlte wie ein Honigkuchenpferd. »Das freut mich zu hören. Ich bin nett.«

»Nicht, wenn du mich im Regen stehenlässt.«

Er hob die Hände. »Zu meiner Verteidigung muss ich sagen, dass es triftige Gründe gab, die mich zu diesem

Handeln zwangen. Und außerdem ist um diese Jahreszeit der Regen eher selten«, fügte er mit einem Lächeln entschuldigend hinzu.

»Ach wirklich? Du hast mich trotzdem stehen lassen. Wenn dir keine wirklich guten Gründe einfallen, solltest du jetzt besser gehen. Sonst rufe ich die Officers.« Zeit, diesem Rüpel zu zeigen, wo seine Grenzen lagen!

»Ein Wasserrohrbruch trägt die Schuld. Eine Riesensauerei. Da zählt jede Minute, kannst du dir vorstellen. Ich wäre wirklich lieber bei dir geblieben, statt in solch einer Brühe herumzutappen. Aber sicher hat dich jemand mitgenommen. Hier fahren ständig Autos am Friedhof vorbei.« Doch sein flehender Blick schaffte es nicht, ihr Herz zu erweichen.

Aus dem Büro drang ein nicht zu überhörendes Bellen. Die Hündin fühlte sich offenbar vernachlässigt.

Jeff sah irritiert zur Bürotür. »Hast du einen Hund da drin oder ist das dein Handyton?«

»Ersteres, auch wenn dich das überhaupt nichts angeht.« Sie ging mit schwingenden Hüften vor ihm her.

Er folgte ihr ins Zimmer und beäugte die Hündin, die dort vor dem Schreibtisch auf einer braunen Wolldecke lag. »Also, als Wachhund ist der sicher nicht geeignet. Das Vieh sieht aus wie eine Mischung aus Bobtail und Griffon. Wo hast du ihn so plötzlich her?«

»Im Gebüsch gefunden, auf dem Heimweg. Es ist eine Sie und sie heißt Violet.« Sie streichelte ihr übers Fell und drehte sich wieder mit etwas versöhnlicherem Gesichtsausdruck zu ihm herum. »Wenigstens ein Gutes ist dabei herausgekommen, dass du mich sitzengelassen hast.«

Er beugte sich zu Violet herunter, um sie zu streicheln. Die Hündin drehte sich auf den Rücken und ließ sich genussvoll von ihm den Bauch kraulen.

Das frustrierte Susan. Noch ein Weib, das auf seinen Charme hereinfiel. Sie bückte sich und versuchte, einen Blick unter seinen Rock zu erhaschen. Ob er wohl Unterwäsche darunter trug? Schade, dass es sich bei ihm um keinen authentischen Schotten handelte. Wobei sein kerniges Aussehen durchaus in diese raue Gegend der Welt passte. Er richtete sich wieder auf und der schöne Anblick schmolz dahin.

»Verdammt, es tut mir wahnsinnig leid. Wenn ich geahnt hätte …«, setzte er noch einmal an.

»Spar dir dein Süßholzgeraspel für deine anderen Frauen auf«, entgegnete sie ihm brüsk. »Ich zähle nicht zu der Sorte, die auf solche Kerle wie dich hereinfallen. Ich weiß von dem Gerede im Ort.«

»Gerede im Ort?«, antwortete er mit erstauntem Gesichtsausdruck. »Ich weiß nicht, was du meinst.«

»Mhm. Ist verständlich, dass du das jetzt sagst. Aber an jedem Gerücht ist was Wahres dran.« Sie strich mit den Fingerspitzen über die polierte dunkle Fläche des Schreibtisches und sah ihn bewusst nicht an. »Es muss schwer sein, es allen Frauen recht zu machen. In jedem Ort eine andere.«

»Wer hat dir denn diesen Floh ins Ohr gesetzt? Also erstens ist das nun wirklich dummes Gerede und zweitens bist du derzeit die Einzige, die mich interessiert«, intervenierte Jeff in energischem Ton.

Susan riss ihre Augen auf. »Ich interessiere dich? Ernsthaft? Wieso?«

Er stellte sich ganz dicht vor sie und legte seine Hand an ihre linke Wange. Der Dudelsack, der immer noch vor seiner Brust hing, roch muffig. »Du faszinierst mich. Darum. Also, nimmst du meine Entschuldigung nun an?«

Sie schob ihn etwas von sich. »Das Ding stinkt!«

»Lenk jetzt bloß nicht ab«, knurrte er.

Sein Gesicht näherte sich ihr so, dass sie kleine, braune Pünktchen in seinen grünen Augen entdecken konnte. Nein! Noch einen Kuss verkraftete sie heute nicht. Hastig entfernte sie sich von ihm und ging im Zimmer auf und ab. Immer wieder tippte sie sich dabei mit dem Zeigefinger an ihre Nasenspitze und sah zu ihm herüber.

Er fasste sie kurzerhand am Arm, um sie zu stoppen. »Und wie lautet Ihr Urteil, Miss?«

»In Anbetracht dessen, dass du dich für mich so hergerichtet hast … und dem Dudelsackspiel, wenn auch wirklich nicht besonders gut gelungen, mhh. Du hast das C nicht drauf, was soll's. Aber wenn du mich noch einmal irgendwo sitzenlässt, rede ich kein Wort mehr mit dir! Du hast Glück, dass ich dadurch die Hündin retten konnte. Verstanden?« Erleichterung machte sich in ihr breit. Auf Dauer konnte sie Jeff bei seinem Charme sowieso nicht böse sein.

»Verstanden.« Er salutierte aus Spaß vor ihr, was Susan nun doch ein Lachen entlockte.

»Du bist ein Spinner, Mister Moley.«

Jeff machte eine formvollendete Verbeugung. »Immer zu Diensten, schöne Frau. Also, was machen wir zwei Hübschen nun mit dem angebrochenen Abend? Wir könnten es uns in deinem Wohnzimmer gemütlich machen«, säuselte er in verführerischem Ton und griff nach ihrer Hand.

Oh nein, der letzte Kuss auf dem Friedhof war ihr viel zu sehr unter die Haut gegangen. Susan versuchte, diese Erkenntnis zu überspielen. Ihr Blick fiel auf Violet. Sah sie nicht etwas unruhig aus? Gott sei Dank, die Pflicht rief. Sein Vorschlag klang wirklich verlockend, dennoch … sie konnte nicht. Ihre Angst davor, ihm so nahe zu sein, überragte den Ekel vor Hundehaufen. Sie bemühte sich, bedauernd zu klingen und entwand ihm ihre Hand. »Daraus wird nichts. Ich werde jetzt Violet nach draußen bringen. Und danach habe ich noch lästigen Bürokram zu erledigen.« Susan wies mit dem Kopf in Richtung Schreibtisch, auf dem sich zahlreiche Kuverts stapelten. »Aber wenn du magst, kannst du gerne morgen Abend nochmal herkommen. Bei mir im Speisezimmer findet das Treffen des Festkomitees statt. Mir ist heute nämlich im Supermarkt zu Ohren gekommen, dass in den nächsten Tagen hier ein riesiges Event ansteht. Falls dir wirklich etwas an unserer Freundschaft liegt, komm vorbei und unterstütz mich.«

»Ach, diese Veranstaltung. Ich dachte, du wüsstest davon.«

»Nein, aber mir sagt hier ja, wie es scheint, sowieso niemand etwas«, erwiderte sie beleidigt. »Und jetzt, so sehr ich es auch bedauere, muss ich raus. Du kannst mich natürlich gerne begleiten, wenn du magst. Dieses Outfit sorgt sicher unweigerlich für Gesprächsstoff im Ort. Die Damen wären bestimmt erfreut, dich so zu sehen.« Sie stieß ein heiseres Lachen aus.

Er schüttelte grinsend den Kopf. »Nein, darauf möchte ich lieber verzichten. Dann sehen wir uns halt morgen wieder. Ich fahre jetzt heim, obwohl ich den Abend gerne noch mit dir verbracht hätte.«

Susan betrachtete seine Aufmachung. »Woher hast du überhaupt diese Tracht und den Dudelsack? Du bist doch Amerikaner?«, fragte sie in scherzhaftem Tonfall.

»Treib ruhig weiter deinen Spott mit mir. Aber um deine Neugier zu befriedigen: Den Dudelsack habe ich bei einer Wette mit einem Freund im College gewonnen.«

»Und die Kleidung?«

»Ich habe vor Jahren mal in Schottland den Freund besucht, von dem ich sprach. Aber ich finde, jetzt bin ich an der Reihe, Fragen zu stellen.« Er zog sie in seine Arme.

Das Musikinstrument drückte unangenehm gegen ihren Körper. Susan sah ihn ängstlich an. »Welche Fragen?«

»Was genau ist das mit uns beiden? Willst du das nicht wissen?«

»Nein, gar nicht.« Sie löste sich aus seinem Griff und entfernte sich von ihm. »Ich gebe zu, ich fühle mich in irgendeiner Weise zu dir hingezogen. Aber wir kennen uns erst seit wenigen Tagen. Mir geht das alles viel zu schnell.« Sie wich seinem Blick aus.

»Du hast Angst, Engländerin, gib es zu!«, zog er sie auf.

»Ja, verdammt. Aber das ist es nicht alleine. Ich brauche einfach einen Freund. Keinen Liebhaber.«

Klar, dachte Jeff. Sie bestand auf Freundschaft. Im Grunde machte sie es ihm einfach, sofern sie die Wahrheit sprach. Sonst war er es, der Frauen gegenüber nur von losen Beziehungen sprach. Aber erst nachdem er mit ihnen geschlafen hatte. Er kannte das Spiel. Und genau deshalb misstraute er Susans Worten. Freunde küssten einander nicht, jedenfalls nicht so wie am heutigen Morgen. Aber für den Anfang genügte ihm ein Kuss hin und wieder. »Dann mache ich dir einen Vorschlag.«

Er erkannte das Misstrauen in ihren Augen, als sie antwortete. »Was hast du mir anzubieten?«

»Wir versuchen es auf deine Weise. Obwohl ich mir nicht sicher bin, ob dir das auf Dauer genügt. Oder mir.«

Sie machte eine lapidare Handbewegung. »Ach was, Cowboy, mach dir darüber keine Sorgen. Diese Küsse sind nur aufgrund geistiger Umnachtung meinerseits geschehen.«

Jeff trat wieder näher an sie heran. »Dann stört dich das hier sicher auch nicht, wenn du so standhaft bleiben kannst.« Er legte den Dudelsack auf den Boden und kickte seine

Cowboystiefel von den Füßen. Als Nächstes knöpfte er sein Jackett und das Hemd auf.

»Stopp, hör sofort auf damit!«, kreischte Susan.

Jedes Mal, wenn sie nervös war, verstärkte sich ihr englischer Akzent, musste er schmunzelnd feststellen. Sie versuchte, ihn mit ihren Fingern zu stoppen. Machte er einen Knopf auf, schloss sie ihn wieder. Ihre Bemühungen blieben erfolglos. Jeff warf Jackett und Hemd zu Boden. Sein durchtrainierter, unbehaarter Oberkörper kam zum Vorschein.

»Zieh dich sofort wieder an«, forderte sie energisch.

»Das Beste kommt doch erst, Lady.« Er löste den Kilt und dieser flog zu den anderen Kleidungsstücken.

Eine weiße Calvin Klein Boxershorts kam zum Vorschein. Sie warf ihm einen bedauernden Blick zu. »Tja, also ein echter Schotte wäre jetzt bereits fertig. Aber ich kann verstehen, dass dir solche echten Kerle Angst machen.« Grinsend stieg er aus seinen Boxershorts und drückte sie ihr in die Hand. »Ich habe keine Angst vor echten Kerlen. Ich bin selber einer.«

»Ja, sieht ganz so aus«, hauchte sie.

Jeff zog sie ganz nah an sich heran. »Du machst mich ganz verrückt, Weib. Ich weiß nicht warum, aber ich möchte dich am liebsten sofort ins Bett zerren. Was stellst du also mit mir an?« Er küsste sie ungestüm und sie schlang ihre Arme um ihn. Die Berührung ihrer Hände auf seiner nackten Haut, raubten ihm den Atem. Keuchend ließ er von ihr ab und musterte sie. Ihre Augenlider flatterten heftig, die Lippen glänzten von seinem Kuss und ihr Gesicht sah mehr als rosig aus. Das genügte ihm zur Bestätigung. Jeff schlüpfte wieder in seine Kleider.

Sie trat mit verschränkten Armen ans Fenster und drehte ihm den Rücken zu.

»Den Dudelsack hole ich die Tage wieder ab.«

»Meinetwegen.« Ihre Stimme klang zittrig.

Er ging zur Zimmertür und drehte sich von dort noch einmal zu Susan um. Sie stand noch immer am Fenster und tat so, als existiere er nicht. »Du willst also nur Freundschaft? Echt? Dann bist du anspruchsloser, als ich dachte.« Die Bürotür schloss sich quietschend hinter ihm.

In seinem Haus zog er die Tracht im Ankleidezimmer aus und streifte sich Jeans und Baumwollshirt über. Diese Frau brachte seine dunkelsten Seiten zum Vorschein. Er lief die Treppe hinunter und zur Küchentür. Dort stieg er in seine derben Arbeitsstiefel. Jeff machte sich auf den Weg zu dem Schuppen in seinem Garten. Mit jedem gespaltenen Holzstück, das davonflog, fühlte er sich besser. Das Splittern der Fasern dröhnte in seinen Ohren. Eigentlich war alles, was eben bei ihr passiert war, so nicht geplant gewesen. Aber die Erregung in ihrem Blick nach seinem Kuss entschädigte ihn mehr als genug für seine Aufmachung. Er freute sich jetzt schon auf das Wiedersehen am nächsten Tag mit ihr. Doch vorher musste er noch ein Spiel gewinnen.

Susan hörte, wie die Zimmertür hinter ihm zufiel und ließ sich auf den Bürostuhl sinken. Länger hätten ihre Beine nicht durchgehalten. Sie fühlte sich nicht vorbereitet genug. Nicht auf ihn. Die kalte Hand der Angst und eine Erkenntnis machten sich in ihr breit. Sie wollte ihn. Jedenfalls körperlich. Die Hitze zwischen ihren Beinen ebbte noch immer nicht ab. Susan ging zu Violet und forderte sie auf, mitzukommen. Sie musste sich abkühlen und auf andere Gedanken bringen, auch wenn das bedeutete, stinkende Häufchen vom Gehweg zu sammeln.

Zwei Stunden später krabbelte sie in ihr weiches Himmelbett. Doch so sehr sie sich bemühte, sie fand keinen Schlaf und wälzte sich immer wieder hin und her. Schließlich setzte sie sich im Dunkeln auf, umklammerte ein Kopfkissen und knetete es energisch. Violet schnarchte auf der karierten Wolldecke vor ihrem Bett. Hunde plagten derlei Sorgen nicht. Susan ließ sich wieder nach hinten sinken und sah ratlos zum roten Baldachindach. Ihre Gedanken drehten sich abwechselnd um Jeff und das Gründerfest. Wenn sie es nicht schaffte, dieses Ereignis zu einem Knaller zu machen, hielten die Leute von Taspering ihr das vermutlich ewig vor. Wenn doch nur die Zeit nicht so knapp wäre! Sie seufzte. Susan wusste um ihre Gutmütigkeit, immer bereitwillig anderen zu helfen. Dadurch war sie bereits manches Mal in ihrem Leben ausgenutzt worden. Doch hier verhielt es sich anders. Dieses Fest war ihrer Familie wichtig gewesen und außerdem fand sie die Vorstellung, so ein historisches Spektakel auszurichten, sehr reizvoll. Wenigstens einmal wollte sie dabei gewesen sein. Ein einziges Mal auch dazugehören und erleben, was ihre Mutter erlebt hatte. Aber wie sollte sie es anstellen, so schnell eine Band zu organisieren? Und tanzen konnte sie auch nicht. Es war ihr nie wichtig erschienen, einen Tanzkurs zu besuchen. Und amerikanische Volkstänze wie Squaredance kannte sie nur aus dem Fernsehen. Vielleicht musste sie Jeff noch um eine Übungsstunde bitten. Ihm dabei so nahe sein zu müssen, bereitete ihr Kopfzerbrechen. Er nahm mittlerweile viel zu viel Platz in ihren Gedanken ein. All diese neuen Entwicklungen führten dazu, dass sie erst gegen zwei Uhr nachts vollkommen aufgewühlt einschlief.

Am nächsten Morgen kam Glenda bereits um zehn Uhr zu ihr. An diesem Abend wollte das Festkomitee im Speisezimmer von Grayson House tagen und es gab noch einiges dafür vorzubereiten. Susans Entschluss, der Bank am heutigen Nachmittag einen Besuch abzustatten, stand dennoch fest. Doch das wollte sie erst einmal geheim halten.

Glenda stellte ihren Rattankorb, mit den verschiedenen Lebensmitteln darin, auf den Küchentisch. »Ich habe gute Nachrichten für dich: Tom hat es geschafft, dir einen Golf zu organisieren, den du gegen eine kleine Pauschale von 50 Dollar plus den Sprit im Monat nutzen kannst. Er steht sowieso nur rum, seit sein Besitzer verstorben ist. Es ist zwar kein Automatikmodell, aber jetzt bist du wenigstens mobil.«

Susan klatschte entzückt in die Hände. Diese Neuigkeit kam ihr gerade recht. »Klasse, dann mache ich nachher noch eine kleine Spritztour in die Stadt.«

Glenda breitete die Lebensmittel auf der Kücheninsel aus. »Bevor ich mit dem Kochen und staubwischen anfange, muss ich dir noch etwas zeigen.« Sie machte ein geheimnisvolles Gesicht.

»Was denn? Spann mich bitte nicht so auf die Folter.«

»Die Kostüme für das Fest. Du darfst dir eines davon aussuchen.« Sie ging mit Susan ins ehemalige Gästezimmer im Erdgeschoss.

Die Möbel darin waren mit großen Tüchern abgedeckt und es roch staubig und muffig in dem kleinen Raum. Die alte Dame öffnete beide Flügel eines mächtigen Mahagonikleiderschrankes. Das einzige Möbelstück, bei dem man sich nicht die Mühe gemacht hatte, es vor Staub zu schützen. Mehrere Kleidersäcke hingen dicht an dicht darin.

Während Susan den Raum betrachtete, enthüllte Glenda einen großen, verschnörkelten Standspiegel. Sie drehte sich zu ihr herum. »Zeit für eine kleine Modenschau. Such dir was aus. Sicher sind bei deiner schmalen Figur Kostüme dabei, die dir passen.« Glenda zog ein Laken ab, unter dem ein roter Lehnsessel zum Vorschein kam und nahm darauf Platz.

Susan öffnete die einzelnen Kleidersäcke und betrachtete die Antebellum-Ballkleider, die sich darin verbargen. Alle gefielen ihr und erzeugten Bewunderung. Aber es gab eines, das ihr Herz höherschlagen ließ. Ein Ballkleid in Zartrosa mit vielen kleinen Rosenblüten aus Stoff am tiefen Ausschnitt. Über dem Rocksaum waren ringsum große Schleifen befestigt. Voller Entzücken befreite sie es vorsichtig aus dem Kleidersack. »Das ist mein Kleid.« Ehrfürchtig ließ sie ihre Hände über den feinen Stoff gleiten.

Glendas Augen leuchteten. »Das dachte ich mir fast, dass du dieses wählst. Es handelt sich um das Kleid deiner Mutter.«

Diese Erkenntnis löste tiefste Sehnsucht in Susan aus und sie schnupperte an dem Kleid. Konnte es sein? Sicher bildete sie sich das nur ein, aber sie nahm einen zarten Rosenduft wahr. Schnell entledigte sie sich ihres gelben Sommerkleides und stieg behutsam hinein.

Glenda sprang auf und schloss ihr die kleinen Knöpfe im Rücken. Der Blick beider Frauen fiel in den Spiegel. »Sie wäre so stolz, dich jetzt zu sehen.«

Susan griff aufgewühlt nach Glendas Hand, die auf ihrer Schulter lag. »Sie sieht mich, ich bin mir ganz sicher.«

Später am Nachmittag, die Temperatur draußen erinnerte an Sommertage in England, ließ Susan Glenda mit Violet in der Küche von Grayson House zurück. Während die alte Dame dort werkelte und alles für den Abend vorbereitete, fuhr sie in den Ort. Die Kupplung ließ sich zwar etwas schwer durchdrücken und die Schaltung bockte auch hin und wieder, aber Susan liebte ihre neue Unabhängigkeit. Nun zahlte es sich endlich aus, den Führerschein zu besitzen. Sie wollte einige Dinge klären und einkaufen. Fast wäre sie nicht im Ort angekommen, da sie in Gedanken versunken, wie aus England gewohnt, auf der linken Spur fuhr. Auch links, statt wie gewohnt rechts zu lenken, ließ Susan ins Schwitzen kommen. Ein ihr entgegenkommender SUV-Fahrer konnte ihr gerade noch ausweichen und hupte empört. Der Rechtsverkehr machte ihr während der gesamten Fahrt enorm zu schaffen. Mit immer noch kribbelnden Händen parkte sie den Wagen im Ortskern gegenüber des Backsteingebäudes, in dem sich die Bank befand, und atmete tief durch, bis sich ihr Puls beruhigte. Einen Moment blickte sie in den kleinen Park in der Mitte des Platzes. Der grüne Pavillon versetzte ihr einen Stich ins Herz. Hier also war ihre Mutter ihrem Vater auf den Leim gegangen. Susan zog den Autoschlüssel aus dem Schloss und stieg aus. Umso wohlsituiert wie möglich auszusehen, trug sie ein kurzärmliges, himmelblaues Etuikleid aus feinstem Baumwollstoff und schwarze Sling Pumps. Erleichtert drückte sie die schwer schließende Autotür fest hinter sich zu. Gut, dass sie in London kein Auto benötigte. Innerlich wappnete sie sich darauf, dem Bankangestellten zu begegnen, mit dem sie verabredet war. Wie sahen wohl ihre Finanzen aus? Energisch griff Susan nach dem bronzenen Griff der Filialtür und zog daran. Ein muffiger Geruch empfing sie. Die Zeit schien hier in den sechziger Jahren stehengeblieben zu sein. Der Raum erweckte in Susan den Wunsch, ihm ihre beruflichen Fähigkeiten aufzudrücken. An einer nikotingetränkten Rückwand stand ein plüschiges, orangefarbenes Sofa für wartende Kunden. Sie hoffte, dass sie nicht darauf Platz nehmen musste. Sicher nisteten seit Jahren ganze Milbenkolonien darin. Die Pumps hinterließen bei jedem ihrer Schritte ein klackerndes Geräusch auf dem schwarzen Fliesenboden. Sie blieb vor dem Schalter stehen. Ein junger Mann im Maßanzug, nach dem jeder Soap Produzent sich die Finger geleckt hätte, stand hinter der Glaskabine. Seine kastanienbraunen Haare glänzten im Licht der LED-Leuchten. Sahen hier etwa alle Männer so gut aus? Es stellte sich heraus, dass es sich um den Mister Jenkins vom Telefonat handelte. Zum Glück lud er Susan gleich in sein Büro ein, welches neben dem Empfangsraum lag.

»Bitte nehmen Sie doch Platz Miss Parker, ich drucke gerade noch ein paar Unterlagen aus.«

Nervös setzte Susan sich und sah ihm dabei zu, wie er auf seiner Computertastatur herumtippte. Es kam ihr wie eine Ewigkeit vor, bis der Drucker neben ihm einige Seiten ausspuckte. Mister Jenkins nahm sie heraus und schob ihr zwei Blätter über den Schreibtisch zu. »Sie müssen mir noch ein paar Formalitäten ausfüllen, damit wir ein Konto auf Ihren Namen führen können. Wir überweisen das Geld von Mae Grayson dann auf Ihres. Danach werden wir das Konto Ihrer Großmutter stilllegen.« Er blickte auf den Bildschirm. »Momentan würden wir Ihnen also eine Million und fünfundneunzigtausend Dollar überweisen. Letzte Woche sind die Gehälter noch abgebucht worden und andere diverse Rechnungen. Und bedenken Sie bitte, dass noch die Erbschaftssteuer abgehen wird.«

Sie nickte. »Natürlich, darüber bin ich mir im Klaren.« Der Gedanke, tatsächlich so viel Geld auf einmal zu besitzen, machte Susan hibbelig. Jetzt wurde alles real, wovon der Nachlassverwalter in London gesprochen hatte. Sie las sich die Bankformulare durch. Alles schien seine Ordnung zu haben. Mit zitternden Händen griff sie den Kugelschreiber aus dem Stiftehalter vor ihr. Während sie die von ihm angekreuzten Stellen ausfüllte, beobachtete der Bankangestellte sie dabei.

»Kann ich sonst noch irgendetwas für Sie tun, Miss Parker?«

Sie übergab ihm die Formulare. »Die Rechnungen hier müssten auch noch alle beglichen werden.« Susan griff in ihre Handtasche und reichte sie ihm. »Wären Sie so freundlich, das in die Wege zu leiten?«

Der Filialleiter lächelte sie wohlwollend hinter seinem Schreibtisch an. »Da Ihr Konto ausreichend gedeckt ist, stellt das kein Problem dar. Die damaligen Schulden Ihrer Großmutter sind ja Geschichte.«

»Wovon reden Sie bitte, Mister Jenkins? Was für Schulden?«, fragte sie verblüfft.

Er fuhr sich kurz durch die Haare. »Wie dumm von mir. Das können Sie ja gar nicht wissen. Ihre Großmutter steckte in finanziellen Nöten und musste eine Hypothek aufnehmen. Aber sie hat dafür gesorgt, dass diese Unannehmlichkeit aus der Welt geschafft wurde. Machen Sie sich keine Gedanken.«

Was sie jedoch prompt tat. Aber sie ahnte, dass ihre Familie aus diesem Grund das Stück Land verkauft haben musste, wo jetzt eine Siedlung darauf stand. Sie lächelte den Bankangestellten erleichtert an. »Meine Großmutter hat zum Glück eine Lösung gefunden. Ich hoffe, dass ich nie in diese Situation geraten werde.«

Er nahm ihre Unterlagen und legte sie zur Seite. »Sowas kann man leider nie vorher wissen, Miss Parker«, gab er mit angespannter Stimme zurück. »Aber für die Zukunft kann Mister Perkins Ihre Bankgeschäfte ja erledigen. Er ist doch Ihr Angestellter?«

Irritiert hob sie eine Augenbraue. »Wieso sollte er das tun? Eigentlich ist er mein Gärtner. Aber ganz davon abgesehen, erledige ich meine Angelegenheiten lieber selber, so bin ich es aus London gewohnt.«

»Ganz wie Sie möchten. Ich dachte nur, dass Sie vielleicht Unterstützung brauchen. Mister und Misses Perkins sind mit den finanziellen Vorgängen, was Grayson House betrifft, sehr gut vertraut. Sie haben in den letzten Wochen vieles arrangiert«

Wie kam er nur dazu, sich so anmaßend zu verhalten? Letztlich war es immer noch ihre Entscheidung, wer ihre

Bankgeschäfte regelte. Mit einem leicht schroffen Tonfall gab sie ihm das zu verstehen. »Nun, das mag sein, aber ich brauche diese Art der Unterstützung nicht. Haben Sie trotzdem vielen Dank für Ihre Bemühungen.«

»Natürlich, ganz wie Sie meinen.« Er sprang hastig auf als sie sich erhob.

Sie hängte sich ihre Handtasche über die Schulter. »Wir sehen uns dann ja sicher auf dem Gründungsfest.«

»Das würde ich mir niemals entgehen lassen.«

Mister Jenkins begleitete sie in den Schalterraum und verabschiedete sich von ihr. »Wie wunderbar jedenfalls, dass Sie das Fest so kurzfristig ausrichten. Wir freuen uns alle sehr darüber. Einen schönen Tag noch, Miss Parker.«

Mit gemischten Gefühlen verließ Susan die Bank. Wieder eine Sache erledigt.

Draußen vor der Eingangstür stolperte sie fast über ein quietschpinkes Elektroauto für Kinder. Doch statt eines Kleinkindes saß ein kläffender Chihuahua darin. Ein älterer Mann folgte dem Gefährt mit einer Fernbedienung. Er grüßte sie höflich und spazierte weiter. Sie schüttelte verwundert den Kopf. Auf was für Ideen die Leute kamen! Nachdem sie sich vergewisserte, dass sich kein Auto näherte, überquerte sie die Straße und stieg in ihren Wagen.

Einen Augenblick blieb sie nachdenklich sitzen. Wo kamen diese vergangenen Schulden von Grayson House her? Auf dem Nachhauseweg öffnete sie das Fenster auf der Fahrerseite und ließ sich den warmen Frühlingswind um die Nase wehen. Diesmal befand sie sich auf der richtigen Spur. Aus dem Radio tönten fetzige Country Songs und sie summte dabei mit.

Beim Betreten von Grayson House hüllten sie bereits im Eingangsbereich Aromen von Knoblauch und Gemüse ein.

Violet kam ihr entgegengehumpelt und nahm ihre Streicheleinheiten in Anspruch.

In der Küche werkelte Glenda am Herd mit Töpfen und Pfannen herum. Ihre Enkeltochter leistete ihr am Esstisch Gesellschaft.

Susan sah über Judys Schulter in das Matheheft, in welches das Mädchen immer wieder lugte und emsig schrieb. »Hallo du Kröte, na, sind die Hausaufgaben sehr schwierig?«

»Es geht, seit Mister Jenkins mit mir übt, verstehe ich binomische Formeln und Algebra viel besser.«

»Mister Jenkins? Ist das dieser Filialleiter von der Bank im Ort?«

»Ja. Wieso fragst du?«

»Was für ein Zufall. Ich komme gerade von dort und da hat ein junger Mann namens Jenkins mich beraten.«

Glenda ließ fast den Kochlöffel fallen. »Du warst bei *Wellisons*? Aber das hätten wir doch für dich tun können.« Ihre Stimme klang leicht beunruhigt.

In Susan machte sich Unmut breit. »Ich kümmere mich um meine Finanzen lieber selber. In London musste ich das ja auch tun.« Sie rieb sich über die Schläfe. »Kannst du mir erklären, was es mit dieser Hypothekengeschichte auf sich hat?«

»Ja, erzähl ich dir, aber nicht jetzt. Und vor allem sollten wir das nicht im Beisein meiner Enkeltochter tun.« Judys Großmutter rührte energisch weiter im Topf. »Komm lieber her und sieh nach, was ich gekocht habe.«

Susan trat an den Herd. »Ist das Tomatensuppe?«

»Ja, und die ganzen Hackfleisch- und Gemüsepasteten im Ofen gibt es auch noch.«

»Sagtest du nicht etwas von Appetithäppchen?«

Glenda ließ ihr warmes Lachen erklingen, das Susan mittlerweile so an ihr mochte. »Für unsere Verhältnisse sind das kleine Häppchen.« Sie wischte sich ihre fettigen Hände an der weißen Schürze ab. »Wenn du magst, kannst du im Speisezimmer schon einmal die silbernen Platten aus dem Geschirrschrank nehmen. Und fünfzehn Teller.«

»So viele Leute kommen? Das sind aber eine Menge.«

»Wir brauchen ja auch jegliche Unterstützung. Du hast doch gesagt, dass wir jeden Verfügbaren aktivieren sollen. Judy, wenn du gleich fertig bist, dann hilfst du Susan.«

Judy maulte laut: »Och nee, muss das sein? Ich bin doch noch mit Tammy verabredet. Wir wollten im Stadtpavillon mit unserer Clique eine Nintendo Season machen. Das neueste Spiel, von dem ich dir neulich erzählt habe, ist herausgekommen, Grandma. Tammy hat es von ihrem Dad geschenkt bekommen und will es mir zeigen.«

Ihre Großmutter nahm den Kochtopf vom Herd. »Keine Widerrede, junge Dame. Du brauchst dich hier gar nicht rauszuschleichen.«

Judy klappte seufzend das Matheheft zu und verstaute es in ihrem Schulrucksack.

Susan musterte das Mädchen verstohlen. Die Teenagerin trug heute komplett dunkle Bekleidung. Schwarze Fetzenjeans gepaart mit einem dunkelgrauen Totenkopf T-Shirt. Die dicken Mascara Linien unter ihren Augen verliehen Judy zusätzlich etwas Düsteres. An ihrem rechten Arm entdeckte sie ein schwarzes Lederarmband mit Nieten. Selbst ihre Fingernägel hatte das Mädchen sich schwarz lackiert. Ihr ganzes Äußeres schrie nach Rebellion.

»Ich bin sowieso fertig mit den Matheaufgaben.«

»Na dann, ab mit euch beiden«, rief Glenda im Kommandoton.

Susan wusste später nicht, was sie anstrengender fand: Einen Besuch im Gym oder unter Glendas Fuchtel das Speisezimmer herzurichten. Aber es sah jetzt wirklich sehr einladend aus mit der roten Damasttischdecke auf dem Esstisch und den beiden silbernen mehrarmigen Kerzenleuchtern. Auf einer antiken Holzanrichte standen flache und tiefe Teller sowie passendes Silberbesteck für den Abend bereit. Die Kristallgläser funkelten im schwächer werdenden Tageslicht.

Ein wenig später verabschiedeten sich die Perkins Frauen. »Wir sehen uns dann nachher.« Glenda öffnete die Küchentür und ging hinaus.

Susan machte der Teenagerin ein taktisches Zeichen, noch zu warten. Sie steckte ihr eine Tafel Pfefferminzschokolade zu. Das Mädchen war still und heimlich in ihr Herz gekrochen. Sie erinnerte sie allzu sehr an sie selbst in Jugendtagen. Schade, dass sie Judy nicht nach London mitnehmen konnte.

19

Jeff beschloss, einen Curve zu werfen. Das geheime Handzeichen ihres Catchers bestätigte seine Taktik. Noch einmal sah er zur Punktetafel. Sie befanden sich im neunten, dem letzten Inning. Es ging um einen verdammten Punkt Vorsprung, den er rausschlagen musste. Er durfte es jetzt nicht verpatzen. Natürlich stellte es ein Risiko dar, das er einging. Aber wer nicht wagte, konnte nicht gewinnen. Der gegnerische Batter hob erwartungsvoll den Schläger. Jeffs alter Widersacher Eliah Durban. Dieser Kerl war verdammt gut. Jeff blieb keine andere Wahl als diese schwer vorhersehbare Wurftechnik, wenn sie gewinnen wollten. Sein Trainer Cody Telleroy rannte an der Seite nervös auf und ab. Nun hing alles von Jeff ab. Er sah, wie sein Teamkollege Brown unter seinem Catcherhelm schwitzte und konnte die pure Konzentration in den Augen seines Freundes erkennen. Er musste es einfach schaffen, ihm den Ball durch die Strike Zone zukommen zu lassen. Egal, wie sehr es in seiner Schulter bereits stach und brannte. Wenn Durban seinen Ball schlug, dann war's das mit der World Series und mit seiner aktiven Laufbahn sowieso. Er fokussierte sein Ziel und begab sich in Position. Sein linkes Bein hob vom Boden ab und er legte all seine Kraft und Erfahrung in den Wurf. Seine Schulter durchfuhr blitzartig ein stechender Schmerz. Der Baseball flog rotierend davon. Jeffs Augen und die des Publikums folgten ihm erwartungsvoll. Eine kurze, atemlose Stille trat im Stadion ein. Durban schwang den Schläger. Jeffs Herz raste in seiner Brust und er blickte ängstlich zu seinem Catcher. Was, wenn es nicht reichte? Brown erhob sich aus seiner Hocke und öffnete den Handschuh: Der Baseball lag darin.

Der Schiedsrichter hinter dem Catcher begann laut zu schreien: »*Strike Out! Er ist Out!*«

Eliah Durban feuerte mit hochrotem Kopf seinen Schläger und Helm auf den Boden und fluchte derb wie ein Gossenjunge.

Jeff warf seine Baseballmütze in die Luft, riss seine Arme hoch und jubelte der Menge zu. Die Fans im Stadion tobten. Seine Teamkollegen kamen angerannt und umarmten ihn stürmisch.

Auch Cody Telleroy drückte ihn. Er rubbelte ihm über seine verschwitzten Haare. »Du alter Haudegen hast es immer noch drauf. Verdammt. Hebt ihn hoch Jungs und ab in die Kabine. Das wird gefeiert!«

Grayson House war hell erleuchtet, als Jeff aus seinem Porsche stieg. Das heutige Match war nochmal gut ausgegangen. Die begonnene Physiotherapie erwies sich tatsächlich als hilfreich. Heute waren die Würfe nicht mehr ganz so oft schmerzhaft gewesen. Jetzt bestand Hoffnung, dass sie ins Endspiel kamen. Nur mit Susan wusste er nicht, wie es weitergehen sollte. Wie sie ihm wohl begegnete nach dem gestrigen Abend? Die Haustür war nur angelehnt. Er betrat den großen Eingangsbereich und sogleich wehte ihm ein Geruch nach schwerem Parfüm und Essensgeruch entgegen. Wieherndes Gelächter ertönte aus dem Speisezimmer. Trudy Nolan beehrte sie alle mit ihrer Anwesenheit. Und mit ihr ihre Gefolgschaft. Sie saßen im Esszimmer rings um den Speisetisch und strahlten bei seinem Eintreten. Er konnte Susan nirgends entdecken.

Tom Perkins lud ihn ein, Platz zu nehmen. »Unsere Frauen sind in der Küche und kommen gleich.« Er zog ihm einen Stuhl zurück.

Jeff hängte seine braune Lederjacke über die Lehne. »*Unsere* Frauen?«

Das ganze Festkomitee lachte. Selbst ihr tattriger Pfarrer, der neben Trudy Nolan am Tisch saß.

Tom kicherte. »Wir sind zwar alt, aber nicht blind, mein Junge. Wir wissen hier alle, dass da irgendwas läuft zwischen dir und Miss Parker. Du legst dich so ins Zeug für sie, das hast du noch nie für eine Frau hier im Ort getan.«

Jeff überraschte es kein bisschen, dass alle etwas ahnten. Nicht in Taspering.

In diesem Augenblick tauchte Susan auf. Sie trug eine Auflaufform in ihren Händen. »Habe ich da gerade meinen Namen gehört?« Bei seinem Anblick stolperte sie fast. »Hallo Jeff. Wie schön, dass du kommen konntest.«

Er sah die bloße Verunsicherung in ihren Augen und tat sein Bestes, um sie nicht weiter in Bedrängnis zu bringen. »Du hast mich doch darum gebeten. Wir sind Freunde, schon vergessen? Freunde helfen einander.«

Susan errötete und setzte schnell die Auflaufform auf dem Tisch ab. Ihm fiel auf, wie alle im Raum sie musterten. Edwina Archer nahm einen Schluck Rotwein und blickte verstohlen über den Rand ihrer Brille zu ihnen. Trudy Nolan löffelte grinsend Tomatensuppe und genoss ebenfalls sichtlich, was da vor ihren Augen gerade passierte. Linda Hobbs fuhr sich seelenruhig mit einer Serviette über den Mund. Ihr viel zu dick aufgetragener Lippenstift zeichnete sich darauf ab. Selbst der Pfarrer faltete die Hände vor seinem voluminösen Bauch und wartete mit gespannter Miene ab.

Glenda lenkte ein und beendete damit die Show. »Mister Moley hat Recht. Freunde helfen einander. Deshalb sind wir alle hier.« Sie wandte sich an den Pfarrer. »Mister Eliot, wird es klappen mit der Kuchenspende der Gemeindemitglieder?«

Der Pfarrer ergriff das Blatt Papier, das neben seinem Teller lag. »Bis jetzt haben wir hundertfünfzig Zusagen. Unsere Gemeinde lässt sich nicht lumpen. Die Damen backen wirklich gerne hier im Ort.« Er sah zu seiner Sitznachbarin. »Nun bist du an der Reihe.«

Trudy Nolan wischte sich einen Brotkrümel von ihrer in wilden Orangetönen gemusterten Bluse. »Wir Damen vom Gemeindekomitee haben in den letzten beiden Tagen mal wieder das Unmögliche geschafft«, tönte sie laut und großspurig. »Wir konnten über zweihundert Gemeindefrauen überreden, uns Salate und Nachspeisen zu machen. Ich werde natürlich meinen überaus beliebten Gumbo-Eintopf machen.«

Susan versuchte, sich nichts anmerken zu lassen und nahm neben Jeff Platz. Dieser hochgelobte Gumbo-Eintopf, den die ambitionierte Schwätzerin ihr damals zur Begrüßung geschenkt hatte, war total versalzen gewesen. Hoffentlich bekam keiner der Festgäste Magenprobleme von diesem Gericht. Andererseits, wenn sie es recht bedachte, vielleicht verkauften sich dadurch mehr Getränke?

Tom erhob seine Stimme. »Wir Männer bauen natürlich die Pavillons und Biergarnituren auf. Wobei die meisten Leute sicher wie im letzten Jahr auf ihren mitgebrachten Picknickdecken sitzen werden. Ach ja, und noch was. Das große Zelt bauen wir nur im Notfall auf. Aber bis jetzt haben wir das ja noch nie gebraucht. Und wir werden wie immer eine Tanzfläche zimmern.«

Glenda lächelte in die Runde. »Sehr schön. Das klingt alles hervorragend. Dann bleiben nur noch ein paar Punkte zu regeln: Wo bekommen wir so schnell eine Band her? Und einen Animateur für die Kinder? Im letzten Jahr hat der Kindergarten das Schminken übernommen und die Hüpfburg beigesteuert. Können wir dieses Jahr wieder auf deren Unterstützung zählen?«

Edwina Archer hörte auf, Pastete in sich reinzuschaufeln, und meldete sich zu Wort. »Meine Nichte arbeitet im hiesigen Kindergarten. Sie meinte, das sei alles geritzt.«

Susan lächelte erleichtert. »Das klingt doch fantastisch. Aber eine Band haben wir immer noch nicht. Wer von Ihnen kann sich darum kümmern? Ist das so kurzfristig überhaupt möglich?«

Jeff legte seinen Löffel in den Suppenteller und wischte sich den Mund mit einer Serviette ab. »Dafür werde ich sorgen. Ein Freund von mir ist Eventmanager. Da wird sich was richtig Großes organisieren lassen, dank seiner hervorragenden Kontakte in der Country Szene.«

Ihre Verwunderung wuchs. Er schien wirklich eine Menge interessanter Leute zu kennen. Als Handwerker kam man eben viel rum. Den ganzen restlichen Abend versuchte sie, seinen Blicken auszuweichen. Noch immer sah sie ihn nackt vor sich stehen. Doch hin und wieder streifte seine Hand wie zufällig die ihre und schickte kleine Blitze über ihre Haut. Es befanden sich fünfzehn Personen in diesem Raum, aber ihm gelang es als einzigem, sie durch sein bloßes Erscheinen aus der Reserve zu locken. Er entwickelte sich wirklich zu einem ernsthaften Problem. Wenn sie zuließ, dass sie sich in ihn verliebte, brachte das vielleicht ihre ganze Zukunftsplanung durcheinander.

Sie konnte ihre Erleichterung kaum verbergen, als das Festkomitee sich gegen zweiundzwanzig Uhr verabschiedete.

Jeff war als letzter bis zum Schluss geblieben und sie standen zusammen im Eingangsbereich. Unschlüssig drehte er seinen Stetson in den Händen hin und her. »Ich wollte dich gestern nicht verunsichern.«

»Das hast du nicht. Ich war nur von deiner Aufmachung überrascht.« Und der Wahnsinnsanziehungskraft, die er auf sie ausübte. Wie das Licht auf die Motten. Aber das rieb sie ihm lieber nicht unter die Nase. Er kam so schon arrogant genug daher. Sexy, aber eingebildet. Eine gefährliche Mischung.

Er setzte seinen Cowboyhut auf und fischte eine Pfefferminzpastille aus der Jeanstasche, die er sich in den Mund schob. »Sehen wir uns morgen?«

»Ich halte das für keine gute Idee.« Noch konnte sie ihre Pläne, seine Nähe zu meiden, in die Tat umsetzen.

Er trat so nahe heran, dass sie seinen frischen Atem riechen konnte. Grinsend wickelte er sich eine ihrer Haarsträhnen um den Zeigefinger. »Und wenn ich verspreche, artig zu sein?«

Sie wusste, dass es jetzt im Grunde genau andersherum war. Vielleicht bildete sie nun den Part, der nicht die Finger von ihm lassen könnte, wenn er so weitermachte. »Das kannst du nicht, Cowboy, und das ist uns beiden klar. Außerdem muss ich bald wieder zurück nach London.«

»Also hast du nicht vor, zu bleiben?« Seine Stimme klang enttäuscht.

»Nein, in London sind Menschen, die mich brauchen. Und dort ist mein Lebensmittelpunkt mit meiner Arbeit. Ihr seid wirklich alle sehr liebenswürdig. Aber ich wüsste nicht, warum ich hier leben sollte.«

»Du könntest auch bei uns Kunden finden. Und es gibt so ein Blechding, das sich Flugzeug nennt und dich nach

London bringt, wenn du Heimweh hast. Das Ganze funktioniert übrigens auch in die Gegenrichtung. Oder wartet dort doch ein Mann auf dich?«

»Nur mein bester Freund, von dem ich dir bereits erzählt habe«, antwortete sie.

»Und was ist mit uns? Es wird doch gerade spannend.« Er beugte sich vor und begann zärtlich, an ihrer Lippe zu knabbern.

Seine Handlung erregte Susan und Feuchtigkeit machte sich zwischen ihren Beinen breit. Sie versuchte, die Situation unter Kontrolle zu bringen und schob ihn sacht von sich weg. »Hör zu Jeff, wenn du und ich jetzt etwas miteinander anfangen, verkompliziert sich alles.«

Er nahm ihre Hände und küsste ihre Fingerspitzen. »Es tut mir leid, ich wollte dich nicht bedrängen.« Sein Gesicht näherte sich wieder dem ihren. »Seit ich ein Teenager war, habe ich noch nie eine Frau so wie dich begehrt. Ich möchte nur, dass du das weißt«, flüsterte er.

Ein Teil von ihr wollte gleich mit ihm hinauf ins Schlafzimmer, denn seine Worte entfachten ein schon lange ruhendes Feuer in ihr. Doch ihre Vernunft nahm den Wasserschlauch und löschte die beginnende Glut. Susan hielt ihm die Haustür auf. »Gute Nacht, Jeff.«

Er sah sie für einen Moment mit einem fast traurigen Gesichtsausdruck an. Schließlich drückte er ihr einen Kuss auf die Stirn. »Gute Nacht, Susan.«

Sie schloss die Tür und setzte sich auf die unterste Stufe der Holztreppe. Dort lehnte sie ihren Kopf gegen die Wand und verharrte so für einige Minuten. War sie denn von allen guten Geistern verlassen? Dann schlug sie die Hände vors Gesicht. »Du bist so blöd, wieso hast du ihn weggeschickt? Bonnie hatte Recht. Ich werde noch als vertrocknete Pflaume enden.«

»Nicht, wenn ich es verhindern kann. Du bist eine miserable Lügnerin, Engländerin«, ertönte Jeffs Stimme.

Susan sprang auf, als er so plötzlich vor ihr auftauchte. Die vermaledeite Hintertür!

Er war mit zwei Schritten bei ihr. Als Jeff den Kopf herunterbeugte und ihr einen schmetterlingszarten Kuss auf die Lippen drückte, schmolz ihr Widerstand dahin. Unbändiges Verlangen nach ihm übernahm nun die Oberhand. »Lass uns nach oben gehen«, murmelte sie atemlos zwischen zwei Küssen. Seine Augen leuchteten vor Leidenschaft, als er sie sacht hochhob und die Treppe hinauftrug.

Jeff war nicht einen Moment überzeugt gewesen, dass sie ihn nicht begehrte. Die Sehnsucht in ihren Augen, als sie ihm die Haustür aufhielt, hatte ihn draußen zu seinem Auto gehen lassen, wo er ein Kondom einsteckte. Sie wollte ihn und er wollte sie. Er hatte genug von ihrem Selbstgespräch mitbekommen, um zu wissen, dass es stimmte.

In ihrem Schlafzimmer angekommen, kickte Jeff seine Cowboystiefel von den Füßen. Wie wunderschön sie doch aussah, kam ihm in den Sinn, als er sie auf das Bett legte.

Susan zog ihn zu sich und knöpfte mit gierigen Händen sein Hemd auf. Voller Ungeduld zerrte sie es ihm vom Leib. »Vergiss nicht, ich bin bei Nonnen großgeworden. Du musst ganz vorsichtig sein«, schnurrte sie.

»Klostermädchen sind die schlimmsten.«

»Dann lass das Klostermädchen mal beweisen, wie schlimm es ist«, flüsterte sie und zog sich die Bluse über den Kopf.

Jeff schluckte bei diesem Anblick. Von wegen, Unschuldslämmchen. Diese feine Dame vor ihm lechzte doch nur so nach Sex. Seine Hände begaben sich auf Wandertour zu ihr. Mit einem schnellen Griff hob er sie an und öffnete den

BH-Verschluss. Die Brüste, die er bereits am ersten Tag in der Badewanne gesehen hatte, lagen nun rosig scheinend vor ihm. Er beugte sich hinunter und ließ seine Zungenspitze langsam von der Außenseite ihrer rechten Brust bis zur Knospe gleiten. Dann umschlossen seine Lippen sie ganz und er saugte zärtlich daran. Ein heiseres Stöhnen löste sich von ihren Lippen. Seine Hand wanderte unter ihren Plisseerock. Aufreizend langsam streichelte er über die Innenseite ihrer Oberschenkel und näherte sich dann dem Zentrum seines Verlangens. Genussvoll ließ er seine Hand über ihr Höschen gleiten und rieb mit dem Daumen ihre empfindlichste Stelle.

Sie begann, sich zappelig unter ihm zu bewegen.

Ungeduldig versuchte sie ihn von den Jeans zu befreien. Er half ihr, schälte sich daraus und zog seine Boxershorts gleich mit aus. Dann hob er ihr Becken an, zerrte den Rock von ihren Hüften und warf ihn beiseite. Schließlich streifte er ihr das Höschen mit den vielen, kleinen Super Woman-Motiven über die Beine. Jeff fürchtete, seine Stimme könne versagen. »Wow, du überraschst mich immer wieder.«

Sein Mund glitt über ihre Halskuhle und er atmete ihren Duft ein. Sie roch nach Rosen und salziger Haut. Susan umfasste seinen Kopf, zog ihn näher und verpasste ihm einen Kuss, der ihn erschauern ließ.

Er unterbrach sie nur, um sich das Kondom überzustreifen.

Jeff legte sich wieder auf sie und sah die unbändige Glut in ihren Augen. Seine Stimme war ganz rau, als er in ihr Ohr flüsterte: »Ich will, dass du für mich schreist, Baby. Lass alles raus.« Er leckte mit kreisenden Bewegungen wieder an ihrer Brustwarze, ließ sich Zeit. Sie wand sich qualvoll unter ihm, aber er hörte nicht auf. Ihr flehendes Keuchen stachelte ihn nur noch mehr an.

»Bitte, ich halte es nicht länger aus.«

Jeff spürte seine Härte, doch noch immer gab er ihr nicht, was sie von ihm verlangte. Sie war so süß, so unglaublich zart. Noch einmal ließ er seine Zunge über die dünne Haut zwischen ihren Brüsten durchgleiten. Sein Finger tauchte tief in sie ein, was ihr einen kleinen, spitzen Schrei entlockte. Sie war so feucht, so bereit für ihn. Voller ungezügelter Lust drang er in sie ein. Ihr Körper fühlte sich weich, warm und eng an. Genauso, wie er es liebte.

Susan bettelte um mehr und kam ihm mit ihrem Becken entgegen. Das Atmen fiel ihm immer schwerer und sein Puls hämmerte wie wild. Seine Stöße katapultierten ihn in unbekannte Galaxien. Ein lautes Stöhnen entrang sich seiner Kehle, das den Raum erfüllte.

Sie umschlang ihn mit ihren Beinen, ließ ihn noch tiefer eindringen.

Er wollte mehr, noch mehr mit ihr verschmelzen. Wieder stieß er kraftvoll zu und sie ließ ihren Kopf nach hinten fallen. Keuchend krallte sie ihre Hände in seinen Rücken und passte sich seinem Tempo an. Er spürte, dass ihre Erlösung kurz bevorstand. Gemeinsam rasten sie dem Gipfel entgegen. Ihre Lustschreie vermischten sich miteinander, als sie gemeinsam ins Ziel kamen.

Sie überraschte ihn immer wieder. Ihm wäre nie in den Sinn gekommen, dass in dieser steifen Engländerin eine wahre Liebesgöttin steckte. Für einen winzigen Moment tauchte in ihm der Wunsch auf, Susan vor einen Standesbeamten zu zerren und einen respektablen Mann aus sich zu machen. Und das nur, weil sie ihn so erregte. Aber dieser Gedanke verpuffte schnell. Dumme Hirngespinste eines alternden Sportlers, schalt er sich. Er betrachtete Susan lächelnd, wie sie matt an seiner Schulter lag und ihn träge anblickte.

»Das war unglaublich«, flüsterte sie und richtete sich auf. Die Decke, die er über sie beide gebreitet hatte, rutschte an ihr herunter und entblößte ihren nackten, milchig weiß schimmernden Oberkörper.

Er strich ihr zärtlich über den Rücken.

»Ja. Das war es.« Jeff setzte sich ebenfalls auf und küsste sie noch einmal leidenschaftlich.

Ein Jaulen auf der anderen Seite der Tür erinnerte sie beide daran, dass sie vor lauter Lust die Hündin vergessen hatten.

Susan war mit einem Satz aus dem Bett und griff nach ihrer auf dem Boden verstreuten Unterwäsche. Eilig schlüpfte sie hinein und lief zur Tür, um Violet hineinzulassen. »Es tut mir leid, aber ich muss noch eine letzte Runde mit ihr gehen. Möchtest du mich vielleicht begleiten?«

Jeff warf sich stöhnend in die Kissen zurück. »Eigentlich wollte ich mit dir auch noch eine Runde drehen, aber eine ganz spezielle«, gab er grinsend zur Antwort.

»Ein anderes Mal. Jetzt rufen meine Pflichten.« Susan zog eine Jeans und Sweatshirt aus dem Schrank und kleidete sich an.

Grummelnd stieg er aus dem Bett und sammelte seine Klamotten vom Boden auf. Widerwillig zog er sich an. »Na gut. Dann lass uns noch einen kleinen Abendspaziergang machen.«

Sie schlenderten eine Weile durch das Viertel, bis Violet ihr Geschäft erledigte.

Vor seinem Tor blieben sie stehen und er küsste Susan ein letztes Mal. Das Mondlicht schien auf ihr Gesicht und er glaubte, noch nie etwas Schöneres geschen zu haben. Ihr Antlitz strahlte mit dem Sternenhimmel um die Wette.

Als er die Sprache wiederfand, seufzte Jeff. »In dir stecken definitiv mehr Südstaatengene als englische.«

Susan lächelte fein und drückte ihm einen Kuss auf die Wange. »Das ist das schönste Kompliment, das du mir heute Abend machen konntest. Ich melde mich morgen früh bei dir.«

Jeff sah ihr hinterher, wie sie mit Violet den Bürgersteig überquerte und die Auffahrt zu Grayson House hinauflief. Er wollte unbedingt noch mehr Zeit mit ihr verbringen. Sie musste unter allen Umständen so lange wie möglich in Taspering bleiben. Zumindest bis er ihr sein wahres Ich zeigen konnte.

20

Die kraftvolle Gesangsstimme von Dolly Parton erfüllte den Raum. »Eins, zwei, drehen. Und Schritt zur Seite. Aua! Verdammt, Susan, konzentrier dich!« Jeff übte nun schon seit über einer Stunde im Wohnzimmer von Grayson House Square Dance mit ihr. Die schweren Möbel standen an der Seite, da sie beim Tanzen nur störten. Sie tappte ihm bereits zum dritten Mal auf seine Füße.

Jammernd hob sie die Hände zur Decke. »Verzeihung. Mist. Ach, ich glaub, ich krieg das nie hin.« Frustriert nahm sie die Fernbedienung der Stereoanlage und ließ die Countrymusik verklingen.

Sie lehnte sich an den Terrassentürrahmen und blickte hinaus. Draußen, im sonnigen Garten von Grayson House, liefen seit acht Uhr morgens freiwillige Helfer über den Rasen und werkelten eifrig. Man konnte bis ins Haus das Hämmern und Sägen hören. Ab und an unterbrach lautstarkes Gefluche das muntere Treiben. Sie konnte Tom sehen, der den Männern immer wieder Anweisungen zurief. Auch er half fleißig mit, trotz seiner Arthroseschmerzen im rechten Knie. Die kleinen Unannehmlichkeiten des Alters, wie er es Susan gegenüber nannte. Trotzdem hatte er am Morgen darauf beharrt, mitzuhelfen. Ein anderer gemischter Trupp aus Männern und Frauen jeglichen Alters baute unter der Anleitung eines tätowierten Hünen eine quietschrote Hüpfburg für die Kinder auf. Die Damen vom hiesigen Kindergarten halfen also, wie versprochen, bei den Vorbereitungen mit. Eine Firma hatte am frühen Morgen bereits einige Klohäuschen angeliefert, die nun dezent im hinteren Teil des Gartens standen. Nur gut, dass der örtliche, historische Verein den Löwenanteil der Festkosten übernahm. Der Rest wurde durch die freiwillige Hilfe der Anwohner gestemmt. Jeff wollte sich später zu den Männern gesellen, um das Tanzpodest mit ihnen fertig zu zimmern. Susan fragte sich immer noch, wie es ihm gelungen war, einen so bekannten Sänger wie Chad Hendix dermaßen kurzfristig zu organisieren. Vielleicht lag es ja einfach daran, dass er wie der Künstler aus Kentucky stammte. Sein Freund, dieser Eventmanager, schien fantastische Kontakte in der Musikszene zu besitzen. Erneut spürte sie Unruhe in sich aufsteigen. Morgen fand das Fest statt und sie konnte kaum tanzen.

Der Wetterbericht prophezeite hohe Temperaturen und Sonnenschein. Beste Bedingungen also, um ihr Debüt als Gastgeberin des Festes zu geben und sich beim Tanzen bis auf die Knochen zu blamieren. Sie drehte sich zu Jeff um, der gerade nach dem gefüllten Glaskrug auf dem kleinen Serviertisch griff und sich Wasser einschenkte.

Gierig schüttete er es hinunter. Die Hitze an diesem Morgen stieg von Stunde zu Stunde. Viel zu heiß für diese Jahreszeit. Der Klimawandel ließ grüßen. »Deine Drehung funktioniert schon mal ganz gut. Du musst nur noch etwas an deinem Taktgefühl arbeiten.«

Susan wischte sich den Schweiß von der Stirn und ließ sich aufs Sofa fallen. Obwohl sie an diesem Vormittag nur Shorts und ein ärmelloses Spitzenshirt trug, geriet ihr Blut durch das ständige Drehen und Hüpfen beim Tanzen in Wallung. Ihr zu einem Pferdeschwanz gebundenes Haar klebte in ihrem Nacken. »Ich verfüge über Taktgefühl, nur nicht über das beim Tanzen. Nein, ich werde mich vor allen blamieren«, jammerte sie kläglich.

Er ließ sich neben sie auf das Sofa plumpsen. »Das werde ich nicht zulassen.« Ein Sonnenstrahl ließ seine grünen Augen wie Turmaline aufleuchten. »Außerdem hast du es im Blut. Du bist eine Grayson.«

»Oh nein, fang du bitte nicht auch so an. Tom hat vorhin sowas Ähnliches von sich gegeben. *Die Graysons können alle tanzen, Mädchen*«, äffte sie ihn nach und vergrub ihr Gesicht in den Händen.

»Da muss ich ihm zustimmen. Ich habe im letzten Jahr deine Großmutter hier noch in voller Action gesehen. Sie führte sich auf wie ein weiblicher Fred Astaire, trotz ihrer hohen Lenze.« Jeff grinste sie an. »Und seit wann gibt eine so wehrhafte Engländerin wie du so schnell auf? Nimm dir ein Beispiel an der französischen Jeanne d'Arc. Sie kämpfte allen Widerständen zum Trotz.«

Nachdenklich strich sie über die Armlehne der Couch und zupfte daran herum. »Ja, aber die vernahm göttliche Stimmen. Ich dagegen werde nur das hämische Gelächter der Einwohner von Taspering zu hören bekommen. Ich schätze, dass selbst die drei Grazien besser tanzen können als ich.« Sie stöhnte frustriert. »Ich habe jedenfalls nicht das Talent meiner Großmutter geerbt.« Abwägend blickte Susan in sein Gesicht, das ihr immer vertrauter vorkam. Es überraschte sie nicht, dass er die mutige Kämpferin kannte. Noch vor ein paar Tagen hätte sie ihm jegliche Bildung abgesprochen. Doch mittlerweile kannte sie ihn besser. Selbst als Liebhaber hatte er sich als rücksichtsvoll herausgestellt.

Energisch zog Jeff sie mit beiden Händen vom Sofa hoch und ließ die Musik wieder erklingen. »Vergiss deine Selbstzweifel. Die sind hier fehl am Platz. Auf ein Neues. Hier wird nicht gefaulenzt. Morgen wirst du vor allen tanzen und ihnen zeigen, was in dir steckt. Und als kleinen Anreiz mach ich das hier für dich.« Er zog sich sein Baumwollshirt über den Kopf und warf es auf einen Sessel.

Amüsiert legte sie ihre Hände auf seinen verschwitzten Oberkörper. »Damit könnte ich mich anfreunden.« Sie ließ ihre Finger langsam tiefer zu seiner Gürtelkoppel sinken.

Er hielt ihre Hände fest. »Alles zu seiner Zeit. Ich muss gleich noch was arbeiten. Außerdem wusste ich ja noch gar nicht, dass Voyeurismus dich anmacht.«

»Ach, die wissen doch sowieso alle, dass da etwas zwischen uns läuft.«

»Das mag sein, aber ganz so offensichtlich wollen wir es ihnen nicht zeigen.« Er nahm ihr Gesicht in seine kraftvollen Hände.

Sein Kuss verlieh ihr neue Energie. »Dann mal los, Cowboy. Ich werde auch nachher zum Arzneikasten gehen und deine wunden Zehen verbinden.«

»Das ist doch mal ein Deal. Aber kein Herzchenpflaster für mich.«

»Männer, die sowas von sich geben, sehnen sich insgeheim nach mehr Weichheit.« Sie lachte. »Aber es ist total okay für mich, dass du eine weibliche Seite in dir hast. Gib es ruhig zu, du hast früher heimlich mit Barbies gespielt.«

Jeff legte den Kopf in den Nacken und lachte, dass sein ganzer Körper zitterte. Er zog sie näher an sich. »Genug gescherzt du vorlautes Ding. Wir üben weiter.«

Eine Stunde und viele Flüche seinerseits später, zog er sich sein Shirt wieder über und ging mit federnden Schritten nach draußen, um den anderen beim Aufbauen zu helfen.

Sie ließ sich auf die Couch fallen und blickte ihm nach. Seine Bewegungen in der lässigen Jeans erinnerten an den Marlboro-Mann.

Bei den letzten Übungsdurchgängen war es ihr doch tatsächlich gelungen, dank seiner Bemühungen eine halbwegs gute Figur zu machen. Er verfügte über wirklich erstaunliche Talente, dachte Susan. Wenn sie nicht auf ihr Herz aufpasste, kam sie hier vielleicht nie mehr weg. Sie schaltete die Stereoanlage aus und lief zum Perkins Haus hinüber, um sie, wie versprochen, beim Vorbereiten des Mittagsimbisses für die Helfer zu unterstützen.

Glenda, die gerade Bohnen in eine Emailleschüssel an der Arbeitsfläche schnippelte, drehte den Kopf in ihre Richtung, als sie hereinkam. »Hallo, na, wie war dein Tanztraining? Und wie weit sind die Helfer? Ist die Hüpfburg schon aufgebaut? Da steht Kaffee auf dem Tisch, und Tassen. Er ist zwar schon zwei Stunden alt, aber noch heiß. Bediene dich doch.«

»Danke.« Der erste Schluck ließ sie erschauern. Heiß und schwarz. Genau das Richtige für ihre müden Beine. »Um auf deine Fragen zurückzukommen: Es geht so mit dem Tanzen, irgendwie werde ich es morgen hinbekommen. Die Arbeiter kommen wirklich gut voran und das Team vom Kindergarten ist eben verschwunden. Das Ding ist echt riesig. Wieso beschleicht mich das Gefühl, dass morgen nicht nur Kids darauf herumhüpfen werden?«

Glenda legte ihr Messerchen weg, drehte sich zu ihr herum und lehnte sich grinsend gegen die Arbeitsplatte. »Im letzten Jahr ist Trudy Nolan wie eine Irre darauf herumgesprungen. Allerdings erst nach dem vierten Glas Bowle.«

»Okay, ich meide die Bowle«, zwitscherte Susan fröhlich.

»Kluges Kind.« Glenda begann wieder, ihre Bohnen zu bearbeiten.

Susan sah sich suchend um. »Wo ist Judy, wollte sie dir nicht auch helfen?«

»Sie ist auf ihrem Zimmer und schmollt.«

»Wieso?«

»Sie hat einen Jungen aus ihrer Schule gefragt, ob er morgen kommt. Er wird da sein.«

»Und wo liegt dann das Problem?«

»Er kommt mit einem anderen Mädchen«, sagte Glenda und stellte die Schüssel ins Spülbecken.

»Oh, verstehe.« Susan wusste, wie schlimm Eifersucht sein konnte. Judy konnte dringend ein offenes Ohr gebrauchen. »Wenn es für dich in Ordnung ist, geh ich hoch zu ihr. Vielleicht kann ich sie aus ihrem Schneckenhaus herauslocken. Ich helfe dir dann hinterher.«

»Ja, tu das, danke. Dir hört sie sicher zu. Mit mir will sie nicht sprechen.«

Susan setzte ihre Tasse ab und lief, zwei Stufen auf einmal nehmend, die Treppe hoch. Vor Judys Zimmer blieb sie unschlüssig stehen. Hoffentlich verschlimmerte sie die Situation mit ihrer Einmischerei nicht noch. Ein Schluchzen erklang hinter der Tür. Vorsichtig klopfte sie an, drehte den Türknauf und lugte hinein. Der Raum gehörte nicht zu den größten im Haus. Doch wer rechnete auch damit, eine Enkelin großziehen zu müssen? Auf so etwas konnte einen niemand vorbereiten. Susan beäugte neugierig das Reich der Teenagerin. Überall an den Wänden hingen bunte Poster von irgendwelchen Boy Bands, deren Namen sie nicht kannte. Auf dem weißen Schreibtisch vor dem Fenster lagen unzählige, zerknüllte Papierbälle. Auch der Boden war übersät davon. Ob es sich dabei wohl um missratene Liebesbriefe handelte?

Judy lag bäuchlings auf ihrem schwarzen Metallbett über einer Patchworkdecke und drehte sich mit tränenverschmiertem Gesicht zu ihr herum. Ihr T-Shirt über der kurzen Jeans Shorts war ganz verknittert.

»Verschwinde, ich will niemanden sehen.«

Susan atmete tief durch. Hier zählte definitiv Feingefühl. »Glenda hat mir berichtet, du würdest dich nicht wohlfühlen. Da wollte ich mal nach dir sehen.«

Judy warf wütend ein Kissen Richtung Zimmertür, dabei verfehlte sie Susan nur knapp. »Lass mich in Ruhe, hab ich gesagt! Grandma sollte auch mal besser ihre Klappe halten.«

»Judy! Bitte lass das. Ich wollte doch nur kurz mit dir sprechen.«

»Ach was! Ihr Erwachsenen seid doch alle gleich. Du bist sicher auch auf ihrer Seite. Ständig will sie was von mir: Judy mach dies, Judy mach das! Ich habe aber keinen Bock zu helfen. Und zu dem blöden Fest morgen gehe ich auch nicht«, fauchte sie.

Susan hob das Kissen vom Boden auf und näherte sich dem Bett.

»Das ist aber keine kluge Entscheidung von dir.«

»Wieso? Henry kommt doch sowieso lieber mit dieser dämlichen Gladys hierher. Das muss ich echt nicht sehen.« Judy blickte sie mit kajalverschmierten Augen an.

Susan schob ein Papierknäuel mit dem Fuß zur Seite, setzte sich auf die Bettkante und legte das Kissen ans Fußende. »Du hast hier Heimvorteil, schon vergessen? Zeig ihm, wie viel Spaß du hast - auch ohne ihn. Morgen werden sicher noch andere Jungs da sein. Tanz mit denen. Wenn er dich mag, wird er eifersüchtig werden.«

Judy erhob sich grummelnd. »Meinst du wirklich das klappt?« Sie verschränkte mit immer noch wütendem Gesicht die Arme vor der Brust.

Susan zog das Mädchen an sich. »Wenn du es nicht versuchst, wirst du es nicht rausfinden.« Sie knuffte sie spielerisch in die Seite.

»Na ja, ich könnte es ja mal ausprobieren«, sagte Judy und strich sich eine Strähne ihrer roten Haare aus dem Gesicht. »Aber wenn es nicht klappt, schuldest du mir was.« Ihre Gesichtszüge entspannten sich etwas. »Du hast trotzdem gut reden, du bist erwachsen. Aber wenn du meinst, dass es funktioniert, versuche ich es mit dieser Eifersuchtsmasche.« Ihre zuvor immer noch angespannte Mimik verwandelte sich in ein Grinsen. »Wenn das klappen würde, freue ich mich schon auf das Gesicht von Gladys, wenn er mich dann zum Tanzen auffordert.«

Susan drückte Judy ein letztes Mal und erhob sich vom Bett. »Das ist die Rebellin, die ich kenne. Zeigst du mir jetzt dein Kostüm? Ich bin schon ganz gespannt darauf. Sicher bist du morgen das hübscheste Mädchen in deinem Alter.«

»Findest du das wirklich?« Judy wirkte verschüchtert. »Die anderen ziehen mich ständig auf und nennen mich Karotte oder Feueralarm.«

Susan wusste, wie schnell Teenager sich verunsichern ließen. Diese Zeit zwischen Kindheit und Erwachsenwerden gehörte zu den schlimmsten überhaupt. Geschäftig begann sie, die verkrumpelten Kugeln vom Boden aufzusammeln und warf sie in den Papierkorb unter den Schreibtisch. »Warum sollte ich dich anlügen? Du bist total süß. Außerdem mag ich deine roten Haare. Die anderen sind nur neidisch darauf. Deshalb sagen sie solche unreifen Dinge.«

Judy zog sich ein Paar marineblaue Turnschuhe an, die vor dem Bett standen. Dann blickte sie mit schelmischem Gesichtsausdruck zu ihr. »Grandma hat mir erzählt, dass du Amelias Kleid gewählt hast. Das wird Mister Moley sicher gefallen. Du bist verknallt in ihn, hab ich recht?«

Dieses Kind redete wirklich nicht um den heißen Brei herum. Sie stemmte ihre Hände in die Hüften und blickte

Judy in gespielter Empörung an. »Also Ersteres stimmt. Ich trage morgen Mutters Kleid. Aber mit Mister Moley verbindet mich nur eine Freundschaft.«

Ein fettes Grinsen legte sich über das Gesicht der Teenagerin. »Ich bin zwar erst dreizehn, aber nicht blöd«, feixte Judy.

Darauf wusste Susan nun wirklich nichts mehr zu erwidern. Sie hoffte, dass diese Göre sich täuschte.

Jeff schwitzte erbärmlich. Immer wieder vergewisserte er sich, dass sein Bart hielt. Der Hammer in seiner Hand sauste beständig wieder und wieder auf den Nagel im Holzbrett. Zusammen mit anderen Männern, arbeitete er an der Tanzfläche. Er musste an Susan denken. Sie verzauberte ihn mit ihrem natürlichen Charme. Ihre Unbeholfenheit beim Tanzen passte nicht zu der selbstbewussten Schönheit, die sie allen hier vorspielte. Diese Lady konnte eine Nervensäge sein, wenn sie stolz ihre hübsche, kleine Nase hob und ihn mit ihren Sprüchen triezte. Aber mit ihrem schlagfertigen Mundwerk tat sie ihm und seiner kaputten Seele richtig gut. Wenn er nicht höllisch aufpasste, stahl Susan ihm noch sein Herz. Bis jetzt verband sie eine zarte Freundschaft plus. Das genügte ihm vorerst. Zumindest redete er sich das vehement ein. Aber er glaubte nicht einen Moment, dass ihr das auf Dauer genügte. Die meisten Frauen träumten doch heimlich von Heirat und Kindern, oder? Er musste dringend für sich klären, ob er sie noch näher heranlassen wollte, in sein jetzt schon viel zu kompliziertes Leben. Seine Gefühle konnte er kontrollieren. Aber nicht ihre. Noch ein letztes Mal trieb er den Nagel ins Holz. Fertig. Jeff massierte seine rechte Schulter. Morgen konnten sie auf dieser Platte gemeinsam herumwirbeln und Spaß miteinander haben. Auch wenn das bedeutete, dass seine Zehen eventuell danach abfielen.

Er wischte sich mit dem Ärmel den Schweiß von der Stirn. Morgen würde er garen in seiner Uniform.

Tom winkte ihn herbei. »Komm rüber. Die Frauen haben eben jede Menge Fleischpastete gebracht.«

Erst jetzt bemerkte Jeff, dass ihm der Magen knurrte. Er steckte den Hammer in seinen Werkzeuggürtel, den er um die Hüfte trug und folgte dem alten Mann. Bei einer Bierzeltgarnitur im Schatten einer mächtigen Eiche entdeckte er Susan. Einzelne Lichtreflexe, die durch die Krone des Baumes drangen, ließen einige Strähnen ihres Haares wie flüssigen Honig leuchten. Gerade lachte sie mit einem grobschlächtig aussehenden Helfer, dem das fettige Haar am Kopf klebte. Dieser verdammte Kerl sollte endlich aufhören, mit ihr zu flirten!

Susan sah Jeff näherkommen und ihr Herz vollführte einen kleinen Salto. Sein beschwingter Gang und seine verschwitzte Stirn machten sie total an. Kurz hoffte sie, einen Kuss von ihm zu erhalten, doch den Gefallen tat er ihr natürlich nicht. Stattdessen legte er Glenda den Arm um die Taille und drückte ihr beherzt einen Schmatzer auf die Wange. »Alte Lady, du kochst einfach göttlich.« Das erschien Susan überhaupt nicht richtig, doch im gleichen Moment schalt sie sich wegen ihrer dummen Eifersucht auf eine andere Frau. Zumal sie ihre Nachbarin wirklich mochte.

Glenda schenkte ihm einen herzlichen Blick. »Danke, mein Junge. Und jetzt setzt euch, Männer, und langt kräftig zu«, befahl sie im Kommandoton. Sie wandte sich Susan zu. »Du hilfst mir.« Sie schnitten die Pasteten an und jeder bekam ein Stück auf den Teller gelegt.

Susan beobachtete mit Freude, dass die Helfer mit großem Appetit aßen. Die meisten benutzten nur eine Hand dafür. Die andere lag im Schoss. Von Messerbenutzung keine Spur.

Noch so eine Eigenart der Amerikaner, die sie belustigte. Am ganzen Tisch herrschte eitel Sonnenschein. Man konnte nur mahlende Kiefer neben dem Vogelgezwitscher hören. Hin und wieder unterbrach jemand aus der Runde die Stille und gab einen Spruch von sich.

Ein dicker Glatzkopf in grüner Latzhose schob seinen Teller von sich. Susan konnte unter dem Bund seines T-Shirtärmels eine seltsame Tätowierung entdecken, die sie schon irgendwo einmal gesehen hatte. Sie konnte sich nur nicht daran erinnern, wo und in welchem Zusammenhang.

Der Kahlköpfige taxierte Tom über den Tisch hinweg. »Genug der Scherze, kommen wir zu den wichtigen Dingen. Wann werden wir die Südstaatenflagge hissen? Letztes Jahr wäre dieser Tollpatsch Toby fast vom Dach von Grayson House gestürzt. Dieses Mal will ich die Flagge hissen. Du weißt, wie bedeutsam sie für uns ist.«

Als Susan das hörte, schrillten bei ihr alle Alarmglocken. Sofort fiel ihr wieder ein, was sie über die Geschichte und Bedeutung dieser Fahne wusste. Zu Toms Antwort kam es nicht mehr, denn Susan stand schlagartig auf. Sie warf energisch ihre Gabel auf den Teller. In ihr brodelte es. Hier ging es immerhin um *ihr* Haus. Was andere machten, konnte sie leider nicht ändern. Aber das hier war persönlich. Alle blickten zu ihr auf. Ihre Reaktion sorgte für fragende Blicke. »Meine Damen, meine Herren, ich respektiere Ihren Wunsch, den Vorfahren von Taspering und den Südstaaten Respekt zu zollen. Dennoch wird auf dem Dach *meines* Hauses keine Konföderiertenflagge gehisst. Zu Zeiten des Bürgerkrieges war sie ein Zeichen für die Stärke der Südstaaten und ein Zeichen für die Befürwortung der Sklaverei. Doch diese Zeiten sind lange vorbei. Ich werde Grayson House nicht zur Plattform von fragwürdigen Symbolen machen.«

Der Mann in grüner Latzhose sprang nun ebenfalls auf. »Jetzt hören Sie mal gut zu, Sie aufgeblasene Schnepfe!« Er bekam einen hochroten Kopf und gestikulierte aufgebracht mit dem Finger vor ihrer Nase herum. »Sie haben ja keine Ahnung, wovon Sie da reden! Sie sind hier in den Südstaaten und wir haben schon immer diese Fahne gehisst beim Fest. Sie symbolisiert unsere Geschichte und Traditionen«, blökte er, wobei einige Tröpfchen Spucke in ihre Richtung flogen.

Susan erschrak bei seinen Worten. Doch dann kehrte ihr Kampfgeist zurück. »Es ist mir vollkommen egal, ob Sie das schon immer so gemacht haben. Aber in South Carolina hat ein junger Mann vor einigen Jahren aus rassistischen Motiven ein Massaker in einer Kirche verübt. Vor seiner Tat hat er mit dieser Flagge posiert. Damit will ich nichts zu tun haben«, erwiderte sie scharf. Sie verstand überhaupt nicht, wie alle anderen so seelenruhig dasitzen konnten. Wieso halfen sie ihr nicht?

Der Latzhosenmann warf mit wutverzerrtem Gesicht seine Serviette auf den Tisch. »Mir ist der Appetit vergangen. Sie sollten sich was schämen, Miss Parker! Und *sowas* will eine Grayson sein! Ich komme mit meiner Familie jedenfalls nicht zu dem Fest morgen.« Er zeigte wutentbrannt auf Susan. »Solange diese Bitch hier wohnt, müsst ihr ohne meine Hilfe auskommen. Schönen Tag noch.« Energisch stapfte er davon. Drei weitere Männer erhoben sich. Sie murmelten einige Sätze, die Susan nicht verstehen konnte, und verließen ihr Grundstück. Ihr Gefühl sagte Susan, dass es sich dabei definitiv nicht um freundliche Worte handelte. Es wunderte sie nicht einmal im Nachhinein. So eine Reaktion war ja auch zu erwarten gewesen in einem Staat, der als der konservativste unter den Konservativen der Südstaaten galt. Hier legte man großen Wert auf Traditionen. Violet, die angeleint unter dem

Tisch lag, jaulte leise. Die Hündin spürte, dass etwas nicht stimmte.

Susan sah entschlossen in die Runde. »Falls hier am Tisch noch jemand findet, dass meine Ansichten falsch sind, kann er gerne gehen. Ich halte niemanden auf. Meine Meinung ändere ich trotzdem nicht. Ich bin gegen die Glorifizierung dieser Fahne. Wenn überhaupt, sollte sie in einem Museum hängen. Lasst die amerikanischen Stars and Stripes wehen über Grayson House, dagegen habe ich nichts.« Statt in ernste Gesichter blickte sie in erfreute und erntete Applaus.

Tom haute kraftvoll auf den Tisch. »Yeah Freunde, das ist der Kampfgeist der Graysons. Ich warte schon seit Jahren darauf, dass endlich mal einer von deiner Familie den Mund aufmacht. Deine Großeltern besaßen nicht diesen Schneid, ihnen zu widersprechen. Zu allem haben sie den Mund aufgemacht, nur nicht dazu. Gut gemacht, Mädchen! Du bist eine von uns.«

Ihre Verunsicherung schwand schlagartig. »Ich dachte …«

Glenda schüttelte den Kopf und begann den Tisch abzuräumen. »Nicht alle denken so wie die, die gegangen sind. Im Grunde sind wir ziemlich liberal in Taspering. Das war ein tolles Statement von dir. Ich bin stolz auf dich.« Sie lächelte Susan aufmunternd an. »Wie dem auch sei. Wir haben jetzt zwar einige Helfer weniger, aber das macht nichts. Diese Großmäuler brauchen wir eh nicht. Menschen wie Trudy Nolan werden begeistert sein zu hören, was für eine Einstellung du besitzt. Ihre Vorfahren haben als Sklaven bei deiner Familie gelebt.«

»Oh …«, hauchte Susan bestürzt. Sie wandte sich Jeff zu. »Und was denkst du zu all dem Traditionsgerede?«

Er erhob sich und nahm ihr Gesicht in seine Hände. »Ich denke, dass ich mich noch nie so in einer Frau getäuscht habe.

Du bist wirklich großartig«, antwortete er und küsste sie liebevoll auf die Wange.

Sie spürte, wie ihr die Hitze ins Gesicht schoss.

Ihr Gärtner griff nach seinem Hammer. »Leute, wir müssen weitermachen! Jetzt, wo einige fehlen, haben wir doppelt so viel zu tun.«

Susan fühlte sich trotz des Zuspruchs unwohl in ihrer Haut. Nur durch ihre Schuld schafften sie es vielleicht nicht, rechtzeitig fertig zu werden. »Es tut mir leid, dass ihr meinetwegen so einen Ärger habt. Ich kann nun mal nicht aus meiner Haut.«

Tom setzte sich seinen braunen Cowboyhut wieder auf und legte ihr eine Hand auf die Schulter. »Du brauchst dich für gar nichts zu entschuldigen, meine Liebe. Für rein gar nichts. Sie sind es, die sich unpassend verhalten. Wir hegen sowieso schon seit Längerem die Vermutung, dass sie mit dem Ku-Klux-Klan sympathisieren. Er hat ein spezielles Kreuz Tattoo auf dem Arm, das er immer versucht zu verdecken. Aber wenn es warm ist wie heute, kann man ein Stück davon sehen. Diese Vereinigung gibt es hier in Alabama ja leider noch immer. Aber die wenigsten in Taspering trauen sich, das auszusprechen. Sie haben Angst. Das heutige Verhalten dieser Leute lässt tief blicken.«

Die Männer und Frauen nickten bei seinen Worten und schritten wieder davon, um ihre Arbeit zu beenden. Susan setzte sich auf die Bank zurück, schob ihren Teller von sich und schlug die Hände vors Gesicht. Jetzt wusste sie wenigstens, woher ihr dieses Tattoo des Mannes so bekannt vorgekommen war. Es prangte an der typischen Ku-Klux-Klan Robe in dem Ausstellungskasten im Birmingham Civil Rights Museum. »Ich hoffe wirklich, dass wir es jetzt noch schaffen, das Fest rechtzeitig auszurichten.«

Die Perkins Frauen nahmen neben ihr Platz. Glenda strich ihr beruhigend über die Hand. »Keine Sorge, das bekommen wir hin. Du hast jedenfalls wirklich Durchsetzungsvermögen und stehst für deine Ideale ein. Das ist genau das, was wir in Taspering gebraucht haben.«

»Meinst du das wirklich so oder möchtest du nur nett zu mir sein?« Susan zerknüllte die Serviette in ihren Händen.

»Das ist meine ehrliche Meinung. Bleib genau so, wie du bist. Und jetzt lass uns das Geschirr wegtragen. Danach helfen wir den anderen, alleine schaffen sie es nicht.«

Judy griff nach einem liegengebliebenen Hammer. Sie verstellte in bester Humphrey Bogart Manier ihre Stimme und schwang ihn übertrieben durch die Luft.

»Yeah, Frauenpower! Nehmt euch in Acht ihr Kerle, hier kommt Judy.« Dann pustete sie in bester James Bond-Pose auf das Werkzeug.

Susan packte ein Lachkrampf bei dieser Darbietung. Dieses Mädchen musste man einfach gernhaben. Ob man wollte oder nicht. In diesem Moment machte sich eine Idee in ihr breit.

»Judy? Was hältst du davon, wenn du und die anderen Kids die du so kennst, für morgen eine eigene Fahne malen? Ich habe im Wäscheschrank ein weißes, großes Tuch entdeckt, das sich dafür eignet. Das könntet ihr bemalen.«

Die Teenageraugen leuchteten vor Aufregung. »Au ja, und wie soll sie aussehen? Dürfen wir einen Totenkopf draufmalen?«

Glenda, die gerade mit dem Tablett davongehen wollte, stellte es wieder auf den Tisch. »Wie meinst du das? Was sollen die Kinder zeichnen?«

»Nun, ich dachte zwar nicht an einen Totenkopf, aber an einen Hintergrund wie bei der Stars and Stripes Fahne. Nur dass keine Sterne darauf gemalt sein sollen, sondern Menschen mit unterschiedlichen Hautfarben. Wir setzten ein Zeichen für Solidarität und gegenseitige Wertschätzung. Na, was meint ihr?«

Judy umarmte Susan. »Du bist die coolste Engländerin überhaupt. Ich laufe gleich los und rufe meine Freunde an.« Sie warf den Hammer auf den Boden und flitzte mit wehendem Zopf davon.

»Mit dir fängt wirklich ein neues Zeitalter in Grayson House an. Ein Besseres.« Glendas warme Worte bestärkten Susan in ihrem Denken.

Sie sah zu Jeff, der mit den anderen Männern an einem Stand werkelte und gerade eine Girlande festnagelte. Für einen kurzen Moment kreuzten sich ihre Blicke. Susan beobachtete ihn, wie er ein paar Hölzer schulterte und damit hinter einer Wegbiegung verschwand. Dieser Mann brachte ihre Welt ins Ungleichgewicht. Sie schnappte sich ein paar Teller und folgte Glenda, die bereits mit dem vollen Tablett Richtung Perkins Haus verschwand.

Zwei Stunden später baute Susan Seite an Seite mit Jeff einen der letzten Essensstände zusammen.

Einen Nagel nach dem anderen trieb er mit dem Hammer in die Tischplatte, die sie festhielt. Seine Haut glänzte vor Schweiß. Hin und wieder griff er nach einem Taschentuch in seiner Hosentasche und wischte sich die Stirn trocken.

»Fertig. Du kannst jetzt loslassen.« Er rüttelte zur Sicherheit nochmal am Holz. »Sicher wie Fort Knox.«

Jeff ließ sich ins Gras fallen und trank in großen Zügen aus seiner Sprudelflasche.

Auch Susan setzte sich auf den warmen Boden. Die drückende Schwüle machte ihr zu schaffen. Es war ihr jetzt völlig egal, ob sie später die Grasflecken wieder aus der Hose herausbekam. Dankbar nahm sie die geöffnete Flasche entgegen, die Jeff ihr nun reichte.

»Du bist zwar keine Ginger Rogers, aber du hast eine Begabung fürs Handwerken. Das ist doch schon mal was, Engländerin.«

Sie legte den Kopf schief und schirmte ihre Augen gegen die blendende Sonne ab. »Ein Kompliment aus deinem Mund? Ich fühle mich geehrt. Lass mich schnell mein englisches Krönchen zurechtrücken.«

Tom gesellte sich dazu und blickte zu ihnen hinunter. »Ja, darauf kannst du dir echt was einbilden, Mädel. Ich habe zufällig euer Gespräch mitbekommen. Nicht, dass ich gelauscht hätte, aber nicht jede Frau kann so mit einem Hammer umgehen wie du.«

»Da waren es schon zwei Kerle, die mich mit Komplimenten bewerfen. Heute Abend schließe ich euch in mein Nachtgebet ein.«

Die beiden Männer lachten.

Jemand trat von hinten an sie heran und Susan bemerkte den Schatten, der sich auf sie warf.

»Hey meine Süße, für mich kannst du auch jederzeit ein Gebet einlegen.« Susan wirbelte herum und kam blitzschnell auf die Füße. Sie fiel ihrem unerwarteten Besucher freudestrahlend um den Hals. »Danny, mein Gott, ich fasse es nicht, was tust du denn hier?«

Danny löste Susans Hände um seinen Nacken und stellte seine Reisetasche auf den Boden. »Ich habe noch zwei Wochen Urlaub übrig und war neugierig, wie du hier so haust. Also habe ich spontan einen Flug gebucht. Und hier bin ich. Im Moment tanzt die Zweitbesetzung. Ich wollte dich überraschen. Ist mir ja wohl gelungen, deinem erstaunten Gesichtsausdruck nach zu schließen.«

»Gelungen, sagst du?« Susan quietschte vor Begeisterung und sie ergriff seine Hände. »Ich freue mich so riesig, dich zu sehen. Du kommst genau richtig. Morgen findet hier ein großes historisches Fest statt. Jetzt, wo du da bist, freue ich mich noch viel mehr darauf. Ach, ich kann es immer noch nicht fassen, dass du da bist!« Sie fiel ihm erneut um den Hals.

Glenda tauchte auf und beäugte den gutgekleideten Ankömmling neugierig. Susan wies auf ihre neuen Freunde. »Danny, das sind Tom Perkins und seine Ehefrau Glenda. Tom kümmert sich um den Garten. Sie wohnen im Nachbarhaus und unterstützen mich hier ganz großartig. Ich habe dir ja von ihnen am Telefon erzählt. Und das …« Sie wandte sich Jeff zu, »ist mein Nachbar, Mister Moley.« Susan hakte sich bei Danny unter. »Darf ich vorstellen, meine Lieben: Mein bester Freund, Danny Ward.«

Jeff schüttelte ihm ebenso höflich die Hand, wie es Glenda und Tom taten.

Susan versuchte, seine Miene zu deuten. Er hatte Danny angestarrt wie eine Schlange ihr Beutetier. Hoffentlich vertrugen sich die beiden. Ein Hahnenkampf war das Letzte, was sie momentan gebrauchen konnte. Sie griff nach Dannys Arm. »Komm, wir bringen dein Gepäck ins Gästezimmer. Dann kannst du dich ausruhen. Wir sind sowieso soweit fertig hier draußen. Tom und die anderen Helfer haben großartige Arbeit geleistet. Also los, ich kann es kaum erwarten, dir das Haus zu zeigen«, sprudelte es aus ihr heraus.

Danny unterbrach sie in ihrem Wortschwall und grinste. »Ich freue mich, dass du so begeistert bist mich zu sehen.« Sie lachte und redete wie ein Wasserfall weiter. »Nachher kommen noch ein paar Damen zum Helfen vorbei. Aber bis dahin habe ich Zeit. Du musst mir alles erzählen. Wie waren dein Flug und die Fahrt hierher? Sicher bist du sehr müde.«

Jeff sah ihnen hinterher. Susan ging plaudernd und lachend mit ihrem Besucher davon. Ob sie wohl je so vertraut mit ihm umgehen würde? Das war also dieser beste Freund, von dem sie immer wieder erzählt hatte. Vor lauter Freude über seine Ankunft hatte sie mit der Sonne geradezu um die Wette gestrahlt. Die Vertrautheit zwischen den beiden wühlte etwas in ihm auf. Etwas, das er so noch nie gefühlt hatte. Brennende Eifersucht. Dieser Mann kannte Susan, seit sie im Sandkasten zusammengesessen hatten. Danny wusste todsicher fast alles von ihr. Vielleicht wusste er sogar über sie beide Bescheid. Genau dieses tiefste Vertrauen zu einem Mitmenschen wünschte Jeff sich an manchen Tagen. Doch seine Erfahrung hatte ihn gelehrt, bei Fremden vorsichtig zu sein. Er wusste stets, woran er bei seinen Mitspielern war, doch bei unbekannten Personen sah das ganz anders aus. Auf Abstand zu gehen, erschien ihm immer als die beste Lösung. Nun bereute er zutiefst seine Unehrlichkeit Susan gegenüber. Dannys Auftauchen verkomplizierte die ganze Angelegenheit. In nächster Zeit wären sie nicht mehr so viel alleine. Er kickte wütend einen Stein zur Seite. Das gefiel ihm ganz und gar nicht. Aber andererseits wohnte er im Gegensatz zu dem Engländer hier. Dieser balletttanzende Freund würde irgendwann verschwinden und dann wäre er wieder als Vertrauter an ihrer Seite. Also beschloss er, in ihrem Besucher keine Bedrohung zu sehen. Solange dieser Typ in seiner Rolle als schwuler Freund blieb, würde er seine Anwesenheit tolerieren. Jeff schloss sich den Perkins und ein paar anderen an, um noch einen letzten prüfenden Rundgang über das Gelände zu machen.

Susan zeigte Danny das Herrenhaus. Seine Begeisterung hielt sich in Grenzen, was sie mit leichter Enttäuschung wahrnahm. Er stand nun mal mehr auf modernes Design. Das Gästezimmer, in dem sie ihn unterbrachte, war ein entspannender Ruheplatz aus Lindgrün und Hellgrau.

Danny stellte seine Reisetasche auf das Metallbett und öffnete den Reißverschluss. »Das da unten war also Mister Moley, dein vermeintlicher Einbrecher und Liebhaber?« Er lächelte sie belustigt an und zog ein paar Kleider heraus.

Susan bekam einen knallroten Kopf. »Ich habe gar nichts erzählt und trotzdem weißt du alles! Wie machst du das bloß?«

»Wir kennen uns schon ewig, Schusselchen. Ich musste nur den Blick deuten, den du ihm zugeworfen hast. Da hab ich eins und eins zusammengezählt. So hast du noch nie einen Mann angesehen. Ist doch glasklar, dass ihr Sex hattet.« Er warf ihr einen Schulterblick zu, während er die ersten Kleidungsstücke in den Schrank hängte. »Erinnerst du dich an den runden Geburtstag deiner Studienkollegin, zu dem du Bonnie und mich mitgeschleppt hast? Der Abend, an dem die bekannte Strippergruppe auftrat? Ich finde, er kann sich mit seinem guten Aussehen mit ihnen messen. Dass du so einen nicht von deiner Bettkannte schubst, kann ich wirklich verstehen.«

»Oh, du vermaledeiter Mann!« Spielerisch drosch sie mit einem Kissen auf ihn ein.

Er lachte und versuchte, ihr auszuweichen.

Ihre Wangen fühlten sich wirklich heiß an. Danny war wie ein Bruder für sie. »Ist das so offensichtlich?«, fragte sie peinlich berührt. Sie ließ sich in den Clubsessel neben dem Fenster fallen.

»Weiß er, dass du total in ihn verschossen bist?«

Susan verdrehte die Augen. »Da liegst du total daneben, uns verbindet nur eine Freundschaft plus.«

Danny unterbrach seine Tätigkeit, hockte sich vor sie und packte sie am Kinn. »Mmh, du leidest eindeutig unter dem *Ich mach mir nur was vor*-Syndrom.«

Sie sprang auf und wechselte schnell das Thema. Es widerstrebte ihr, auf verlorenem Posten zu kämpfen. Ihr bester Freund glaubte sowieso, was er wollte. »Wie bist du eigentlich vom Flughafen hierhergekommen? Hast du einen Leihwagen?«

Er schüttelte den Kopf und erhob sich. »Du wirst dich nie ändern, Süße. Bei unangenehmen Wahrheiten wechselst du noch immer schnell das Thema. Aber um deine Frage zu beantworten: Ja, ich habe mir bei Alamo einen Mietwagen geholt. Zufrieden?«

Susan stellte sich ans Fenster und blickte in die Ferne, wo schemenhaft die Umrisse eines Gebirges zu erkennen waren. Vielleicht die Ausläufer der Appalachen? Ein Vogel schoss zwitschernd am Fenster vorbei und verlor eine Feder, die zu Boden segelte. Ihr ging flüchtig der Gedanke durch den Kopf, dass es wunderbar sein musste, ohne Großstadtlärm zu leben. Nur das Singen der Vögel am Morgen zu hören, statt der Hupkonzerte. Sie drehte sich zu ihm um. »Du bist nicht der Einzige, der feine Antennen besitzt. Ich freue mich wirklich, dass du hier bist. Aber es ist bereits Hauptsaison im Theater und du willst mir weismachen, dass du Urlaub hast? Du lügst doch! Du bist nur aus einem einzigen Grund hier: Bonnie hat dich geschickt!« Sein Schweigen war ihr Bestätigung genug. »Verflixt Danny, ich bin eine erwachsene Frau. Ihr müsst mich nicht bemuttern! Vielleicht schmeißen sie dich jetzt raus aus dem Ensemble! Das kannst du doch nicht machen, einfach so alles stehen und liegen zu lassen für mich.« Sie ließ sich wieder in den Sessel sinken, erschöpft von ihrer Schimpftirade.

Danny hob beruhigend die Hände. »Niemand wirft mich raus. Es ist alles geklärt in London. Wir haben uns Sorgen gemacht nach dem letzten Telefonat. Die Sache mit dem Tagebuch und diese schrecklichen Dinge, die damals geschehen sind, machen dir zu schaffen. Wir wollten dir einen weiteren Absturz wie bei Mathilda ersparen. Einfach sichergehen, dass es dir nicht den Boden unter den Füßen wegzieht. Ich weiß genau wie du, was es heißt, wenn man sich nichts sehnlicher wünscht, als seine richtige Familie kennenzulernen. Wir sind für dich da und das wird auch so bleiben. Du musst uns nur lassen. Nur aus diesem Grund bin ich hier.« Er zog Susan aus dem Sessel und blickte sie erneut prüfend an. »Egal, ob verknallt in diesen Typen da unten oder nicht. Dieser Mister Moley tut dir offensichtlich gut. Du hast so ein Leuchten im Gesicht wie früher, wenn wir unsere Scherze mit den Nonnen trieben. Das gefällt mir.«

»Das ist Sonnenbrand«, erwiderte sie lakonisch.

»Wie du meinst, aber ich weiß, was ich sehe.« Danny warf sich mit Schwung aufs Bett. Federnd testete er die Matratzenhärte. »Die Sitze in der Economy-Class waren viel zu unbequem und der Sitzabstand zu klein für meine Beine. Wenn es dir recht ist, würde ich gleich gerne duschen gehen und dann in diesem traumhaft weichen Teil ein Nickerchen halten. Vielleicht kannst du ja was von diesem Essen, von dem du gesprochen hast, für mich zur Seite stellen. Ich komme später runter in die Küche und helfe dir und den Damen.«

Susan ging zur Zimmertür. »Wenn es dir so geht wie mir bei meiner Ankunft, wirst du vor morgen früh nicht erwachen. Aber ich lege was zur Seite.« Danny sah ziemlich erschöpft aus und lag bereits mit geschlossenen Augen da. Sie schloss leise die Tür und ging zur Treppe. Wann hatte sie sich eigentlich das letzte Mal so gut gefühlt? Mit einem Grinsen auf dem Gesicht rutschte sie das Treppengeländer hinunter.

Am späten Nachmittag trudelten schließlich die Klatschbasen ein. Sie brachten allerlei Speisen und Trudys Nichte mit. Endlich lernte sie die berüchtigte Rebecca kennen. Ihr Anblick erweckte in Susan allerdings keinen Spott, sondern Mitleid. Die junge Frau benötigte dringend eine Outfitberatung. Dieses matschbraune, unförmige Baumwollkleid schrie danach, entsorgt zu werden. Und etwas weniger Rouge und gemäßigter Lidschatten konnten auch nicht schaden. Sie musste Rebecca bei Gelegenheit ihre Unterstützung in Sachen Outfit und Make-up Beratung anbieten. In der Küche von Grayson House herrschte mit der weiblichen Verstärkung emsiges Treiben. Die geöffnete Hintertür ließ die süße Schwüle des Nachmittags hinein. Die Luft rings um Susan schwirrte von dem Geplauder der Frauen. Aromen von Wein, frisch gebratenem Fleisch und gekochtem Gemüse umgaben sie. Aus dem Küchenradio erklang ein gefühlvoller Elvis Presley-Song. Glendas Beschreibung der fleißigen Frauen stimmte. Arbeiten konnten sie.

Trudy Nolan bückte sich zu ihrem Einkaufskorb hinunter und reichte Susan eine Schüssel voll Kartoffelsalat, der geradezu in Mayonnaise ersoff. Von leichter Küche schien die Dame nichts zu halten. »Bitte, den habe ich fast vergessen vor lauter Kochen. Das wird morgen so ein schönes Fest. Sie werden sehen, Miss Parker. Noch besser als letztes Jahr. Ach, ich liebe diesen Song von Elvis. Er bringt mich immer zum Weinen.« Trudy Nolan wischte sich über ihre Augen.

Ihre Nichte, die am Tresen Paprika in kleine Stücke schnitt, verdrehte just in diesem Moment die Augen hinter ihrer dicken Glasbausteinbrille. »Oh, Tante Trudy, nicht schon wieder dieses Geschniefe.«

Die junge Frau schien doch ganz normal zu sein, stellte Susan fest. Schmunzelnd öffnete sie den riesigen Edelstahlkühlschrank und quetschte die Schüssel zwischen Bohnensalat und Aufläufe. Das Kühlschrankinnere quoll fast über vor

Speisen. Die Gäste mussten das Fest morgen wenigstens nicht hungrig verlassen.

Edwina Archer lümmelte mit einem Schälmesser in der Hand an der Kücheninsel und steckte sich ein Stück Karotte in den Mund. Vor ihr stand eine gut gefüllte Schüssel mit gemischtem Salat. »Feiern Sie da, wo Sie herkommen, auch solche Anlässe, Miss Parker?«

Susan schloss mit Nachdruck die Kühlschranktür. »Ja, es gibt solche Anlässe, da wo ich herkomme. Allerdings macht es kaum Spaß, dort hinzugehen. London ist immer voller Touristen. Da ist es häufig viel zu überfüllt. Und es macht keine Freude, sich durch solche Mengen zu quetschen. Einmal habe ich diesen Fehler gemacht und bin am Ende ohne Geldbeutel wieder nach Hause gekommen. War das eine Behördenrennerei, kann ich Ihnen sagen, bis ich alle meine Papiere wieder ausgestellt bekam! Nein, ich gehe lieber mit meinen Freunden zu privaten Partys.«

»Oh, du meine Güte«, hauchte Edwina Archer entsetzt. »Dann wird Ihnen unser Fest morgen sicher gefallen. Da wird man wenigstens nicht bestohlen.«

Linda Hobbs stand an der offenen Küchentür und blies ihren Zigarettenrauch hinaus. Sie drückte ihren Glimmstängel in einem gläsernen Aschenbecher aus, der auf der Fensterbank stand. Ihre Plateaustiefel klackerten auf dem Fliesenboden, als sie sich wieder an den Küchentisch setzte.

»Erzählen Sie uns von Ihren Freunden. Wie heißen sie und was machen sie so? Sind da auch Adelige darunter? London soll doch voll davon sein.«

Trudy Nolan schnaubte verächtlich und drehte sich schwungvoll zu Linda Hobbs um. Ihr großer Busen unter der grellgrünen Kittelschürze wackelte. »Ach, ich dachte, du interessierst dich nicht für diesen Adelskram.«

Beleidigt verzog Linda Hobbs den Mund und nestelte an ihrer dicken, roten Perlenkette herum. »Man wird ja wohl noch fragen dürfen.«

Glenda, die am Herd stand und Hackfleisch für einen zweiten Cottage Pie briet, beendete ihre Diskussion. »Also wirklich, müsst ihr beiden euch dauernd zanken?«

Ein lautes Gähnen kam von Judy, die mithalf, Gurken in kleine Stücke zu schneiden. »Darf ich zu Grandpa und den anderen Männern ins Wohnzimmer rübergehen? Die reden sicher über Baseball am Kaminfeuer und nicht so'n langweiliges Zeug wie ihr.«

Die fleißigen männlichen Helfer saßen dort und tranken edle Spirituosen zur Belohnung. Man musste die Leute bei der Stange halten, wie Tom ihr erklärt hatte. Vor allem nach den heutigen Vorkommnissen. »Baseball? Ich dachte, hier in Amerika wird Football am meisten geliebt?« Susan legte ihr Messerchen, mit dem sie gerade Tomaten geschnitten hatte, zur Seite.

Judy schüttelte den Kopf. »Nein, Baseball finde ich viel interessanter. Ich bin dann mal weg.« Sie trabte mit quietschenden Sohlen davon.

Man hörte johlendes Gelächter, als sie die Wohnzimmertür öffnete.

Glenda schüttelte genervt ihren Kopf. »Judy ist wie ihr Großvater. Hier in Taspering sind die meisten Baseball Fans. Aber genug von diesem Sportkram geredet. Wie ist also dein Leben in London so? Kommt deine Freundin dich auch noch besuchen?«

Susan berichtete von ihrem Alltag. In ihr keimte kurz Heimweh auf. Keiner im Raum wagte es, sie nach ihrer Kindheit zu fragen. Die Menschen von Taspering gehörten zwar zur neugierigen Sorte, aber nicht zur taktlosen.

Danny schlenderte in die Küche. Wie immer blendend angezogen in einer schwarzen Anzughose und kariertem Kurzarmhemd, über dem er eine ärmellose Baumwollweste trug. Der herbe Duft eines exklusiven Männerparfüms haftete an ihm. Selbst hier blieb er seinem guten Geschmack treu.

Susan stellte ihn den Damen vor und wärmte ihm einen Teller Gemüsereisauflauf in der Mikrowelle auf. Er setzte sich zu Linda Hobbs und begann zu essen. Zwischenzeitlich beantwortete er brav alle Fragen der Klatschbasen, was ihn in ihrer Gunst sofort hochkatapultierte.

Alter Schleimer. Susan lächelte und räumte sein Geschirr in die Spülmaschine. Danny schnappte sich ein Messer und schnippelte einträchtig mit Glenda Kartoffeln.

Das geschäftige Treiben im Raum endete just, als ein flotter Song vom Country Sänger Blake Shelton im Radio erklang. Susan kannte ihn nicht, aber die drei Grazien fanden offensichtlich, dass sein Lied es wert war, ihre Küche in eine Tanzfläche zu verwandeln. Trudy Nolan drehte die Musik lauter und wippte mit ihren üppigen Kurven im Takt hin und her. Sie schnipste mit den Fingern in der Luft dazu. Mit einer erstaunlichen Energie, die Susan ihnen gar nicht zugetraut hatte, rockte Trudy Nolan mit den anderen beiden Schwätzerinnen durch den Raum. Sie trocknete sich die Hände an einem Küchentuch ab und bewunderte die Anmut der Tänzerinnen, trotz ihres gehobenen Alters.

Violet sprang vor lauter Freude wild bellend zwischen den Tanzenden umher.

Edwina Archer winkte Susan zu sich. »Los, tanzen Sie mit. Du auch, Glenda. Beweisen Sie uns mal, Miss Parker, dass Sie nicht so steif sind wie die anderen Engländer.«

Danny zwinkerte ihr zu. »Genau, Schwester, lass uns zeigen, was wir so draufhaben!« Er vollführte eine perfekte

Pirouette, was allgemeines Staunen auslöste. Dann packte er Susan. Sie wusste nicht, wie ihr geschah, musste aber feststellen, dass spontanes Tanzen an einem Ort wie diesem wirklich Spaß machte. Ihr ganzer Körper war vor lauter Glückseligkeit in Aufruhr. Sie hätte am liebsten die ganze Nacht weitergetanzt.

Trudy Nolan ließ sich genau wie die anderen Klatschbasen am Ende des Liedes keuchend auf einen Küchenstuhl fallen. Sie fächelte sich mit einem Geschirrtuch Luft zu. »Wasser, bitte.«

»Oh ja, und ein Kühlpack für meine Hüfte«, schnaufte Edwina Archer.

»Für mich auch«, stöhnte Glenda.

Allgemeine Lachsalven folgten. Das lauteste Gewieher kam allerdings von Rebecca. Ihr Gelächter glich einer Mischung aus Schweinegrunzen und Eselsgeschrei.

Susan eilte zum Kühlschrank und holte eine Karaffe mit Sprudel hervor. Belustigt sah sie zu, wie die Tanz-Queens das Wasser hinunterschütteten. Ihr Aufenthalt hier begann allmählich Spaß zu machen. Am späteren Abend verabschiedete sich die Helferschar nach und nach. Auch Danny spürte nun den Jetlag und verkrümelte sich ins Gästezimmer.

»Hoffentlich wird das Fest morgen bei Ihnen nicht so chaotisch wie im letzten Jahr. Tanzen Sie bloß nicht mit Doktor Peters«, flüsterte Edwina Archer ihr beim Hinausgehen beschwörend zu.

Trudy Nolan stand ungeduldig neben ihrem Kleinwagen auf der Straße. »Edwina, kommst du oder übernachtest du dort oben?«, rief sie.

»Ja, ja, ich komme ja schon«, schrie sie und drehte sich noch einmal zu Susan herum, bevor sie die Treppe hinunterging. »Denken Sie morgen an meine Worte!«

Susan sah den Frauen nach, wie sie davonfuhren. Was sollte das denn heißen? Sie schloss die Haustür und schlenderte wieder Richtung Küche, wo Jeff bereits wartete.

»Na, sind deine fleißigen Heinzelmännchen gegangen?«, feixte er bei ihrem Hereinkommen.

»Ja, sind sie. Aber Misses Archer hat sowas Komisches gesagt beim Hinausgehen.«

»Ehrlich? Aber die geben doch ständig eigenartige Sachen von sich.«

Susan blies ein Glaswindlicht auf dem Küchentisch aus. Er zog sie in seine Arme und sie drückte sich gegen ihn. Die Mischung aus Schweißgeruch und herbem Aftershave überwältigte sie.

Jeff senkte seinen Kopf und küsste zärtlich die empfindsame Kuhle an ihrem Hals. »Du wirst sehen, das wird morgen ein schöner Tag. Wir waren alle so fleißig. Du wirst die Einwohner von Taspering mit dem Fest vom Hocker hauen.«

Sie drehte sich zu ihm und sog seinen maskulinen Duft tief ein. »Das wird es sicher. Ich bin so erleichtert, dass alles geklappt hat. Morgen darf nichts schiefgehen.« Der folgende Tag würde ihre Feuertaufe in diesem Ort sein.

Sein süffisantes Grinsen, das so plötzlich auf seinem Gesicht erschien, verunsicherte sie. »Warum siehst du mich so amüsiert an?«

»Man soll den Tag nicht vor dem Abend loben. Das Fest ist noch nicht vorbei.«

»Wie meinst du das?«

»Ach, nur so. Aber es war ja auch das Fest deiner Großmutter, da musste man immer mit sowas rechnen.«

»Mit was rechnen?«, flüsterte sie ängstlich.

»Mit einer Schlägerei.«

»Das glaube ich jetzt nicht! Du machst Scherze. Wer hat sich geprügelt? Die Männer oder die Frauen?«

»Die Frauen.«

»Willst du etwa sagen, meine Großmutter hat sich auch auf dem Fest geprügelt?«, rief sie verblüfft aus.

»Ja und sie hat auch jedes Mal gewonnen. Frag Edwina Archer. Als deine Großmutter mit ihr im letzten Jahr fertig war, brauchte sie eine neue Brille.«

Susan schwante Böses. »Das kam also öfters vor? Handelte es sich immer um die gleichen Frauen?«

Jeff grölte nun und Lachtränen liefen ihm die Wangen herunter.

»Sie waren alle vier sturzbetrunken im letzten Jahr. Die berühmte Bowle von Mister Henderson, die er jedes Jahr mitbringt, trägt die Schuld daran. Ich glaube, Doktor Peters hat zu später Stunde den Fehler gemacht, mit Edwina Archer zu tanzen. Das schmeckte deiner Großmutter ganz und gar nicht. Es war wirklich ein Jammer um die Erdbeertorte in ihren Haaren. Im Jahr davor musste Trudy Nolan dran glauben.«

Susan wischte sich ihre Lachtränen weg. »Oh je, da habe ich den Charme des Tierarztes ja vollkommen unterschätzt. Als ich ihn im Supermarkt kennenlernte, flirtete er auf Teufel komm raus mit den anwesenden älteren Damen. Bei dieser Rauferei wäre ich gerne dabei gewesen. Kein Wunder, dass die Plaudertasche beim Heimgehen so nervös wirkte.«

Er zog sie wieder an sich und drückte seine Nase tief in ihr Haar. »Nur keine Angst, ich sorge schon dafür, dass du morgen nur mit mir tanzt. Frauen, die in der Küche werkeln, machen mich ganz heiß.«

»Ach ja?«, wisperte sie. »Und mich machen hammerschwingende Kerle heiß, die eine Tanzfläche zusammenzimmern.«

Er knurrte leise. »Ich hoffe, du redest von mir.«

»Keine Sorge, Cowboy, du bist der Einzige, von dem ich spreche.«

Jeff sperrte die Zimmertür ab und schloss das Rollo vor dem Kücheneingang. »Mhh, wie wäre es, wenn dieser Cowboy dir seine anderen Qualitäten angedeihen lässt?«

»Redest du von deinem fulminanten Dudelsackspiel, oder was meinst du?«

In seinen Augen glänzte der Schalk, so dass sie den Atem anhielt. »Ein Sack kommt auch vor, aber kein Dudelsack.«

Er packte sie so plötzlich, dass sie dabei eine silberne Sandalette verlor. Unversehens fand sie sich auf der marmornen Kücheninsel wieder. Sein Kuss ließ sie keuchen.

»Zieh dein Höschen aus.«

»Sag bitte.«

»Bitte.«

Sie erfüllte ihm seinen Wunsch. »Und jetzt?« Ihre Augen glänzten vor Vorfreude.

»Ich habe da schon etwas vorbereitet.« Er zog ein Kondom aus seiner Jeanstasche.

Sie sah ihn empört an. »War das etwa schon die ganze Zeit darin? Du weißt doch, was mit Gummis passiert, die in Hosentaschen liegen?«

»Glaubst du, ich bin ein Amateur?«, entgegnete er entrüstet.

Seine Augen schimmerten tiefgrün vor Begehren. Sie biss ihm zärtlich auf die Unterlippe. »Nein, das denke ich nicht. Aber dass du rattenscharf bist, Cowboy.«

Seine Jeans und Boxershorts rutschten zu seinen Knöcheln hinunter. »Wie mir scheint, bin ich da nicht der Einzige. Es wird Zeit, dass wir die Ratten füttern. Spreiz die Beine für mich, Babe.«

Ganz langsam öffnete sie sie. »Gut so?«

»Perfekt.« Er schob ihr den Rock hoch.

Der kalte Marmorstein fühlte sich gut an unter ihr.

Jeff ließ seinen Finger in sie gleiten und begann sie zu verwöhnen. Hinein, hinaus.

Sie drängte sich ihm entgegen und stöhnte laut auf. Er brachte sie höher und höher. Doch kurz vor der Landung hörte er auf.

»Wir wollen doch nicht, dass du ohne mich davonfliegst«, flüsterte Jeff heiser. Er schob sich zwischen ihre feuchten Oberschenkel, packte ihre Pobacken und trieb sie beide durch kräftige Stöße im Raketentempo in ungeahnte Höhen.

Sie ließ ihre Zunge an seinem Hals entlanggleiten und schmeckte das Salz auf seiner Haut. Ihn so zu spüren, war wie das Erreichen eines langgehegten Traumes.

Er entfachte die Glut in ihr, bis sie glaubte, schmelzen zu müssen. In einem Feuerwerk der Lust verglühten sie beide. Erschöpft lehnte Susan ihren Kopf an seine Brust. Ihr Atem ging stoßweise und ihr Herz raste noch immer. Das Pochen und Pulsieren zwischen ihren Beinen fühlte sich einfach unglaublich an. Am liebsten hätte sie sich noch an seinem Bein gerieben, so köstlich war das Gefühl.

Jeff löste sich von ihr und zog seine Hose wieder hoch.

Während er an seiner Gürtelschnalle nestelte, rutschte sie von der Kücheninsel und zog sich verlegen ihr Höschen wieder an.

Er strich ihr eine gelöste Strähne aus dem Gesicht und kniff sie ins Kinn. »Ich weiß nicht, was du mit mir anstellst, aber irgendwie gefällt es mir.«

Susan ging zur Zimmertür und rief nach ihrer Hündin die wartend im Flur lag. »Gehst du noch eine Runde mit mir durch den Garten? Mir ist nach frischer Luft und Violet muss sowieso noch raus.«

Jeff griff nach seinem Stetson auf dem Tisch und hielt die Küchentür auf. »Das trifft sich gut, mir ist auch ziemlich heiß geworden.«

Violet schoss an ihm vorbei und sie folgten ihr in den Garten.

Draußen strich eine kühle, wohltuende Nachtluft sacht über Susans nackte Arme.

Jeff hielt ihre Hand und strich mit dem Daumen zärtlich über ihren Handrücken.

Der Blütenduft des Geißblattes, das sich um eine Pergola wand, wehte zart zu ihnen herüber und das Zirpen der Grillen ertönte ringsum. In London hörte Susan nie welche, und sie blieb kurz stehen, um ihrem Gesang zu lauschen. Sie flanierte mit Jeff zu einer Bank und setzte sich auf seinen Schoss.

Liebevoll zog er sie an sich und ergriff Besitz von ihrem Mund. Seine Hände legten sich um ihren Nacken, als er mit seiner Zunge ihre Lust erneut entfachte. Er ließ von ihr ab und lehnte seine Stirn an ihre. »Du bist gefährlicher als Dynamit. Wenn wir so weitermachen, kann ich dir nicht versprechen, dass ich mich zusammenreiße.«

»Vielleicht möchte ich das ja auch gar nicht«, wisperte sie und ließ ihre Hand tiefer gleiten.

Jeff unterbrach sie mit leicht gequälter Stimme. »Nein, nicht mehr heute. Ich sollte jetzt wirklich gehen. Der Tag morgen wird sehr anstrengend werden. Du solltest auch schlafen gehen. *Alleine.*« Er schob sie von seinem Schoß und erhob sich.

Etwas enttäuscht nickte sie und stand auf. »Du hast vermutlich recht.« Er drückte kurz ihre Hand und ging langsam rückwärts. »Träum von mir heute Nacht, Prinzessin.« Die Dunkelheit verschluckte ihn, als er sich umdrehte und davonging.

Susan blieb noch eine Weile stehen und lauschte den Geräuschen ringsum. Die Bäume rauschten im Nachtwind und beschworen in ihr eine Erinnerung an den Park im St. Helen's herauf. Wie es sich wohl anfühlte, an diesem Ort Kinder großzuziehen? Kleine Jungs oder Mädchen mit turmalingrünen Augen? Erschrocken stoppte sie ihre Gedanken. Nein, Judy und Danny durften nicht Recht behalten. Als ob sie spürte, dass etwas nicht stimmte, kam Violet zu Susan, setzte sich vor sie und winselte leise. Beruhigend strich sie ihr über das Fell. »Alles ok, meine Süße. Mich quälte nur für einen Augenblick ein dummer Gedanke. Lass uns schlafen gehen. Morgen kommen viele Kinder, die sicher mit dir spielen wollen.« Die Hündin spitzte bei ihrem heiteren Tonfall die Ohren und begann in Richtung Grayson House zurückzulaufen. Was für ein kluges Tier sie doch besaß.

21

Susan stand in Reifrock und gebundener Korsage im ehemaligen Gästezimmer von Grayson House und wartete darauf, dass Glenda ihr mit dem Kostüm half.

Judy lümmelte bereits fertig angezogen auf einer aufgedeckten Chaiselongue herum und spielte seit geraumer Weile mit ihrem Nintendo, ohne von der Umwelt groß Notiz zu nehmen.

Glenda trat hinter Susan. Sie trug ein graues Antebellum-Kleid mit weitem Taftrock, und auf ihrem Kopf thronte ein kleiner, blütenverzierter Samthut. Sie stülpte Susan vorsichtig das Kostüm über. Mit geschickten Händen schloss sie die rosafarbenen Stoffknöpfe im Rücken. »Und jetzt noch den Strohhut.« Sie drückte ihr das mit einer Federgarnitur und weißen Stoffblüten verzierte Stück auf die Hochsteckfrisur und band ihr das Samtband unter dem Kinn zusammen. »Fertig. Willkommen im Jahr 1861.«

Susan drehte sich zum Standspiegel. »Das sieht unglaublich aus. Ich kann nicht fassen, dass diese vornehme Dame da drin ich sein soll.« Sie blinzelte noch zweimal, aber der Anblick blieb.

»Du bist es aber. Das Kleid steht dir wirklich ausgezeichnet.« Glenda trieb sie nun zur Eile an. »Ich höre noch mehr Autos kommen. Wir müssen uns wirklich beeilen.«

Gleich musste Susan vor sehr vielen Menschen eine Rede halten. Das Los der Besitzerin eines solchen Erbes. Ihre Hände zitterten vor Aufregung. Die halbe Nacht hatte sie deswegen wachgelegen.

Ein Klopfen an der Tür ließ sie innehalten.

»Herein«, rief Glenda.

Tom betrat kostümiert den Raum. Danny wartete draußen im Flur und reckte bei ihrem Anblick den Daumen hoch. Sie warf ihm als Dankeschön einen Luftkuss zu.

Er trug genau wie Glendas Mann die graue Südstaatenuniform eines Soldaten. Bewundernd musterte Tom sie. »Du siehst fantastisch aus, meine Liebe. Aber ihr müsst jetzt Gas geben, denn es kommen immer mehr Leute. Um elf Uhr macht Mister Lee, der hiesige Historiker, die ersten Hausführungen hier unten. Es wird auch dafür gesorgt, dass keiner die Privaträume betritt. Fallt also nicht mit euren hübschen Kleidern über die Absperrbänder, die gerade überall befestigt werden. Judy, du kommst schon mal mit uns. Ich glaube, dieses Jahr werden wir überrollt von Besuchern. Hat sich wohl herumgesprochen, dass Grayson House eine neue Besitzerin hat.« Grummelnd fügte er hinzu: »Oder irgendein Depp hat ihnen verraten, dass Chad Hendix kommt.«

»Holt bitte noch meine Spiegelreflexkamera aus dem Wohnzimmer und macht schon einmal ein paar Bilder«, rief Susan den beiden Männern hinterher.

Judy erhob sich und legte ihr Spielgerät beiseite. »Das mach ich. Ich glaube, die beiden haben dich schon nicht mehr gehört.« Sie eilte mit ihrem hellblauen, knielangen Taftkleid aus dem Raum. Die Feder an ihrem Strohhut wippte dabei lustig hin und her.

Kinder hatten sich in der damaligen Zeit nicht mit bodenlangen Kleidern herumquälen müssen. Susan beneidete die Teenagerin für ihr Alter an diesem Tag. Die Hitze kroch bereits unter das Korsett und ließ kleine Schweißperlen über ihre Haut laufen. Da konnte jedes Deo nur versagen.

Glenda drückte ihr noch einen rüschenverzierten Sonnenschirm aus weißer Spitze in die Hand. »Und jetzt wir zwei Hübschen. Pass auf, wenn du durch die Tür gehst. Drück den Rock an den Seiten einfach etwas zusammen. Und wenn wir draußen im Garten sind, immer hübsch winken. Die Leute mögen so etwas sehr.« Sie zeigte ihr, wie sich eine Southern Lady bewegte.

»Also winken kann ich, schließlich bin ich Engländerin.« Susan quetschte sich prustend durch den Türrahmen. »Ach du meine Güte, ist das ungewohnt. Damit kann man ja nur trippeln.«

Das Kleid raschelte bei jedem Schritt, den sie machte und Susan trug es mit dem Stolz einer Grayson.

Als sie durch den Flur glitten, begegneten ihnen weitere Helfer in Südstaatenuniformen, die überall wo es nötig war *No Entry*-Bänder befestigten. Alle grüßten höflich. Draußen im Garten angekommen, tat es Susan Glenda gleich und öffnete ihren Spitzenschirm. Die Sonne brannte bereits heiß vom Himmel herunter. Ihr Erstaunen wuchs beim Anblick der vielen Menschen, die sich bereits überall verteilt auf dem Grundstück befanden. Stimmengewirr, Vogelzwitschern und Gelächter erfüllte den Garten von Grayson House. Der Geruch von gebratenem Fleisch hing in der Luft. Familien und Paare saßen auf bunten Picknickdecken im Schatten der majestätischen Bäume. Einige der aufgestellten Biergarnituren waren ebenso besetzt. Doch allen Menschen hier war eines gemein: Die Damen und Mädchen trugen prachtvolle Antebellum-Kleider in den bezauberndsten Farben. Da waren ältere Ladys in sonnengelb und himmelblau gekleidet und junge Frauen in hinreißendem lavendel und puderrosa Gerüschtem. Susan konnte sich gar nicht sattsehen an dem Anblick der opulenten Kostüme. Die grauen Anzüge in

Soldaten- oder Generalmanier der Männer und Jungen vervollständigten die Pracht.

Diese ganze Szenerie erschien wie ein buntes, prächtiges Gemälde.

Überall liefen ebenfalls kostümierte Kinder zwischen den Erwachsenen umher. Kleine Jungs fochten lachend mit ihren Plastiksäbeln miteinander. Die ersten Kleinkinder sprangen bereits quietschend auf der Hüpfburg herum. Bei diesem Anblick musste Susan schlucken.

»Sieh mal, wer da kommt. Auf zwölf Uhr«, murmelte Glenda.

Die drei Plaudertaschen marschierten gerade über den Rasen auf sie zu. Majestätisch in ein rubinrotes Ballkleid gewandet mit riesigen, wippenden Pfauenfedern an ihrem Hut, bildete Trudy Nolan mit hocherhobenem Kopf und stolzem Blick die Mitte des Gespanns. Ihr mächtiger Busen spannte unter dem tiefausgeschnittenen Kleid. Susan stockte der Atem vor Bewunderung. Trotzdem hoffte sie inständig, dass ihnen ein Nippelblitzer an diesem Tag erspart blieb. Die anderen beiden Damen trugen dezentere Kostüme in minzgrün und apricot.

»Achtung, jetzt geht die Show für unsere Besucher los, mach dich bereit«, wisperte Glenda erneut.

»Was für eine Show?«, raunte Susan.

Glenda setzte ein hochmütiges Gesicht auf und nahm Haltung an. Die drei Klatschbasen knicksten mit einer leichten Verbeugung höflich vor Susan.

»Liebste Miss Parker, es ist uns eine Freude, Sie heute hier besuchen zu dürfen. Was für ein fantastisches Fest«, dröhnte Trudy Nolan laut genug, dass es ja auch alle in ihrem Umkreis mitbekamen.

Susan war für einige Sekunden verwirrt, ehe sie begriff, dass es sich hier um eine kleine, schauspielerische Vorstellung handelte. Wenn es an diesem Tag so Brauch war, damalige Sitten nachzuahmen, würde sie als Hausbesitzerin bei dieser Darbietung natürlich mitspielen. Die Oberklatschbase war fantastisch in ihrer Rolle. Noch immer quälte Susan dieses Wissen um das Unrecht ihrer Familie gegen Trudy Nolans Vorfahren. Sie knickste ebenfalls höflich und neigte kurz den Kopf. »Ich freue mich auch sehr, meine Damen, Sie hier zu begrüßen. Genießen Sie das wunderschöne Fest.«

Edwina Archer ergriff das Wort. »Wir helfen an den Ständen aus, Miss Parker. Sie müssen heute nur herumschlendern und Grayson House repräsentieren. Sie schaffen das schon.« Die Damen knicksten noch einmal und entfernten sich in Richtung der Verkaufstische.

Susan rührten ihre Worte. Die drei gefielen ihr von Tag zu Tag besser. Wenn man die Damen brauchte, halfen sie. Das alleine zählte.

Glenda packte sie am Ellbogen. »Ich glaube, da kommt dein Verehrer. Ich gehe mal nachsehen, ob ich noch irgendwo helfen kann.«

Jeff stelzte in der Südstaatenuniform eines Generals auf sie zu. Sein Säbel und Generalshut verliehen ihm etwas Erhabenes. Das passte zu ihm.

Er zog den grauen Filzhut und verbeugte sich höflich vor ihr.

»Edle Dame, darf ich Sie um Ihre heutige Gesellschaft bitten?«

»Ihr dürft, mein Herr.« Sie hielt ihm ihre Hand hin, auf die er formvollendet einen zarten Kuss hauchte.

»Du siehst wunderschön aus. Ich glaube, ich muss dich nachher in die Büsche zerren«, raunte er ihr zu.

»Unterstehen Sie sich, Sie Wüstling. Was sollen die Leute denken?«, schalt sie ihn scherzhaft.

»Dass Sie eine Grayson sind, meine Dame? Die sind doch bekannt für verrückte Aktivitäten an diesem Fest Ma'am. Sie würden sich einfach in eine alte Familientradition einreihen«, witzelte er.

Susan senkte ihre Stimme. »Lieber nicht. Die Leute starren mich eh schon genug an.«

Er legte ihr den Arm um die Taille. »Das stimmt. Am besten hältst du gleich deine Rede. Dann hast du es hinter dir. Bald kommt der Superstar mit Band. Die spielen dann eine Stunde. Unser Hauptact hat nämlich noch mehr Termine heute, wie du dir sicher vorstellen kannst. Wir haben aus diesem Grund noch zusätzlich eine Garagenband engagiert. Die fangen an, wenn du geredet hast. Sie überbrücken die Wartezeit bis Chad Hendix auftritt und begleiten uns den Rest des Tages. Angeblich sind die Jungs ganz gut.«

Susan betrachtete die Menschenmenge. »Ich glaub, ich halt das nicht aus. Ich bin so schrecklich nervös. Wie viel Uhr haben wir jetzt?«

Er schob den Ärmel seiner Uniformjacke zurück und blickte auf seine Hamilton. »Kurz vor elf. Es ist an der Zeit, dich vorzustellen.« Jeff packte sie bei den Schultern und blickte ihr tief in die Augen. »Atmen, Brust raus und ab mit dir auf die Bühne. Und vergiss nicht, auf die Fahne der Kinder aufmerksam zu machen.«

Ihre Knie schlotterten, während sie in Richtung Bühne ging, die man vor der Terrasse aufgebaut hatte. Die Menschen blickten ihr hinterher. Im Vorbeigehen konnte sie Wortfetzen aufschnappen:

»Sieht aus wie eine Grayson.«

»Die Ähnlichkeit ist unfassbar.«

»Sie hat die Schönheit von Amelia Grayson geerbt.«

Bei der Bühne angekommen machte Susan dem jungen Mann, der die Technik verantwortete, ein Zeichen, dass sie nun sprechen wollte. Dann betrat sie das Podest. Überall lagen Kabel herum und sie musste aufpassen, nicht darüber zu stolpern.

Mit zitternden Händen nahm sie das Mikrofon entgegen, das irgendjemand ihr reichte. Wie sollte sie bloß vor all diesen Menschen reden, ohne sich zu verhaspeln?

Die Menge vor ihr verstummte in ihren Gesprächen und schenkte Susan ihre ungeteilte Aufmerksamkeit. All die Worte, die sie sich sorgsam zurechtgelegt hatte, schienen aus ihrem Kopf verschwunden zu sein. Wenn doch nur ihre Großeltern und Mutter sie jetzt sehen könnten. Aber sie lebten nicht mehr. Es war nun an ihr, die Familie zu repräsentieren. Hilfesuchend blickte sie zur Seite wo die Perkins Familie mit Jeff und Danny standen. Sie gaben ihr Zeichen, dass sie sich beruhigen sollte. Susan sah, dass viele Menschen ihr Handy zückten, um sie zu fotografieren. So also ging es Danny vor seinen Auftritten. Und so fühlte es sich an, als eine Grayson an solch einem Tag im Mittelpunkt der Öffentlichkeit zu stehen. Sie straffte ihre Schultern und auf einmal fiel ihr wieder ein, was sie sagen wollte.

Susan hob das Mikro zum Mund und begann zu sprechen. Ihre Worte hallten verstärkt überall im Garten wider: »Meine Damen und Herren, ich möchte Sie alle im Namen der Grayson Familie an diesem wunderschönen Tag willkommen heißen. Wie Sie bestimmt gehört haben, ist meine Großmutter vor einiger Zeit verstorben. Es ist nun an mir, die liebgewonnene Tradition dieses Festes fortzusetzen. Und wenn wir gerade von Traditionen sprechen: Wie Sie sicherlich bemerkt haben, weht über Grayson House heute eine selbstgemachte Fahne. Die Kinder von Taspering haben sie gestaltet. Sie steht für die Wertschätzung und den Respekt der Grayson Familie anderen Menschen gegenüber. Egal ob Weiß oder Schwarz. Wir sind alle gleich viel wert und Kinder Gottes. Unter diesem Motto lassen Sie uns heute und in Zukunft im friedlichen Miteinander dieses Fest genießen.« Allgemeiner Beifall brauste auf und sie musste einen Augenblick schweigen. Im Augenwinkel sah Susan, dass Trudy Nolan und einige andere Besucher des Festes vor Rührung weinten. Es machte Susan nichts aus, wenn sich nun dennoch Leute an der fehlenden Südstaatenfahne störten. Sie beendete ein für alle Mal die Zeiten des Rassismus und der Diskriminierung Schwarzer in Grayson House. Nachdem wieder Ruhe einkehrte, sprach sie weiter. Bis jetzt verließ noch niemand das Fest. Sehr gut. Sie konnte nur auf dem richtigen Weg sein. »Ich habe dank der fantastischen Unterstützung der Einwohner von Taspering die große Ehre, dieses Fest zu eröffnen. Ich wünsche Ihnen und Ihren Familien einen erlebnisreichen Tag auf dem Anwesen der Graysons. Genießen Sie die wohlschmeckende Südstaatenküche. Die Damen des Kirchenkomitees und die Bewohnerinnen und Bewohner von Taspering haben keine Mühen gescheut, Sie heute zu verköstigen. Die Bons für Essen und Getränke bekommen Sie an dem Stand mit dem blauen Band dort hinten.« Susan zeigte auf den entsprechenden Stand, hinter dessen Theke die Helfer schon eifrig Coupons verkauften. »Und jetzt habe ich das große Vergnügen, eine einheimische Band auf die Bühne zu lassen: Benny & The pounding Jerboas.

Verbringen Sie also den Tag bei gutem Essen, Trinken und fantastischer Musik. Viel Spaß!« Die Leute standen von ihren Decken und Bänken auf und applaudierten ihr euphorisch. Anerkennende Pfiffe ertönten aus dem Publikum. Susan ließ das Mikro sinken und reichte es dem Sänger, einem schlaksigen jungen Mann in Fransenlederhose und Totenkopfshirt, der mit seiner Band nun die Bühne betrat.

Das war geschafft. Mit wackligen Beinen stakste sie auf Jeff und die anderen zu.

In Tom Perkins Augen standen ungewohnterweise Tränen. Seine Stimme versagte fast beim Sprechen. »Du hast uns alle stolz gemacht, Susan. Lass dich umarmen.«

Der alte Mann drückte sie herzlich und nun bekam sie reihum Umarmungen.

Auch Trudy Nolan presste sie heulend an ihren Busen. »Sie sind die erste Grayson, die so etwas für Menschen meiner Hautfarbe macht. Gott segne Sie«, flüsterte sie.

Susan spürte den Kloß in ihrem Hals und die Emotionen überwältigten sie. »Entschuldigt mich bitte, ich komme gleich wieder.«

Mit feuchten Augen flüchtete sie ins Haus. Dort liefen Festbesucher herum, die gerade an der Führung teilnahmen. Sie schlüpfte unter der Absperrung durch und stieg, so gut es ihr Reifrock zuließ, die Treppe hinauf. In ihrem Schlafzimmer stellte sie sich ans Fenster und ließ ihren Blick über die vielen Menschen in ihrem Garten schweifen. Die Musik der Country Band drang zu ihr hoch. Ihr blieb nicht viel Zeit zum Verschnaufen. Sie musste wieder runter und sich unter ihre Gäste mischen. Eine gute Gastgeberin tat das. »Ach Mum, so muss es dir damals auch ergangen sein. All diese Verpflichtungen«, murmelte sie.

Susan verließ das Haus wieder und begab sich unter die Besucherschar. Sie erkannte einige bekannte Gesichter, wie die der Kunden des Supermarktes. Ganz die wohlerzogene Gastgeberin, verteilte sie großzügig Komplimente: »Misses Bolt, es freut mich sehr, Sie heute hier zu begrüßen. Sie sehen wunderschön aus.« Sie zwinkerte ihr zu. »Es ist zwar nicht Woodstock, aber ich denke, Sie werden heute dennoch auf Ihre Kosten kommen.«

»Oh Misses Clearmont, nun verstehe ich, warum Doktor Peters so gespannt auf Ihr Kostüm war. Sie sehen fantastisch in dieser eisblauen Farbe aus.«

Misses Clearmont klimperte kokett mit ihren Wimpern. »Vielen Dank, meine Liebe.« Sie hielt Susan kurz am Arm fest. »Haben Sie den Doktor schon gesehen? Er hat mir einen Tanz versprochen.«

Oh weh. Susan konnte nur erahnen, was vielleicht an diesem Tag noch auf sie zukam. Da half nur eine Notlüge. »Ich glaube, ich habe ihn vorhin bei den Essensständen gesehen.« Sie verabschiedete sich höflich von den Damen und zog weiter übers Grundstück Richtung Haus. Immer wieder blieb sie stehen und unterhielt sich mit ihren Gästen. Violet hüpfte fröhlich um ihre Beine herum. Fast fiel sie deshalb beim Rundgang über die auslaufende Baumwurzel einer mächtigen Eiche. Doch eine helfende Hand bewahrte sie vor dem Sturz.

»Passen Sie auf Miss, dass Sie sich nicht Ihren hübschen Hals brechen.«

Sie blickte in ein paar helle Augen und schluckte.

»Geht's wieder? Alles ok?«

Wortlos und mit weichen Knien nickte sie. Chad Hendix stand vor ihr.

»Können Sie mir sagen, wo ich eine Miss Parker finde? Ihr gehört dieses Haus. Ich wollte mich bei ihr vorstellen vor unserem Auftritt.«

»Ich … ich bin die Hausbesitzerin«, kam es stotternd über ihre Lippen.

Er grinste. »Na, so ein Zufall aber auch. Wo können meine Band und ich denn unsere Sachen lagern? Und haben Sie spezielle Liedwünsche?«

Susan spürte, dass ihre Stimme versagte. Das war doch närrisch von ihr, sich so zu benehmen. Der Zweiundfünfzigjährige vor ihr sah kaum älter als Mitte vierzig aus und sie fühlte sich wieder in ihre Teenagerzeit zurückversetzt. In jene

Zeit, in der sie mit ihren Zimmergenossinnen zu seiner Musik durchs Zimmer gerockt war.

»Keine speziellen Wünsche. Kommen Sie mit. Ich zeige Ihnen alles.«

Ihr fiel auf, dass den Menschen vor Begeisterung der Mund aufstand, während sie vorbeigingen. Nur dieses Mal nicht wegen ihr. Seine dunkle Kleidung mit der Lederjacke darüber, die langen, karamellfarbenen Haare und der schwarze Hut standen ihm ausgezeichnet. So gut es ging, bugsierte sie ihn durch die gaffende Menge. Ab und an blieb er stehen, verteilte Autogramme oder machte Selfies mit Fans, die ihn darum baten. Er kannte diesen ganzen Zirkus um seine Person ja sicher zur Genüge. Endlich gelangten sie ins Haus.

Im Flur erwartete Jeff sie bereits. »Ich übernehme ab hier.«

Um Chad Hendix Mundwinkel bildeten sich kleine Lachfältchen. Susan warf einen Blick von einem zum anderen. Kannten die beiden sich etwa besser, als Jeff vorgab? Doch sie fragte nicht weiter nach. Draußen gab es noch genug für sie zu tun.

»Gut, wie du meinst. Ich gehe dann mal und helfe draußen weiter.«

Doch nach nur zwei Schritten drehte sie sich noch einmal zu den Männern um, die bereits eine Unterhaltung begannen.

»Mister Hendix?«, rief sie.

»Ja, Miss Parker?«

Nun musste sie doch den Fan in ihr rauslassen. »Ich finde Ihre Musik wirklich klasse. Ich bin eine Ihrer größten Bewunderinnen. Es ehrt mich, dass Sie heute hier sind.«

Er schenkte ihr so ein hinreißendes Lächeln als Antwort, dass ihre Knie wieder weich wurden. Sie schalt sich innerlich für ihre Unbeholfenheit. Der Mann musste ja wegen ihres Verhaltens denken, dass sie zu dieser Sorte Frauen gehörte, die ihm bei seinen Auftritten Schlüpfer auf die Bühne warfen. Also gar nicht abwegig zu ihren Teenagerzeiten. Doch die lagen hinter ihr. Draußen begegnete ihr Judy. Genau die Ablenkung, die sie jetzt brauchte.

»Zeigst du mir deinen Henry gleich mal und diese Gladys?«

Judy zerrte sie zur Hausecke. »Siehst du den blonden Jungen da drüben und Goldlöckchen bei ihm?«

»Das ist er also? Und das ist diese Gladys? Die ist definitiv nicht so hübsch wie du. Schau doch nur wie mager sie ist. Das ist doch nicht schön.« Susan betrachtete den schlaksigen Jungen, in dessen Gesicht die Pickel blühten. Das Mädchen an seiner Seite sah so zartgliedrig aus, dass sie sich fragte, ob diese Teenagerin überhaupt regelmäßig aß.

»Ja, das ist Henry. Sieht er nicht super aus? Alle in der Schule wissen, dass Gladys diese Abnehmtabletten schluckt. Außerdem nimmt sie an Misswahlen teil. Aber er geht mit ihr aus.« Sie verzog das Gesicht zu einer mürrischen Miene.

Susan wollte Judy nicht verunsichern. Doch sie verdiente eine ehrliche Antwort. Dieser Junge befand sich jenseits ihrer Vorstellung, was gutaussehend betraf. Aber die Liebe fragte nun mal nicht, bei wem sie anklopfte. Schon gar nicht, wenn sie im hormonellen Achterbahnkörper einer Dreizehnjährigen herumtobte. »Na ja, er sieht ganz passabel aus. Das ist halt Geschmackssache. Ich gehe jetzt jedenfalls Jeff suchen und versuche, zu tanzen. Du solltest dir auch einen Tanzpartner zulegen. Denk an den Eifersuchtsplan. Die Band klingt übrigens wirklich grandios.« Susan wippte etwas mit den Füßen. Flotte Countrymusik klang zu ihnen herüber. »Hätte ich gar nicht gedacht, bei ihrem Aussehen. Man könnte meinen die Band macht Heavy Metal, aber nicht Country.«

»Ja, der Sänger ist der ältere Bruder eines Mädchens aus meiner Klasse. Die gibt immer an mit ihm. Na egal, ich gehe dann mal schauen, dass ich einen Jungen finde, der mit mir abrockt«, sagte Judy und verschwand in der Menge.

Jeff postierte sich unter einer mächtigen Eiche und betrachtete Susan von weitem. Dieses Kleid machte sie zu einer perfekten Kopie ihrer Mutter. Die Leute mussten doch den Mund vor Staunen nicht mehr zubekommen. Wenn ein berühmter Country Star sie bezaubernd fand, dann sicher auch andere Männer. Chad Hendix Ratschlag, sie gut festzuhalten, ging ihm immer noch durch den Kopf. Ihr bezauberndes Aussehen in diesem Kostüm verursachte Wehmut in ihm. Heute, spätestens aber morgen wollte er ihr sagen, dass er nicht nur Handwerker, sondern einer der besten Pitcher des Landes war. Vielleicht zählte nun jede Stunde, die er noch mit ihr genießen konnte. Er setzte sich in Bewegung und bugsierte sich auf dem Weg zu ihr an den vielen Picknickdecken vorbei.

»Na, hast du alles geklärt mit unserem Star? Ihr scheint euch gut zu kennen, so wie ihr miteinander geredet habt«, stellte sie fest.

Jeff grinste. »Ach, sind wir jetzt neugierig? Hab ich mich getäuscht oder läuft dir der Sabber immer noch am Mundwinkel herunter? Du hast ihn angehimmelt.«

»Ach was.« Sie machte eine wegwerfende Geste. »Das ist kein Sabber, sondern Schweiß.«

»Natürlich, was sonst?« Er lachte und zeigte mit dem Kopf zur großen Tanzfläche, wo Paare bereits fleißig herumwirbelten. »Bist du soweit?«

»Ich glaub, ich muss aufs Klo.«

»Nichts da, Feigling. Du hast versprochen zu tanzen.« Er wies auf ihr Kleid. »Außerdem kann man unter diesem ganzen Gerüschekram deine Füße eh nicht sehen. Also stell dich nicht so an.« Energisch fasste er ihre Hand und zog sie

Richtung Tanzfläche. »Die Leute wissen doch, dass du nicht von hier bist. Da verzeiht man dir auch, wenn du dich wie ein Trampeltier anstellst.«

Jäh blieb sie stehen. »Wie bitte? Trampeltier? Das Trampeltier zeigt dir jetzt mal, was es gelernt hat«, quietschte sie empört.

Jeff blickte ihr hinterher. Es sah so ulkig aus, wie sie mit affektiertem Blick den Rock raffte und hocherhobenen Hauptes Richtung Tanzpodest davontrabte. Man musste sie nur bei ihrer Eitelkeit packen. Gut zu wissen für die Zukunft. Für einen Moment blieb er reglos stehen. Dieser Gedanke bereitete ihm keine Angst mehr. Ja, es erschien ihm nun klar und deutlich. Er konnte sich vorstellen, es mit ihr zu versuchen. Nicht nur ein wenig Sex hier und da, sondern sie ausführen, ihr den Hof machen. Und dann mal schauen. Nur was sie davon hielt, wusste er nicht. Noch immer wollte Susan nach Hause. Zeit, sie von dieser Idee abzubringen! Er sputete ihr hinterher. Genau in dem Augenblick, als Chad Hendix unter riesigem Gejohle und Geklatsche die Bühne betrat, bekam er sie zu fassen.

»Hey Taspering, was geht ab? Wollt Ihr etwas Spaß haben? Na, dann mal los«, schrie der Country Star ins Mikro. Die ersten Töne erklangen und die Menschen auf der Tanzfläche, unter ihnen Susan und Jeff, begannen sich schwungvoll zu bewegen.

Sie passte sich seinem Takt an. Füße vor und zurück, herumwirbeln, Schritt nach rechts, Schritt nach links. Klatschen. Im Augenwinkel sah Susan Judy, die mit einem älteren Jungen herumstob. Auch Danny tanzte mit einer ihr unbekannten jungen Frau. Und zu Susans Entsetzen auch Linda Hobbs und der Tierarzt. Hoffentlich gab das keinen Ärger unter den Damen. Noch einmal drehte sie sich schwungvoll an

Jeffs Hand. Warum bloß hatte sie solch eine Angst vor dieser Tanzerei gehabt? Square Dance machte doch solchen Spaß. Ausgelassen juchzte sie mit den anderen Menschen mit. Erst recht, als Jeff sie kurz hochhob und wieder absetzte. In ihrem Bauch kribbelte es vor lauter Glücksgefühl. Susan fühlte sich so heiter, dass sie ignorierte, wie ihr der Schweiß in Strömen den Rücken hinunterlief.

Aber ihrem Begleiter fiel es wohl auf. Jeff zog sie vom sowieso mittlerweile total überfüllten Tanzpodest. »Lass uns etwas trinken gehen«, keuchte er atemlos. »Puh, ist das heiß heute.« Auch ihm rann der Schweiß übers Gesicht.

Sie beobachtete ihn dabei, wie er ganz eitler Gockel an seinem Bart herumfummelte. Sein Verhalten störte sie dennoch nicht. Besser, ein Mann achtete auf sein Aussehen, als sich gehenzulassen.

Am Getränkestand bekamen sie Wasser gereicht. Zum Glück mussten sie sich nicht für die Bons anstellen. Ihnen fiel auf, dass die Schlange fast bis zur Straße reichte. Die Hitze forderte ihren Tribut. Susan betete, dass ihnen die Getränke nicht ausgingen.

Taylor Powers blieb noch einen Moment am Rand stehen und beobachtete die ganze Szenerie. All diese kostümierten Menschen hier, die lachten und tanzten, brachten seine Galle zum Überlaufen. Jetzt kam seine Zeit, die schon viel zu lange überfällig war. Er näherte sich Mae Graysons Enkeltochter, die alleine in der Nähe des Hauses unter einer mächtigen Eiche pausierte. Ein Spitzenschirm lehnte am Baum und sie fächelte sich mit der Hand Luft zu. Ihr Begleiter, dieser Handwerker, der angeblich immer um sie herumscharwenzelte, hatte sie augenscheinlich mal alleine gelassen. Das Gespräch über die beiden ging im ganzen Ort herum.

Sie lächelte ihn mit dem gleichen Lächeln an, das ihn vor Jahren von hier vertrieben hatte. Das einer Grayson. Der braune, dicke Umschlag in seiner Hand fühlte sich wirklich gut an.

»Oh, Mister Powers, wie schön, dass Sie uns heute auch besuchen«, rief sie bei seinem Anblick höflich aus.

Mal sehen, ob sie gleich noch so lachte! »Guten Tag, Miss Parker. Da haben Sie und die Einwohner von Taspering sich ja alle Mühe gegeben, dieses Fest zu einem richtig tollen Event zu machen.«

»Ja, so sieht es aus, Mister Powers. Es ist wirklich gelungen. Haben Sie gesehen, dass wir auch einen berühmten Gast hatten? Er ist vor einer halben Stunde gefahren. Dieses Fest ist wirklich überwältigend.« Sie griff nach ihrem Stoffschirm und spannte ihn wieder auf.

Er verschränkte die Arme und lehnte sich gegen die Baumrinde.

»Ja, das scheint mir auch so, Miss Parker. Wie bedauerlich, dass es nun das letzte Fest dieser Art sein wird«, posaunte er hinaus.

Sie zuckte bei seinen Worten zusammen, als hätte er ihr eine Ohrfeige verpasst. Genau darauf freute er sich schon den ganzen Tag.

»Was wollen Sie damit sagen, Mister Powers?«

Er beschloss, dass es an der Zeit war, ihr die Wahrheit zu offenbaren. Die Schonzeiten lagen hinter ihm. Oh wie sich das doch gut anfühlte. Wie lange hatte er auf diesen Moment gewartet. Und nun bekam er die verdiente Belohnung für sein Ausharren. Diesmal konnte die alte Schachtel nichts unternehmen. Sollte sich diese Gewitterhexe doch im Grab rumdrehen!

Voller Befriedigung überreichte er ihr den Umschlag. »Hier drin befinden sich Vertragspapiere, die bezeugen, dass ich Mae Grayson zwei Millionen Dollar geliehen habe. Ihre Großmutter besaß einfach kein Händchen für Aktien. Wie dumm, dass sie auf diesen Trottel von Ihrem Vater damals gehört hat. Ich habe ihr nur aufgrund alter Verbundenheit das Geld geliehen. Die Frist läuft in vier Wochen aus. Entweder Sie bezahlen oder Grayson House geht in meinen Besitz über. Nächstes Jahr um die Zeit laufen dann meine Hotelgäste hier herum.«

Mit schreckgeweiteten Augen starrte sie ihn an. »Das ist nicht wahr. Bei Ihrem Besuch behaupteten Sie noch, meine Familie kaum zu kennen«, kam es entsetzt von ihr.

»Doch, es ist wahr Lady. Ich wollte bloß höflich sein beim letzten Mal. Aber jetzt lassen Sie uns nicht mehr weiter um den heißen Brei herumreden. Es ändert sich nichts an der Tatsache, dass Sie als Erbin von Grayson House nun in meiner Schuld stehen. Sehen Sie zu, dass Sie das Geld auftreiben«, erwiderte er barsch.

In ihr kochte das Blut, es dröhnte in ihren Ohren bei seinen Worten. Wie konnte dieser Mann es wagen, ausgerechnet heute mit seinem perfiden Ansinnen zu kommen und ihr den Tag zu verderben? Ein Blick in sein zufriedenes Gesicht brachte ihr Klarheit. Die Erkenntnis traf sie wie ein heftiger Schlag in die Magengrube. Er wollte das so. Natürlich. Ja, er weidete sich geradezu an ihrem Unglück. Wie dumm von ihr, ihm auch noch eine Tasse Kaffee bei seinem Antrittsbesuch angeboten zu haben. Sie hätte sie ihm besser in die Hose geschüttet.

»Verschwinden Sie augenblicklich von meinem Grundstück. Oder ich rufe jemanden, der das für mich erledigt. Sie werden Grayson House nie in die Finger bekommen«, erwiderte sie in scharfem Ton. Sie wollte nicht schreien. Einen

Eklat dieser Art konnte und wollte sie sich nicht leisten. Das blöde Erbe ihrer Familie.

Danny tauchte urplötzlich neben ihr auf. Er trat auf Taylor Powers zu. In diesem Moment tauschten sie die Rollen. Nun stellte er sich beschützend vor Susan. »Scheren Sie sich zum Teufel, Mister. Ich habe genau mitbekommen, was Sie hier abziehen. Sie haben gehört, was Miss Parker gesagt hat. Also, verkrümeln Sie sich mit Ihrem dämlichen Grinsen!«

Taylor Powers lachte höhnisch. »Gerne, ich bin schon weg.«

Er zeigte auf seine Armbanduhr. »Die Zeit läuft, Miss Parker. Tick, tack.« Dann fasste er sich an die Stirn. »Ach, ich vergaß ja ganz: Sie haben nicht so viel Geld, denn sonst müssten Sie ja verkaufen«, rief er hämisch im Rückwärtsgang.

Am liebsten hätte Susan ihm einen großen Stein hinterhergeworfen.

Danny streichelte ihr beruhigend über den Rücken. »Ich weiß zwar nicht, was vor deiner Ankunft hier vorgefallen ist, aber das klang bedrohlich, was der Typ von sich gab.«

Susan klammerte sich hilfesuchend an seinen Arm. »So ein widerliches Stinktier«, kam es ihr über die Lippen. »Nun weiß ich endlich, warum Glenda vor einigen Tagen so reagierte bei meinem Gang zur Bank. Und die Plaudertaschen flüchteten bei ihrer Aufwartung, kaum dass er das Zimmer betrat. Ich fühle mich total ausgeschlossen, Danny. Warum nur haben die Leute hier nicht den Mund aufgemacht und mich eingeweiht?« Sie fühlte sich betrogen. Na, die Perkins konnten was erleben! Mit einer glühenden Wut im Bauch stapfte sie, gefolgt von Danny, Richtung Glenda. Eben hatte sie sie doch noch bei den Verkaufsständen gesehen.

Jeff versperrte ihnen den Weg. Er hielt zwei Flaschen Bier in der Hand.

»Was ist das für ein Umschlag in deiner Hand?«

»Schlechte Neuigkeiten. Aber das geht dich nichts an«, fuhr sie ihn herrischer als beabsichtigt an. »Das Fest muss weitergehen. Ich bringe das Ding mit Danny nur schnell ins Haus.« Sie ließ ihm keine Chance, weiter vorzudringen, und eilte davon.

Bei der Küchentür kam ihnen Glenda entgegen. »Das Essen geht zur Neige, Liebes. Das Fest läuft wirklich gut.«

Susan musste sich wirklich zusammenreißen, um ihre Nachbarin nicht vor allen Leuten ins Gebet zu nehmen. Deshalb entrang sie sich nur ein leises Zischen. »Mir egal, ist doch sowieso alles nur Show. Oder willst du etwa behaupten, ihr wüsstet nicht, wer dieser Powers in Wahrheit ist? Ihr seid mir eine Erklärung schuldig. Kommt sofort ins Wohnzimmer!«

Glenda riss die Augen auf und rief nach ihrem Ehemann. Im Sturmschritt eilten sie ins Haus.

Bei ihrem Auftauchen verengten sich Susans Augen. »Aha, da kommt ja die Lügenkompanie«, gab sie höhnisch von sich.

Violet, die neben der Couch in ihrem Hundebett lag, stellte die Ohren auf bei diesem Tonfall.

Die Hände von Glenda zitterten sichtbar. »Mister Powers hat es dir also gesagt?«

Tom bemerkte es und stütze sie. »Wir dachten wirklich, er hätte es aufgegeben. Oder zumindest noch länger gewartet. Er ist ein mächtiger, einflussreicher Immobilienhai, der mit deiner Großmutter Geschäfte gemacht hat.«

Glenda rang um Fassung. »Wir hatten gehofft, wir finden eine Lösung. Natürlich wollten wir es dir sagen, aber dann kam die Festplanung und wir hatten so viel anderes zu tun. Du hast dich doch so auf das Fest gefreut. Das wollten wir dir nicht verderben!«

»Na, da habt ihr mich ja schön auflaufen lassen. Nennt ihr das etwa ehrlich? Und was das Aufgeben betrifft …«

Susan schnappte nach Luft. »Er will zwei Millionen Dollar von mir haben!« Es fühlte sich an, als ob der Boden unter ihren Füßen wegbrach. Wie ein Tiger in seinem Käfig lief sie im Raum umher. »Wie soll ich so eine Menge Geld bitteschön auftreiben, ohne zu verkaufen? Alle Besitztümer inklusive Grayson House sind doch viel mehr wert. Aber es befindet sich *sein* Geld auf meinen Bankkonten«, schrie sie verzweifelt.

»Es tut uns wirklich leid«, flüsterte Glenda tränenerstickt.

»Ich brauche eure Reue nicht«, intervenierte Susan. »Macht euch lieber Gedanken darum, was mit dir und deiner Familie geschieht, wenn er das Haus in die Finger bekommt. Dann seid ihr nämlich alle obdachlos. Wie konnte meine Großmutter so dumm sein? Sie hätte mir nie dieses Haus vererben dürfen! Was hat sie gehofft, damit zu erreichen? Als ob dieser Geschäftsmann je von Grayson House, mit allem, was dazugehört, lassen würde!«

Beide Perkins sackten mit fahlen Gesichtern auf die Couch. Die Reichweite der scheinbar ausweglosen Situation machte sie betroffen.

Judy stolperte keuchend in den Raum. »Ihr müsst sofort kommen, irgendwas ist da draußen los.«

Susan hob die Hände. »Ah, verdammt, bringt dieser Tag etwa nur Ärger?«

Sie eilten nach draußen, um dort festzustellen, dass die Musik nicht mehr spielte. Bei ihrem lauten Disput hatten sie es nicht bemerkt. Die Musiker standen einfach nur auf der Bühne herum und redeten miteinander. Susan blickte sich um. Anstatt zu tanzen oder entspannt zu plaudern, schwirrten die Menschen durch die Gegend, als würden sie von Bienen verfolgt. Manche packten ihre Picknickkörbe, jedoch nicht, ohne sie vorher misstrauisch zu beäugen.

Ein dürrer Teenager-Junge hielt einen durchsichtigen Transportbehälter für Kleintiere in die Höhe. Er lief herum und schrie nach jemandem, der *Zähnchen* hieß.

Tom ergriff das Kommando. »Wir müssen klären, was da los ist.« Er eilte zu dem Jungen hinüber.

Trotz der Situation, in der sie sich befand, musste Susan schmunzeln beim Anblick der drei Grazien, die auf einer Bank standen und ängstlich zu Boden sahen.

»Habt ihr das Vieh schon gefunden?«, schrie Trudy Nolan angsterfüllt und raffte ihren Rock. Ihre Blicke huschten ständig hin und her.

Jeff und ein paar andere Männer liefen auch herum und halfen suchen. Das Ganze sah wirklich beunruhigend aus. Passend zu diesem Tag. Sicher handelte es sich um eine ausgebüchste Ratte. Da bemerkte sie, dass Toms Gesichtsfarbe sich änderte, während er mit dem Jungen sprach. Er kam keuchend zu ihnen. »Geht ins Haus. Oder stellt euch zu den Damen auf einen Tisch oder eine Bank.«

»Wieso, Tom? Der Junge vermisst doch sicher nur seine Ratte und nicht eine giftige Spinne oder Schla…« Susan blieb das Wort im Hals stecken. Er blickte sie ernst an. Zu ernst.

Nun ergriff auch sie und Glenda die Panik. Sie kletterten auf eine der Bänke zu den anderen Frauen, die dort bereits standen. Judy half eifrig mit suchen. Offenbar besaß sie keine Scheu vor solchen Tieren. Der Fluch der Graysons schien sich zu erfüllen. Wieder einmal kam es bei der Veranstaltung zu Turbulenzen. So sollte *ihr* Fest doch nun wirklich nicht sein.

Jeff flitzte mit Danny an ihnen vorbei. »Tom hat die Schlange entdeckt. Kommt, helft sie fangen«, rief er den anderen Männern zu.

»Aua, verdammtes Mistvieh«, tönte es in diesem Moment.

»Oh Gott, Tom!«, schrie Glenda und kletterte von der Bank. Sie eilte zu ihrem Mann.

Nun kam Bewegung in die Gesellschaft. Susan lief im Sturmschritt Glenda hinterher und sah Tom neben einem Rhododendronbusch auf dem Boden sitzen. Der Junge kniete daneben und griff gerade behutsam nach einer rot gefleckten Schlange, um sie wieder in den Behälter zu legen. Jeff hockte neben dem alten Mann und begutachtete die blutende Bisswunde auf dessen Handrücken.

Toms Gesicht war kreideweiß. »Ich habe ins Gebüsch gegriffen. Sie wollte gerade darin verschwinden. Da hat sie zugeschnappt. Ich weiß, ich bin ein alter Trottel.«

»Mein Zähnchen ist nicht giftig. Sie ist eine Kornnatter, Mister. Keine Sorge, ich bin auch schon von ihr gebissen worden. Sie müssen nicht sterben«, sagte der Junge beruhigend und verschloss den Deckel des Behälters sorgfältig. Dann blickte er wieder auf. Seine Augen glänzten vor Freude und er bekam vor Aufregung rote Wangen. »Boaahh«, stieß er aus und starrte Jeff an.

In Susans Körper breitete sich Hitze aus und dann kam die Eiseskälte, als sie realisierte, was da vor Jeff auf dem Boden lag. Sein Bart - von dem sie angenommen hatte, dass er echt war.

Der Junge zog sein Handy aus der Hosentasche. »Sie sind Jeff Summers, der beste Pitcher der *Birmingham Snakes*. Bekomme ich ein Bild von Ihnen?«

Jeffs Stimme zitterte und er warf Susan einen ängstlichen Blick zu, ging aber dennoch auf die Bitte des kleinen ein: »Klar, mein Junge, kein Problem.« Er nahm das Handy des Kindes und schoss ein Selfie mit ihm. Nun drängten sich noch mehr Menschen um ihn, die ein Foto mit ihm machen wollten.

Susan wollte zu Jeff gehen. Die Menschen um ihn zur Seite stoßen und ihm eine donnernde Ohrfeige verpassen. Ihre Zähne knirschten, so heftig presste sie sie zusammen. Das einzige was sie abhielt, ihren Plan in die Tat umzusetzen, war Dannys Hand, die sich beruhigend auf ihren Arm legte. Ihr Blick wandte sich zu Tom und Glenda, die daraufhin beschämt zur Seite blickten. Noch mehr Unterschlagungen!

Tiefste Enttäuschung wie an jenem Tag als sie vom Tod ihrer Mutter erfuhr, breitete sich erneut in ihr aus. Dieser Ort stand für Lug und Trug. Egal ob es das Haus betraf oder den Mann, dem sie so leichtsinnig ihr Herz und ihren Körper schenkte. Wie hatte sie sich nur so von ihm täuschen lassen können? Von ihnen allen? Und wie hatte sie bloß glauben können, hier ein *Zuhause* zu finden?

Danny zog sie am Arm davon. »Lass uns ins Haus gehen. Du kannst hier nichts tun.« Er warf dem Pitcher einen wutschäumenden Blick zu.

Jeff fand sie im Wohnzimmer, wo sie sich auf der Couch an Dannys Seite gekuschelt hatte. Ihr prächtiger Hut lag achtlos auf dem Boden. Kein gutes Zeichen. Er rang nach Worten. So enttarnt zu werden, vor solch einer Menschenmenge, war nicht geplant gewesen. Stockend kamen die Worte über seine Lippen: »Susan … Ich … Es tut mir wirklich leid. Ich wollte es dir sagen, aber ich wusste nicht wie. Spätestens morgen hätte ich mich offenbart.«

Sie stand auf und sah ihn voller Verachtung an. »Es gab vorher bereits genug Gelegenheiten. Aber Männer wie du meinen wohl, sie können Frauen wie Spielzeug behandeln! Ist die Eine abgenutzt, holen wir uns halt die Nächste.« Ihr Körper bebte und sie ballte die Fäuste.

Abwehrend hob er die Hände. »So ist es nicht. Vielleicht wollte ich am Anfang nur etwas Spaß mit dir, aber dann haben wir uns angefreundet und ich …«, krächzte er heiser.

Doch sie unterbrach ihn: »Ich will, dass du gehst. Sofort! Ich habe dir nichts mehr zu sagen. Geh zu einem anderen Weibsstück und spiel mit der. Ich habe was Besseres als dich verdient!« Zwischen ihren Augenbrauen bildete sich eine tiefe Zornesfalte.

»Susan, ich …«, stotterte er entsetzt.

»Verschwinde, hast du nicht gehört? Ich will dich nie wiedersehen!«, schrie sie.

Jeff sackte in sich zusammen. Er wusste, wann ein Spiel endete. »Es war nie meine Absicht, dich zu verletzen«, flüsterte er und verließ den Raum. Im Flur kam ihm Judy entgegen. »Passt gut auf sie auf, Mädchen. Sie trinkt glaub ich ganz gerne, wenn sie traurig ist. Das hat sie wohl von ihrer Großmutter.«

»Sie hätten Sie nicht anlügen dürfen, Mister Summers. Ich leg trotzdem ein gutes Wort für Sie ein.«

»Danke.« Er schlich mit hängenden Schultern davon. Wieso bloß konnte er anderen nicht vertrauen, wenn er sie kennenlernte? Jeff spürte, wie die Wut auf sich selbst in ihm hochkochte und er rannte an den Menschen draußen vorbei, die bei seinem Erscheinen wieder ihre Handys zückten und ihn bei seiner Flucht fotografierten. Manche liefen ihm sogar bis auf die Straße hinterher. Nur gut, dass übermorgen das erste Auswärtsspiel begann. Dort musste er nachdenken. Vor allem darüber, wie er den ganzen Schlamassel wieder geradebiegen konnte. Er sprintete zu seinem Tor, gab die Kombination ein und war erleichtert, als er endlich im Haus war.

Es klopfte wieder an der Wohnzimmertür. Susan sah Judy durch einen Tränenschleier hereinkommen. »Ist das Arschloch gegangen?«

»Ja. Mister Summers wollte nicht, dass jemand erfährt, wer er ist. Wir durften niemandem etwas verraten. Er hat es uns allen bei seinem Einzug verboten.«

»Das kann ich mir denken. Vielleicht kann ich es sogar nachvollziehen. Trotzdem, es tut so weh! Mein Leben ist ein einziges Waterloo.« Susan blickte zum Bühnenaufbau vor ihrem Terrassenfenster. »Bitte zieht die verdammten Gardinen zu, ich will nicht, dass mich jemand so sieht.« Sie lehnte sich entkräftet gegen Danny.

Judy schloss die schweren Vorhänge.

»Danke. Und wenn es keine Umstände macht, bring mir bitte meine Kleider aus dem Gästezimmer, damit ich mich umziehen kann. Sie liegen noch dort. Ich will nicht so verweint durch den Flur laufen. «

Zehn Minuten später saß sie in Blue Jeans und Sommerbluse auf der Couch. Sie schaltete den Fernseher an, um das Gelächter von draußen zu übertönen. Dennoch konnte sie die Menschen hören. Das Fest ging weiter, trotz des Vorfalls mit der Schlange. Sicher redeten sie auch über Jeff. Das Leben fragte eben nicht nach ihrem Kummer.

»Wir sollten für etwas Ablenkung sorgen, damit du dich nicht so unnötig quälst.« Danny krempelte die Ärmel seines Hemdes hoch. »Wir machen es wie beim letzten Mal, als du gestresst warst. Du versuchst dich zu entspannen und ich verpasse dir nebenbei eine ayurvedische Fußmassage. Lass mich nur machen.«

Nun musste sie doch grinsen. »Was habe ich doch ein Glück, dass dein letzter Liebhaber ein Meister auf diesem Gebiet war. Du hast sicher viel Spaß mit ihm gehabt.«

»Aber sowas von Spaß! Und nun lehn dich zurück, jetzt kommst du in den Genuss meiner neu erlernten Technik.«

»Was würde ich nur ohne dich machen?«

»Dann hättest du einen anderen«, antwortete Danny und schnappte sich grinsend ihre Füße.

Während ihr bester Freund sich bemühte, mit geschickten Händen ihre Anspannung zu lösen, sahen sie sich mit Judy irgendeine Comicsendung an.

Gerade in dem Moment, als die Maus auf dem Bildschirm dem Kater den Hammer über den Schädel zog, konnte sie lautes Gejauchze von draußen hören. »Was ist da los? Das klingt doch nach unserer Oberklatschbase.«

Danny ließ ihre Füße los. »Wer auch immer da so jodelt, hat unglaublich Spaß.«

Susan stand auf und blickte durch einen Spalt der Gardinen. Trudy Nolan sprang vergnügt juchzend zwischen den Kindern auf der Hüpfburg herum. Die Bowle schien zu wirken. Dieser Anblick hätte ihr normalerweise ein lautes Lachen entlockt. Stattdessen brachte sie nur leise Worte über die Lippen, die sich in ein Schluchzen wandelten. »Soll sie das ruhig machen, wenn es ihr Freude bereitet. Nächstes Jahr geht es ja nicht mehr. Dann ist hier wahrscheinlich ein Hotel.« Ihre Zähne begannen vor Aufruhr zu klappern.

Danny zog sie vom Fenster weg und drückte sie an sich. Seine Umarmung hüllte sie wie ein weicher Mantel ein.

Glenda sah zwei Stunden später in den Raum, um nach ihnen zu sehen. »Wir haben soweit alles weggeräumt. Ich soll dich ganz lieb von den drei Grazien grüßen. Sie sind entsetzt darüber, was heute passiert ist. Mittlerweile sind fast alle Gäste schon gegangen. Die Letzten machen sich gerade auf den Weg. Können wir noch etwas für dich tun?«

Susan erhob sich von der Couch. Glenda und Tom hatten einen Fehler damit begangen, sie anzulügen, doch sie konnte ihnen nicht mehr weiter grollen. Im Grunde wollten sie nur ihr Bestes. »Nein, danke. Ich will einfach nur meine Ruhe haben und nachdenken. Bitte, lasst mich alleine. Geht ruhig. Du auch, Danny. Ich komme schon klar.«

Sie blieb mit ihrer Traurigkeit alleine. Ihr Finger brannte vor lauter Drehen des Ringes.

Susan parkte den Golf vor Grayson House und schaltete den Motor aus. Sie kam vom Friedhof. Es war jetzt eine Woche vergangen seit dem Fest. Nach wie vor drehten sich ihre Gedanken nur noch darum, wie sie ihr Erbe retten konnte. Kampflos würde sie das Haus trotz aller Widerstände nicht aufgeben. Doch die Zwiesprache mit ihrer Familie in der Gruft half ihr auch nicht, eine Lösung zu finden. Eine alte Studienfreundin war vor Jahren in Baton Rouge gewesen. Bei ihrer Heimkehr berichtete sie von sogenannten Séancen, die man dort mit den Geistern von Verstorbenen abhielt. Angeblich bekam man dann Botschaften von ihnen erteilt. Doch von so etwas hielt Susan nichts. Man sollte die Toten ruhen lassen. Die Nachmittagssonne verteilte ihre wärmenden Strahlen und tauchte alles in goldenes Licht. Die Maitemperaturen ließen schon erahnen, wie heiß es im Sommer hier sein würde. Seufzend sperrte sie den Wagen ab und ging ins Haus, wo Danny bei Violet geblieben war.

Sie fand beide in der Küche, wo Danny am Tisch saß und gerade ein paar Nachrichten auf seinem Handy checkte. Die Hündin kaute auf ihrer Decke geräuschvoll auf einem Knochen herum.

»Wie mir scheint, hast du dich nicht gelangweilt während meiner Abwesenheit.« Susan griff nach der Leine am Haken und bedeutete Violet, zu ihr zu kommen. »Wie wäre es, wenn du dein Handy zur Seite legst und wir drei noch ein wenig gemeinsam die Gegend erkunden?«

Danny hob die Hand, ohne aufzusehen. »Warte nur eine Sekunde. Ich schreibe gerade die Nachricht noch zu Ende.« Er flog mit beiden Daumen über das Display des Handys. »So, kann losgehen.« Das Gerät landete in der Tasche seiner Shorts und er folgte ihr zur Küchentür hinaus.

Zusammen spazierten sie an den Häusern in ihrer Straße vorbei. Der Anblick des zauberhaften Queen-Anne-Anwesens mit den gelben Schindeln ließ Susan stehenbleiben.

»Das ist das Haus meiner Familie in dem Jeff jetzt wohnt. Es ist wirklich traumhaft.«

Danny musterte die Architektur des Anwesens. »Ja, es hat schon das gewisse Etwas. Aber in erster Linie ist es dein Haus. Sicher würde dir sein Verkauf helfen. Denk mal darüber nach. Es könnte deine Schulden mindern.« Er ging in die Knie und streichelte Violet.

Schon wieder flogen ihre Gedanken zu Jeff. Dieses Gebäude hatte ihrer Mutter kein Glück gebracht. Danny sprach die Wahrheit. Im Grunde gehörte dieses Haus ihr. Nun beherbergte es einen Lügner und Susan musste für sich entscheiden, ob sie ihn weiter dort haben wollte, falls sie den Kampf um Grayson House gewann. Wie konnten sie einander dann begegnen? Würden sie die Straßenseite wechseln beim Anblick des anderen? Oder in eine andere Richtung schauen? Im Moment wollte sie ihm gar nicht begegnen. Der Riss in ihrem Herzen schien die Größe Arizonas zu haben. Von Judy wusste Susan, dass Jeff sich derzeit irgendwo in Florida befand, wo er mit seiner Mannschaft Spiele bestritt. Also bestand keine Gefahr, dass er jetzt sah, wie sie ihre Hände um das Eisengitter legte und grübelnd alles betrachtete. Wenn sie dieses Haus verkaufte, brachte es ganz gewiss ein nettes Sümmchen ein. Vielleicht konnte sie Powers ja trotz ihres Widerwillens zu dieser Option überreden, ihr Raten zu genehmigen, wenn sie darum bettelte. Und in London könnte sie ihre Kontakte nutzen und Tag und Nacht schuften, um Geld zusammenzubekommen. Wo blieben die Wunder, wenn *sie* mal eines brauchte? Wie gerne wäre sie jetzt hineingegangen, um das Grundstück zu erkunden. Aber das ließen die Gesetze nicht zu. Nicht während der Abwesenheit des Mieters.

»Lass uns gehen, Danny. Ich werde aber auf jeden Fall über deinen Vorschlag, es zu verkaufen, nachdenken.« Sie warf noch einen letzten Blick durch das Gitter, bevor sie weitergingen. Im Augenwinkel sah Susan Glenda im Vorgarten zwischen den Blumen knien. Sie wandte sich Danny zu. »Erinnerst du dich noch an die Zeiten, als wir im St. Helens unsere Späße trieben?«

Danny schmunzelte. »Wie könnte ich das je vergessen? Dieses berauschende Gefühl, das ich dabei jedes Mal empfand, vermisse ich bis heute.«

Sie packte ihn am Arm. »Los komm mit. Ich habe da so eine Idee, aber dafür brauchen wir Unterstützung.« Mit flotten Schritten überquerten sie die Straße und gingen zu Glenda.

Ihre Nachbarin wischte sich den Schweiß von der Stirn. »Hallo meine Lieben, ziemlich heiß heute. Möchtet ihr vielleicht ein Glas Eistee mit mir auf der Veranda trinken?«

»Warum eigentlich nicht? Das wäre das Beste am ganzen Tag.«

Glenda verschwand ins Haus um alles vorzubereiten.

Susan wusste um das ältere Pärchen als neue Freunde und Verbündete. Vor einigen Tagen hatten sie abends zusammengesessen und sich ausgesprochen. Es war wie ein reinigendes Gewitter nach einem schwülen Sommertag gewesen. Genau wie Susan waren sie Opfer der Lügengespinste von Mae Grayson und Jeff Summers.

»Hab ich da Susan gehört?« Judy flitze um die Hausecke und bückte sich zu Violet. »Darf ich mit ihr Gassi gehen?«

»Darfst du. Wir könnten sowieso deine Hilfe gebrauchen.« Dannys Gesicht war ein einziges Fragezeichen. »Ich kenne diesen Ausdruck bei dir. Du heckst doch irgendwas aus! Los, lass uns an deinen Plänen teilhaben.«

Susan grinste. In ihr keimte ein Gedanke, der das Wesen ihrer Kinderzeit wieder hervorbrachte. Wenn einer helfen konnte, dann dieses Mädchen.

Sie beugte sich zu Danny und Judy, um ihnen zuzuflüstern. »Judy, du musst uns zeigen, wie wir unbemerkt auf das Grundstück von Jeff kommen.«

Die Teenagerin riss die Augen auf. »Okay«, wisperte sie.

»Was tuschelt ihr denn da?« Glenda kam mit einer gefüllten Kanne und Gläsern heraus und stellte alles auf den kleinen Rattantisch vor ihren Schaukelstühlen.

Die Köpfe der drei fuhren auseinander. Susan räusperte sich. »Ich habe Judy nur versprochen, dass sie nachher mit Violet spazieren gehen darf.«

»Das ist wunderbar. Aber jetzt lasst uns erst eine Pause machen und ein wenig tratschen. Danny, bitte sei so lieb und hol noch einen Stuhl von drinnen.«

Nachdem sie alle saßen, schenkte Glenda ihnen Eistee ein und sie plauderten miteinander. Der warme Wind wehte Azaleenblüten auf die Veranda. Violet lag vor ihren Füßen und schnarchte.

Das Thema Jeff umgingen sie wie Schiffe die Klippen. Schließlich erhob sich Susan. »Judy, wie wäre es, wenn wir jetzt einen kleinen Spaziergang um den Block machen? Meine tierische Freundin hat heute noch nicht viel schnüffeln können.«

Das Mädchen griff nach der Leine, woraufhin die Hündin vor Begeisterung wild mit dem Schwanz wedelte. »Dann mal los, ich zeige euch etwas die Gegend.«

Glenda räumte die Gläser zusammen. »Die kennt meine Enkeltochter allerdings sehr gut. Auch die Ecken, die sie nichts angehen.«

»Wir bringen sie bald wieder zurück.« Susan lächelte. Es war genau diese Eigenschaft, die sie nun an der Teenagerin schätzte. Ohne Neugier hätte es immerhin viele Erfindungen in der Medizin und Wissenschaft niemals gegeben. Aus dem Kind konnte noch alles werden.

Judy lief mit ihnen einige Meter bis zum Ende der Straße und bog dann rechts ab. »Wir müssen noch einmal abbiegen. Da ist ein großes Wiesengrundstück, das zum Haus gehört. Ich habe vor zwei Jahren einen Spalt in der Hecke entdeckt. Wenn wir die Äste zur Seite drücken, kommen wir durch.«

»Das klingt, als wärst du schon mal in seinem Garten gewesen«, stellte Susan fest.

»Einmal, aber nur ganz kurz«, gab Judy zu. »Zum Glück sind da viele Sträucher und hohe Bäume. Da sieht man nichts von außen.« Das Mädchen sprach in verschwörerischem Ton weiter. »Aber allzu lange wollte ich nicht drinbleiben.«

Susan lachte. »Was für ein Glück. Mir scheint, unser Baseball Star hat eine Systemlücke.« Sie folgten Judy durch die hohe Wiese, deren Gräser ihnen bis zu den Hüften reichte, bis sie an die meterhohe Ligusterhecke kamen.

»Ich stehe Schmiere und sehe immer mal durch, um sicherzugehen, dass keiner von vorne kommt. Aber beeilt euch.« Die Teenagerin setzte sich mit Violet ins Gras, um nicht entdeckt zu werden und Susan quetschte sich mit Danny durch das besagte Loch.

Die feinen Äste stachen in ihre Haut, als sie hindurchschlüpften. Gebückt liefen sie zu einigen hohen Gehölzen und betrachteten das Gelände.

Der Duft der leuchtend roten Azaleenbüsche stieg in Susans Nase. Der Garten schien nicht allzu groß zu sein. Dennoch standen zwei mächtige Eichen darin, sowie bunte Stauden und blühende Rhododendrongehölze. Sie schlichen an einem efeubewachsenen Schuppen vorbei, neben dem ein mächtiger Haufen Holzscheite lag. Eine Axt steckte in einem Baumstumpf davor. Die Winter hier mussten wirklich kalt sein. Vorsichtig näherten sie sich im Zickzacklauf dem Anwesen und sprinteten von der Eiche zum Haus.

»Ganz wie in alten Zeiten«, japste Danny. Er kicherte leise. »Wir beide sind noch immer ein Dreamteam. Du und ich gegen den Rest der Welt.«

Wenn die Situation nicht so heikel gewesen wäre, hätte Susan jetzt laut gelacht. Stattdessen gluckste sie nur und machte ihm Zeichen, ihr zu folgen. Eine Gartenlounge stand auf der Terrasse neben der Hintertür und daneben ein Gasgrill, mit dem man sicher einen ganzen Ochsen zubereiten konnte. »Runter Danny, ich glaub ich habe was gehört.« Erschrocken drückten sie sich gegen die Hauswand und gingen in die Hocke.

Hörte sie da nicht Stimmen? Susans Herz klopfte rasend schnell. Wie hielt Judy das bloß aus? Für einen bangen Moment blieb sie wie ein Kaninchen in ihrer Starre. Doch niemand kam.

Sie richteten sich wieder auf und Susan tapste mit Danny im Schlepptau auf Zehenspitzen zum Fenster. Egal ob unrecht oder nicht. Nun waren sie hier und sie konnte doch einen Blick riskieren. Für einen Rückzieher war es sowieso zu spät. Außer einer hochmodernen Küche, die jeden Starkoch sicher vor Begeisterung schreien ließ, gab es nichts zu sehen. Ob er überhaupt kochte? Die Arbeitsflächen sahen so clean aus, als hätte Martha Stewart höchstpersönlich alles geschrubbt. Ihr Blick fiel auf ein weiteres höhergelegenes Erkerfenster. Sie bedeute Danny zu warten. »Bleib hier, ich will nur ganz kurz in diesen Raum sehen.« Kurzerhand schnappte sie sich einen kleinen Tritt in der Ecke, kletterte darauf und drückte ihre Nase am Fenster platt. Das Wohnzimmer war komplett durchgestylt. Jeff schien den Dandy Look zu mögen. Sie erspähte ein schweres Ledersofa, dazu einen schwarzen, hochglänzenden Wohnzimmertisch und dunkle Metallregale mit Büchern. In einer Halterung an der Wand konnte sie einen Baseballschläger erkennen. Hinter ihnen ertönte ein lauter Pfiff. Susan fiel vor Schreck fast von ihrer Erhöhung. Doch zum Glück war Danny sofort bei ihr. Das Gesehene reichte ihr sowieso für den Augenblick und sie rannten, so schnell es ihre Beine zuließen, wieder der rettenden Öffnung entgegen. Eine Katze kreuzte mit einer Maus im Maul ihren Fluchtweg und verschwand zwischen den Büschen.

Schnaufend kamen sie bei der Hecke an und kletterten zu Judy. Gerade im richtigen Augenblick, denn ein Mann in Arbeitshose betrat das Grundstück und ging auf den Schuppen zu. Sicher ein Gärtner.

Judy lachte. »Das war knapp. Willkommen im Schnüffler-Club.« Sie klatschte sich mit ihnen ab. »Na, wie gefällt euch das Haus?«

Susan gickelte vor Nervosität. Das Adrenalin jagte noch immer durch ihre Venen. »Es ist wirklich ein traumhaftes Gebäude, ich muss es mir irgendwann mal von innen ansehen«, antwortete sie immer noch nach Atem ringend. »Die ganzen verspielten Details sind bezaubernd. Diese Art von Haus passt so gar nicht zu einem Mann wie Jeff.« Schlagartig war ihre Enttäuschung über ihn wieder präsent. Was wusste sie schon *wirklich* von ihm?

Vor Judys Zuhause verabschiedeten sie sich und Susan schlenderte mit Danny zum Mansion. Mit Violet als Eskorte liefen sie die Stufen zu Grayson House hinauf. Ein Zitronenfalter flog an ihr vorbei und ließ sich auf einer Spierstrauchblüte nieder. Sehnsüchtig betrachtete Susan ihn. So frei wie ein Schmetterling müsste man sein, schoss es ihr durch den Kopf. Für ein paar Tage hatte ihr das Schicksal echtes Glück geschenkt. Doch nun fühlte sie sich einsamer als je zuvor. Auch die Anwesenheit ihres besten Freundes half da nicht. Das Handy in ihrer Tasche klingelte.

»Irgendwann wirst du mit ihm sprechen müssen«, sagte Danny leise und legte ihr kurz die Hand auf die Schulter. »Ich gehe schon mal vor. Mir ist nach unserem kleinen Abenteuer jetzt nach einer heißen Dusche. Und dann muss ich ins Bett. Im Gegensatz zu London schlafe ich hier nämlich göttlich.« Er verschwand im Haus.

Susan wusste genau wie er, wer dran war. Jeff versuchte schon seit zwei Tagen ständig, sie zu erreichen. Doch sie beantwortete seine Anrufe nicht. Wozu auch? Er besaß keine Priorität mehr in ihrem Leben. Kurz hielt sie inne. Warum log sie sich eigentlich selbst an? Es tat so verdammt weh. Wann ebbte diese Demütigung ab?

Sie setzte sich in den Schaukelstuhl neben der Haustür und wählte die Nummer ihrer Mailbox. Seine Stimme erklang: »Susan, ich weiß, dass ich mich wie ein Idiot verhalten habe. Es tut mir wirklich leid. Bitte, ruf mich zurück. Egal wann, nur bitte melde dich.« Er wollte, dass sie anrief? Na, gut. Sie wählte seine Nummer und hoffte inständig, dass er nicht dranging. Voller Erleichterung registrierte sie, dass sich seine Mailbox meldete. »Du bist ein verdammter Idiot, Summers, lass mich in Ruhe!« Das tat wirklich gut.

Die Badewanne schenkte ihr an diesem Abend trotz des wohlriechenden Zusatzes keine Entspannung. Nach unruhigen zehn Minuten, in denen sie nur an Jeff und seinen Verrat dachte, verließ sie das Wasser wieder. Im Schlafzimmer schlüpfte sie in ihr schwarzes Seidennegligé. Der zarte Stoff streichelte über ihre Haut und löste ungewollte Erinnerungen an das Liebesspiel mit ihm aus. Prompt verhärteten sich ihre Brustspitzen. Verflixter Kerl. Sie wollte, dass er aus ihren Gedanken verschwand. Erbost zog sie sich einen Kimono über, setzte sich an den Schminktisch und streifte Mathildas Ring vom Finger. Er glitt ihr aus den Händen, kam klingend auf dem Boden auf und rollte davon. Suchend ließ sie ihre Blicke durch den Raum wandern. Wo steckte er bloß? Nirgends zu sehen. Er konnte nur unter das Bett gerollt sein. Fluchend begab Susan sich auf die Knie. Sie streckte ihren Körper und tastete im Schatten des Bettes den Boden ab. Ihre Finger berührten herausstehende Dielenbohlen. Mühsam stand sie auf und holte ihr Handy, um unter ihre Schlafstätte zu leuchten. Nun sah sie, was sich dort verbarg. Es nutzte alles nichts. Das Bett musste weggeschoben werden. Sie eilte zum Gästezimmer und klopfte. Danny öffnete verschlafen und splitternackt die Tür, was Susan kein bisschen schockierte. Grinsend und hüstelnd zeigte sie an ihm hinunter. »Alte Angewohnheiten ändern sich wohl nie. Weißt du noch, wie Schwester Helena damals schreiend davonrannte, weil du ihr auf dem Weg zur Toilette schlaftrunken mitten in der Nacht im Flur begegnet bist und wir daraufhin alle auf den Flur stürzten?«

Danny lachte aus voller Brust und griff nach einem Seidenmorgenrock. »Ja, und danach hat sie sich nie mehr für den Nachtdienst eintragen lassen.« Er verknotete den Gürtel des Morgenrocks. »Gibt es einen Grund, warum du mich bei meinem Schönheitsschlaf störst?«

Susan nickte noch immer lächelnd. »Den gibt es. Du musst mir helfen. Mathildas Ring ist in eine Diele gerutscht. Ich krieg das Bett nicht weggeschoben.«

Im Schlafzimmer drückten, zogen und zerrten beide, bis sie die halboffenen Holzdielen sahen. Susan ließ sich auf die Knie sinken. »Das Haus bedarf wirklich einer Restauration. Doch das fällt ja nun künftig leider nicht mehr in meinen Aufgabenbereich, so wie es derzeit steht.« Sie steckte vorsichtig zwei Finger in das Loch und tastete. Ah, da lag ja ihr Ring. Doch nicht nur ihr Schmuckstück fand sie. Sie spürte etwas kantiges unter ihren Fingern. »Komm her, da ist noch was drin. Ich glaube, es ist eine Schachtel!« Aufgeregt zog sie ihre Hand zurück.

Danny ließ sich neben sie sinken und rüttelte an den Bohlen, die sich nun zu ihrer Verblüffung abheben ließen. *Ein Geheimversteck!* Das Herz schlug ihr bis zum Hals beim Herausnehmen des Kästchens. »Vielleicht befindet sich ja viel Geld darin? Dann ist Grayson House gerettet.« Im Grunde wusste sie um die Unwahrscheinlichkeit ihrer Worte, aber die Hoffnung starb ja bekanntlich zuletzt.

Sie öffnete den Deckel, doch statt Dollarnoten lagen verblichene Papiere darin. An den Rändern ausgerissen.

Ihr Freund stand auf. »Weißt du, was das ist?«

Susan betrachtete die Seiten in ihrer Hand. Sie konnte ihr Glück nicht fassen, diese Entdeckung über einen für sie verloren geglaubten Schatz gemacht zu haben. »Ja, ich glaube schon. Das sind die fehlenden Seiten aus dem Tagebuch meiner Mutter. Ich bin mir ganz sicher!« Ein Bild flatterte zu Boden.

Er hob das Foto für sie auf und sie begutachteten es. Es zeigte ihre Mutter im Arm eines jungen Mannes, der ihr irgendwie bekannt vorkam. Das konnte dann ja wohl nur ihr Vater Joel Parker sein. Sie lachten beide glücklich in die Kamera. Datiert war es auf *Oktober 1988*.

Danny setzte sich mit ihr aufs Bett und sie begann laut vorzulesen:

12. November 1988

Taylor Powers und ich sind nun schon seit einigen Monaten ein Paar.

»*Was?*« Susan fühlte sich wie vor den Kopf geschlagen.

»Das nenne ich mal eine überraschende Wendung.« Danny schnappte ihr die Seiten aus der Hand und las für sie weiter vor:

Mutter ist natürlich total gegen unsere Freundschaft. Ich bin jetzt keine Jungfrau mehr. Taylor meint, er geht irgendwann ins Ausland und wenn er dann reich ist, heiraten wir. Mit ihm kann ich mich wirklich über alles unterhalten. Er ist mein bester Freund, doch Mutter hält nichts von seiner Familie. Sie seien alle nur arme Schlucker, die unser Geld wollen. Ich weiß, dass sie das sagt, weil sie eifersüchtig ist. Ständig streitet sie sich mit Vater, wenn sie betrunken ist. Sie gönnt mir mein Glück nicht. Und außerdem will sie, dass ich mit diesem Mann ausgehe, der aus London angereist ist. Er arbeitet für eine Weile auf unserer Bank, um Auslandserfahrung für seinen Lebenslauf zu sammeln. Sein Name ist Parker. Er sieht ganz passabel aus und kennt sich mit Aktien aus. Das ist ganz Mutters Ding. Sie benutzt Menschen, die für sie von Vorteil sein könnten. Vielleicht tue ich ihr ja den Gefallen, aber mein Herz gehört für immer Taylor.

Susan blickte Danny sprachlos an. »Das glaube ich jetzt nicht. Meine Mutter und dieses *Stinktier*?«

Er las weiter vor:

31. Dezember 1988

Mutter ist sauer. Taylor hat sich heute Nachmittag vor Publikum mit Joel geprügelt. Da musste ich einfach dazwischen gehen. Taylor hat mich gefragt, was ich will. Er hasst Parker und ist total eifersüchtig. Natürlich will ich ihn immer noch und wir schlafen nach wie vor heimlich miteinander. Ich gehe doch nur zum Schein mit Parker aus, damit Mutter nicht herausfindet, was da zwischen uns läuft. Doch er sagt, wenn ich mich nicht in aller Öffentlichkeit zu ihm bekenne, ist es aus und er verlässt mich. Ich bin so verzweifelt. Was soll ich bloß tun? Ich liebe Parker nun mal nicht wirklich.

Auf dem nächsten Blatt stand das Datum vom *30. November 1989.*

Joel ist misstrauisch geworden. Er hat das Foto von Taylor und mir entdeckt. Ich glaube, er ahnt, dass nicht er, sondern *Taylor* der Vater von Susannah ist.

Danny unterbrach sofort. Er schlug die Hand vor den Mund. »Wie bitte? Deine Mutter und diese Ratte?«

Susan fuhr wie ein Blitz vom Bett hoch. Sie konnte nicht glauben was sie da hörte. »Das träume ich jetzt bloß. Sag mir, dass du nur einen Scherz mit mir machst, Danny.«

Er schüttelte den Kopf. »Ich wünschte es wäre so, aber leider nicht.«

Mit aschfahlem Gesicht setzte sie sich wieder und presste ein Kissen an sich. »Bitte lies weiter«, forderte sie mit bebender Stimme.

Ihr bester Freund zögerte. »Wenn ich das tue, musst du mir versprechen, ruhig zu bleiben. Es bringt nichts, wenn du jetzt zusammenklappst.«

»Ich verspreche es und jetzt lass mich hören, was sie geschrieben hat.«

Danny räusperte sich und gab ihr, was sie verlangte:

Taylor und ich haben immer verhütet, aber trotzdem ging einmal das Kondom kaputt. Wenn ich damals nicht geahnt hätte, dass ich schwanger sein könnte, wäre ich nie mit Parker ins Bett gegangen. Es ist ein blödes Gefühl gewesen, ihm das Kind unterzujubeln. Aber mir blieb keine andere Wahl. Meine große Liebe war weg und nicht mehr erreichbar. Vielleicht sage ich Taylor eines Tages, dass Susannah seine Tochter ist. Wenn er dann noch etwas von mir wissen will.

Susan riss Danny die Blätter aus der Hand. Immer wieder las sie die Zeilen. Doch es blieb dabei. »Ich kann es nicht fassen! Dieser Mistkerl ist in Wahrheit mein Vater!« Sie unterzog das Foto noch einmal einer Musterung. Der Mann darauf war nicht Parker, sondern Powers. Die Gesichtszüge, die ihr so vertraut vorkamen. Ihr Blut schoss wie kochende Lava durch ihre Venen und tiefste Abscheu erfasste sie.

Zornestränen stiegen ihr in die Augen. Sie sprang auf. »Das reicht mir jetzt. Ich ertrage einfach nicht noch mehr!« Die Nonnen im Kloster hatten Susan immer impulsiv genannt, so lange sie denken konnte. Sie war noch nie gut darin gewesen, ruhig zu bleiben. Nun zählte sie eins und eins zusammen. In diesem Augenblick erschloss sich ihr das Wissen um Powers, der offensichtlich einen persönlichen Rachefeldzug gegen ihre Familie geführt hatte. Und jetzt auch gegen sie. »Diesem Erzeuger von mir geht es doch letztlich nur um Vergeltung. Den Gefallen tu ich ihm nicht.« Sie musste weg. Nachdenken. Und es gab nur einen Ort auf der Welt, wo sie das wirklich tun konnte. Aufgewühlt rannte Susan zum Kleiderschrank, hob ihren mittleren Koffer herunter und begann, wahllos Kleider hineinzustopfen.

Mit einem Seufzen erhob Danny sich. »Was wird das, Suze? Es ist später Abend!«

»Das spielt keine Rolle. Pack deine Sachen. Wir verschwinden von hier. Ich hab die Nase gestrichen voll von diesem ganzen Theater. Die Antworten, die ich bekommen habe, sind nicht die, die ich mir erhofft habe. Im Moment brauche ich einfach Abstand zu Grayson House. Es ist besser so, glaub mir.« Sie pustete eine Haarsträhne aus dem erhitzten Gesicht.

Danny bremste sie in ihrer Hast. »Bitte überstürz jetzt nichts! Hast du die Testamentsbedingung etwa vergessen? Wenn du *jetzt* abhaust, verlierst du alles!«

»Darüber ist das letzte Wort noch nicht gesprochen! Man hat mich unter falschen Tatsachen hierhergelockt. Ich weiß nicht, ob Mister Smith von der Sache mit dem Kredit wusste, aber wenn er mir das ankreidet, dass ich mal Abstand brauche nach all dem hier, werde ich dagegen anklagen.« Ihre Nasenflügel bebten. »Und jetzt tu mir bitte den Gefallen und pack deine Koffer. Wir müssen von hier weg!«

Er fügte sich und lief ins Gästezimmer. In aller Eile zog sie sich unter Violets neugierigen Augen an. Zum Glück war die Hündin vom Veterinär einen Tag nach ihrem Auffinden gegen Tollwut geimpft und gechipt worden. Hoffentlich kamen sie mit ihr durch den Zoll. Susan wollte ihr neues Familienmitglied unter keinen Umständen hierlassen. Entschlossen griff sie nach dem Gepäck und ihrer Handtasche. Dann klemmte sie sich das Tagebuch unter den Arm. Sie löschte das Licht und rannte, gefolgt von der Hündin, die Stufen hinunter. Durch das Glas der Eingangstür schien der Mond auf den Marmorboden und tauchte den Flur in ein weißes Licht. In der Küche nahm sie sich aus einer Schublade den Schreibblock und notierte ein paar Zeilen für die Familie Perkins. Nicht, dass sie Susan als vermisst meldeten. Sie knallte das gefundene Foto und die losen Blätter des Tagebuches darauf. Sollten alle doch ruhig wissen, was wirklich damals geschehen war. Noch einmal blickte sie sich um. Danny betrat die Küche und sie lehnte ihren Kopf gegen seine Schulter. »Es hätte alles so schön sein können. Vielleicht komme ich zurück.« Sie wusste nicht ob und wann. Erst musste ihr gebrochenes Herz heilen.

Susan verschloss die Haustür und stieg mit Violet zu Danny in den Leihwagen. Beim Wegfahren warf sie im Seitenspiegel noch einen letzten Blick zurück. Adieu Taspering.

22

Die Fahrt nach Hause ging Jeff einfach nicht schnell genug. Sein Ferrari schoss mit Tempo zweihundert auf dem Highway an einem silbernen Truck vorbei. Es war ihm egal, ob er noch einmal vor einem Richter landete. Er musste nach Taspering und alles klären. Je schneller, desto besser. Ohne Pause fuhr er die ganze Strecke von 495 Meilen durch. Alle Mitglieder der Alabama Snakes hatten sich gewundert, dass er so frühzeitig abgehauen war. Selbst die Aussicht auf die übliche Abschlussparty mit heißen Bräuten und viel Schampus lockte ihn nicht wie früher. Seine Teamkollegen mussten die restliche Woche ohne ihn auskommen. Egal wie sehr ihr Manager ihn am Telefon deswegen zusammenstauchte. Jeff wusste, dass sein Verhalten ernsthafte Konsequenzen nach sich ziehen würde. Immerhin beging er Vertragsbruch. Doch Tommy Boy befand sich nun wurftechnisch an dem Punkt, dass er einen würdigen Nachfolger in ihm sah. Die letzten Tage hatte er wie besessen mit ihm an seiner Technik gearbeitet. So lange, bis sie beide kaum noch den Arm heben konnten. Doch statt sich von dem anstrengenden Training und den Spielen zu erholen, hatte Jeff nachts wachgelegen. Er konnte nur an die Frau denken, die seine jahrelang aufgebaute emotionale Mauer zum Einsturz brachte. Susans wütende Nachricht auf seiner Mailbox überraschte ihn nicht. Natürlich hielt sie ihn für den letzten Kerl überhaupt. Die ganze Zeit über hatte er sich, was seine Gefühle für sie betraf, etwas vorgemacht. Er glaubte, dass das mit ihr nur ein harmloser Zeitvertreib war, dass sie nur eine Freundschaft plus verband. Wie hatte er nur so blind sein können? Sie war *die Eine*.

Endlich kam Grayson House in Sicht. Jeff parkte und stürmte die Treppe hinauf.

Nichts rührte sich bei seinem Klopfen. Die Küchentür stand zu seinem Glück auf. Auf die Unbedachtheit dieser Frau konnte man sich wirklich verlassen. Er lief laut rufend durchs Haus, öffnete jede einzelne Tür. Doch nirgends eine Spur von ihr. Außer dem Ticken der Uhren und dem Rauschen der mächtigen Bäume von draußen hörte Jeff keinen einzigen Laut. Sicher ging sie gerade mit Violet spazieren. Dann würde er halt bei einer Tasse Kaffee auf sie warten. Seit Tagen dachte er bereits darüber nach, was er tun konnte, um ihre Vergebung zu erlangen. Doch bis jetzt war nichts Anständiges bei seinen Überlegungen herausgekommen. Wenn er ihr gegenüberstand, würde ihm schon etwas einfallen, um sie von seiner Zuneigung zu überzeugen. Voller Optimismus schlenderte er in die Küche zurück. Sein Blick fiel auf die Papiere, die auf dem Tisch lagen. Neugierig trat er näher und begann zu lesen. Seine Miene verhärtete sich bei den Worten, die darauf geschrieben standen.

Jeff hämmerte lautstark gegen die Haustür der Perkins Familie. Von innen dröhnte der viel zu laut eingestellte Fernseher. Noch einmal ließ er seine Faust gegen die Tür sausen.

Endlich erschien Tom und blickte ihn erstaunt an. »Hallo, was machst du denn hier? Solltest du nicht gerade ein paar Spiele absolvieren?«

»Auch hallo.« Jeff schob ihn ohne weitere Begrüßung zur Seite und ging einfach ins Haus. »Habt ihr es gewusst? Das mit Taylor Powers und Amelia?«, fragte er mit bebender

Stimme. »Susan ist weg. Abgehauen. Das hier hat sie zurückgelassen.« Er wedelte mit den gefundenen Papieren vor ihrer Nase herum.

Glenda blinzelte ihn erschrocken an. »Was heißt *weg*? Gestern haben wir sie doch noch mit Violet gesehen.« Sie griff nach den Blättern und las die Worte, die darauf geschrieben standen. Erschüttert schlug sie eine Hand vor den Mund. »Tom, ich denke, es ist besser, wenn du dich hinsetzt. Das glaube ich ja nicht. Unfassbar! Aber es erklärt Amelias Verhalten all die Jahre. Lies selbst.« Sie reichte ihm die Seiten und murmelte kopfschüttelnd vor sich hin. »Arme Amelia und arme Susan.«

Tom ließ sich auf einen Küchenstuhl sinken.

Jeff spürte, wie die Verzweiflung in ihm hochkochte. Sein Herz fühlte sich an wie in einen Schraubstock gespannt. Und nur Susan konnte daran drehen. Ihm lief die Zeit davon. Mit jedem weiteren Tag entfernte sie sich emotional weiter weg von ihm. »Wisst ihr, wo ich diesen Powers finden kann? Er ist uns allen eine Erklärung schuldig. Mein Gott, ich wollte ihr heute sagen, dass ich sie liebe!«

Tom schlurfte zum Wohnzimmerschrank und zog eine Schublade auf. »Powers wohnt außerhalb von Taspering in diesem schicken Neubauviertel, das sie vor einigen Jahren gebaut haben. Der Kerl steht hier im Telefonbuch, wenn ich mich nicht täusche. Lass mich schnell nachsehen.« Er blätterte durch das dicke Buch und notierte für ihn die Adresse.

Jeff krallte sich die verblichenen Seiten und das Foto. »Ich statte jetzt diesem Schnösel einen Besuch ab. Vielleicht erwische ich ihn ja. Mal sehen, was er sagt, wenn er die Neuigkeiten erfährt. Ich weiß, ich habe Mist gebaut, weil ich Susan gegenüber nicht ehrlich war. Aber im Gegensatz zu ihr renne ich nicht davon, wenn es kompliziert wird. Anscheinend hat seine Tochter diese Eigenschaft von ihm geerbt.« Er stiefelte davon und schloss krachend die Haustür hinter sich.

Noch immer brodelte Wut in Jeff, als er vor der pompösen, zweistöckigen Stadtvilla von Taylor Powers parkte. Er feuerte die Fahrertür des Ferraris hinter sich zu und stapfte die Auffahrt hinauf. Oben angekommen drückte er auf die verschnörkelte Türklingel. Im Haus ertönte ein melodischer Gong und kurz darauf erklangen Schritte im Innern. Die Tür öffnete sich und der Hausherr stand vor ihm. Der Kerl zählte zu den reichsten Männern in der Gegend. Doch dass er kein Dienstmädchen besaß, das für ihn öffnete, wunderte Jeff. Er sah das Erstaunen im Blick des Mannes, der noch vor wenigen Tagen hämisch grinsend im Garten von Grayson House gestanden hatte.

»Mister Summers. Was für eine Freude. Ich fühle mich geehrt, dass Sie mich besuchen. Mein Büro ist eigentlich in der Stadt.«

»Darf ich reinkommen?«, blaffte Jeff ihn an.

Taylor Powers hob die Augenbrauen. »Ich verstehe, natürlich. Sie können gewiss sein, dass Ihre Angelegenheiten bei mir in guten Handen sind.«

Er hielt ihm die Tür auf und ließ ihn eintreten. Der Eingangsbereich des Hauses passte zu dem prahlerischen Äußeren. Ein riesiger Kronleuchter an der Decke, schwarzglänzender Marmorboden, abstrakte Gemälde an den schneeweißen Wänden und als Krönung vergoldete Flurlämpchen mit Puttengesichtern. Von Understatement hielt der Typ definitiv nichts.

»Wenn Sie sich für Immobilien interessieren, bin ich genau der richtige Mann. Ich habe gerade einige äußerst interessante Objekte in meiner Kartei, die für Sie reizvoll sein könnten«, legte Taylor Powers sich ins Zeug.

Noch immer kapierte der Kerl nicht, was los war. »Ich bin nicht wegen eines Hauskaufes hier«, teilte Jeff ihm in eisigem Ton mit.

Taylor Powers Verwirrung wuchs. »Weswegen dann?«

»Am besten setzen Sie sich, denn was ich Ihnen zu sagen habe, wird Ihre Welt zum Wanken bringen.«

Der Immobilienhai führte Jeff in das großzügig geschnittene Wohnzimmer. »Kann ich Ihnen etwas zu trinken anbieten? Whiskey, Wein, Wasser?«

»Nein, verdammt und jetzt setzten Sie sich«, fauchte Jeff in harschem Befehlston.

»Ich bin es nicht gewohnt, dass man mir Vorschriften macht, Mister Summers. Diese Zeiten liegen lange hinter mir. Aber weil ich ein großer Fan Ihrer Mannschaft bin, will ich Ihnen zuhören. Also, was haben Sie mir zu sagen?« Mit fragendem Gesichtsausdruck nahm der Hausherr auf seiner weißen Ledercouch Platz.

Jeff blickte aus dem großen Panoramafenster mit Aussicht auf einen kleinen See, der sich unweit des Hauses erstreckte. »Schön haben Sie es hier. Aber ich hätte nicht übel Lust, Ihnen Ihre blasierte Visage zu polieren. Doch das mache ich nur aus Respekt gegenüber Miss Parker nicht. Sie würde das sicher nicht wollen.«

Taylor Powers sprang auf. »Daher weht der Wind also. Was haben Sie mit dieser Dame zu schaffen?«

»Ich bin der angebliche Handwerker, über den alle in Taspering nun Bescheid wissen. Reine Tarnung.«

»Verstehe. Und jetzt sind Sie hier und wollen die Schulden der jungen Dame begleichen?«, fragte er und warf Jeff einen hämischen Blick zu. Er ging zum gläsernen Barwagen und goss sich einen Cognac aus. »Sei's drum. Hauptsache ich bekomme mein Geld zurück. Danach will ich aber mit dieser

Familie nichts mehr zu tun haben. Sagen Sie das der lieben Miss Parker.« Er schwenkte das Glas in seiner Hand und schüttete den Inhalt in einem Zug herunter.

Jeff warf ihm einen verärgerten Blick zu und ballte seine Fäuste. »Das würde ich, aber leider hat sie die Flucht ergriffen. Muss sie wohl von ihrem Vater haben. Hier bitte.« Er überreichte Taylor Powers das Foto und die losen Tagebuchaufzeichnungen. »Lesen Sie und sagen Sie mir, ob Sie den Mann auf dem Foto kennen. Mit schönen Grüßen von Amelia.« Die letzten Worte spie Jeff nur so aus. Er wartete die Reaktion des Immobilienhais ab. Mal sehen, wie der Typ mit den Neuigkeiten klarkam. Hinter seinem Rücken hörte er das Papier rascheln. Stille senkte sich über den Raum, als Taylor Powers mit blassem Gesicht wieder auf der Couch Platz nahm. Weiß auf Weiß, sehr passend fand Jeff.

»Das habe ich nicht gewusst, ehrlich nicht. Das müssen Sie mir glauben«, flüsterte Taylor Powers heiser. »Woher haben Sie die Papiere?«

Jeff setzte sich ihm in den schweren Ledersessel gegenüber und sah ihn voller Verachtung an. »Die hat Ihre *Tochter* zurückgelassen. Muss wohl ein ganz schöner Schock für sie gewesen sein, herauszufinden, wer in Wahrheit ihr Vater ist. Nach allem, was Sie die Tage beim Fest abgezogen haben.« Da musste der Kerl jetzt durch. Mit tiefer Befriedigung registrierte er, wie die Schuldgefühle seinem Gegenüber zu schaffen machten. Susans Erzeuger fuhr sich hektisch mit der Zunge über seine Lippen.

»Das wollte ich nicht. Wenn ich geahnt hätte, dass Amelia schwanger ist …«

Jeff sprang vom Sessel auf. Er konnte nun nicht mehr an sich halten. »Laut ihren Aufzeichnungen hat sie versucht, es Ihnen zu sagen, aber da waren Sie bereits im Ausland. Weit weg. Und den Stolz der Graysons kennen Sie ja. Die Dame musste wegen Ihrer Starrköpfigkeit eine Menge erdulden. Parker hat Amelia regelmäßig geschlagen. Das weiß ich von Susan. Amelia hat diesen Mistkerl nur aus purer Verzweiflung geheiratet. Eine alleinstehende Grayson mit Kind. Was glauben Sie wohl, warum sie nach England geflohen ist? Sicher nicht, weil ihre liebende Mutter über die Schwangerschaft begeistert gewesen wäre.« Jeff rieb mit der Hand über seinen Nacken. »Ich gebe zu, Sie wussten offensichtlich wirklich nichts um Ihre Vaterschaft. Aber trotzdem haben Sie sich auf dem Fest Susan gegenüber absolut unverzeihlich aufgeführt. Und Mae Graysons Notsituation haben Sie für Ihre eigenen Ziele missbraucht. Sie wollten sich einfach nur rächen.«

»Ja verdammt! Ich wollte mich rächen«, fauchte Taylor Powers. »Dieses verdammte Mansion und der Ruf ihrer Familie waren Mae Grayson so verdammt wichtig! Sie trägt die Schuld daran, dass Amelia und ich uns entzweit haben. Und als sie dann mit diesen Aktien so viel Geld verloren hat, kam sie angekrochen und bettelte mich an, ihr zu helfen.« Er lachte dreckig. »Ausgerechnet mich, der nicht gut genug für ihre Tochter war!« Seine Augen glänzten vor Wut. »Ich habe es genossen, ihr diesen Vertrag aufzuzwingen.«

Jetzt wollte Jeff es genau wissen. »Und warum haben Sie nicht mit Amelia gesprochen, als Sie wieder hier waren? Spätestens dann hätten Sie von Susan erfahren.«

Taylor Powers wich seinem Blick aus bei seiner Frage. »Als ich vor ein paar Jahren zurückkam, hat sie immer versucht, mit mir zu sprechen. Aber ich war so verdammt enttäuscht. Ich wollte nicht hören, was sie mir zu sagen hatte. Es war so unglaublich dumm von mir.« Er schlug mit der Hand gegen seine Stirn. Noch einmal betrachtete er die Tagebuchseiten und das Foto, auf dem er und Amelia Grayson abgebildet waren.

Jeff entwand sie ihm aus der Hand. »Ja, Sie waren ein Narr und Ihr Geschäftsgebaren, das Sie beim Fest an den Tag gelegt haben, ist nicht die feine Art. Es liegt jetzt an Ihnen was Sie daraus machen.« Er hielt die Seiten und das Foto hoch. »Was ist Ihnen wichtiger, Mister Powers? Ihre persönliche Rache an der Grayson Familie weiter voranzutreiben und Grayson House an sich zu reißen oder entscheiden Sie sich dafür, das Richtige zu tun?« Jeff fand, dass er ihn nun genug ins Gebet genommen hatte. »Ich mache Ihnen jetzt folgendes Angebot: Ich habe vor, Ihre Tochter in England ausfindig zu machen und hinzureisen. Es gibt da etwas was zwischen uns steht und das muss ich klären. In den nächsten zehn Minuten werde ich draußen in meinem Wagen sitzen und warten. Und wenn Sie dann nicht auftauchen, fliege ich ohne Sie. Das ist vielleicht Ihre letzte Chance, mit Susan ins Reine zu kommen. Denken Sie über meine Worte nach.« Jeff zog seinen Stetson wieder an. Jeder Mensch verdiente eine zweite Chance. Wie würde sich der Immobilienhai entscheiden?

Taylor Powers Schultern bebten bei seinen Worten. Er schien mit sich selbst zu ringen, denn er raufte sich immer wieder nervös die Haare.

Mit gemächlichen Schritten entfernte Jeff sich aus dem Wohnzimmer und verließ das Haus.

In seinem Ferrari schaltete er das Radio an und schloss kurz die Augen. Er war so schrecklich müde. Es war nicht die körperliche Müdigkeit die ihn plagte. Die Kämpfe, die er die letzten Tage auf dem Baseballfeld ausgefochten hatte, gaben ihm nicht mehr dieselbe Befriedigung wie er sie beim Zusammensein mit Susan spürte. Sie war wirklich wie ein sicherer Hafen für ihn und er wollte sie mehr für sich gewinnen als jeden verdammten Pokal.

Die Uhrzeit bestätigte, dass die zehn Minuten um waren. *Schade Powers, ich dachte wirklich, Sie hätten es verstanden.*

Er startete den Motor und fuhr rückwärts aus der Auffahrt.

Jeff stellte das Lenkrad gerade und drückte aufs Gaspedal. Die ersten zwei Häuser glitten an ihm vorbei.

»Warten Sie auf mich!«

Hatte er sich verhört? Jeff drehte das Radio leiser und linste in den Seitenspiegel. Taylor Powers stand vor seinem Haus mitten auf der Straße und winkte ihm wild mit beiden Armen zu.

Jeff setzte den Wagen wieder zurück und ließ ihn grinsend einsteigen. »Brauchen Sie eine Mitfahrgelegenheit?«

Susans Vater atmete schwer. »Ich werde ihr Grayson House nicht wegnehmen. Nicht mehr. Ich erlasse ihr die Schulden und zerreiße die Vertragspapiere. Genau wie Mae Grayson habe ich einen schweren Fehler gemacht. Ich möchte nicht, dass meine Tochter dafür bezahlt. Wir müssen also beide mit ihr reden.«

Eindringlich starrte Jeff den Mann an, der sein Gewissen erleichtern wollte. »Dann lassen Sie uns mal zu Freunden von mir fahren. Die wissen sicher, wo wir Susan finden können.«

Bereits seit über einer halben Stunde führte Jeff Telefonate im Wohnzimmer der Perkins Familie, um Susan ausfindig zu machen und kurzfristig Flüge nach England zu organisieren. Doch das erwies sich schwieriger als gedacht. Nach einem letztendlich erfolgreichen Gespräch ging er in die Küche, wo Glenda Taylor Powers gerade eine dampfende Kaffeetasse reichte.

»Danke.«

»Dass ich dich einmal in meiner Küche sitzen habe, Powers, hätte ich nicht gedacht. Das letzte Mal habe ich mit dir bei

Mae Grayson gesprochen. Und du warst nicht besonders nett zu ihr«, fügte sie missbilligend hinzu.

»Tja, Misses Perkins, ich bin selber darüber verwundert, dass ich so verblendet war. Aber das Leben bringt nun mal Überraschungen mit sich.«

Glenda wandte sich hoffnungsvoll an Jeff: »Hast du diese Bonnie Rogers ausfindig machen können, von der sie uns erzählt hat? Sie arbeitet in irgendeiner Bank in London. Ich habe mir leider nicht gemerkt, wie der Name dieses Institutes war. Susan sagte was von leitender Angestellten, Kredite oder so.« Sie seufzte tief. »Zu dumm, dass wir Mister Smith nicht haben erreichen können. Wir haben ihm aber eine Nachricht hinterlassen. Nicht, dass Susan noch Ärger bekommt. Er neigt dazu, sich an seine Richtlinien zu halten. Aus dem Grund mochte Mae ihn ja auch. Jeremiah Smith ist ihr aber auch sowas von …« Sie winkte ab. »Du weißt sicher was ich meine.«

Jeff war sich nicht zu fein dafür, ihren Satz zu beenden. »Sag es ruhig, Glenda: *Er ist ihr in den Arsch gekrochen.*«

Sie nickte. »Ja, aber unter diesen Umständen …«

Jeff ahnte, dass Glenda sich schämte. Immerhin hatten auch sie Susan belogen. Und das nur, weil er auf seiner Tarnung beharrt und die alte Grayson einen großen Fehler gemacht hatte. »Was deine Frage betrifft: Ja ich habe diese Miss Rogers ausfindig machen können. Mit Danny hatte ich im Theater kein Glück. Man hat sich geweigert, mir seine Telefonnummer zu geben, geschweige denn, ihn ans Telefon zu holen! Aber eine Chance haben wir noch.« Er wandte sich Taylor Powers zu. »Wir müssen los und ein paar Dinge von zuhause holen. Ausweise und all sowas. Mein Manager leiht uns seinen Lear Jet bis Chicago. Von dort fliegen wir dann weiter nach London.«

Taylor Powers erhob sich und setzte seinen Cowboyhut auf. »Ich hoffe, dass sie mit mir sprechen wird. Aber wenn nicht, habe ich es wenigstens versucht. Noch einmal laufe ich nicht davon.«

»Wurde auch Zeit«, brummte Tom.

Judy kam mit einem Brief die Treppe heruntergepoltert und drückte ihn Jeff in die Hand. »Geben Sie ihn Susan bitte von mir? Ich hatte keine Gelegenheit mehr, mich von ihr zu verabschieden.«

Er faltete den Brief und steckte ihn in seine Brieftasche. »Ich gebe ihn ihr, versprochen.«

Der Flughafen London Heathrow empfing sie mit Regen und Kälte. Jeff schloss seine Lederjacke und setzte die Sonnenbrille trotz des bewölkten Himmels auf. Noch nie in seinem ganzen Leben war er einer Frau nachgereist. Wenn er Susan aufgrund seiner Flunkerei verlor, würde er sich das ewig vorhalten. Von hier aus hatte ihre Reise zu ihnen in die Südstaaten begonnen. So durfte es einfach nicht enden. Kampflos gab er nicht auf.

Der bis jetzt einzige Vorteil Englands bestand darin, dass ihn so gut wie niemand erkannte. Ab heute verzichtete er auf Tarnung. Die hatte ihm nur Ärger eingebracht. Bis auf zwei junge Amerikaner, die ihn höflich um ein Autogramm in der lärmenden Eingangshalle baten, konnten sie das Flughafengebäude ungehindert verlassen. Draußen stiegen sie in die bereits für sie organisierte Limousine.

Die M4 führte sie geradewegs Richtung London City. Jeff sah aus dem verdunkelten Fenster. Der viele Verkehr machte ihn nervös. Wie lange dauerte das denn noch? »Können Sie nicht etwas schneller fahren?«, herrschte er den Chauffeur an.

»Tut mir leid, Sir, aber der Verkehr ist stockend. Schneller geht es wirklich nicht.«

Taylor Powers hing seinen Gedanken nach. Er wandte den Blick von den ersten Hochhäusern ab, die seitlich vorbeizogen, und betrachtete Jeff. Der Pitcher war gutaussehend, berühmt und verdiente jede Menge Geld. Im Grunde alles Eigenschaften, die Mae Grayson gefallen hätten. Doch er wünschte sich mehr für Susan. Er hoffte, dass Jeff der Mann war, der sie aufrichtig liebte. Da der Vorschlag hierherzukommen aus seinem Mund stammte, sprach einiges dafür. Je mehr sich das Auto dem Bankenviertel Londons näherte, umso schwerer lag der Stein in seinem Magen. Zum hundertsten Mal wünschte er sich, Amelia könnte ihm seine Sturheit von damals verzeihen. Doch sie lebte nicht mehr. Bei ihren kurzen Begegnungen nach seiner Rückkehr aus Frankreich hatte er sie jedes Mal mit Ignoranz gestraft und ihr nicht den Hauch einer Chance gegeben, ihn anzusprechen. Selbst ihre Sprachnachrichten auf dem Anrufbeantworter löschte er. Irgendwann hatte sie aufgegeben. Ihr Tod im letzten Jahr hatte seine Wut auf die Graysons nur noch verstärkt. Wie dumm und eigensinnig er doch gewesen war! Seine Chance auf Glück hatte sich in Luft aufgelöst. Seine Tochter sollte nicht aus Stolz den gleichen Fehler machen. »Und was sollen wir dieser Bonnie sagen, wenn wir dort sind, Mister Summers?«

Jeff runzelte die Stirn. »Vielleicht, dass wir beide uns wie Idioten aufgeführt haben und um Vergebung bitten möchten?«

Sie fuhren noch einige Minuten durch den zähflüssigen Verkehr von London, bevor die Limousine vor einem gläsernen Hochhaus im Financial District hielt. Eine große Pferdeskulptur zierte den Vorplatz der Bank. Sie stiegen aus und blickten einander an. Das Rauschen der Autos und der Gestank der Abgase lagen in der Luft. Die Menschen eilten mit gehetzten Blicken an ihnen vorüber und nahmen kaum

Notiz von ihnen. Zwei Männer in feinen Anzügen mit Cowboyhut. In einer Metropole wie London wunderte sich keiner über das Aussehen der beiden.

»Da wären wir. Wie sieht Ihr grandioser Plan aus, Mister Summers?«, fragte Taylor Powers.

Jeff sah ihm an, wie unwohl er sich fühlte. Susans Vater nestelte schon die ganze Zeit an seiner Krawatte herum.

Er selber hatte sich in seinem ganzen Leben noch nie so vor einem Gespräch gefürchtet. »Lassen Sie das mal meine Sorge sein. Wenn sie eine Freundin ist, die nur das Glück von Susan im Sinn hat, wird sie uns verraten, wo Ihre Tochter sich aufhält. Ich hoffe, ich irre mich nicht, denn sonst steht uns ein langer Tag bevor. Sie könnte sich überall in London aufhalten. Gehen wir!«

Im hellerleuchteten Foyer des Bankgebäudes liefen sie zum Empfangsschalter und baten um ein persönliches Gespräch mit Miss Rogers. Nachdem Jeff dem Bankangestellten geschildert hatte, dass es sich um eine persönliche Angelegenheit und nicht um einen Kreditwunsch handelte, begleitete eine Mitarbeiterin sie in den zweiten Stock. Vor einer Milchglastür blieben sie stehen. Die Bankangestellte klopfte und von innen erklang ein »Ja?«.

Sie streckte den Kopf zur Tür herein. »Miss Rogers, da sind zwei Herren, die Sie in einer privaten Angelegenheit sprechen möchten. Darf ich die beiden zu Ihnen hereinlassen?«

»Wenn es denn unbedingt sein muss.«

Sie drängten sich an der Bankangestellten vorbei und betraten den Raum. »Guten Tag, Miss Rogers.«

Die Brünette im schwarzen Businesskostüm sah nicht erfreut über die Störung aus. Auf ihrem Tisch stapelten sich jede Menge Papiere und Ordner. Sie wies auf die limettengrünen Sessel vor ihrem Schreibtisch. »Bitte, nehmen Sie doch Platz meine Herren, was kann ich für Sie tun?«

Jeff wollte genauso wenig wie sein Begleiter um den heißen Brei herumreden, also blieben sie stehen und er kam direkt zur Sache. Von dem Mann an seiner Seite war sowieso keine Hilfe zu erwarten, denn der stand hilflos mit seinem Cowboyhut in der Hand neben ihm und blickte Bonnie Rogers angespannt an. Der Kerl wusste genau, was ihm bevorstand. »Wir sind auf der Suche nach Susan Parker.«

Die Augen der Bankangestellten verengten sich zu Schlitzen. Jeff sah ihr an, dass die Freundin schlagartig erkannte, mit wem sie es hier zu tun hatte. Sie schob die Ordner noch ein wenig mehr zur Seite. »Lassen Sie mich raten: Sie sind dieser Baseballspieler, von dem sie mir erzählt hat?«

»Ja, ich bin Jeff Summers und mein Begleiter ist Mister Powers.«

»*Sie* sind also Mister Powers?« Aufgebracht spielte sie mit einem Kugelschreiber. »Ich arbeite seit Jahren im Kreditwesen, Mister, aber so eine linke Tour wie die, die Sie abgezogen haben, ist mir noch nicht untergekommen. Wie können Sie bloß so skrupellos sein?«, fauchte sie ihn nun ungehalten an. »Und was Sie betrifft, Mister Summers: Sie sind genauso eine linke Bazille wie der Cowboy neben Ihnen.« Mit einem abweisenden Blick griff Bonnie Rogers nach einem Ordner. »Sie sollten beide mein Büro verlassen, denn sonst rufe ich den Sicherheitsdienst. Ich habe Ihnen nichts zu sagen. Es ist mir egal, wie weit Ihre Reise hierher war. Ich lasse nicht zu, dass Sie Susan noch einmal so verletzen.« Sie presste ihre Lippen fest zusammen.

Jeff versuchte, zu ihr durchzudringen. In diesem Moment war er bereit, sogar seine Seele zu verkaufen, wenn sie ihm nur zuhörte. »Bitte, geben Sie uns fünf Minuten, Ihnen alles zu erklären.«

Miss Rogers richtete sich in ihrem Bürostuhl auf und schlug die Beine übereinander.

»Na schön, Sie haben *zwei* Minuten. Aber ich verspreche Ihnen gar nichts. Meine Freundin ist verdammt sauer und verletzt wegen Ihres Verhaltens.«

»Die Sache ist die …«, begann er. Doch zu seinem Erstaunen unterbrach Taylor Powers ihn.

»Ich habe eine Dummheit begangen, weil ich mich so gemein Ihrer Freundin gegenüber benommen habe. Ich hätte ihr niemals so einen Druck wegen des Geldes machen dürfen. Das tut mir sehr leid. Aber ganz davon abgesehen, habe ich erst gestern erfahren, dass nicht Parker, sondern ich der Vater Ihrer Freundin bin. Natürlich entschuldigt das nicht mein Verhalten auf dem Fest. Aber wenn die Dinge damals anders gelaufen wären, gäbe es diese Situation jetzt gar nicht. Ich würde niemals mein eigen Fleisch und Blut so behandeln«

Bonnie Rogers rang erkennbar mit sich. Doch noch gab die Dame sich nicht geschlagen. »Und Sie, Mister Summers, was wollen Sie noch von Susan? Sie haben doch Ihren Spaß gehabt. Was will ein so berühmter Baseballspieler wie Sie überhaupt von ihr?«

Ihm war durchaus bewusst, dass das Gespräch auf der Kippe stand, wenn er ihr nicht seine Absichten mitteilte. Diese Frau vor ihm hielt eisern zu Susan. Jeff freute sich, dass Miss Rogers Susan in Schutz nahm und damit bewies, wie sehr sie an ihr hing. »Ich will ihr sagen, dass ich mich in sie verliebt habe.«

Sie erhob sich aus ihrem Schreibtischstuhl und baute sich vor ihm auf. »Das soll ich Ihnen glauben? Und selbst wenn es stimmt. Wer garantiert, dass Sie sich nicht bei dem erstbesten Topmodel, das Ihnen über den Weg läuft, aus dem Staub machen? Männer Ihres Standes führen nicht gerade ein abstinentes Leben. Ich wünsche mir einen Mann mit ernsten

Absichten für Susan. Bei Ihrem Lebenswandel kann ich mir das nicht vorstellen.« Sie schüttelte den Kopf.

»Aber ich habe ernste Absichten, das versichere ich Ihnen!«

Bonnie Rogers schien nicht überzeugt. Sie schürzte die Lippen. »Ich glaube Ihnen kein Wort von Ihrem Süßholzgeraspel, und wenn Sie sich auf den Kopf stellen. Außerdem, wenn Sie auch nur einen Funken Anstand im Leib hätten, dann müssten wir dieses Gespräch hier heute überhaupt nicht führen. Sie sind beide schuld, dass es Susan jetzt so schlecht geht.«

Taylor Powers zog seinen Hut wieder auf. »Kommen Sie, Summers, von ihr werden wir nichts erfahren. Sie sehen ja, wie sauer die Lady ist.«

»Nein, ich werde dieses Büro nicht verlassen, ohne von Ihnen zu erfahren, wo sie ist«, rief Jeff verzweifelt.

Für einen Moment schien ihre Abwehr zu bröckeln.

Er stützte sich auf dem Sessel ab und krallte seine Hände in die Lehne. »Bitte, verraten Sie doch, wo wir Susan finden können. Wir möchten uns nur persönlich bei ihr für unser unehrenhaftes Verhalten entschuldigen.«

Die Bankangestellte seufzte und beugte sich über ihren Schreibtisch. Sie riss ein Notizblatt von einem Block ab und kritzelte etwas darauf.

Er wollte danach greifen, doch sie hielt es zurück.

»Ich gebe Ihnen die Adresse, Mister Summers. Aber nur wenn Sie mir versprechen, ihr nie wieder weh zu tun. Das gilt auch für Sie, Mister Powers.«

»Das versprechen wir gerne, nicht wahr?«, antwortete Jeff erleichtert.

»Ihre Freundin ist meine Tochter. Nichts liegt mir ferner, als sie jemals wieder zu verletzen.«

Zögerlich bekam Jeff den Zettel überreicht. »Bitte, mehr kann ich nicht für Sie tun. Ich hoffe nur, dass ich keinen

Fehler mache. Susan reißt mir den Kopf ab, wenn sie erfährt, dass ich Ihnen ihren Aufenthaltsort verraten habe.«

Jeff zwinkerte ihr zu. »Keine Sorge, ich kann gut lügen.«

»Genau aus dem Grund sitzen wir ja jetzt alle in diesem Schlamassel«, erwiderte sie trocken.

Die Limousine brachte sie zum St. Helen's. Jeffs Handflächen waren schwitzig, als sie über den Kiesweg zum Hauptportal des Klosters schritten. Er betrachtete das eindrucksvolle Gebäude mit der weitläufigen Rasenfläche davor. »Uns hätte klar sein müssen, dass sie sich hier aufhält. Immerhin hat sie ihre Wohnung ja untervermietet. Wie konnten wir das nur übersehen bei unserer Suche? Wir hätten sie überall vermutet, aber auf das Offensichtlichste sind wir alle nicht gekommen.«

Einige Kinder in dunkelblauer Schuluniform stürmten ihnen entgegen und musterten sie neugierig.

»Es sieht so friedlich hier aus und dennoch schäme ich mich zutiefst, dass meine Tochter hier aufwachsen musste«, murmelte Taylor Powers mit belegter Stimme.

Jeff drückte die schwere Eingangstür auf und sie liefen einen weißgetünchten Flur mit Steinboden entlang. Ihre Schritte hallten von den Wänden wider. Überall hingen traditionelle Heiligengemälde. Sein Unbehagen wuchs bei ihrem Betrachten. Es schien, als blickten sie ihn vorwurfsvoll an. Vor einer Tür mit der Aufschrift *Sekretariat* blieben sie stehen und betraten nach dem Anklopfen den Raum. Die korpulente ältere Nonne sah von ihrem altersschwachen Büroschreibtisch auf. Sie schob sich ihre Brille auf der Nase zurecht. Das nächste Hindernis, das sie überwinden mussten. »Wir möchten mit Susan Parker sprechen. Mein Name ist Jeff Summers und das ist Mister Powers.«

»Guten Tag, die Herren. Wie kommen Sie darauf, dass Miss Parker sich hier befindet?«, fragte die Nonne misstrauisch.

Jeff setzte seine unschuldigste Miene auf. Verdammt, er befand sich in einem Kloster und musste lügen, weil er Miss Rogers nicht in Schwierigkeiten bringen wollte. Die Nonnen wussten doch genau, was los war. »Weil dies hier ihr Zuhause als Kind war.«

Taylor Powers half ihm. »Wir sind hier, um Miss Parker um Vergebung zu bitten.«

Die Nonne nestelte an ihrem Kreuz herum. Sie schien unentschlossen zu sein, was sie tun sollte. Beschwerlich erhob sie sich von ihrem Stuhl. »Warten Sie bitte einen Moment hier, ich bin gleich wieder da.« Mit schnellen Schritten verließ sie den Raum.

»Ob sie wohl Susan holt?«, fragte Jeff.

»Abwarten, Summers. Auch wenn es Nonnen sind, Frauen halten immer zusammen. Ich glaube nicht, dass sie es uns so leicht machen.«

Die Männer sahen sich in dem muffig riechenden Raum um. An den Wänden standen Metallschränke für Karteikarten und dicht an dicht Holzregale, prall gefüllt mit Kirchenbüchern. Das ganze Büro wirkte wie einem früheren Jahrzehnt entsprungen. Aber das passte zum restlichen Erscheinungsbild des heruntergekommenen Klosters.

Endlich erschien die Nonne wieder, in Begleitung einer weiteren Ordensfrau mit augenscheinlich asiatischen Wurzeln. Ihr kühler, distanzierter Blick war nicht gerade vielversprechend.

»Ich bin Schwester Maria. Schwester Helena hat mir von Ihrem Anliegen berichtet. Es tut mir leid, aber Sie müssen wieder gehen. Sie sind die letzten Menschen, die unser Schützling sehen möchte.«

»Dann ist sie also wirklich hier?«, fragte Jeff hoffnungsvoll.

»Ja, aber ich möchte Sie bitten, zu gehen. Ich sage ihr, dass Sie da waren.« Schwester Maria wollte den Raum verlassen, doch weder Taylor Powers noch Jeff waren bereit, so schnell aufzugeben.

Taylor Powers hielt die Klosterfrau an der Schulter fest. »Bringen Sie mich zu meiner Tochter.« Er griff nach der Bibel die auf dem Schreibtisch lag. »Verzeihen Sie, Schwester, aber steht nicht hier im heiligsten Gebet: *Und vergib uns unsere Schuld, wie auch wir vergeben unseren Schuldigern*? Hat nicht jeder Mensch das Recht auf eine zweite Chance verdient? Wir wollen nur mit ihr reden und sie um Verzeihung bitten.« Behutsam legte er die Bibel wieder an ihren Platz zurück.

»Bitte«, flehte Jeff.

Schwester Maria spielte mit ihrem kleinen Holzkreuz, das vor ihrer Brust baumelte. »In Ordnung, kommen Sie mit. Wir gehen zu ihr. Aber ich warne Sie, meine Herren: Sie ist äußerst schlecht gelaunt wegen Ihnen. Ich kann mir nicht vorstellen, dass Miss Parker Ihnen zuhören wird.«

Jeff zitterte innerlich. Das klang nicht gut. Der Druck auf seine Brust und das Brennen im Magen verstärkten sich. Sie folgten Schwester Maria durch den langen Korridor. Vor einer eisenbeschlagenen Tür drehte sie sich zu ihnen um. »Das ist unsere Klosterküche. Susan unterstützt uns bei den Essensvorbereitungen. Sehen Sie zu, dass Sie lebend wieder rauskommen. Unsere *Pippi Langstrumpf* kann sehr unangenehm werden, wenn man ihr dumm kommt. Zwei tote Amerikaner machen sich nicht gut in unserer Historie.«

»Pippi Langstrumpf?« Die Männer sahen der Gottesbraut fragend hinterher, die sich lachend davonmachte. Jeff atmete tief durch und drückte die Tür auf. Hoffentlich kam nicht gleich Geschirr angeflogen. Noch einmal wollte er sich keine Scherben aus den Haaren ziehen.

Susan stellte mehrere Pack Teller auf den metallenen Servierwagen und platzierte noch die gefüllten Rattanbesteckschubladen daneben. Drei Stapel Servietten dazu. Fertig. Die Kinder würden gleich den Speisesaal stürmen und sich wie sie und Danny damals laut lärmend über das Essen hermachen. Ein warmes, vertrautes Gefühl ergriff wieder von ihr Besitz. Diese Küche weckte so viele Erinnerungen an ihre Kindheit. Eben noch rannte sie durch die schwere Tür und klaute Mathilda ein paar Mohrrüben vom Schneidebrett und jetzt, als erwachsene Frau, stand sie mit Liebeskummer hier. Violet lag in der Ecke auf einer Decke und leckte sich über das Fell. Sie machte einen rundum zufriedenen Eindruck. Wenn sie das doch nur auch von sich behaupten könnte. Susan griff nach den frischgewaschenen Geschirrtüchern auf dem Holztisch und begann, sie zusammenzulegen. Da verliebte man sich einmal im Leben und schon stellte der Mann sich als falsch heraus. Genau wie der vermeintliche Vater. Susan musste sich eingestehen, dass sie es nicht bedauerte, dass Parker nicht ihr wirklicher Vater gewesen war. All die Jahre hatte sie geglaubt, eine Engländerin zu sein. In Wahrheit floss das Blut zweier Amerikaner in ihr. Doch dieser Powers setzte dem Ganzen die Krone auf. Noch immer fasste sie nicht, wie ein Mann sich von einem vermeintlich netten Menschen in so ein Ekel verwandeln konnte. So einen Vater verdiente und wollte sie nicht. Was ihre Großmutter betraf, so hoffte sie, dass Gott ihr vergab. Scheinheiligkeit war ihr zweiter Vorname gewesen. Sie summte ein Kirchenlied aus ihrer Jugend, als die Küchentür sich knarrend hinter ihr öffnete. »Ah, Schwester Theresa. Sie kommen im genau richtigen Augenblick. Ich bin soeben fertig geworden mit dem Servierwagen.« Susan drehte sich um, doch statt der Nonne standen Jeff und dieser Powers im Raum. Vor lauter Schreck ließ sie das Geschirrtuch fallen. Es sank zu Boden.

Jeff hechtete vor und hob es auf. Wortlos drückte er es ihr in die Hand und wich wieder einen Schritt zurück.

Mit zitternden Händen fasste sie sich an den Hals. Ihr Mund war mit einem Mal staubtrocken und sie musste sich zusammenreißen, um nicht vollends die Beherrschung zu verlieren. Nicht hier. Nicht an diesem Ort, der ihr heilig war. Einige ihrer schönsten Kindheitsstunden hatte sie hier beim Kochunterricht mit Mathilda verbracht. »Was wollt ihr von mir? Lasst mich in Ruhe. Verschwindet«, gab sie in eisigem Ton von sich.

»Bitte, lass uns reden.« Jeffs Hand hob sich in dem Versuch, ihre Wange zu berühren.

Susan schlug sie weg und versetzte ihm einen kräftigen Stoß, der ihn taumeln ließ. »Fass mich nicht an, du elender Lügner. Es ist mir vollkommen egal, was du mir zu sagen hast. Ich glaube dir nicht ein einziges Wort mehr.«

Bei ihren Worten zuckte er zusammen. Beide Männer trugen feine Anzüge, die aber recht verknittert waren und auf Jeffs Kinn sprossen Bartstoppeln. Sie ballte die Fäuste und stellte sich der Konfrontation. »Ich weiß nicht, welches Vögelchen euch meinen Aufenthaltsort verraten hat, aber ihr könnt gleich wieder abdampfen. Ihr seid beide miese Kerle. Mit sowas will ich nichts zu tun haben.« Nun richteten sich ihre Worte wie giftige Pfeile an Taylor Powers. »Wahrscheinlich hat Jeff dir verraten, dass du bedauerlicherweise mein Erzeuger bist. Ich verstehe nicht, wie meine Mutter auf jemanden wie dich hereinfallen konnte. Oder auf Parker. Aber offensichtlich haben die Grayson Frauen kein Händchen, was die

Partnerwahl betrifft.« Sie warf Jeff einen eindeutigen Blick zu. »Du kannst dir Grayson House also gerne holen. Die Familie hat nicht ihr Glück damit gefunden. Es steht sowieso nur für falschen Stolz und Unglück. Und jetzt entschuldigt mich bitte, ich habe zu tun. Ihr findet den Weg sicher alleine raus.« Sie wandte sich wieder den Geschirrtüchern zu.

Der Mann, der sie vor Tagen bis aufs Messer angefeindet hatte, trat vorsichtig hinter sie und drehte sie zu sich herum.

Susan wollte seine Worte gar nicht hören. Doch leider lagen ihre Ohrenstöpsel auf ihrem Zimmer, das sie sich mit einer schnarchenden Nonne teilte. »Was willst du noch? Ich habe dir doch gegeben, was du wolltest. Verschwinde und reiß dir Großmutters Haus unter den Nagel! Ich wünsche deinen Hotelgästen einen schönen Aufenthalt dort.«

Taylor Powers schüttelte den Kopf. »Genau aus diesem Grund bin ich hier. Ich will Grayson House nicht. Nicht mehr. Ich erlasse dir die Schulden deiner Großmutter.« Er zog ein Schreiben aus der Innentasche seines Jacketts. »Das sind die Original Vertragsunterlagen, die ich mit deiner Großmutter vereinbart habe. Ich möchte, dass du ein richtiges Zuhause hast. Grayson House soll für immer dir gehören. Ich habe bereits alles mit meinen Anwälten geklärt. Bitte lies, wenn du mir nicht glaubst.« Er drückte ihr die Papiere in die Hand.

Susan betrachtete die Dokumente. Es handelte sich tatsächlich um die Originale. Sie konnte die geschwungene Schrift ihrer Großmutter erkennen. »Was soll ich damit? Dieses Anwesen bedeutet mir nichts mehr.« Tief in ihrem Innern wusste sie, dass das nicht stimmte. Aber er durfte das nicht wissen. Noch immer kaufte sie ihm sein Bedauern nicht ab. Sie reichte ihm die Papiere zurück. »Viel Glück mit dem Hotel. Und jetzt geht bitte beide«, flüsterte sie.

Taylor starrte auf den Vertrag. All die Bitterkeit in ihm war verflogen. Die Wahrheit sah so aus, dass Amelia die Frau seines Lebens gewesen war. Nie wieder hatte es eine wie sie in seinem Leben gegeben. Doch die Wege Gottes brachten ihn heute hierher zu seiner Tochter. Er wollte, dass wenigstens sie ihm vergab. Dass sie ihn mochte. Seine Augen füllten sich mit Tränen. »Ich habe damals einen riesigen Fehler begangen, für den du und deine Mutter büßen musstet. Es tut mir so wahnsinnig leid, dass ich nichts von dir und dem Leid deiner Mutter wusste. Ich habe Amelia so sehr geliebt, dass ich blind vor Eifersucht wurde. Sie war eine so liebevolle und gütige Frau. Wenn sie den Raum betrat, ging für mich die Sonne auf.« Einen Augenblick hing er der zärtlichen Erinnerung nach. »Nimm meine Entschuldigung an und behalte das Mansion. Ich weiß, dass deine Mutter Grayson House über alles geliebt hat.« Er packte den Vertrag und zerriss ihn vor ihren Augen.

Susan beobachtete mit großen Augen, wie die Fetzen zu Boden segelten. »Du meinst es also ernst, dass du mir Großmutters Schulden erlässt? Du schenkst mir das Geld?«, stotterte sie ungläubig.

Der Knoten in seinem Magen löste sich. »Ja, das ist mein voller Ernst. Egal, wie gemein ich mich verhalten habe auf dem Fest. Diese Worte hätten nie aus meinem Mund kommen dürfen. Ich schäme mich für mein mieses Verhalten. Nur durch meine Sturheit ist alles so gekommen. Du hattest dein Leben lang keine Familie. Aber jetzt bin ich da.« Taylor Powers trat noch einen Schritt näher. Er fasste sie zaghaft bei den Schultern. »Bitte verzeih mir und gib mir die Chance, für den Rest meines Lebens dein Vater zu sein.«

Das Misstrauen in ihren Augen erlosch und wich ungläubigem Staunen. Ihre Nasenflügel bebten vor Aufregung. »Ich würde dir gerne glauben, aber ich weiß nicht, ob ich das kann, nach allem, was vorgefallen ist.«

»Dann glaub mir wenigstens das hier.« Er zog sie an sich. »Ich werde ab sofort immer für dich da sein«, flüsterte er in ihr Haar.

Susan spürte, dass er die Wahrheit sprach. Seine liebevolle Umarmung sagte mehr als tausend Worte und ihr Zorn wich grenzenloser Erleichterung. Zögerlich legte sie die Arme um ihn. Ihre Seele jubilierte. Der Schmerz des Verlassenwerdens und der Einsamkeit, der jahrelang ihr Innerstes beherrscht hatte, wich einer vorsichtigen Zuversicht. Endlich hatte sie eine richtige Familie!

Durch einen Tränenschleier blickte sie zu ihrem Vater auf. »Ich verzeihe dir. Auch wenn ich eine Weile brauchen werde, um alles zu verstehen und zu verarbeiten.«

Er wischte ihre Wange trocken. »Lass dir so viel Zeit wie du brauchst. Ich muss mich ja auch erst daran gewöhnen, nun eine Tochter zu haben.«

Susan löste sich aus seiner Umarmung und wurde sich wieder Jeffs Anwesenheit gewahr. Sofort stieg der Zorn in ihr hoch. Er brauchte nicht auf Vergebung zu hoffen. Ihre Stimme verwandelte sich in einen Orkan. »Aber dir verzeihe ich nicht, du Lügenbaron! Du hast mich nur benutzt.«

Taylor Powers verließ leise den Raum.

Entmutigt griff Jeff in die Tasche seiner Anzughose und reichte Susan Judys Post. »Den soll ich dir von der kleinen Perkins geben. Ich kann dich nicht zwingen, mit mir zu reden. Ich kann dir nur noch einmal sagen: Es tut mir unendlich leid, dass ich dich angelogen habe! Mir ist vollkommen klar, dass du maßlos enttäuscht bist. Ich wünschte, ich könnte es wiedergutmachen. Denn mir ist in den letzten

Tagen erst klargeworden, dass ich mich in dich verliebt habe.«

Sie musterte ihn skeptisch und griff nach dem Brief. Wie gerne hätte sie ihm seine schönen Worte geglaubt. Immerhin stand er hier vor ihr. Nahm den ganzen weiten Weg aus Alabama auf sich, um mit ihr zu reden. Beide Männer baten sie heute um Verzeihung. Der eine war wirklich ahnungslos gewesen. Nur Gott alleine wusste, was für ein Vater-Tochter-Verhältnis sich daraus entwickeln konnte. Doch durch sein heutiges Handeln bewies er seine Reue.

Aber bei dem Baseballer verhielt sich die Sachlage anders. Er hatte sie bewusst angelogen. Die schönen Stunden mit ihm basierten auf einer reinen Märchenwelt. Wie sollte sie ihm das je verzeihen? »Ich gebe zu, ich habe dir für einen Moment geglaubt. Ja, wirklich, ich wollte glauben, dass du es ernst meinst. Aber nach allem, was ich über dich aus dem Internet erfahren habe, weiß ich, dass du jedem Rock hinterherjagst. So eine Beziehung will ich nicht. Ich muss mich auf meinen Partner verlassen können.«

»Du kannst dich auf mich verlassen.« Jeff straffte seine Schultern und streckte die Brust raus.

»So wie ich mich auf dem Nachhauseweg vom Friedhof auf dich verlassen konnte?«

Er starrte auf seine Schuhspitzen. »Ich habe es mit der Angst zu tun bekommen.«

»Wegen eines einfachen Kusses?«

Jeff rang nach Worten. »Das war nicht irgendein Kuss. Du bist mir gefühlsmäßig sehr nahegekommen.«

Sie musste sich setzen. Nachdenklich zog sie sich einen Küchenstuhl herbei. Dieselben Gefühle, die sie am Tag auf dem Friedhof also beunruhigt hatten, machten auch ihm zu schaffen. Sie musterte ihn, wie er da vor ihr stand in seinem zerknitterten Anzug, mit den tiefen Schatten unter den Augen und dem Dreitagebart. »Das musst du mir jetzt erklären.«

Er zögerte einen Moment ehe er sich öffnete. Ein letztes Mal flammte der Funke des Misstrauens auf, bevor er endgültig erlosch. »Ich bin in einem Trailer Park großgeworden. Mein Vater war Klempner. Wenn er nicht gerade besoffen war, nahm er mich mit zu seinen Kunden. Daher kenne ich mich mit Sanitäranlagen und all dem Kram aus. Ich weiß nicht mal mehr, wie meine Mutter aussieht. Sie hat mich bei meinem Vater zurückgelassen und niemand weiß, ob sie überhaupt noch lebt. Von Anfang an wollte sie mich nicht, sondern zog lieber durch die Gegend, kokste oder nahm Crack. Ich habe mein Leben lang niemanden gehabt, der mich wirklich liebte. Für meinen alten Herrn war ich nur eine Belastung und ein Prügelknabe. Menschliche Nähe war mir so fremd, dass ich mich bis jetzt nie nach einer ernsthaften Beziehung gesehnt habe.«

Bestürzt drehte Susan den Ring an ihrem Finger. »Dann sind wir also beide von unseren Müttern verlassen worden und deswegen verkorkst, was Beziehungen angeht.« Sie schüttelte kraftlos den Kopf. »Das *kann* nicht funktionieren. Ich bin total misstrauisch und du versteckst dich hinter einer falschen Identität und glaubst, du brauchst niemanden. Du gehst mit Frauen aus, die zwar gut im Bett aber sonst ziemlich niveaulos sind und dir nicht zu nahekommen. Woher willst du also wissen, dass dieses Gefühl, das du für mich empfindest, überhaupt echt ist? Vielleicht ist es ja nur eine Täuschung. Wenn du noch nie in deinem ganzen Leben jemanden hattest, der dich wirklich geliebt hat?«

In seinen Augen schimmerten Tränen. »Ich glaube, dass *du* mich liebst.«

Susan bremste ihn, bevor er noch weiterreden konnte. »Nein, ich wollte versuchen, dich in mein Leben zu lassen.

Aber ich habe nie gesagt, dass ich dich liebe. Und seien wir ehrlich: Ich wäre nur ein Klotz am Bein für dich.«

»Hast du noch mehr fadenscheinige Gründe, warum du nicht beziehungsfähig bist?«, fragte er spöttisch. »Wer von uns beiden ist nun der Feigling? Ich stehe heute hier vor dir und will dir mein Herz schenken. Aber du stößt mich weg. Ja, ich habe einen Fehler gemacht. Das wird nicht wieder vorkommen.«

Susan wollte, dass er einfach nur aufhörte zu reden. Sie ertrug seine Gegenwart nicht länger! »Du hast Recht, das wird es nicht, weil du keine Gelegenheit haben wirst, mir noch einmal so wehzutun. Aus diesem Grund wirst du aus meinem Haus ausziehen.«

»Das kann nicht dein Ernst sein!«

»Doch. Ich möchte, dass du aus meinem Leben verschwindest«, flüsterte sie.

»Ich glaube, jetzt machst du dir was vor«, ächzte Jeff.

Susan wollte nicht die zweite Geige spielen neben seinem Sport. Aber wenn er doch die Wahrheit sprach, bestand die Gefahr, ihn zu verlieren, wenn sie zuließ, dass er ihr gefühlsmäßig so nahekam. Sie passte nicht in seine Welt, die von öffentlichen Auftritten, Spielen, Presseleuten und Wohltätigkeitsbällen mit riesigen Blumenarrangements bestimmt wurde. Sie wollte Normalität. Ins Kino gehen, ohne dass eine Schar schreiender Frauen ihm hinterherrannte. Ein Restaurantbesuch ohne Kellnerinnen, die ihn anhimmelten und ihm ihren Ausschnitt entgegenstreckten. Die Verlockungen für einen Mann wie ihn waren viel zu groß, um mit einer normalen Frau zusammenzuleben. Wie lange konnte das schon gutgehen? Ein Jahr, vielleicht zwei, ehe er einem Model erlag? Schon wieder bekam sie es mit der Angst zu tun. »Nein, *du* machst dir was vor. Ich habe hier Verantwortung. Ich bin nicht alleine. Da gibt es zwei kleine Kinder, die mich sehr mögen und ich beabsichtige, sie irgendwann zu adoptieren. Aber das ist nur mit einem verantwortungsvollen Mann an meiner Seite denkbar, der die beiden auch akzeptiert und liebt. Und der bist du nicht. Du lebst nur für deinen Sport, für deine Erfolge. Ich gebe zu, dass es mich beruflich reizt, eine der besten Innenarchitektinnen Londons zu werden. Aber Familie bedeutet für mich alles. Gerade, weil ich nie eine hatte. Mehr als mein Job. Diesmal nutzt dir also auch ein Dudelsackspiel nichts, um mich umzustimmen. Ich rechne es dir hoch an, dass du heute hierhergekommen bist, um dich zu entschuldigen. Das hat dich sicher Überwindung gekostet und ich verzeihe dir. Aber ich möchte trotzdem, dass du jetzt gehst.«

Jeff fuhr immer wieder mit den Fingern über seine Hutkrempe. Seine Stimme zitterte. »Ist das dein letztes Wort? Denn wenn es das ist, was du wirklich willst, wünsche ich dir alles Gute, Engländerin. Ich hätte dich glücklich gemacht. Schade, dass du mir nicht glaubst.« Er setzte seinen Cowboyhut wieder auf, warf ihr noch einen letzten bedauernden Blick zu, und verließ die Küche.

Susan ließ sich auf den Stuhl fallen und begann zu weinen. Der Brief in ihrer Hand erinnerte sie daran, dass es noch andere Menschen gab. Menschen, die ihr Vertrauen verdienten. Sie öffnete den Umschlag auf dem ein dickes, gemaltes Herz prangte. Wie sehr sie Judy und ihr freches Mundwerk doch vermisste.

Hallo Susan,

Grandpa und Grandma haben mir erzählt, was passiert ist. Ich bin traurig, dass du dich nicht mehr von mir verabschiedet hast. Hoffentlich kommst du bald zurück, denn ich vermisse dich und Violet schon jetzt.

Die Sache mit Henry hat geklappt. Ich meine deinen Tipp mit der Eifersucht. Nächste Woche geht er mit mir ins Kino! Kannst du dir das vorstellen? Vielen lieben Dank, dass du mir dabei geholfen hast. Ich habe keine Adresse von dir, also gebe ich den Brief Mister Summers. Erinnerst du dich, als ich dir sagte, dass ich glaube, dass du in ihn verliebt bist? Da war mir ja noch gar nicht klar, dass er mindestens genauso in dich verliebt ist. Er hat extra die Auswärtsspiele für dich verlassen, um dir seine Liebe zu gestehen. Ist das nicht total romantisch? Jetzt haben sie ihn erstmal gesperrt und er darf nicht mehr spielen. Er ist sogar zu deinem Vater gefahren (ich nenne Mister Powers jetzt einfach mal so. Ich hoffe, das ist ok für dich.) Er war verdammt sauer, weil der dir das Haus wegnehmen wollte. Der Mann liebt dich wirklich. Das kapiere sogar ich, obwohl ich nächsten Monat erst vierzehn werde. Und alle Erwachsenen sagen auch, dass er dich liebt. Ich meine, du bist ihm wichtiger als sein Baseball! Er hat sich zwar wie ein Depp verhalten, als er dir so lange die Wahrheit verschwiegen hat, aber gib ihm bitte noch eine Chance. Außerdem kann ich ihn gut leiden. Denn er mag Kinder. Er ist sogar Vorsitzender einer Stiftung, die benachteiligten Kindern das Sommercamp und Baseballtraining ermöglicht. Also reiß ihm bitte nicht den Kopf ab. Die Kinder brauchen ihn noch.

Alles Liebe
deine Judy.

PS: Kannst du mir, wenn du zurückkommst, so einen kleinen Schlüsselanhänger in Bärenform mitbringen? So einen mit dieser schwarzen, hohen Mütze, wie die Garde eurer Queen sie trägt?

Susan las den Brief nochmal. *Das* hatte er für sie getan? Sie hob den Kopf, als ihr Vater hereinkam. Rasch blinzelte sie ihre Tränen weg. »Wo warst du?«

»Hab mir dein altes Zuhause angesehen. Und dann bin ich ins Sekretariat marschiert und habe eine großzügige Spende für das Heim ausgestellt. Ich hoffe, die Nonne erholt sich irgendwann von ihrem Schock.« Er lächelte, doch dann verzog sich seine Stirn sorgenvoll. »Jeff ist mir eben mit geröteten Augen entgegengekommen. Es lief dann wohl nicht so gut, nehme ich an? Und du siehst auch nicht viel besser aus.« In nachdenklicher Pose legte er seine Hand ans Kinn. »Mhh, lass mich kurz nachdenken. Irgendwie erinnert mich das Ganze an zwei junge Menschen, die sich sehr liebten, aber deren Sturheit sie trennte.«

»Romeo und Julia?«

»Knapp vorbei. Deine Mutter und ich. Und wie das ausging, weißt du ja.«

Sie betrachtete nachdenklich ihre Hände im Schoß. »Der Brief hier ist von Judy Perkins. Angeblich hat Jeff einige Spiele sausen lassen und hat deswegen jetzt mächtig Ärger. Stimmt das?«

Er hockte sich vor sie und ergriff ihre Hände. »Mach nicht denselben Fehler wie Amelia und ich. So eine Liebe kommt nur einmal im Leben. Jeder Baseball-Fan in Amerika weiß, wie viel ihm dieser Sport bedeutet. Wie viele Beweise brauchst du noch, um zu glauben, dass er dich liebt?«

»Er ist sehr gut im Lügen.«

»Diesmal sagt er die Wahrheit. Frag ihn nach den wichtigsten Dingen in seinem Leben, dann findest du heraus, wie er wirklich für dich empfindet.«

»Und das wäre?«

Ihr Herz hämmerte vor Aufregung, während sie durch den Korridor nach draußen rannte. Der Kies auf dem Weg spritze davon, als sie im Laufschritt das Haus umrundete. Wo war Jeff bloß? Auf einer Bank vor dem Schlaftrakt der Kinder fand sie ihn. Mit hängenden Schultern und gefalteten Händen saß er dort und stierte deprimiert in die Gegend. Als sie näherkam erkannte sie deutlich seine verweinten Augen.

»Hast du vergessen, mir noch was zu sagen?«, fragte er bockig. »Oder bist du hier, um dich über mich lustig zu machen, weil einer der angeblich größten, amerikanischen Frauenhelden eine Abfuhr erhalten hat?«

»Nein, ich habe einfach nur eine Frage an dich.«

Seine Miene verhärtete sich wieder. »Na gut, aber mach schnell, du möchtest sicher, dass ich gleich verschwinde.«

Susan verschränkte die Arme vor der Brust. »Wieso bist du nicht bei deiner Mannschaft? Da solltest du doch gerade sein, oder?«

Misstrauisch kniff er die Augen zusammen. »Wieso interessiert dich das?«

»Beantworte einfach meine Frage.« Ihre Nervosität wuchs beständig.

»Ich wollte zu dir. Nachdem ich erkannt habe, dass ich in dich verliebt bin, wollte ich mich für mein dämliches Verhalten entschuldigen und es dir persönlich sagen. Aber du warst schon weg. Also bin ich hierhergekommen.«

Ihre Haut kribbelte so heftig wie bei dem Sturz in einen Ameisenhaufen, als sie noch ein Kind war. Sie setzte sich neben ihn. »Ich habe noch eine weitere Frage. Wenn dein Manager von dir verlangen würde, deine Stiftung für die benachteiligten Kinder aufzugeben, um stattdessen mehr in Talkshows aufzutreten und Werbung für eure Mannschaft zu machen, was würdest du ihm sagen?«

»Ich würde ihm sagen, dass er sich zum Teufel scheren soll.« Er lehnte sich mit verschränkten Armen zurück. »Wieso stellst du mir diese Fragen?«

»Ich wollte nur sichergehen, dass du nicht gelogen hast.«

»War das ein Test?«

Freudestrahlend warf sie sich ihm um den Hals. »Ja und du hast bestanden. Du liebst mich wirklich.«

»Das sagte ich doch eben!« Seine Hände umfassten liebevoll ihr Gesicht. »Jetzt habe ich eine Frage.«

»Und die wäre?«

»Liebst du mich auch?«

Sie zögerte kurz, so dass er unruhig wurde. Seine grünen Augen, die in diesem Moment an einen Sturm auf dem Meer erinnerten, zogen sie magisch an.

»Und wie fällt dein Urteil aus?«

»Ganz ehrlich? In meinem ganzen Leben war ich mir noch nie einer Sache so sicher. Natürlich liebe ich dich.«

Das reichte ihm als Antwort. Er zog sie auf seinen Schoß und küsste sie, bis ihr schwindlig wurde vor Glück.

Epilog

Im Garten von Grayson House herrschte fröhliche Stimmung.

»Gleich habe ich euch!«, rief Susans Vater. Er rannte dem kleinen Jungen und seiner Schwester hinterher. Violet verfolgte das Spiel mit aufgeregtem Gebell.

Judy kam über die Wiese spaziert. Die Sechzehnjährige hielt mehrere Eis am Stiel in der Hand. »Matthew, Kathleen, seht mal was ich hier für euch habe. Von Grandma. Für dich habe ich auch eines, Taylor. Und für Susan und Jeff.«

Jeff blickte Susan liebevoll an. Sie saßen an diesem heißen Julinachmittag in Schaukelstühlen auf der Terrasse von Grayson House. »Na, Misses Summers, möchten Sie auch ein Eis? Oder ist dir eher nach Gurken?«

Susan beugte sich vor und küsste ihn zärtlich. »Wie wäre es, wenn wir das Eis, statt es zu verspeisen, bis heute Abend im Tiefkühlfach lagern? Ich wüsste so viel Besseres damit anzustellen, als es einfach aufzuessen.«

Er küsste ihre Fingerspitzen. »Guter Vorschlag. Auf diese Leckerei freue ich mich jetzt schon.« Dieses Wahnsinnsweib war sein Ein und Alles. Die letzten zwei Jahre würden ihm für immer in Erinnerung bleiben. Vor einem Jahr hatte er den Trainerpart übernommen, nachdem er mit seinem Team die World Series gewonnen hatte. Eine Weile lebte er mit Susan in zwei Welten. Um Kathleen und Matthew adoptieren zu dürfen, mussten sie eine Zeit lang in England wohnen. Er flog ständig hin und her. Die Gesetze machten auch für Superstars keine Ausnahme. Doch so lernte er ihre Welt kennen. Mittlerweile bekam er einen ganz anständigen Cricketschlag hin. Auf der Kommode im Wohnzimmer prangte ein Foto von ihm, auf dem er Fratzen vor einer Palastwache schnitt. Bonnie und Danny waren bei ihrer turbulenten Hochzeit vor zwei Jahren Trauzeugen gewesen. Extra für die Kinder hatten sie an ihrem großen Tag im Garten von Grayson House eine riesige Hüpfburg aufgebaut. Doch Trudy Nolan und seine Baseballkollegen hüpften zu später Stunde so wild darauf herum, dass das Ding zusammenkrachte. Alle paar Monate kamen der Balletttänzer und die Bankangestellte nun vorbei. Er konnte sich noch genau an den Abend im Mai erinnern, als Mister Jenkins von der Bank Susans besten Freund kennenlernte. Seitdem tauchte sein neuer Kumpel noch häufiger bei ihnen in Alabama auf. Mal schauen, was sich daraus entwickelte.

Die Zeit in England hatte Jeff außerordentlich gut gefallen. Großbritannien mit all seinen atemberaubenden Landschaften und den teilweise noch schrulligeren Angewohnheiten und Traditionen seiner Inselbewohner, waren ihm ans Herz gewachsen. An den fünf Uhr Tee mit leckeren Scones und Clotted Cream konnte man sich so richtig gewöhnen. Doch nun gehörten die beiden Kinder nach allen Adoptionsformalitäten ganz zu ihnen und sie lebten nur noch in Grayson House. Susan hatte darauf bestanden, sein altes Heim zu einem Gästehaus umzubauen. Ständig bekamen sie Besuch. Sie liebte es, Gastgeberin zu spielen. Im ehemaligen Gästezimmer von Grayson House hatte sie sich ein kleines Büro eingerichtet, in dem sie nun Kunden ihrer Inneneinrichtungsagentur *Summers Living Dreams* beriet. In Taspering und Umgebung gab es für eine erfahrene Innenarchitektin genug zu tun. Außerdem war die Tage ein recht lukratives Angebot von einem TV-Sender in der Post gewesen, der sie für eine ihrer Hausdesignshows engagieren wollte. Sie überlegte noch. Das war so typisch für Susan. Andere hätten augenblicklich beim Sender angerufen, aber seine Frau ließ sich alles erst durch den Kopf gehen. Sie war so klug. Verliebt strich er über ihren Arm. »Träumst du, Darling? Du siehst so nachdenklich aus.«

Susan lächelte versonnen. »Ach, ich dachte nur gerade daran, wie sehr sich unser Leben verändert hat.«

Judy kam in ihrem zartrosa Flatterkleid zu ihnen auf die Terrasse und überreichte ihnen das Eis. Sie sah mittlerweile viel weiblicher aus. Die Zeit der schwarzen Klamotten war vorüber. Nun trug sie am liebsten luftige Boho-Kleidung mit Keilsandaletten und interessierte sich für ernsthaften Journalismus. Mit Jeff zusammen hatte Susan eine Vereinbarung mit Glenda und Tom getroffen. Falls den beiden etwas zustoßen sollte, oder sie aus Altersgründen nicht mehr für Judy sorgen konnten, würden sie die Jugendliche bei sich aufnehmen.

Susan betrachtete die Menschen um sich herum. Sie sah Glenda und Tom über den Rasen kommen und bei den Kindern Halt machen. Ihr Vater scherzte mit Tom. Erst vor kurzem war sie dazu übergegangen, ihn Dad zu nennen. All diese Menschen gehörten zu ihrer Familie. Nie war sie reicher gewesen.

Der Himmel hatte ihr einen wunderbaren Ehemann geschenkt. Sie lächelte ihn liebevoll an.

Er war das Beste, was ihr je passiert war, und sie würde ihn nie wieder gehen lassen.

Ende

Danksagung

Dieses Buch hätte ich nie schreiben können ohne die großartige Unterstützung ganz vieler Menschen.

Zunächst einmal gilt mein Dank meiner wundervollen Lektorin und Autorenkollegin **Tamara Leonhard.** Als wir uns im letzten Jahr kennenlernten und ich dir von meiner Romanidee berichtete, hast du sofort an mich und meine Geschichte geglaubt. Ich möchte dir von ganzem Herzen dafür danken, dass du stets ein offenes Ohr für mich hattest und mich auch dann aufgebaut hast, als ich an mir gezweifelt habe. Danke auch, dass du mich immer angefeuert hast, das Beste aus mir herauszuholen.

Im Rahmen meiner Recherchearbeiten zum Thema Baseball hatte ich auch sehr nette Unterstützung durch **Florian** von den **Saarlouis Hornets**. Danke, dass du mir so geduldig alle meine Fragen zum Thema Baseball erklärt hast.

Ein weiteres Dankeschön geht an meine großartigen **Testleser/innen**. Ihr habt meine Geschichte gelesen und geprüft. Deswegen habt ihr dieses Buch maßgeblich mitgestaltet. Ohne eure Hilfe und Anmerkungen hätte ich so manchen Fehler begangen!

Celine Schauer: Danke, dass du mir so ein tolles Feedback nach dem Lesen gegeben hast. Als ich es damals gesehen habe, war ich sehr gerührt.

Heike Frey: Meine Testleserin aus meinem geliebten Berlin. Du hast dir viel Zeit genommen, telefonisch alle für dich kritischen Stellen mit mir durchzugehen. Wir beide haben viel gelacht dabei. Insbesondere deine Anmerkung, wie ein Kerl sich nach dem ersten, amourösen Zusammensein verhalten sollte, war sehr hilfreich und ich habe Tränen gelacht dabei. Danke für die tollen Telefonate mit dir und deine wertvolle Hilfe.

Marketa Reinthaler: Du warst so wunderbar ehrlich und hast kein Blatt vor den Mund genommen. Danke, dass du so aufmerksam gelesen hast. Was mir auch sehr geholfen hat, war deine Erklärung zum Thema „Falscher Bart." Gut, dass du dafür gesorgt hast, mich intensiver mit diesem Thema zu beschäftigen. Ich bin so glücklich darüber, dass du mir geholfen hast.

Kathi Schachner: Danke für deine Anmerkungen zum Thema Umgangssprache. Du hast mir außerdem auch viele Wortwiederholungen erspart. Vielen Dank, dass du so gründlich und aufmerksam gelesen hast. Das ist so hilfreich für mich gewesen.

Manuel Strack: Mein wunderbarer Autorenkollege und unter meinen Testleserinnen der Hahn im Korb. Du hast mir so viele kostbare Rückmeldungen gegeben und hast von Anfang an an mich und meine Geschichte geglaubt, nachdem du sie gelesen hattest. Danke, dass du mich immer ermutigt hast.

Ein ganz großes Dankeschön auch an meine talentierte Coverdesignerin und Autorenkollegin April Wynter: Du warst stets für mich da, wenn ich Fragen hatte, und was du aus meinen Coverwünschen gemacht hast, ist einfach unglaublich. Danke für dieses unglaublich schöne Cover. Ich liebe es so sehr.

Ein Roman, der voller Rechtschreibfehler steckt, ist kein Augenschmaus. Daher geht ein besonderer Dank auch an: **Ruth Pöß von „Das kleine Korrektorat"**. Danke, dass du meinen Roman noch einmal gelesen und meine Rechtschreibfehler so gut wie möglich ausgemerzt hast.

Dass mein Roman so wunderbar gestaltet ist, habe ich **Sarah Schemske von Bücherschmiede** zu verdanken. Danke für den den tollen Buchsatz.

An dieser Stelle möchte ich mich auch bei **Tanja Rörsch von Mainwunder** bedanken. Danke für deine wundervolle Unterstützung im Bereich Buchmarketing. Und natürlich gebührt dir auch Dank für den tollen Klappentext. Danke, dass du dich da so reingekniet hast. Du bist einfach unglaublich. Auch darüber hinaus hast du stets ein offenes Ohr und Ratschläge für mich gehabt.

Wen ich an dieser Stelle auch noch erwähnen und nicht vergessen möchte, sind alle **Buchbloggerinnen und –blogger**. Ihr seid mir so eine große Stütze dadurch, dass ihr in den sozialen Netzwerken und auf euren Seiten auf meinen Roman aufmerksam macht. Vielen Dank dafür, die Zusammenarbeit mit euch ist einfach wunderbar.

Mein Dank geht aber auch an **Sie, meine Leser**. Danke, dass Sie dieses Buch gekauft haben und meine Protagonisten durch die Geschichte begleitet haben. Ich hoffe, ich konnte Ihnen eine schöne Zeit damit machen. Wenn Sie möchten, verfassen Sie doch eine Rezension darüber. Das würde mich sehr freuen.

Außerdem möchte ich mich bei allen, die ich jetzt noch nicht erwähnt habe, bedanken. Danke für eure Unterstützung und dass ihr an mich geglaubt habt.

Zu guter Letzt gebührt mein größter Dank meiner **Familie**. Danke, dass ihr es mir ermöglicht habt, mit eurem Verständnis dieses Buch zu schreiben. Ich habe die letzten zehn Monate so viele Stunden in unserem Arbeitszimmer verbracht und konnte in dieser Zeit nicht bei euch sein. Von daher kann ich gar nicht oft genug sagen, wie glücklich ich mich schätze, so einen **wunderbaren Ehemann und Kinder** zu haben. Ich liebe euch!

Rezepte

Vielleicht hast du ja beim Lesen Lust bekommen,
die Rezepte im Buch auszuprobieren.
Ich füge deshalb mal zwei aus der Geschichte für
dich hinzu.

Guten Appetit!

Glendas Limonade

Um Glendas erfrischende Limonade zuzubereiten, brauchst du folgende Zutaten:

1 Liter Sprudel
1 bis 2 cm frischer Ingwer
2 bis 3 EL Rohrzucker
2 Limetten
1 Stängel Minze

Teile die Limetten und presse sie aus. Den gewonnen Saft füllst du in einen Glaskrug oder in eine Glasflasche.
Als nächstes schneide das Ingwerstück in kleine Teile und fülle sie in einen Teefilter.
Nun gibst du den Rohrzucker und die Minzblätter in das Glasgefäß zum Limettensaft. Fülle das Ganze mit dem Sprudel auf.
Zum Schluss hängst du den Filter mit dem Ingwer hinein.
Stell die Limonade nun für eine Stunde in den Kühlschrank.
Je nach gewünschter Schärfe kannst du den Ingwer bis zum Schluss drin lassen oder nach einer halben Stunde entfernen.
Mach ein paar Eiswürfel hinein und es wird dich herrlich erfrischen!

Olivias Vegetarischer Gumbo

Der Gumbo ist ein typisches Südstaatengericht. Es handelt sich dabei um einen würzigen Eintopf, den man zur Cajun- und der kreolischen Küche zuordnen kann. Allerdings wird er in der Orginalform mit verschiedenen Fleischsorten, Würsten und Meeresfrüchten zubereitet. Ich habe mich für die vegetarische Variante entschieden.

Um Olivias Gumbo zuzubereiten, brauchst du folgendes Zubehör und Zutaten:

Zubehör:

Benutze nach Möglichkeit einen Keramiktopf. Es geht aber auch ein normaler Kochtopf.

Zutaten:

Für die Mehlschwitze (Roux):
70 ml geschmacksneutrales Öl
40 g Mehl

Für den Gumboeintopf:

200 g Okraschoten
1 grüne Paprika
1 rote Paprika
1 Zwiebel
1 Dose stückige Tomaten
2 Knoblauchzehen
2 bis 3 Stangen Sellerie
1 Dose Kidneybohnen
Salz, Pfeffer
1 EL geräuchertes Paprikapulver
1 TL gemahlener Piment
1 EL Cajungewürz
Raucharoma (liquid smoke gibt es in gut sortierten Supermärkten) als Ersatz für den typisch rauchigen Geschmack
2 EL Gemüsebrühe
800 ml Wasser (eventuell etwas mehr, je nachdem wie dick oder flüssig du den Eintopf magst)
1 bis 2 Tassen Basmatireis oder alternativ 2 Kochbeutel Reis

Schneide zuerst den gewaschenen Paprika, den Sellerie, die Zwiebel und die Okraschoten in kleine Stücke. (Mit einem Küchentuch kannst du den Flaum vorher von den Okraschoten reiben.) Presse dann den Knoblauch aus. Stelle alles zur Seite und fang an, die Mehlschwitze (Roux) zuzubereiten.
Gib das Öl in den Topf. Wenn das Öl kleine Blasen bildet, also heiß genug ist, schütte das Mehl dazu. Nun musst du ständig rühren, damit dir das Mehl nicht anbrennt. Wenn die Mehlschwitze (Roux) eine leicht bräunliche Farbe hat, ist sie fertig. Das kann, je nachdem, bis zu 7 Minuten dauern.
Nun kommen das kleingeschnittene Gemüse und die in Scheiben geschnittenen Okraschoten in den Topf dazu. Wenn alles nach ca. 10 Minuten eine schleimige Konsistenz hat (das kommt von den Okraschoten), gib die Kidneybohnen und die stückigen Tomaten dazu. Mit Salz und Pfeffer, Cajungewürz, geräuchertem Paprikapulver, einem Spritzer *liquid smoke* und einem TL gemahlenem Piment würzen. Dann füge 2 EL Gemüsebrühe hinzu und fülle das Ganze mit Wasser auf. Nun muss das Ganze noch einmal ca. 15 bis 20 Minuten kochen.
Ca. 10 bis 12 Minuten bevor der Gumbo fertig gekocht ist, bereite den Reis zu. Du kannst den Reis wahlweise in den Kochtopf dazugeben und darunter mischen, oder du richtest Teller an, machst Reis darauf und gibst den Gumbo darüber.
Guten Appetit!